折口信夫

秘恋の道

持田叙子

Mochida Nobuko

慶應義塾大学出版会

折口信夫　秘恋の道

目次

折口信夫　秘恋の道

序章　恋の宿命

このうえない至上のひと。どこかにいる。きっと出会える。ひとすじに歌と学問にはげむならば、その清らかな白い道の先に必ずや、彼《か》のひとは立っている。

面影はありありと胸に浮かぶ。濃いまつげに縁どられた瞳は聡明にかがやき、その底には砕けちる裂《れっ》帛《ぱく》の青い気迫を湛えているだろう。胸は思わず抱きとりたいほどにやるせなく、薄くはかない。くらべて脚は細いながらも鋼のようにつよく鋭くしなやかに、風雨をおかして幾多の野や山を歩きぬく力を秘める。けれど両の手にいただけば、その足首は少女のそれのようにきゃしゃ、てのひらの中に妙に溶け入る。彼のひとの手は――手はしろじろとひたすら優しい。

おさない頃から彼は、そのひとのことを夢にもしばしば見た。現実にはまだ出会わないひとに烈しく恋着した。学ぶことのすべては、そのひとに通じていた。そのひとは森の内奥に思いがけず虹彩をはなって湧く池泉のように、樹々の梢をかすめて山々を渡る霧のように、山の端の夕映えに飛ぶ鳥のように、彼をせつなく焦がれさせた。あらゆる美しいものにそのひとの面影が映り、そのひととの至福にみちた邂逅を予感させた。

この恋は幼児の頃から彼にとり憑き、生涯にわたって彼をながく哀しませ、歓ばせ、苦しめる。恋は彼にとって人生そのものとさえいえる。しかしなぜ、そんなことになったのか。肉体のうつわに青くひよわな魂が入りこんでまだまもないうち、多くのおさな子がまだ母のあまい乳を吸ううちに、なぜ彼はいちはやく烈しく、彼方にいるひとを恋することになったのか。

大きくは、歌のせいなのにちがいない。幼稚園の頃から彼は朝寝する父の蒲団に呼び入れられ、あたたかい卵の殻のようなその中で、西行や芭蕉の詩歌、父ごのみの古い和歌を口うつしで授けられ、暗誦させられた。

この朝の一時をのぞけば子どもにはごく関心うすい父親の、それは唯一のやわらかな肌ざわりだった。家にも家族にも冷淡な父のこころの核を占める、詩歌への遥かないつくしみをかいま見た。

父により幼時すでにこの世のいとわしさを教えられ、ともにこの世の外にぼうっと花明かりする美しいなつかしい他の世界へのしきりなる空疎なあこがれごころを植えつけられたと、後になって彼はさみしく回顧する。

とりわけ歌への愛着は、若い頃はまず彼を内へ内へと孤独に籠もらせた。世間で常識的に用いられることばとは、全く異なる神韻縹渺《しんいんひょうびょう》としたことばの世界にひとり分け入った。みようみまねで自身も歌のことばを紡いだ。

七歳の頃に初めてつくった一首が伝えられる。父の教えてくれた西行や芭蕉の影響だろう、ひとり長く旅する歌である。

たびごろもあつささむさをしのぎつつめぐりゆくゆくたびごろもかな

中学生の夏には家の蔵にひきこもり、勅撰二十一代集を読みとおしたという。読みとおしてついに、京極為兼ひきいる中世宮廷歌壇の生んだ玉葉集と風雅集とを、それまでの歌の常識をさわやかに破る、まことに図ぬけたものとして発見したという。

大阪の酷暑。生薬商をいとなむ実家の裏の、まわりの湿った地面にどくだみの白い花の咲き群れる、かびくさい蔵の中。ひといちばい汗かきの少年は、ごく薄い寝まきのようなものをかろうじて肌身につけ、胸を汗しとどに濡らし、ひざを折り頭をかしげ、世に忘れられた紙魚《しみ》だらけの古い歌集に耽溺していたのだ。

歌のことなどゆめにも知らず、日々の暮らしに心身のすべてを使いつくす世間のにぎわしい盛んな人々と、自分とは大きく異なるのだという少年らしい誇りが、暑い一夏の孤独な学びをささえていただろう。とともにそれが、彼をひどく高慢にもしていたはずだ。

古びた世々の歌びとたちの吐息まじりのことばは、錆びついた鍵がいったん解かれればいとも蠱惑的なものとして、ひとりぽっちの少年の目前にひろがった。少年の孤独を優美につつむ繭ともなった。

そして……あまりにも暑い。ともすれば頭がぼうっと熱し、けうとい忘我の心地におちいる。まして歌のことばには明確な主体がない。作者と読者をへだてる垣がない。溶け入るように自分のこころが、歌の小さな可憐なうつわの中にひき入れられる。

ごく自然に、男にも女にもなる。軒端の空をあおぐ。山の端に、綾なし色なす雲をながめる。恋をする。

歌とは、三十一音を主とする音調の核心に、空をさまよう恋の雲気や幻像のもろもろが吸いよせられてまつわりつき、もののあわれを形として結晶させるものだから――恋は現実に恋する以前に、まっしぐらに歌びとの胸に襲いかかる。

歌に憑かれたとたん、恋に憑かれたひととなる。恋は、歌人にとっての宿命である。そのひとの人生にとってそれは、いいことなのか悪いことなのか。

少なくとも、女性を愛しえない少年にとってそれは、しごく甘美な愉悦であるとともに、苛烈というより他ない経験でもあったのではないだろうか。

愛については世間の制度にからめとられることを徹底的にいなみ、純にひたすら純に恋しつづけた彼は、つまりは生涯独身だった。結婚とは、世間と折り合いをつける不純で厳重な制度であると思われた。独身は彼には、必然の生活様式だった。

恋する歓びも悦楽も、悲しみも恥辱も人より多く知り、もののあわれが心身にとびきりの深い傷を刻むことを詩人学者として誇る一方で、結局はとぼん、とひとり。

おのが血も歌も学問も、ついには継ぐ子どものいない空しさに、虚空をあおいで笑いたいような気もちになることもあっただろう、とくに自分のたどりつく先が寒風吹く枯野であることを明らかに見きわめた老年期には。

五十四歳の彼にこのような一首がある。

古き代《よ》の恋ひ人どものなげき歌　訓《よ》み釈《と》きながら　老いに到れり

（歌集『遠やまひこ』）

この歌を詠んだ数か月後に、太平洋戦争が起こる。世界戦争の暗い雲がもくもくと広がりつつある。心をこめて歌と学問の清らかな道を授けた若い教え子たちの身の上に、とりわけ濃い黒雲が垂れる。これからの向老期に、一切すべてを剝ぎ取られ、奪われ尽くすという予感が一抹ある。老いぼれた身が、ひとり机の前にぽつんと残る。それにしても今まで何ほどのことをしてきたのか。あらためて冷徹にかえりみられる。

ああ、つまりは生涯かけて、日本の古い恋の歌の哀しさを読みといてきたのだった。しきりに焦がれ、魂を傷くさまよわせたけれど、現実の恋が華やかに烈しく自分の人生に火をつけ、身も魂も燃え輝かせることはついになかった。その代わりには冷えまさる独り身にて、あかあかと燃える恋の歌の情熱にかじかむ手をかざしてきたのだった。恋びとたちの青い憂いを、歌をとおして盗んだのであった。

一首からはまず、そうした濃い自嘲の声がひびく。老いを嘆く翁歌《おきなうた》の伝統でもある。戦さの世には役立たずの、まして老いぼれのふがいない文弱のわれ。机の前で古い書物にしがみつく、それがつまりは生涯かけた営みだったのか。

しかし翁歌の自嘲とは、誇り高い本懐をつつむ韜晦である。内心、彼はこうもつぶやいている——世よ人よ笑え、そしれ。自分はこの営みにいのちかけて、悔いない。戦い始まるとも、この営みに身をささげつづける。なぜならやまとだましいとは、恋。恋のあわれこそ、民族の精神を比類なく鍛えあげ、ゆたかに育ててきた天授の霊性なのだから。

これは、彼の学問と詩作の本質である。多くを奪われる予感に襲われてかえって思いが澄み、彼の志がもろもろの贅肉をそいで一本の冬の裸木のように、あらわに端的にその本質をしめして立ちつくす。

この志は、敗戦後の彼の創作や行動にもまっすぐ反映される。彼はひたすらに、恋も知らずに戦いで青春をすりつぶした若者たちのことを案じた。誰よりも早く、彼らの負うこころの深い傷をおもんぱかった。美しい愛しいものをみる歓びのみが、彼らの傷をいやすことを信じた。ただちに彼は若者のために、「やまと恋」「日本の恋」などの詩をつくった。おとめたちに請うて焼け残った晴着をきてもらい、大学の講演会にてそれらを朗詠させた。

恋せよ、と彼は若い人々に呼びかける。恋して心みやびにととのえよ。敗れたくやしさに固くとざした心を、恋の感動でよみがえらせよ。恋がよみがえれば、おのずと国土はよみがえる。

われ以外のひとを想う清らかな思慕が、国土をおおう恨みや嘆きをはらい、枯木にみどりの芽をあたえる。ふたたび水が流れ、花がひらき、沃野が育つ。「若き日は　いとも貴し」「恋を思はね」「倭恋《やまとこひ》日の本の恋　妨ぐる誰あらましや」「美しき　日の本の恋」。

時には投げ出すように絶望的に、彼はこうも叫ぶ、「恋の亡びた日本なぞ　どつかへ行了《いつちま》へ」。

恋の詩人である。恋の学者である。恋は彼のまことの骨である。もののあわれを知る青い哀しみで、焼け野をうるおそうとした。恋の文学としての日本文学の力を、深く信じた。自身の人生の窮極の意味も、清らを尽くして恋することにあると思いさだめていた。

時には人目もかまわず、想いをつらぬいた。ぶざまと醜悪、なさけない滑稽にまみれた。人から指さし、陰で笑われたことも少なくはなかったろう。その人生は特異で純で、目がさめるほど美しい。一方、人なみでなく奇怪な、彼のかんだかい大阪なまりの声のようにあくどく目立ち、ひんしゅくを受ける偏《へん》頗《ぱ》なものでもある。彼につよく魅せられる人もいる。忌みきらう人もいる。

恋にいのちの重心を傾けた。ふつうならばすぐに忘れ去る未熟な、片おもいのさみしい思慕の水泡の一つぶ一つぶまでも決して手ばなさず、胸の底にあたため幾重の想いをかさねてそこから、恋を至純の霊性として尊ぶ日本の歌、ひいては神信仰と文学の宿命を考究した。

源氏物語のあらわす恋のよろしさを、主人公の光源氏のつよい心の持続力、ひとたび恋した面影を胸に永遠に結晶する執着に感受した。ながく忘れず恋うその姿は、自身の肖像でもある。

ほのかに哀しく少年のように想い、時に烈しく身体ごと相手にぶつけて立ちはだかり圧倒し、そして敗北し、恋の坂を傷だらけで転がり落ちた。苦しい経験は彼の目を、恋の歓びと悲しみの色に染まる日本文学と日本人の壮大なこころの歴史にひらかせた。

その情念と思索の相たゆたう摩訶の世界へ、これより深く静かに降りてゆきたい。確実に彼の内側へといたる螺旋の道を見きわめ、たどるつもりである。

第一章　痣《あざ》ある子

いつのまにか、市場町のざわめきは潮のように引き、陽の色がさむざむと陰っている。そういえば表のくすりやの店先に、人声もしない。奥の台所から、たっぷりと昆布をおごった美味しそうなおつゆの匂いがただよってきて、えいは編棒を動かす手先から顔を上げた。

まだ若くて健康な胃が、とたんにぐうっと鳴りそうになり、あわてて丹田に力をこめて腹をおさえる。まわりの少女たちに聞かれてはならない。いつも店番がいそがしくて、昼は手のあいた者がてんでにお茶漬をかきこむくらいだから、夕方にはげっそりと空腹になっている。

うっかりしていた。この子たちももう家へ帰さねば。うつむいてせっせと編む五人の子はみな近所から来ているとはいえ、川沿いの市場筋を暮れてから、女の子に歩かせるわけにはゆかない。

ただでさえ、よそ者がたくさん入りこみ、市場へと荷をはこぶ船や車がひっきりなしに行きかう郊外のこの辺りは、人さらいが出るなどとも恐がられる。木津川こわい、何かがいるぞと幼児をおどす、こんな子守歌もあるくらいだ。

ねんねころいち天満《てんま》の市場
大根そろえて舟に積む
舟に積んだらどこまで行きゃる
木津《きづ》や難波《なんば》の橋の下
橋の下にはおかめがおるぞ
おかめ出てこい子がだまる

木津や難波の橋の下、という歌の文句がいかにもわびしい。子どもを叱る時に、お前は橋の下から拾ってきた子や、悪さするとまた橋の下へもどすぞ、などと言うのもこの町の人がよく使う、おどし言葉である。土地の柄が荒い。

くすりやの岡彦さんの、ハイカラな東京帰りのえいさんが、ただで編物を教えてくれるというので、親たちはよろこんで娘を寄こしている。

えいさんのお道楽、とおだてられているけれど、もちろん利ざとい商いの町の人々は陰で、編物教えるついでに店の売物の毛糸売りつけるんや、頭下げんで逆に下げられて、綺麗な顔して商売するやなんて、さすが学問したえいさんの利巧な発明や、と舌をだしている。そう陰口いわれていることを、当人のえいも心得て、しらん顔している。こんな狐と狸の化かし合いは、かまびすしく青物市や魚市の立て込むこの町の、そこここにある。

ほな、終わりにしましょ、ご苦労さんでした。皆さん、ようおしまいして、というえいの合図をしおに女の子らは立ち上がり、編棒ごと色とりどりの毛糸玉を各自の袋にしまい、そこらの毛糸くずを始末する。そこまで監督するのがしつけと、えいはそれとなく目を光らせる。

いつも思うことだけれど、やっぱり上野のひでさんが何やらしても図ぬけているなあ、この子見ていると胸がほくほくして嬉しくなるわ、と心の中でうなずく。

頰を紅潮させて、畳に落ちる毛糸くずを一つも見逃すまいとみつめるひたむきな横顔の、愛らしさ。お煙草盆ゆって、すっきりと出した耳たぶの清らかさ。すなおで行儀がよく、芯がある。

そもそもこの子の手がける編物が、他の子とは大きく異なる。それも人柄を表わす。他の四人がいつまでも単純な手袋や襟巻にかかずらうのに、この子は早く初手はすっかり呑みこみ、今は花の形を編んでから一つ一つそれらをつなげてできる、華やかなショールに挑んでいる。

自分ではなく、母のためのものだという着想もけなげである。みんなが編物は一いろの毛糸で編むものと決めこんでいた最初から、この子は思いきり綺麗な色をとりどりに使うことを工夫していた。

人間の知恵やらたしなみいうものは、小さい頃からこんな風に内側から輝きほとばしるものなんやなあ、なんや恐いし、とえいは、つくづく感じる。

子どもが内に秘めるそうした資質を見ぬき、見守るのが、えいには何とも楽しい。母や姉にも、えいさんは女学校を出たし、東京の学校へも行ったんやから、おなご先生になったらよかったなあ、としばしば言われる。そうかもしれない。

しかしざわざわした広い教室で、鼻たれ小僧なんか教えるのは御免である。考え深いかしこい子が好きなのである。えこひいき、ひいき倒しのあかん先生、と口のわるい生徒にはののしられるかもしれない。やはりこうして、気心の知れた家の子や近所の子をかわいがるのが性に合っている。

気をつけて、より道せずにお帰りと店の前に立って少女たちを見送る時には、ほとんどが店と住居を兼ねる通りの家々の軒庇のむこうに広がる夕空が、うっすらと茜色にいろづいていた。川筋の光る町角に少女たちの姿が消えるまではと、立ち去りかねて送るえいの心をさとるのか、上野ひでだけがもう一度ふり返り、ちょこんとおじぎして帰ってゆく。

ああ、やはり違うものだ。あの中でうちののぶさんに似あうのは、何というても、ひでちゃん。ひでちゃんとのぶさん。小さい頃からのおなじみやし、年も似あうてお雛さまの一対や。――らちもないと思いつつも、一年ほど前に、ひでが編物を習いに来るようになってから、何度も心のなかで二人を並べ、色々想像してしまう。

たぶん、うちはもう結婚はせえへん。けど、のぶさんとひでさんが側におるなら幸福や。さぞ賢いええ子が生まれるやろ。その子取り上げて、あやして世話してお婆はんになれたら、それはそれでええなあ。

ひでちゃんも、のぶさんのことは好きやろう。あんなに賢い、本のことよく知っている子はこの辺りには、とんと居らんもの。ここら駆け回ってる子は、青鼻たらした、どんくさい悪餓鬼ばかりや。ああ、せやけどそうやった、あのことがあった、そうやった――。

うちののぶさんへの誇りがこみ上げる一方で、えいは胸につかえる思いで、先ほど見とれたひでの愛らしい横顔を思い出した。ホクロひとつない、すべすべの陶磁器のような白い肌。川べりの烈しい陽に浅黒く灼けた子も多いなかで、ひときわ青みがかった冴えざえとした面輪。そうや白鳥や、あの子は白鳥や。

幸福な未来への想像は、いつもここに突き当たり、哀しく折れる。いやかもしれんな、ひでちゃんは、いやかもしれん。男は顔やないと言うけれど、小さいうちは女の子はそういうことを気にするもんやよって、のぶさんを嫌うかもしれん。

けど——。えいは誰ともなしにむかつき、心の中で気を張る。けど、のぶさんはええ顔や。学者のお父さんや義兄《にい》さんによく似た、男らしい立派な顔立や。——十二歳になる甥の、ひきしまった小さな口元や、隆々としてまっすぐな鼻すじを思い描く。

ああ、それなのに、と胸がいたい。人より立派な顔立なのに、それなのに。いっしょに暮らす姪や甥のなかで、自分がとりわけ、のぶさんが愛おしいのは、一つにはあの子が可哀想で可哀想で、たまらんせいかもしれん。

そういえばあの子、もう帰っておるやろかと、にわかに気になる。どこかで泣きべそかいてる気がする、胸がさわぐ。暮れかけて薄ぐらい座敷を通りぬけ、そこだけ電灯がついて明るい台所をのぞいた。

姉のゆうと女中が、夕飯のしたくに余念ない。

妹の健啖を知るゆうが、なんやお腹すいて見にきたんかという風にニッと笑う。

「お稽古、おわりか」

「ふん。今日のおつけは何?」

「子どもみたいやな、アカエイとねぎや。もうちょっとかかるわ、お膳立しといて」

ゆうは鍋のふたを開け、なみなみと湯気だつ中身をみせる。柱の時計は、四時半をすぎている。古い土間にはねずみが出るので、害虫よけの生薬がそこらに置いてある。くすりやというのは、家の奥にまでくすり臭さが染みつく。

えいは姉にむかい、満足そうにうなずいた。アカエイとねぎは、のぶさんの大好物のおみをつけである。昨日は、下のふたごの弟たちの好きな惣菜だったから、今日はのぶさんと、姉なりに気をつかっているのが嬉しかった。どこにいるのか。早くふうふうと熱いおみをつけを腹いっぱい、のぶさんに食べさせてやりたい。

「のぶさん、帰ってるやろか」

「さあ、知らん」

おっとりしたといえば聞こえはいいけれど、まわりに気を廻すことのない鈍感なこの姉に聞いても知るわけはなかったと、えいはさっさと二階へ上がる。姉妹の力関係はむかしから、活発な妹のえいが上である。

二階は、道修町《どしょうまち》から仕入れる漢方薬をしまう物置場になっている。その他に六畳と三畳の小さな二間、くすりやと並んで家の表にひらく雑貨店であきなう駄菓子、文具、毛糸などの雑品を入れるもう一間がある。のぶさんはここに机を持ちこみ、自分の勉強部屋にしている。

下の階は、診察室もあって人の出入りがはげしく、いやだという。ほんの小さな頃からのぶさんは、押入や納戸、土蔵のような狭くて暗い所にひとりでこっそりといるのが好きな子だった。それにしてもここは又、ひときわ臭うてかなん。よう、こんな所に長いあいだ居れるなあと、えいは妙に感心する。

あんのじょう、まだ帰っていない甥の机のわきには、陳皮や甘草、きゅうりのつる、すいかの皮などを干した薬草がどっさりと積み上げられ、独特のつんと目や鼻を刺激する揮発性の香りが部屋中にこもる。

それに混じり、思春期の男の子に特有の、青白いような生ぐさい匂いもただよう。えいは眉根をよせ、にぶく光る鼬川《いたちがわ》の流れの見える小窓を開け、はたはたと袖をふって空気を動かしつつ、久しぶりに甥の勉強のようすをうかがった。

細かいキズの無数についた机の上にはうやうやしげに、やっとねだって書店で定期購読をはじめた「帝国文学」や「少年世界」の数冊がおかれている。父や兄から借りて読む「新著月刊」「新小説」「文芸倶楽部」「文庫」「太陽」なども、積まれている。

ことば喰い——そんな言い方があるとすれば、あの子にぴったり。細いからだで食べものも大喰いだけど、大福やぜんざいと同じくらい、ことばを食べるのが好き。貪欲に古いことばも新しいことばも、知り尽くし、食べたがる。この間から気むずかしい父親に取りついて、大きな辞書『言海』を買ってほしいとせがんでいる。

ほんになあ。つい数年前まで私が教える英単語のひとつひとつを紅い唇であどけなく唱え、グリムだのアンデルセンだの童話を聞きたがっていたのに、今はもう、万葉集がどうたら古事記がどうたらと、ひとりきりでその先をずんずん進んでいる。

のぶさんの世界は、これからどんなに広がることか。たのもしい。あの子もそのうち、東京へ出たがるかもしれん。そうやそうや、腐れ川の匂うこんな場末の町の、ひでちゃんもお母はんもおばはんも蹴とばして、のぶさんにふさわしい広い世界へ飛んでゆけばいい。

数年前に自分が東京の医学校へゆくと決めた時、この生まれ故郷の木津村が、どんなに小さく色あせて見えたか、思い出された。それなのに学業の途中で帰るように言われ、おめおめと又、古い町の古い家の暮らしにもどってきた、女の身ゆえの口惜しさがよみがえった。

ええい、とむかむかする。こんな時は、からだを動かすしかない。階段を駆け下り、誰にも言わずにちょっとそこまでという風にこなし、通りへ出た。古くよどんだ家の空気からぬけて、早春の風がここちよい。

始末のよい商家にまだ灯はつかないけれど、あちこちでもう雨戸を繰り、店じまいの用意をしている。昼間に、近郊の食肉処理場から肉を市場へ運ぶ台車が通るので、わだちの跡にこぼれた血が赤く滴る。青物屋のおんちゃんがそこに水をかけ、粗い竹ぼうきで汚れを削り取るように掃く。後ろから、わんぱく坊主が二、三人、奇声をあげて走りぬける。おんちゃんに、このアホたれが、と怒鳴られる。

かと思うと、惣菜屋はこれからがにぎわしい。商家が多いので、お菜を買ってすますことは恥ずかしくない。二軒先の鰻屋では、若大将の仁三郎が春先とはいえ肌ぬぎになり、さかんに炭火の燃える大火鉢の前に陣どって、汗びっしょりで鰻を焼いている。脂の濃い魚の身から、もうもうと炎まじりの煙が上がる。

あの大将には、妾がおると近所に知れている。それだけ儲かるということだ。けど、やらしい、好かん。鰻はええな、つばが湧く。夏など屋根で、鰻屋の仁三郎がいい気分でとっくりとちょこをかかえ、月見をしているのを見かけることもある。ほろ酔いで、二階にいるのぶさんにしきりに呼びかけ、からかう。やらしい。大切なうちのぼんに、変なこと吹き込まんといてほしい。

主人に言いつけられたのだろう、金だらいをさげて豆腐屋へ小走りする若い娘がいる。まだ別れかねて、影ふみ遊びする男の子たちに家の中から誰かが、川から子取り舟がやってくるで、はようお帰りと叫ぶ。ばたんばたん、と表の店舗の揚げ床をたたみ、蔀《しとみ》を下ろす音が鳴る。

社交家のえいは、知った顔に出会うと、御苦労さんでやす、と丁寧に会釈しつつ、市場のはずれの今《いま》宮戎《みやえびす》神社までやってきた。えびすさんを祀る、商売繁盛の願掛けで知られる大きな社である。

今宮戎神社は「十日戎《とおかえびす》」で名高い。正月十日、境内に露店が立ちならぶ。近在の花街から、新年の黒い正装をまとった芸妓衆が駕籠《かご》に乗って練り込む。ほい駕籠、と称す。花街の男衆が勢いよく、かつぐ。

ふだんはめったに拝めない綺麗どころが一斉に顔を、そして横ずわりになった白いふくらはぎさえ運よくばさらすとあって、老若男女われ先に身を揉み押し合い背のびし、盛時は三百余も来たという駕籠行列を見物する。

その様子は、争ってうまい餌にありつこうとする鯉のにぎにぎしい波のようである。色気と金欲が沸騰する。福相のえびす神はにこにこと、人々の欲望をゆるす。むしろ騒ぐ方が、神が喜ぶという。

参拝者はみんな福笹をいただいて帰る。おめでたい笹にさらに、縁起物の黄金いろの米俵、大判小判、そろばん、銭箱などの飾りをじゃらじゃらと結び付ける。持って帰ってその一年中、魔よけとして家に飾る。

これを福笹、吉兆ともいう。キッキョウあるいはキッチョウ。商家の人間には、商売繁盛の呪物としてとくに親しい。

えいは、姪や甥が小さい頃ほい駕籠を見物しての帰り道、何とも子ども心をそそる飾りがきらきら光って鳴る福笹を、自分が持つのだときょうだいで奪いあい、新年から喧嘩すると福が失くなるよってと皆を叱り叱り、どうにか家にたどり着いたことをなつかしく思い出した。

今は、正月もとうに過ぎ、夕方とて境内に人もいない。奉納された多くの願掛けの幟《のぼり》が、風に白くはためくばかり。

今宮戎神社の先をゆくと、空気がしだいに変わる。川沿いの蔵の並びを通り、さらに進めば江戸以来の貧窮街、長町裏《ながまちうら》が広がる。そこを抜けると、四天王寺のそびえる丘陵へと登る坂が幾すじも蛇のようにうねる寺町となる。

もう少し先のえんま堂まで歩いてもよいけれど、暮れ方に女ひとりではおっくうである。まあここらにいればのぶさんに出会うかもしれんと、えいは鳥居はくぐらずに遥拝という形でえびすさんに頭を下げ手を合わせ、境内を出たところにある茶屋の垣根の石に小腰をかけた。

この四月から、念願の府立第五中学へ入るので、何かというと甥がしきりに四天王寺あたりの古寺や遺蹟をぶらつき、中学へ通う路をなぞって憧憬を深めているのを、叔母のえいはよく心得ている。

中学は、四天王寺のそびえる近く、やはり丘のいただきにある。にぎわしい市場町や川筋を眼下に見おろす。そこは清らかな別世界である。それにしてもその聖なる寺が、人々の欲望沸きたつ交易の場をつくり、禁欲的な心とは対極の、市場町や色町を招きよせたのだ。きみょうな、しかし普遍的な現象である。

難波の海にまぢかに臨む高い崖のいただきを選び、聖徳太子がそのかみ創建された日本第一の霊寺、四天王寺。苦心して木材を運び築いた当時は、海上をゆく船の人々の眼にもありありと、黄金にかがやく堂塔、凜と張った屋根のうつくしい反りや鴟尾《しび》が見えたものだといわれる。

大阪、そのかみの難波の湾は、大陸からの渡海船がいちはやく寄港する要所であり、使節をもてなす迎賓館もつくられた。随使館や高麗館、のちには難波館もできた。内陸部の飛鳥の都より早く、アジアの先進文化の流入するにぎわしい沸点であった。

そこに大寺を築いたのはもちろん、日出づる国の誇りを守りぬこうと心を砕く聖徳太子の意志である。飛鳥の都に上る前にまずここで渡来人に、ほとけの慈悲と叡知の光あまねく照る国土の威容を見せつけ、あわよくば劣国を侵そうとする彼らの心を抑えつけようとした。

一方、ここは宗教的な要地でもある。そのことへの配慮も、もちろん大きく働く。古代の太陽信仰の聖地である。とくに太子と親しい渡来人系の秦河勝《はたのかわかつ》ひきいる秦氏が、勢力を張る。

谷川健一の『四天王寺の鷹』によれば、四天王寺にも近くの広隆寺の建立にも、私的に新羅仏教を信奉する河勝が深く関わった。秦河勝も聖徳太子も、太陽の西へ沈む方角に天寿国すなわち西方浄土を観想する、太陽信仰のいちじるしい新羅仏教への信仰があつかったという。

そんな太子が選んだのが、日本書紀神武天皇の紀に次のように記される「浪速国《なみはやのくに》」。

難波《なには》の碕《みさき》に到るときに、奔潮《はやなみ》有りて太《はなは》だ急《はや》きに会ふ。因《よ》りて名《なづ》けて浪速国《なみはやのくに》と為《い》ふ。亦浪花《またなみはな》と曰《い》ふ。今し難波と謂《い》へるは訛《よこなま》れるなり。

海のほとりの険しい崖。そこより見おろせば、はるか眼下に急流がとどろき白く砕け、恐ろしい渦をなす「浪速」の地。すなわちナニハの由来。そこから舟を出せば、飛ぶごとく速く浪にのる。まさに天へも飛翔する鳥船《とりふね》となる。

大陸へもつらなる急流とどろく浪速の地。太陽はあかあかと浪を輝かせ、西へ落ちてゆく。海のほとりの岬からは、その光輝がまぶしく正面に望まれる。その太陽の岬を聖徳太子は、大いなる寺にふさわしい地と選んだ。

太子の意志は結果的に、聖と俗がいちじるしく混合するるつぼのような都市を生み出した。たおやかな青山垣に囲まれる内陸の大和の国とは大きく異なる。多種多様な要素がまだらをなして、怒濤のように海から流れ込む。

丘のいただきに聳えるのは、海の彼方に沈みゆく落日の光芒のただ中に、金色の光はなつ仏たちのいます西方浄土を思い観想する寺院。寺の西門に集まる信徒にとって海は、死をこえて永遠のいのちを授かる他界へ渡るための、青くはるかな慈悲のかけ橋。

一方で寺院のひざ下に広がるのは、物欲にひしめく商いの町。この世の無常を告げる寺々の夕鐘の音色は町のすみずみにまで響くけれど、ほとんどの人の耳をすり抜ける。てのひらの汗で湿る銭貨がたえず流れ、大きな波をなす銭の川の町である。働き、稼ぎ、よいものを食べ、面白いものを観る歓びが、あふれ返る。

海はありがたい商いの道、生の糧を運ぶ橋。神や仏は、とどこおりない銭の流れを守る存在。利益を保証してくれるからこそ、人はそれらをあつく信ずる。聖と俗、清と穢。諦念と欲望。死を恋うこころと、生を望むこころ——矛盾と混沌にみちた町ができた。

うちかて、大いにそういう家やものな、とえいは思う。ちぐはぐだらけ。まわりからは、お医者よ学者よと立てられるけれど、しょせん商家だから、表のくすりやでは朝から夕まで、すえつけの銭箱に銭を出し入れする音が鳴る。学者なんか商人なんか、わからん。

だいいち主人の義兄さんが——、学者やから商売きらうんも無理ないとお母さんや姉さんは嘆息づくけれど、あんな遊び好きの学者て、居るかいな。

気むずかしい顔して一日じゅう本ばかり読んでいるかと思うと、すべて放りだして小芝居に夢中になったりする。はまり方が半端やない。若い頃の色街通いみたいなことは、経済的にもようせんけどその代わり、このひと阿呆やないかと思うくらい、一時は低級なでろれん節《ぶし》なんかに入れこんで、あれには呆れた。

のぶさんもそんなとこ、似てないわけでない。むうっと陰気に考えこんでいるかと思うと、芝居がかったはしゃいだ顔して笑えん冗談言いちらして、あれで学校では、おどけ好きのおど吉さん、なんて言われてるらしい。

そのくせ自分は、品の良いおとなしい静かな人が好きなんや。そういう人と友だちになりたいんや。なのに、あっちからは好いてもらわれんらしい。悲劇やなあ。

気をつけて育てねば、という思いが、えいには常にある。人よりすぐれた頭脳をもつ甥の父親が、つまりえいの義兄が、けっきょくは町医者にも商人にもなりきれず、かといって学問の道に精進するわけでもなく、女ばかりの家の婿養子として面白くなく立ち腐れてゆく様子を毎日つぶさに見ているので、芯からそう思う。

のぶさんも我がつよいから、がまんや辛抱はとうていできない。その代わり、自分の行くべき好きな道にとっつきさえすれば、偉い人になれる相をしている。そう思わないでどうして、あの子の顔をまともに見ておられようか。

のぶさんが生まれた時はお母さんなんぞ、ありありと眉をひそめていた。罰があたったかと不吉なものでも見るように、うとましい表情で赤ん坊を抱いていた。

しばらくたって自分に言いきかせるように、ああ、それでもよかった、男の子で。これが女の子なら、ほんにどえらい事やった、考えてみれば幸運だったかしらんと呟いていたけれど、そんなん辛いのは、男も女も同じや。

まして人より烈しく、綺麗な優美なものにこがれる質《たち》のあの子やもの、小さい頃から近所の悪餓鬼にからかわれて、どんな悔しかったかわからん。インキ、インキ、青インキ。インキ、でこに付けてくさる。インキは陰気、陰っ子、あざっ子、継子。生まれたなりにババ付きよった、と叫ぶ子どもたちの声を聞いて、あたしは何度、通りへ飛び出したことだろう。

また、こう姉さんが一向にさらりとしてない人だから。ごめんよごめんよと謝まるように、いつもおどおどと息子の顔をうかがう母親の様子に、のぶさんが誰にも言えず色々なよけいなこと考えて考えつめて、心をいっぱいにしてること、あたしはわかってる。わかってるけど、どうも言われへん。よしない事ばかり。せめてあたしが、羽ひろげて庇わんならん。

戎神社の境内の樹々が夕風にざわめき、梢をかすめて小鳥たちが空へ舞い上がる。緑ゆたかな四天王寺の丘陵の寝ぐらに帰るのだろう。春の空は明るいとはいえ、風はまだまだ鋭く、寒い。境内にひるがえる幟に書かれた勢いよい願掛けの文字も、もはや読みがたい。

ひょろり、と神社の塀から湧いて出たように、寺町の方から現われた影がある。あ、のぶさん——。

特徴的な、よろけるような歩き方。じつは誰にも言わないが、長い時間歩くとその最中にうすら眠る不思議な癖が、少年にはある。夢遊病にも似る。眠り歩きして側溝に足を突っ込み、泥だらけになったことも一度や二度ではない。ものの輪郭があいまいになる暮れ時などによく、この癖が出る。


今も自分でも気づかず、軽く眠りながら歩いていたのかもしれない。のぶさん、と呼ばれてはっとした。戎神社の前の、入堀川にかかる広い橋のたもとで叔母が、夕寒さに胸をすくめ袂をかきよせ、いかにも淋しそうに立っている。驚いた。

少年は駆けよった。叱るように、言う。小柄ながら骨格はたくましい。

「何やいな、こんなとこで。お父さん、具合わるいの」

少年の父親はこのところ時々、胸が痛いと寝込むことがある。

「そんなことないわ。今日はお稽古でずっと編み物してたさかい、肩がこって気しんどうて、そこら歩いてみるついでに、のぶさん待ってみたんや。また家隆《いえたか》さんか」

祖母や母にならって信心深い少年は、この頃は、四天王寺の脇の小さな丘の上の家隆塚《かりゅうづか》に詣でることが多い。

死期をさとった新古今和歌集の歌人の藤原家隆は、太子の教えにあこがれて都から移り住み、ここに庵を結んだ。丘の上から難波の海をながめ、落日の方角に西方浄土を観想する日々をおくった。願いどおり、ここで死んだ。

いつしか小丘は、夕陽丘と呼ばれるようになった。松の樹に守られて、風雨に黒ずんだ石の五輪の塔が立つ。都で栄え、ここで孤独に死んだ歌びとを銘ずる。

ひとり。家も家族も捨てて、海の見える異郷にひとり。澄みわたる心の泉にこんこんと湧く歌ごころを、いのち果てるさいごまで、はるかな海と太陽にささげた歌人、家隆。

おさない時に家の女たちに連れられて、ここは都の偉い歌人さんの死にはったところ。その方は太子さまにすがられた聡《さと》いお方と教えられてきたけれど、この頃の少年には、ここにも自分と同種の人間がいた――そんな感慨で、この孤独な歌人を慕わしくなつかしく思う気もちが湧いている。

今日もまた、散策のとちゅうに家隆塚に行った。情熱的な少年は、その石塔の前にぬかずいた。松の梢に四天王寺の森から飛来した小鳥がさえずるのも、太子の恩寵であると感じた。

歌びとがいのちの熱気うずまく世間を離れ、死に真向かい、自己の根源としての海と太陽に祈りつづけた年齢までには自分はまだ遠い。ひとりになることが許されるのは、まだまだ先なのだろうか。本当はもう明日にでも、川沿いの騒がしい町も、そこに古根を張る家も振り切り、そんなひとりになりたいのに。

「おお、さぶ、早う帰ろう」

「寒がりやなあ。こんな夕風、何でもないわ。すっきり涼しくて気分いいくらいや」

「あんたは男の子やもの。いくじなしのおばはんとは違います」

「そんなら、こんなとこまで来んといいねん」

遠目には、姉と弟のようにも見える若々しい叔母と甥は、親しく身体をぶっつけあうように歩き出した。叔母は用意してきた手編みの襟巻を、うしろから甥の首に巻こうとする。少年は、いらんいらんと、背をそびやかす。

「ああ、のぶさん、見てみい。お日さんの最後がえらい綺麗や。ここから拝んでこう」

西へ大きくゆるやかに傾く日。烈々たる黄金の輝きの威容を失い、透きとおる小さな真紅の宝珠と化し、彼方に無限に広がるやわらかな雲海の底にしずみきったところだ。

雲の海はすでに半ばは青灰色となり、刻々と昏くなる。空には薔薇色の余光がたゆたう。川波が無数の三角にきらめく。入堀川沿いの封建時代に建てられた古い家々は、黒い影の塊となりつつある。

えいは日の沈んだ方角に頭を垂れ、手を合わせた。

ちぎりあれば　なにはのうらにうつりきて、なみのゆふひをゞがみぬるかな

ごく自然に、小さい頃から知る家隆の晩年の歌が、えいの口をついて出る。縁があってこの海のほとりの庵に暮らし、極楽浄土をゆめみつつ西の海にくるめく夕日の輝きを拝む嬉しさ、有難さ。これも前世からのさだめ、深い仏縁によるにちがいないと、漂泊の歌人は、今までの自身をささえてこの地に運

んだすべてに感謝する。

叔母の口ずさむのにつづき、少年は最近知り、愛唱するようになった中世動乱期の歌人、京極為兼の落日の歌をかん高い声でうたう。

沈みはつる入日のきはに　あらはれぬ。霞める山の　なほ奥の峰

緻密に写実的。ゆえにひどく幻想的。落日のさいごの輝きが一瞬、今まで視えなかった山のさらに奥の峰を照らし出す。遠くにいるのに、その峰に生える松の梢のかすかなそよぎまで明澄に視える。それは現実のなかに奇跡的に姿をみせた聖なる峰、はるかな異郷。

この歌の張りつめた孤独なこころが、これもしきりに自分のもののように思われる。なんや、光も詠まず陰気くさい歌と思う人も多いやろ。この歌のよさ、説いてる本、読んだことない。

ひとりになって旅して、さいごにたどり着きたいのは、こんな峰の奥や。為兼のあこがれる死は暗闇やない、光かがやく他界や。為兼はそう信じた。僕もそう信ずる。

えいはそんな甥の感傷を知ってか知らずか、ほんわりと呆けたように空を仰いでいる。ならんで夕日の道の後をながめる若い叔母と甥。甥は十二歳、叔母は二十七歳。

光ある目つき、誇り高く結ぶ口もと、乾いて白く瘦せた頰の肉づきなどがよく似ている。しかし一点、決定的に異なる。甥の右の眉から鼻梁にかけて、つまりほとんど両眉のあいだに、れきれきと青い痣がある。くらべて叔母は、しみひとつない粉っぽい白い顔。

ふしぎなもので、少年の機嫌により、青痣の印象は日々変わる。ぼうっと憂鬱に、まさに青インキが額から垂れこぼれるように見える日。かと思えば、痣などこの子にあったかしらんと、忘れてしまうほど薄く平凡におだやむ日。

すぐ上の兄とけんかし、負けずに身体ごと突っかかってゆく時などは、痣は青い鬼火のようにらんらんと燃え、額いっぱいに跳梁する。

よくもわるくも、少年を他の人とはっきり区別する鮮やかな刻印である。少年のひそかな孤独も哀しみも、そもそもはこの特異なしるしを一つの母胎とする。

二人ならんで帰る今は、それは青々ともやう春霞のように、あるいは静かな禅寺の青苔のように、右の眉の上におとなしく鎮まっている。こんな時は青痣は少年の顔に、一種高貴な異相をもたらす。

少年は後に大人という年頃もすぎ、死を想う晩年の入口に立った時、ふがいない一生を振りかえり、眉のあいだの痣ひとつ消すこともできなかったわが世であったと嘆いた。

眉間《まなかひ》の青あざひとつ　消すゝべも知らで過ぎにし　わが世と言はむ

すでに十八、九歳の時に彼は、「はかなしや我世はつひに青インキにじまむひまの身とこそ思へ」と詠んでいる。つまりは生きる間、おのが痣をたえず気にしつづけていたということになる。

しかし年とってから知りあい、心ゆるした彼の詩友は――名高い抒情詩人であり小説家であるが、この嘆きに反論した。この人もまた美に烈しく焦がれ、くらべて自身の容貌の醜さを創作でしきりに恥じらい、哀しんだ人だった。
君の青痣こそは、君の詩心の表われ。人よりも深く哀しみ、深く恋いこがれるために与えられた、聖なる星に他ならぬと断言した。
もし私が痣ある君であったなら、この聖なる星をむしろ誇りとし、真の詩人の冠として額に高らかにかかげて日々暮らすであろうと、次なる短い詩を友人の痣にささげた。

痣のうへに日は落ち
痣のうへに夜が明ける、有難や。

（室生犀星「釋迢空」『我が愛する詩人の伝記』）

痣ある少年の名は、折口信夫《おりくちしのぶ》。

第二章　名と家と、生殖の苦と

名は人を語る。人は名を語る。

完全に自律的に生きられる人間なんていない。名前はその象徴。自分が選んだものでないけれど、人生に影身のように付きそう。名前と人生はたがいを侵食しあう。

さもなく名前と仲よくなる人もいれば、無意識の努力で名の必然をみがく人もいる。彼の場合はどうだったのか。

折口という名も、信夫という名も、彼には大へん似あう。双方ともにいささか謎めき、風変わりでうつくしい。信夫は、みちのくの信夫文字ずり誰ゆゑに、の古歌を明らかになぞる。はるかな北国の風に吹かれる草木の風情を想いおこさせる。忍ぶ恋のしのぶを響かせる。

おとこの名なのか、おんなの名なのか性別がわからない。植物的な印象は、意を決して生殖行為を断ち、子どもをつくらなかった彼にふさわしい。

実用的でなく詩的な名なので、柳田國男が自身の主宰する民俗学誌「郷土研究」に初めて折口信夫が投稿したさい、これを名ある人のペンネームと思いこんだ逸話はよく知られる。このすぐれた論考、よほど立派な学者の書いたもので、そうか口を折ってつぐみ、名を隠して書くという意味の虚名〈折口信夫〉であるのだなと、柳田らしく才走って劇的に解釈したという。

しかしこの信夫という美しい名には、彼は苦しめられた。この事については、池田弥三郎の評伝『私説　折口信夫』が、彼の戸籍の周辺も調査したうえで先鋭な推理をこころみている。説得力があり、おそらく真実に近く迫る。

長女である母のこうが婿養子をむかえ、未婚の二人の妹とともに生ぐすりやを切りまわす彼の家は複雑な内情をかかえていた。母に不貞があり、その意趣返しかとも折口はひそかにうたがう形跡もある。ともかくも父と、母の上の妹とのあいだに不倫があった。

信夫には生後まもなく夭折した一人の兄をのぞく三人の兄、一人の姉がいる。下には双生児の弟がいて、親夫・和夫という名のこの二人は、父と叔母・ゆうとのあいだの子であることは早くから事実として親戚にも知られていた。

兄たちの名は、静・順・進とつづく漢字一字の名。信夫から、このスタイルが変わる。夫のつく漢字の二字名となる。

ことばにひどく敏感な質である。自分も双生児の弟たちにつらなる、系列の異なる子なのか。父か、あるいは母の不倫の子である可能性がなくもないと生涯、心の底で苦悶しつつ想像していたのではないかというのが、池田弥三郎の推測である。

事実はわからない。情のあつい子なのに、親のしみじみとした情愛をうけずに育ったことはまちがいない。ただし、それ自体はそう特別なことではない。

昔は、家というものが一番おおきな顔をしている。今のように親が子どもの情操に気を配るという発想がない。とくにいそがしい商家の子はおこづかいをふんだんに与えられ、その代わり放ったらかしで育つことはままある。

折口の自伝的小説「口ぶえ」には、商いの家の雑音の中で暮らす主人公の淋しさが、大阪の夏の風物詩を背景に繊細に描かれる。

折口の中学生時代を等身大に映す安良《やすら》少年は、校庭の草花の世話をみずから買って出、夏休みも登校して過剰なほど水をやる。その愛情が必ずや、草花にとどくと信ずる。

安良はつぶやく、「じやうひんで脆《もろ》い心もちが慕はしかつたのだ」。これは書き手の生の声だ。折口とはこういう人なのだ。

こちらを思いやり、背中や肩をなでてくれる柳のようにやわらかな優しい美しい愛情。そんな繊細な愛の持ち主との交流を何より求め、あこがれ、夢みる人だった。それを得るのが彼の生の核心に根をなす本質の願いだ。

そうしたやわらかな愛をもっとも欲する子ども時代に、それがかなわなかった。信夫という名には、永久に取り返しのつかない飢餓感が貼りつく。それもまた、彼の大切な始まりではある。

一方、折口の名も彼の重要な根幹である。土地にかかわり、海にかかわる名。

「折口という名字」と題する彼の論考によれば、折口とは海への降り口を示す。一族のあいだに物語られる伝承がある。七歳までともに暮らした、記憶力のすぐれた曾祖母のとよから聞いた話でもあろうか。

そのかみ、織田信長との宗教戦争に敗れた浄土真宗の聖僧・顕如上人は紀伊の根来寺《ねごろ》に脱出するために崖の小道を伝い降り、海へ出た。それを案内したのが、土地の信徒の折口家の祖先だった。小舟をつなぐ海辺に上人をみちびいた。その功績により上人から、降り口の名を賜わった。

大阪は水都である。古代は八十島とも称され、島々と海、砂洲が複雑に入り組む潟地であった。彼の生まれた南西部の木津村は、少し昔は海がぐっと間近に食いこんでいた。家の菩提寺の願泉寺などは、創立当時は波とどろく渚にぽつんとただ一つ、建っていたという。

なるほど大阪には水にちなむ地名が多い。川、浦、岸、渡、潮、水門、島、磯、船などの字のつく名がゆたかに散らばる。もちろん木津村の津も、水にかかわる名である。

ということは折口家とはそもそも、大阪湾にのぞむ砂洲つまり海への降り口を拠点とし、漁業や水運業にたずさわった海の民の一族の末裔なのかもしれない。

彼の古代研究がなぜあのように、諸国の津々浦々をさすらい旅した「海部《あま》」の持ち運ぶ物語や芸能に注目したのか、生地の木津村にはそうした彼の内奥の風景もかいま見える。

折口信夫は明治二十（一八八七）年二月十一日、大阪府西成郡木津村二三四番屋敷に生まれた。百姓であったが、曽祖父の代で生薬と雑貨をあきなう商家に転じ、祖父以降は当主が医師をつとめた。

そして意外な感じもあるが、彼はある意味、近代テクノロジーの申し子といえる。電気とともに生まれてきた。一八八七年といえば、東京では電気の利用がつよく奨励され、シンボルとして鹿鳴館に初めて白熱灯がともった年である。まばゆい光の下で貴婦人たちの色あざやかなドレスがひるがえり、玻璃の杯にゆれる葡萄酒もみちがえる紅色に輝き、人々を魅了した。

そのとき大阪の町はまだ暗い。古風でしまつのよい主婦たちは、ランプの灯さえ惜しんだ。手間ひまかけて昔ながらのかまどに火をくべ、飯を炊いた。むしろその労を女のたしなみ、誇りとした。

しかし都市としての大阪は、首都に負けるまじ、奈良のように優雅な斜陽に甘んずるなかれと、焦げつくように近代化をあせり、工業化を進めつつある。

一八八七年は、西道頓堀二丁目に初の交流発電式の発電所が建ち、大阪電灯会社が発足した記念の年である。実際の営業は二年後。一八九一年には使用戸数一万灯を突破し、明治末年までに五十万灯を数えた。

信夫は電気のぼんち、などと近所の男たちに呼びかけられることもあった。汗かきで、季節をとわず頭がすぐ上気する。電気あたまや、ぽっぽと熱うなる、こっち向いてちょっと照らしてや、などとからかわれるのが心底むかついた。おさない頃の思い出である。

後になって歌道に邁進し、自然主義を奉ずるアララギ派の歌人たちと親しく交わることになって深く思ったのは、水きよく緑うつくしい穏やかな故郷がある人はええなあ、ということだった。

写生いうもんは、自然をそのまま写すこと。自我をまじえないその謙虚な営みはおのずと、自然の恩恵をゆたかに受ける。写生とは無垢なる神の技である、という歌人たちの純朴でまっすぐな信念は、故郷の山川草木への無限の敬意にもとづく。

はなからそんなもん、ない人間はどうすればええのかと毒づきたくなる。一人だけはみだした子のような、いじけたひねくれ心が湧く。

自然の優しい大らかな懐にあやされて育った歌人たちとは、土台ちがう。人、人、人の押しあう生ぐささの中で育った。草笛を吹いたこともない。野の花でままごとしたこともなければ、田んぼの蛇や蛙と仲よくなったこともない。

くすりやに備えつけの古い銭箱から小銭をつかみだし、古本屋や芝居小屋をのぞいて遊んでいた。小腹がすくと、勝手にぜんざいやうどんを買い食いした。

町はそう綺麗ではなく、洗練されてもいなかった。島の内などとは大ちがいの、近郊の場末の市場町である。黒煤がしきりに降り、川波はごみや芥を浮かべて濁る。家の中庭の植木にも、黒煤がさかんにくっついた。

工場ができたせいで洗濯物がよう干されへんと、女たちは顔をしかめてささやきあった。工場から川にけったいな液を流すよって、川で遊んではいかんと、大人は子どもに言い言いした。そう言われなくとも、とろりと青黒く濁るそこらの川でなど遊ぼうとする子はいなかった。

子どもをかまわない家だったけれど、手をきれいに洗うことはやかましく躾けられた。そこは、くすりやである。石鹼や消毒液には事欠かない。それらを持ち出し、友だちにも分けて、大人気を博した。

隣のように豆腐屋や鰻屋ではなくて、くすりやでよかったなあと思うのは、そんな時である。見てみい、と言って樟脳をかじってみせると、友だちはふわあっと感に堪えぬ顔をした。数種の散薬をでためて混ぜ、どうや飲むかと迫ると、わあ毒博士や、とわんぱくどもが飛びのいた。

女の子たちが喜ぶのは、色とりどりの毛糸の端くずや、砂糖の空き缶、紙石鹼などである。いちばん人気のあるのは、十二単の姫君の姿を彩色で描いた中将湯の包装紙で、これはめったな子には上げられない。

幼なじみの親戚のひでちゃんと、他には小学校に入ってまもない頃の同級の綺麗な女の子、たしか千の字のつく優等生にそっと何度か上げただけだ。千世、千代、千鶴——? ふっくらと白い面輪の子で、いつも紅味《あかみ》の勝ったきものを着ていた。

しょうもない子どもだったなあと思う。男でも女でも、綺麗な顔したすっきりした姿の人が、むしょうに好きだったのだ。遊びが終わっても別れとうもない、綺麗な子の帰ってゆく家の子に自分もなりたくて、もうええよお帰りよと言うのにいつまでも、その子の帰る道をいっしょに歩いていったりした。友だちの家に遊びにいっても、うす暗くなって皆がぽつぽつ帰るのに、障子に夕日影が射すのにも気づかないふりして、ずいぶん長ッ尻した。

そこが明るいなごやかな、優しい大人たちのいる家だったりすると、ご飯に呼ばれんかなあ、泊まっておゆきと言われんかなあと、さよならを言わずにぐずぐずと待った。ものがたい古い大阪の家では、めったに人を泊まらせたりしない。いつも長ッ尻の困った子、と思われていたのではないか。

早う帰っておもらいとささやく母親と、そしらぬ風でいつまでもおもちゃを広げている友だちとの間で板ばさみになって、信夫くん僕が家まで送ってゆこうかと、できもしないことを言い出す友だちの、可愛がられて育った人特有の艶のいいゆたかな頬の匂う顔を、ああつれない人よ、と情けなくうらみがましく見つめた記憶が鮮烈にのこる。越境して遠くの町のよい高等小学校に通いはじめた頃のことである。

思えばあれが、ふんわりと人を好きになった初めだったのかもしれない。そんな自分と遊ぶのはしだいに邪魔くさくなったのだろう、その男の子は他のもっとあっさりした平凡な同級生たちの仲間の輪に入り、信夫君と声をかけてこなくなった。

それは僕が木津村の子やからかと、一時はひどく気に病んだものだ。おうちはどこ、と彼の品の良い母親に聞かれて、木津村と答えた時の彼女の小さな沈黙は、子ども心にこたえた。何してはるの、ええ、くすりやさんでお医者さん。はあ固いお家やな。——それでやっと見直してもらえた感じだった。

おうちはどこ、お父さんは何してはるの。この問いは、子どもたちが遊びにゆく家で必ず一度は受けるもので、一種の通過儀礼といってよい。隠微な人間の品質検査でもある。

何度かそんな問いを受けて、自分の家のある木津村が複雑な意味をもつ土地であることを、おさないながらに感得した。

海に近い。昔ながらの河口の市場町である。大阪の中心部の都会より、古い習慣やことばが色濃くのこる。一方、大阪の工業化の渦中にある。急速な産業革命の波をまともに浴びる。

木津村の属する大阪の南西部、西成郡。それにならぶ東成郡は、海に面して広大な農地と空き地を有する。一八八〇年代に展開される各種の工場建設ラッシュにさいし、恰好の地域と目された。

折口が自身で故郷のこうした風景について語ることはない。彼が論考で報告し、あるいは随筆でなつかしげに回顧するのは木津村の古い部分、江戸時代の井原西鶴や上田秋成、近松門左衛門などの文芸の匂いのする土俗的な祭りや風習についてである。

しかしじっさいは彼の生地は、「東洋のマンチェスター」と称される紡績業で栄える都市、大阪を底上げする地域でもあった。この事実については、木下順氏のすぐれた論考「折口少年の通学路——大阪日本橋・長町裏からの問題提起」が先鋭に指摘する。

それによれば、木津村勘川南部の折口の実家のあたりはなるほど「商業部の中心」であるが、ほどない南の農地には一八八〇年代に紡績をはじめとする製造業がめざましく進出した。工場が次々に建った。

象徴的なのは、明治十六（一八八三）年に操業を開始し、大阪の工業化をリードした大阪紡績の大工場が、折口の生家の西に一・五キロのところにあったことである。この工場設立を皮切りとし、木津川、安治川、新淀川沿いには紡績やマッチ、石炭、鉄、セメントなどの化学工場が続々と建てられた。

工場は地域に雇用を生む。とともに様々な社会問題も巻き起こす。都心でないのをいいことに危険な化学工場が林立し、内部環境も悪かった。もともと土地の水はけもよくない。川が汚染され、コレラや赤痢が流行した。ブラックな低賃金と過密労働の問題もある。

ちなみに明治二十九（一八九六）年には西成郡九条村に七五〇〇坪の大規模の大阪瓦斯会社の工場ができ、南新田に大阪化学工場会社ができた。一八九七年の時点で、木津村と隣の今宮村にある工場は各々およそ十、難波村は約二十を数えたという。

大谷渡氏の編著『大阪の近代』によれば、このように西成郡にはとくに工場が多かったので、全国から低賃金労働者がおびただしく流入し、地域の新しい住民となった。新たなスラムが形成された。低劣な労働環境にあらがう職工たちのストライキもしばしば起きた。

また、紡績工場にかんしてはその稼働をささえたのは、地元の十五歳から二十歳の少女たちである。朝早くから一日中、綿ぼこりを浴びて深夜に工場から帰った。大阪版女工哀史である。

折口の自伝的小説「口ぶえ」に、ほんのちらっとだけ、彼女たちらしい姿がうかがわれる。本当にちらっとだけ。まるで別世界の遠い小さな風景のように。

「安良は五時ごろに家を出て、東へくとあるいてゐた。（中略）ある田舎町に来た。そこで桃や巴旦杏を買うて、雑嚢におしこんだ。これから南へ行くと、墓場の間をとほつて、緞通織る工女の歌のせはしい村に這入る」

女工にかんする最大の悲劇は、明治二十五（一八九二）年十二月の工場大火災である。西成郡三軒家村の大阪紡績会社の工場から出火し、二棟を焼尽し、約百人の少女の女工が焼死した。主に近くの高津村、木津村、九条村、難波村から通う少女たちであったという。前に述べたように、この工場は折口の家からさほど遠くないところにある。

おんおんと泣きわめきながら、遺体を引きとりに来る人々もいれば、娘を女工に出したことを恥とするのか、引きとり手のない遺体もあった。工場を二棟焼いた火はなかなか鎮まらず、いったいの地面は数日後まで、ぶすぶすと熱く燃えた。

五歳の冬だった。その時のことはたしかに覚えている。空は妙にあかかった。何か大変なことが起きたらしく、尋常小学校は早く終わった。いつも近所の子と帰るのに、珍しく、ばあやが迎えに来た。他の子たちもそれぞれ、女中や母親に手を引かれて帰っていった。

ばあやといっても、お婆さんとはちがう。まだ四十そこそこだったのではないか。大好きな女だった。家の者はみんな薬くさいけれど、ばあやはそれに加えて甘い匂いがする。そう、肉桂のような。むきだしで働く腕は、真っ白な大根のようで、ぴたぴた吸いつく水気があった。

えらいこっちゃ、えらいこっちゃ、と口の中でしきりに呟くばあやは、幼児の足ののろいのに今日ばかりは焦《じ》れた風で、あてがおぶいましょと地面にしゃがみ、背中をさしだす。

いややとむずかるのを無理やりに背負われてみると、何とも気もちがいい。からだ全体に包容力のある女なのだ。いつもゆったりしているくせに、今日はすたすた歩く。相変わらず、えらいこっちゃと唱えつづけている。

「おやな、その妙ちきりんな口やめな。つぶつぶ訳わからん文句やまん順礼のおばはんみたいやんか」

ばあやの柔らかい耳たぶをつねって、そう言ってやった。ぼんち、仇やとお尻くすぐるかと思ったら、無視された。歩きつづける。

「だいじない、だいじありまへん。怖がらんとおいてや。ぼんちは賢いさかい、怖がるような子オとは違う」

怖がってるのは、そっちやないか。おやなの青ざめた心のふるえが、あたたかい背中を通して伝わってくる。大人でも怖がることがあるんだ。ほんとうに空があかい。木を焦がすような匂いもする。どこかから、黒い大きな灰がふわふわ舞う。

子どもにとって縁のない工場の火事はおぼろな夢のようで、それよりもその日の夜に家で一騒動あったことの方を、胸の底まで冷やつく恐ろしい出来事として覚えている。

火事に関係がなくもない。さすがに一年に一度かというくらいの父親のすさまじい癇癪が鬱勃と火を噴き、家内を荒れ走りぬけたのだ。その日の米飯に長い髪の毛が入っていた、たしかそんなことだった。

女の多い家で、父親だけはその日その日気ままに縁先や坪庭に面した小座敷で夕飯をとる。女子どもは、茶の間に集まり、もそもそと手早く食事する。

その最中、襖が荒くひらいた。がっしりした体に河内木綿のふだん着をきた父が、白眼を血走らせて母や叔母たちを睨んでいる。何ごとかと皆、ぎょっとした。

「この髪の毛だれのや。汚らしい。わしは飯はもうよう食わん」

母がおろおろと立ちあがり、衝撃でうつけたように呟く。

「えらい、すんまへん。火事の騒ぎで皆ぼうっとしてましたさかい。ようく気をつけてお膳かえてきまひょ」

「もうええ。女の髪なめたと思うたら、胸わるくて吐きもどしそうや。それに火事があったて、そんな言い訳にしようとするお前の心がしまりがない」

鋭く見すえられ、母はかくんと首を折って、早くも涙ぐんでいる。

あの人の眼が恐い、と祖母などは隠れてよく言う。ふだんはむっつりと静かやけど、いったん怒ると気がはずれた人のようや。座敷牢から髪ふり乱して出てきた人のようやないの。

よい紹介者があって、河内の大した分限の家から来てもらった婿がねだけれど、後で知ったことにはその家は、代々大酒のみの筋だという。

土地でも有名な旧家であるだけに、近親どうしの血も濃い。何かしら尋常でない狂おしい気質が伝わるのではないか。ああ、大切な長女にえらい婿をもらって苦労させると、祖母が内心ひどく悔やんでいるらしいのは、周囲の者もうっすら察している。

「火事で気がぼうっとするて、何ちゅう情けない言い草や。この家、火事こうむった人たちのために何かしましたんか。火事場に炊き出しすること、誰も思いつかんかったんか」

矛先が大きく変わる。女子どもを睨みすえる眼光はますます冴える。こうなると手がつけられない。怒りの魔王のようだ。

「こんな時は河内の実家では、倉一つ開けて火事場に振る舞ったもんや。それがこの家では知らん顔や。せこらし」

ここまで言われては、祖母も色を変えて唇をふるわす。母はしくしくと泣き出し、ゆう叔母は亀のようにひたすら首を胸元に埋め、目立たないようにちぢこまる。

えい叔母だけだ。興奮で瞳をきらきらさせ、立ちはだかる父の眼をまっすぐ射ているのは。この利発な義妹だけには父も一目おいている。その若々しい瞳から目をそらし、捨てゼリフを吐く。

「町人たら、とことん卑しいもんですな。銭臭い。おかげで子どもたちも人さんの不幸に知らんふりする、立派な町場者になりましたわ」

再び、襖がぴしゃりと閉まる。軽口や遊びの入った皮肉、品の悪い罵言には慣れていて、小憎らしいほどさらりと受け流す人たちも、頭をつかんでこづき回すこうした種類のことばには慣れていない。

茶の間にいた皆は、深い海に潜っていた海人《あま》のようにやっと呼吸を取りもどした。年とった曽祖母だけはいたって平然としている。何が起きたかわかっていないのか、あきらめ果てているのか。知覚の鈍い巌のような表情を崩さない。

こんな時、生きている人間らしいのは、えい叔母ひとりである。男の理不尽に負けてなるものかと、女学校を出たばかりの娘らしい気概を凛と張る。他の女たちはことごとく事なかれ主義の灰色の影をまとう。

「義兄さん、えらい言い方やけど、そない言うたらうちの医院は主がいつも空席や。ここらの人みな苦労して、遠いお医者さん行ってはる。くすり調合するこう姉さん、いつも頭下げどおしやないの」

こうなると決まって母のこうは、ええから、もうええから黙ってえなと手の甲で涙をぬぐい、湿った感情を振り払うように身体を動かし、立ち働く。

父と母は仲が悪い。むしろ父は、えい叔母さんと結婚した方がよかったのではないかと彼はひそかに長い間考えていた。

父は女を腹の底から軽蔑している。とくに家にくすぶり厨《くりや》を這いずりまわり、気のきいたこと一つ言えず酒の酌一つできない、世間の狭い陰気な女を徹底的に嫌っている。

しかしどうやら、華やかな艶ある女や才ある利発な女は別なので、その意味で父を隠然とおさえつけることができるのは、明るく社交的で学問の好きなえい叔母ばかりである。

父とえい叔母とはたまに、和歌や漢学の話をすることがある。この聡明な若い義妹の存在を認めている。父と母は仲が悪い。同じ家にいながら、全く別々の世界に暮らしている。そう単純に思いこんでいた。しかし現実は、小さな子どもの思わくよりはずっと複雑で生々しい。

記憶のなかのいくつかの夜。今から思えば、父が大酔した夜なのか。小用で厠へ行くため起きた時、父母の休む寝間より、聞いたこともない母の悩ましい息たえだえの嗚咽が聞こえ、心臓が裏返るほど驚いたことがある。

つづいて何か父が低く笑ってつぶやく声がし、母は枕に顔を押しあてているのか、息を曇らせて細くうめき、すすり啼きつづける。

本能的にこれ以上聞いてはならないと直感し、自分の寝間にもどった。胸の動悸がなかなかおさまらず、明け方まで寝つけなかった。

父母をめぐるその出来事には、雄と雌の匂いがした。生ぐさい。厭わしい。夜中にあんな尋常でない声を上げながら、朝には二人とも澄ました顔で、妻や夫や親を演じる。

精神的には全く相いれない。なのに肉体は馴れあい、阿吽の呼吸を交わす。わからない。あんなことは、愛しあってこそようやく忍べる、人間の大きな恥部ではないか。

五歳の真冬の火事の記憶は、家の不和の記憶と密にむすびついている。それはまた、多くの人がごく自然になめらかに進む結婚と生殖という道程への、いちじるしい拒絶感にもむすびついている。

いつの日か突き当たる大きな石の壁、結婚。それが自分の幸福につながるとは、どうしても思えない。獣のように四股を絡める男と女がありありと視える。あの、二度と耳にしたくない忌まわしいすすり啼きの声。

この壁の中に意志弱く、ただ吸いこまれてゆかなければならないのか。いやだ、自分にはできない。壁にはちろちろ燃える火のような、焼け爛れた生ぐさい赤い血が流れ伝わる。それもはっきりと視えてしまうのに。

この壁をこえ、志さだめて高らかに飛びたい。ああ、いっそ身体などもぎ取り、魂だけ光り輝く白鳥のようにまっしぐらに蒼天めざして飛んでゆけたら、どんなに素晴らしいだろう。

脳裏のなかで鮮やかにことばにならない幼い頃から、この願いこそ彼の胸に形はさだかでないが烈しくひこばえ、彼を律するつよい動力となったものであるに相違ない。

小さな頃から、空飛ぶ鳥にあこがれていた。彼の歌や詩には、鳥のイメージがそこここに影を落とす。鳥と空の詩人でもある。

みじめな醜いアヒルの子のような自分から脱皮し、白鳥に変身して家郷を捨て、光みちる大空をはるかに舞うこそ、幼時よりの宿願だった。そううたう詩も、彼にはある。

詩「童話」(『現代襤褸集』昭和三十年)より、最終部の四連を引く。

—坊は　白鳥《はくてう》になるんだ—。
思ひがけなく　大きな声が出て、
私自身　びつくりした。

へえ　と驚いた顔の兄が、
瞬間に、軽蔑の表情を立て直して、
金持ちは　やめか。
乞食にならずに　白鳥になるか—。

だが　おめえなざ—、黒ちやぼだ。
跛ちやぼの　目爛《めくさ》れ矮鶏《ちやぼ》の
そばかす矮鶏やあい—

腹癒せの凱歌を
ほき出すやうに　言つた

この呪ひのやうな—童話が
一生つき纏うて来た　私—
白鳥の羽ばたきの空耳《そらみゝ》—
あゝ白鳥—

詩では彼のみが異端で、兄は白鳥になりたいという幼い弟の願いを聞き、ばかにしてあざ笑う。しかしおそらく、孤独の身となり家郷を脱したいという傾向は、家族の中で彼のみにあったのではない。三代にわたり養子を取ることの続いた係累の複雑な古い家の男たちに、あるていど共通する願望といえる。河内の豪農の家から〈まれびと〉としてやって来た父の秀太郎はもとより、その性情が結婚生活自体に向かない人だった。

いつも家庭から不機嫌に顔をそむけていた。青春時代にあじわった華やかな遊蕩の世界と、対極的な禁欲的な学問の世界にこころを引き裂かれたまま、何事もなさず虚しく終わった。

秀太郎の写真が一葉残る。平凡な人の顔ではない。隆たる眉、美しい瞳。烈しい気性をうかがわせる。大地主であった家がしだいに斜陽におちいり、全く気質のちがう市場町の商家に養子に出されることがなかったら、何かを成し遂げた人だったのかもしれない。

秀太郎の長男、つまり彼の長兄もさして円満な家庭生活を送らなかった。家業の医師のしごとにもそう気が向かなかった。

とくに彼の三兄は――。三兄の進はゆたかな親戚の家の養子となったが、趣味と遊蕩に耽溺し、ほしいままに養家の財産をつかい尽くした。妻と娘をかえりみず、彼らとは別居したまま寄寓先で死んだ。

彼は三兄に和歌を東京の詩歌の雑誌に投稿することを教えられ、最先端の文学や演劇の動向に目をひらかれた。結婚したばかりの若い頃の三兄の家には、大阪の文学青年や画家や俳優の卵がたむろしていた。この自由な芸術家たちの雰囲気に深く刺激された。

早くにめざましく、生きた同時代の文芸へと自身をみちびいてくれた奔放な三兄に感謝しつつ愛しつつも、とうとう何も創らずに一生を遊んで果てた三兄、そして父に似ることを彼はかなり恐れていた節がある。

三兄は父の秀太郎ゆずりの大酒家であった。一方、彼は決して酔うほど飲まなかった。晩食にビールを軽くたしなむくらいである。膝下に集まる若者の団欒にも酒を持ちこませなかった。その代わり、おやつを楽しんだ。彼の嗜好はかなり女性的である。あまい大福やぜんざい、饅頭、芋などを好んだ。しんそこ恐ろしかったのだろうか、酔って血走る父親の狂的な目が。鬱屈したまま古い家の中で無為に終わる、父や兄の空っぽの人生が。一歩まちがえば、それは自分の人生だ。父や次兄は自分の分身だ。いとしくて哀しくて、憎い。

その思いは、彼の『古代研究』三部作の最終巻、『民俗学篇　第二』の「追い書き」（昭和五・一九三〇年）冒頭に、異様なほどの心の高まりを示してつづられている。

そこで彼は自らに宿る「古い町人の血」について語り、「あじきな」く急逝した長兄について語り、学問の道に出会わなければ自分も、「養子にやられては戻され、嫁を持たされては、そりのあわぬ家庭に飽く。こんなことばかりくり返して老い衰え」ていたにちがいないと、暗い想像を述べる。

彼については従来、〈母恋ひ〉の面のみが大きく取り上げられてきた。たしかに随筆にも詩や学問にも、母や母のいます異郷を恋うものが特徴的に多い。

しかし父への、ひいては古い家に〈まれびと〉として到来してその中で朽ち果てた家の男たちへの想いは、ストレートに作品の表面に表われえないほどに屈折して深い。

その想いが若い彼に早く、「身毒丸《しんとくまる》」（大正六年）という特異な小さな物語を書かせている。父と息子のさまよいの物語である。ついには父は子を苛酷に捨て、人なみの生殖の輪から追いやる。自身は行路死するための旅に出る。

この物語については、また後ほど触れる機会もあるだろう。

第三章　内なる女性の魂、えい叔母

このあたりで、彼の内なる女性性の象徴でもあるえい叔母さんについて、正面から光を当てておきたい。

時代区分としての〈古代〉ではなく、いつの時代にも潜在して生きのびる〈古代的要素〉をこそ追尋することを宣言して彼の学問の個性を立ち上げた『古代研究』三部作は、その献辞もきわめて個性的であった。

学問上の師友をさておき、大阪の市井に棲まうひとりの名もなき女性に捧げられる。三部作第一巻『民俗学篇　第一』（昭和四年）の巻頭には、おそらく著者のつよい筆圧をこめて、墨々とこう記される。

この書物は、大阪木津なる、折口えい子刀自に、まずまいらせたく候。

特異な古代学と、陰影深い西国の女性の肖像。この関係性は、かつてほとんど問われたことがない。

えい子刀自とは、姉にもまがう十五歳年長の彼の叔母である。姉のゆうとともに未婚にて長姉のこうを助け、甥や姪をいつくしんだ。とくに学問の道を進む甥の信夫をかばい、その危機にいくたびも精神的かつ経済的な援助をさしのべた。

彼の生涯には、その稀有な羽ばたきをささえた核心的な女性の存在があったということになる。折口信夫は極度の女性嫌いと言われる。同性愛者としての印象のせいか。しかしここには大きな誤解がある。

彼が身体的にも精神的にも触れることを忌み嫌ったのは、結婚生活を知り、日常的に生殖をいとなむ男女である。清らな若者《をぐな》や、清らな処女《をとめ》はこの範疇に入らない。をぐなのみならず、をとめの初桜のようなういういしい風情を愛することにおいて、彼は他の詩歌人の後ろに立たない。

それに——すぐれた思想家や芸術家の多くがそうであるように、彼は両性具有者である。彼のからだとこころは、男でもあり女でもある。

森鷗外も夏目漱石もそうした傾向があった。彼もまた、風にさからい鳴り渡る青葉の凜冽も、露にぬれて色づく花びらの柔媚も、その両様をぞんぶんに知る。

そうした彼の微妙な感触に、心づいていた人々も少なくはない。彼のことを、小柄ながら筋骨たくましく、比叡山の僧兵のようだと評した人もいれば、どこか女くさい、くねくねした変な学者だと見てとった人もいる。ある時は敵対者から、ぶきみで陰険な妖婆・折口めと罵られたこともある。

彼自身は、おのが内なる女性性をはっきりと自覚していた。たとえば詩作「幼き春」(『古代感愛集』昭和十二年)では、不思議なことばで自身のおぼろな幼年期をいろどる。

よき衣《きぬ》を　我は常に著
　赤き帯　高く結びて、
をみな子の如く装《よそほ》ひ　ある我を
　子らは嫌ひて、
年おなじ同年輩《よちこ》の輩《どち》も
爪弾《つまはじ》きしつゝ　より来ず。

彼の遠い記憶のかなたには、赤い着物をきた奇妙な男の子がぽつんと軒先で、細い膝頭を合わせて淋しそうに立っているということか。
また、二十七歳のときに愛する教え子の伊勢清志に口述させ、その内容をもって悩み多き清志の青春への訓戒とする目的の随想「零時日記」に、こう記しているのはどういうつもりなのか。おのが男性の象徴の欠損と変形を赤裸に報告する。

機縁の熟せなかった為に、偶然に死の面前から踵を旋《かえ》したことが、二十八年の生を続けて来る間に、少くとも四回はあった。一度は木の上から堕ちて、切り株で睾丸を裂いた。幸に一箇月ばかり、小学校を休んで、静養した位のことで、癒著してしまった。唯すこし性欲に異状のあることを感ずるだけが予後として残った。

天王寺中学校時代の彼は、男らしさを鼓舞する演説などおこない、ことさらに〈男子〉になろうとしていた。なぜか。自身の内なる女性性を、よく知っていたからである。それを荒々しく振り払いたかったのである。

年たけて円熟した彼は、この不自然と離別した。自身の内なる女性の魂を、自らまっすぐ直視した。両性具有者としての特質を、あえて戦略的に創作に活用した節もある。

彼の創作には、彼自身を濃く映すさすらいの姫君や、孤高の巫女、語部の姥がよく登場する。彼女たちの独白が、物語をひきいる。それら女性たちのため息、つぶやき、曲折した長い語りには、作者自身の口唇のわななきの濃密な乗り移りが感じられる。

その最たる例が、晩年の歴史小説『死者の書』（昭和十八年）である。

『死者の書』の執筆動機や意図を、自身で後付けで解説する趣のきわだつ論考「山越しの阿弥陀像の画因」（昭和十九年）において、彼は衝撃的な告白をする。

つまりこの歴史小説のヒロインである聖なる水の女、藤原南家の麗しく孤独な姫君とは、自分自身なのであると。「私の女主人公」は、ある日の朝の性夢のなかでひそかにメタモルフォーゼした私自身なのである、と。

つづけてさらに注目したい。物語の内容からすると、奈良朝末の仏教文化にまだ目をひらかない家の奥の女たちの無知の輪に囲まれて、ただひとり孤高に大陸の新知識を希求する藤原家の姫は、明らかに作者の身近に生きた女性の知的孤独の面影をあざやかに灼きつける。姫の生はある意味、えい叔母の生に酷似する。

すなわち折口における最も完成したヒロインとは、彼が内に秘める女性の魂の最もしなやかに艶やかに水に放たれる自由な姿態なのであり、その魂を具体的な形として早く示したのは、彼の深く愛する聡明な叔母の人生なのである。

彼が唯一完成させた小説『死者の書』にいきいきと描きぬいたヒロインは、えい叔母と彼自身が融けあい、響きあう鏡像を主要な成分とする。

このように断言したところで、読者の了解を得ないかもしれない。ならば小説におけるヒロインの、知的に孤立した姿をいささか引用しよう。そして彼女のまわりにさざ波立つ女たちの、因循で保守的なささやきや呟きを耳にしていただこう。

そうすれば感得していただけよう。この奈良朝末の「女部屋」は作者のなかで、大阪の「女の家」である生家の重く古い空気とひそかなタイム・トンネルで直通していることを。

奈良の邸の広い「女部屋」で三十人もの侍女に囲まれて暮らす藤原家の姫。それだけの数の女のなかにいるのに、大陸の「才《ざえ》」を求め、仏の教えを求める志のゆえに、姫は壮絶に孤独である。

父の大臣は愛娘の願いをみとめて貴重な経巻を与えるが、実際に姫の教育に当たる乳母らはそれに烈しく反発する。「上つ方の郎女《いらつめ》が、才《ざえ》をお習ひ遊ばすと言ふことがおざりませうか」と、貴い女性の幸福を損なうその向学心をたしなめる。

乳母たちが女のたしなみとして姫に聞かせるのは、「呪々《のろ〳〵》しく、くね〳〵しく」彼女らがそらんじて唱える古い歌、諺や伝説、物語の繰り返しのみ。新しい文化の曙光を何も反映しない。伝統への盲従こそ女の誇りと信ずる。

姫は経巻をたまわった父、ひいては女人の身で先駆的に仏教に帰依した曾祖母や皇妃の大叔母に感謝し、ともに長い間、日本の女たちをいましめてきた暗愚の闇に慄然として呟く。

を〻、あれだけの習しを覚える、たゞ其だけで、此世に生きながらへて行かねばならぬみづからであつた。

春の鶯《うぐいす》の声を聞けば、姫はあの自由な小鳥となって空を舞い、いのちの限り仏の名「法華経」を声かれるまで叫びたいと想う。その鶯をさえ、「あな姦《かま》や。人に、物思ひをつけくさる」と老いた侍女はいまいましげに追い払う。

『死者の書』の一つの主題は、奈良朝から次代にかけて興隆する浄土教芸術と、聖徳太子をあがめる早期の身分高い女性の信仰集団との密接な関わりを説くところにある。物語の主要な舞台が二上山《ふたかみやま》の麓で、そのまわりは太子およびその濃密な関係者の墓域が集まる王家の谷であることも、その主題を暗示する。

埋められた墓でよみがえり、妻子をことごとく殺された孤独にうめく「彼《か》の人」は大津の皇子であり、ともに二上山の河内に境する側にある磯長《しなが》の陵に眠る、子孫を断たれた聖徳太子でもあるのだ。

藤原南家の姫は、橘三千代と光明皇后の縁につらなり、その縁でもたらされた経巻を写し、仏教の知を心身に吸う。近年出版された金子啓明氏の著作『仏像のかたちと心』は、聖徳太子が先駆的に示す女性の救済の教えに共鳴する女性は多く、その中心に橘三千代が位置していたことを説く。橘夫人と周辺の貴婦人たちの理解を母胎とし、白鳳から奈良時代にかけて太子の思想に帰依する女性信仰者が輩出し、彼女たちの力が浄土教芸術の開花に大きくあずかったことを指摘する。『死者の書』の主題と響きあう史実である。

折口ももちろん、ヒロインが蓮糸で「彼の人」を想い、曼陀羅を織り上げる主筋に、太子の死をいたみ彼の裸形の魂をおおう聖なる帳《とばり》として、妃や侍女が太子のゆく浄土を観想しつつ縫った〈天寿国繡帳〉の史実を重ねていよう。

女性嫌いであるどころか——女性のからだの経血とか性器は生理的に嫌いだったことが充分に想像されるが——折口信夫が渾身こめて書いた『死者の書』の第一の主題は、仏教の慈愛の教えにめざめ、「蓮《はちす》の花がぽつちりと、莟を擡《もた》げたやうに」しだいにひらく女性の内面の知の灯りなのである。

それももっともである。彼がおさない時から身近にいて深く愛した女性は、まさにそうした人であった。えい叔母さんは、まだ因習の根深い関西の古い商家にあって三姉妹のなかで一人だけ高等教育を受け、さらに男たちをささえさしおいて折口家で初めて、女医になることをめざして東京の済生学舎に留学したのである。

家の中にその人がいれば、ぱっと明るく華やぐ。えい叔母さんは、そんな楽しい陽性の人だったらしい。

子どもたちを相手に、遊びごとをするのが上手だったし、好きだった。娯楽が外に少ない昔の家庭では、きょうだいで協力し、遊びの王国をつくる。手づくりの家庭新聞や雑誌。かるた遊び、なぞなぞ・

しりとりの会。折口家ではその王国をつかさどる女主人がえい叔母さんで、甥や姪にはないしょで果実や菓子の景品を用意しておき、会を本格的なものにして皆を沸かせた。

大人になってからも信夫はそうした親密な小さな祝祭が好きで、愛弟子といとなむ自身の家庭でも、折に触れてはごほうびつきのゲームを仕掛けた。大学生の門弟たちは閉口したらしい。えい叔母さんがつくった家庭習慣の踏襲であろう。

教育者の素質のある人で、それを信夫が受け継いだのかもしれない。子どもたちに人気があるが、しかしこの女性は家の大人たちの中ではかなり孤独だったのではないか。

折口家で、東京まで留学したのはこの人と信夫だけである。学歴が突出して高い。女学校の友人はともかく、市場町でも家庭でも、異端性のきわだつ女性である。

とくに東京からこの末娘が帰ってまもない頃、なんとなく家の女たちがこの人にこわごわと接している様子が、折口の晩年の回想記「留守ごと」(昭和二十四年)にうかがわれる。

なかでも折口の母のこうが、しきりにえいの東京かぶれというか、当時の女には無用のインテリ度の高さを憂えているのが目だつ。

長女なのに末妹に頭を押さえつけられるような鬱屈も、もちろんあろう。遠く首都を知る妹にくらべ、その内気な古風な狭い生活圏を「見おろせば、膿涌《うなわ》きにごるさかひ川　この里いでぬ母が世なりし」(連作「母」)と、息子の信夫に歌われた姉のこうである。

ところで「留守ごと」は、思い出にみちた大阪風土記でもある。折口家のあるじの養子婿の秀太郎は、たまに郷愁に耐えかねて突発的に河内の実家に帰る。その時こそ、女の休暇。皆いそいそと美味しいおやつをつくり、娘時代の芸事を披露しあおうという事になる。このこそこそした楽しさが、すなわち大阪の人たちの言う、留守ごとに他ならない。

そこでしきりに注目されるのが「お栄さん」。もちろん若き日のえい叔母をさす。祖母はこの利発な娘をいとおしみながらも、お栄は「学問ばかりして」いたから、芸事は覚えておらんやろうと言う。長姉のこうは執拗なほど、妹が東京で「耶蘇教になつて来たのやないか」と心配する。

女たちの予想をうらぎり、すっくと立ったお栄さんは白扇をかざしてみごとに舞う。学問にも女のたしなみにも欠けるところのない凛たる姿は、戦争末期に食糧事情の悪さのため病死したえい叔母への、折口の哀切なオマージュなのだろう。

この随筆の最後で折口の母こうが、妹の立派な舞姿を目にして胸なでおろし、こうつぶやくのは又もや印象的である——「おえいさんも、あれほど舞へる位なら、耶蘇教にもなつてえへんのやらう。耶蘇になつたら、だんすたら言ふもん舞ふさうやさかい」。

つまりそれほど、東京留学から帰ってまもない若いえいの言動に、もしやキリスト教徒になったのでないかと家族に危惧させる要素があったということを、甥のこの回想記はしずかに指し示している。

家を守る長女のこうは、家の宗教である浄土真宗の熱心な信者だった。六十歳で亡くなった時には、前もって「本願寺から」頂いていた「おかみそり」で黒髪を落とされ、念願の「美しく仏づくりした」尼姿となって見送られた。

折口の第一公刊歌集『海やまのあひだ』におさめられる「母」連作より一首引いておく。

かみそりの鋭刃《とば》の動きに　おどろけど、目つぶりがたし。母を剃りつゝ

比べてえいは、家の宗教に関心うすかった。それは寺詣でなどが数少ない娯楽でもある古風な「大阪の女」たちとは一線を画し、彼女が医学をこころざす科学系の人であるからかと、わたくしなどは今まで勝手に了解していた。

しかし改めて考えると――洗礼こそ受けなかったが東京にて、えいは清新の気風に富み若い男女を惹きつけた明治の文化をリードする異教、キリスト教に魅せられることが深かったのではないか。

そしてこうは、おさない子どもたちに接することの多いえいが、キリスト教のおしえを家の次代をになう子らに感染させることを非常に恐れていた――そのように推察できはしないだろうか。

折口信夫の古風な生家にも、それなりの鋭い近代の亀裂が走っていた。家の宗教と、キリスト教とがせめぎあう小さな宗教戦争があった。しかも時代をひらく新しい異教は、最も若い女性により持ちこまれた。まさに『死者の書』の原風景がここにある。

えいは前髪に花櫛をかざった可憐な姿で、おそらく明治二十四年春、十九歳で大阪高等女学校を卒業した。前記の「留守ごと」で折口は、自分は幼稚園へ通う頃で、叔母のそのはなばなしい姿をありありと覚えていると、誇らしげに述べている。

えいはそのまましばらく家にいて、明治二十七年二十二歳の時に女医になるべく志を立て、東京は本郷の済生学舎に留学した。

今ならば何でもない。しかし当時、これはかなり勇気ある大胆な行為である。大阪にはまだ女性の入学を許す医学校はない。明治二十七（一八九四）年に大阪緒方病院が医術開業試験に合格した女医を初めて採用し、翌二十八年同病院院長の緒方正清を校長とし、女子学生の入学を認める大阪慈恵病院医学校が設立された。大阪にもしだいに女医誕生の気運は醸し出されつつはあった。

さりとて東京でも、女医への道はそうたやすくない。明治政府が「女医公許」を発布したのが明治十七（一八八四）年。それを受けて同年女性でただ一人、医術開業試験に合格した三十四歳の荻野吟子が湯島にすぐ産婦人科の医院をひらいた。彼女は日本で初の公に認められた女医である。

つづいて前橋の人、高橋瑞子が明治二十（一八八七）年に試験に合格、翌年には日本橋に高橋医院をひらき、人にあなどられぬよう男装で診察した。

医者をこころざす草創期の彼女たちの道は困難をきわめた。日本女医学会編『日本女医史』の助けを借り、えいの大先輩でもある明治の草分けの女医たちの学びの道をのぞいておこう。

夫に性病をうつされ、男性医師しかいない現状に絶望して女医をめざした荻野吟子は、女子入学をゆるす医学校がないので下谷の好寿院で学んだ。衛生局長の長与専斎に直接、女性も政府の課す「医術開業試験」を受験できるよう懇請した。

長与の賛同で、明治十七（一八八四）年に初めて吟子の他に三人の女性が試験を受けた。合格者は吟子のみ。他の三人も苦労し、産婆学校あるいは海軍軍医学校の成医会で特例的に学んでいた。

同年、くだんの高橋瑞子が当時唯一の私学の医学校「済生学舎」の門をたたき、校長の長谷川泰にかけあい、女子の入学を許された。その年度の女子入学者は彼女だけだった。

以降、女医志願者のほとんどは済生学舎に学び、開業試験に備えることとなる。明治三十六（一九〇三）年に廃校になるまで、済生学舎から約百名の女医が羽ばたいた。

えいが大阪から上京し、学んだのがここである。済生学舎は医術開業試験のいわば予備校。明治九（一八七六）年に長谷川泰が自宅にて開校した。十五年に本郷四丁目に千坪の土地を買い、大規模の予備校とした。

貧民に無料入院を許す付属の蘇門病院も設けた。講堂兼手術室、前期生のための三百五十人大講堂、後期生の二百五十人講堂、他に解剖室。無料入院患者の了解をえての屍体を教材に使う授業もあった。舶来の顕微鏡は五十台備わっていた。

ちなみに医術開業試験は前期と後期とあり、両方受からなければならない。前期科目は、解剖・生理・化学・物理。後期科目は、内科・外科・眼科・薬物・産科・臨床実習。

済生学舎のつよみは実際に屍体を解剖できることだが、男子学生が力づくで占領し、草創期の少数の女子学生は墓地へゆき、こっそり骸骨などひろってきて勉強したという。女だてらに生意気な、という男子学生の中傷や妨害も烈しかった。

ずいぶんなバンカラ校である。予備校なので礼節の取り締まりもない。女子学生は身を寄せてささえあった。男装する者も少なくなかった。女医になるというかなり確固とした意志がなければ、済生学舎で学びつづけることは無理だろう。

試験も女性には困難だった。ちなみに明治二十二年に入学した吉岡弥生は二十五年に二十七人目の女医となったが、十六人いた女子学生は前期試験で四人に淘汰され、後期に合格したのは弥生のみだった。

弥生はのち、明治三十三年に東京女医学校をひらく。

さて、折口えい。吉岡弥生に遅れること五年後の入学。よくもまあ、遠い首都のこんなバンカラ共学校に、古い家のお嬢さんが入学したものである。本人の意志が固かったのだろう。

たぶん本人は女学校を卒業してすぐ東京へ行きたかったのではないか。女の子をひとり、しかも男女共学校へやるなんてとんでもない、と当主の秀太郎はもちろん、女たちも止めただろう。大阪の産婆学校で学べば充分だという声も上がったはずだ。

おそらく家族の猛反対で、うら若きえいは数年間足止めをくらった。ではなぜ卒然と、明治二十七年芳紀二十二歳で東京留学が許されたのか――。

ここからはわたくしの想像である、推理である。しかしそう見当ちがいの光景ではないとの自負をもつ。

えいが東京行きを敢行した年、折口家には二つの大きな生と死が交叉した。信夫には曽祖母に当たる八十九歳のとよが二月に、信夫の次兄の十一歳の順が四月に亡くなった。ほぼ同時に、信夫の下の双生児の弟・親夫と和夫が二月に生まれている。

このふたごは、「父秀太郎と、折口の叔母、母の実妹のゆうとのあいだに生まれた」（前掲『私説　折口信夫』）弟たちである。戸籍上は、秀太郎とこうの実子として届けられた。

信夫の幼少期を精査する中村浩の『若き折口信夫』によれば、未婚のゆうが出産することはもちろん世間体がわるく、ゆうは母方の親戚に当たる南区綿屋町の上野家に身をかくし、ひっそりと双生児を生んだという。

実は夫と妹の不倫に先行し、こうにまず何らかの男女のあやまちがあったという風説もある。折口信夫の晩年の随筆「わが子・我が母」（昭和二十三年）にも、母のあやまちを自身の精神的断種の要因として暗示するような謎めいたくだりがある。

　私の持っていた執意、静かに此母からあとを消す為に家に後《のち》あらせぬ以外にない、

とすれば、明治二十七年前後の折口家はかなり紛糾していたはずだ。こうにもゆうにも不倫があったのなら、その家庭にはとても若い純潔な娘を置いておけない空気がただよっていたのではないか。清潔感のつよい娘ならば、反抗の気概も烈しかったであろう。

この時こそは誰も、えいの望みを女らしくないとたしなめる道徳的な顔をととのえることができなかったのだ。同年夏に日清戦争が始まり、戦場で医にたずさわる女性看護者の存在に注目が集まりつつあったことも、えいの背中を押したかもしれない。

かくて二人の赤ん坊の泣き声の響く複雑な家を後ろに、えいは東京へ留学する。折口家の女としては前人未踏の道。颯爽とし、凜然とし、興奮と不安で胸はいっぱいだったはずだ。

けれど結局、医家の娘の荻野吟子や生沢クノ、明治二十七（一八九四）年に新宿に衛生園をひらいた岡見京子などにつづき、すばらしい女医になろうとするえいの夢はついえた。医術開業前期試験には受かっていたという。なのに何故か、三年ほど済生学舎にいて後期は受けず、大阪に帰った。

前掲の「留守ごと」で折口は、父の秀太郎が「堕落生の沢山いた私立の医学校などに、後期の資格を

得るまで置いておく」心配に耐えず、えいを呼びもどしたらしいと述べる。それが事実なのか。あるいは前期に受かるだけで三年かかる厳しい道のりに、何といってもお嬢さん育ちのえい自身が心身をすりへらし、降参したものか。

たしかに明治三十（一八九七）年前後の済生学舎の雰囲気はかなり荒れていた。二十七年の日清戦争勃発後、気風がいちだんと荒々しくなり、女子学生をからかい苛める不良分子の横暴もきわまっていた。それが三十四（一九〇二）年の女子入学廃止、つづく在校女子学生追放、ひいては学舎全体の廃校につながる。

そうした芳しくない噂は大阪にも伝わっていたはずだ。済生学舎の入費は下宿代なども含め、前期生で一か月七、八円かかる。のちに信夫が東京でむちゃな無職の生活を送り、大阪の家から即刻帰阪すべく厳命が下り、送金が止められたことがある。信夫は困りきり、中学時代の親友に借金し、本や着物を質に入れた。

同じ指令がえいにも下ったとすれば、若い娘はなすすべもない。帰阪せざるをえない。帰ってしばらく二十五、六歳のえいは、信夫ら子どもたちに「英語の単語」や「いそつぷ」童話などを「東京弁をまじへたあくせんとや、身ぶり」で教えて暮らした。そんな時こうは、妹が「耶蘇教になつて来たのやないか知らん」と浮かぬ顔をしていたという（「留守ごと」）。

東京帰りの若きえいは、小さな甥たちに子どもの喜びそうな「エデンの園」や「ノアの箱舟」など聖書の物語も、他の世界の童話伝説に織りまぜて語ってくれたのではないか。東京からの彼女の荷物の奥底にこっそりと、聖書や讃美歌の書物がしまわれている光景は大いにありうる。

日清戦争で欧化熱はいささか冷めたとはいえ、明治の知的な若い女性とキリスト教は、分かちがたく密に結びつく。日本近代の女性の教育と地位向上をまず大きな力でささえたのは、外国人宣教師を要に明治初年に次々に創立された女子のミッション・スクールである。ゆえに女医をめざす向学心つよい人々とキリスト教との関係は深い。

その象徴が初の女医の荻野吟子である。吟子は友人に誘われキリスト教大演説会に行ったのを契機に、洗礼を受けた。明治十九年には基督教婦人矯風会に入り、幹部として女性の社会進出を支持した。えいが東京で学んだのはそんな時である。とうぜん向学の気概をもつ娘として、この異教の清新な息吹を浴びたであろう。キリスト教の説く奉仕の精神は、医学者の銘にもぴったりと沿う。

学の道を深く進む女性は、明治時代においては多かれ少なかれ、異端である。彼女たちは既存の道徳や宗教意識からはみ出す。それらではみち足りない。女性をいましめる古い殻を破り、青い知の輝きへと自分たちを自由に羽ばたかせる新しい神を、その教えをこそ求める。

えいもそんな女性である。結局は挫折した。数少ない成功者以外の皆がそうしたように、実家の医院で産婆をつとめ、医の学びをせめて活かした。しかしこの人が、女ばかりの家の強烈な精神的異端であったことには変わりない。

古い市場町の家を一度は後ろにし、時代の新しい風速のただ中に我が身をまっしぐらに向けた人。その人が第二の母――ヲバとして幼い頃から信夫をいつくしみ育てた。折口論として実に重要な要素であると思う。

すでに富岡多恵子氏や安藤礼二氏が指摘するように、仏教ぎらいの柳田國男とは異なり、折口には家の宗教としての仏教と古代の神々の道と、両様への尊崇がある。

加えてキリスト教への憧憬にも似た想いがいちじるしい。とくに太平洋戦争後、戦勝国の欧米の人々の篤い信仰心をあからさまに羨んだ。新しい日本の神道のあり方を、キリスト教の伝統ある体系に学ぼうとする姿勢もきわだつ。たとえば戦後は、従来唱えていた〈怒りの神〉に代え、人間の罪をすべて自らの身に引き受けるイエスに似る〈愛の神〉を、古代の日本の神の核心にすえようとしていた。

こうした姿勢にかんがみ、池田弥三郎は『死者の書』でヒロインが山の端に予感し観想する黄金色にかがやく未来神を、ホトケとともにイエス・キリストのイメージの重層する像として読みといている。すぐれた読みである。安藤礼二氏はそうした要素を受け、キリスト教への関心の種子が折口にかなり早くあったとする。その種子を授けたのは、大学時代に一時同棲した折口の恋人、仏教とキリスト教との融合を夢みた宗教革命家の藤無染《ふじむぜん》であると看破する。そしてこれをもって、十九世紀後半から二十世紀初頭に学際をこえて勃興する、「二元論」思想の潮流と若き折口との衝撃的な出会いの源頭とする。

ところでそうした壮大な視点とはまた異なる細密な視線で、わたくしにはありありと視える。うら若い女性――東京帰りのえい叔母が、おさない利発な甥を喜ばせるためにエキゾチックな聖書のいくつかの物語を語り、澄んだ娘らしい声で讃美歌を歌うのが。自分でもそのつもりなく、幼時の信夫のこころに異教の神へのあこがれの種子を植えつけるありさまが。

藤無染以前にも、折口には強烈なキリスト教の原体験があるのである。家族のだれも語らないことを、見たことのない神や風景を異教のアクセントで語る口。おさない信夫はつよく感じ入ったであろう、えい叔母さんの内奥にひろがる女性的な霊妙の領野を。

それにえい叔母さんは、不思議に新しい文化要素と古い文化要素を融け合わせ、ゆたかに湛える人でもあった。

医学とそれにともなう異教への志向をもつ。今でいえば理系女子である。ともに伝統的な総合文化学である国学、そして神ながらの道への関心と尊敬が深かった。

信夫には祖父に当たる、医師として地域の人に信頼されていた自身の父親を、えいはこよなく思慕していた。父親の生まれ故郷の大和の地、そして父親が折口家に入る前に一時養子として暮らした有数の古社、飛鳥坐《あすかにいます》神社を大切なものに思い、こころの灯りとしていた——古代憧憬の傾向の初めの一滴も、叔母が甥にやわらかく優しくそそいだものか。

『死者の書』の刊行が昭和十八年。えいが亡くなったのが同十九年。微妙な符合を感ずる。そもそも『死者の書』の舞台、河内と大和の境の二上山の麓の当麻寺《たいまでら》に早く信夫を結びつけたのも、叔母の手の縁の糸による。

当麻寺の門前には、えいの大阪女学校時代の仲よしの樫原のぶが嫁いだ旧家、木下家があった。この事実については、中村浩の随筆「当麻寺のえにし」（芸能学会編『折口信夫の世界』）が指摘している。
十三、四歳の頃に信夫はえい叔母にたのまれ、日帰りで木下家を訪れた。その時は河内野を、みやげにもらった梨を食べ尽くし歩きとおし、木津の家に帰った。
木下のぶはその後、病気のため当麻寺の境内の松室院を借りて静養していた。その折も叔母にたのまれ、信夫は十八歳の頃に松室院にのぶ夫人を見舞った。

中村は松室院こそ、『死者の書』で女ながらに寺の浄域を侵した罪で、姫がもの忌みする荒れ果てた

「庵室」のモデルであろうとする。たしかに、寺の寂しい一角に病をやしなう蒲柳の佳人のおもかげも、小説のヒロインのなかに融けこんでいるのかもしれない。

当麻寺は、古代日本で初めて出家し尼姿となった藤原家の中将姫のつかさどる寺。そして中将姫とはいつしか、その足下に額ずく女性の悩みや病気を救う癒しと薬の女神としての信仰を集めるようになる。低くおだやかな二上山をすぐ背後にして建つこの寺は、男根をかたどる石の群れを境内にまつる野性的な飛鳥坐神社ともまた異なる力で、未だひよわな信夫少年のこころに、生きる活力のこもる聖水をそそぐ救済の場所となった。

明治三十七年三月、十七歳の信夫は天王寺中学校の卒業試験で英会話作文・幾何・三角・物理の四課目に欠点をとって落第し、文学への志を燃やした親しい友たちとわかれて一人、留年することが決まった。

苦手科目とはいえ、学問を愛する信夫にとって〈落第生〉の刻印を押されることは辛かった。風変りだけれど才能ある生徒として見ていてくれた教師たちの目の色も軽蔑をおびるのを、敏感な少年は読みとっていた。前の年から鬱の気が高じ、自殺願望もつのっていた折のことである。

甥の精神の大きな危機を察し、えい叔母が飛鳥・当麻・吉野への旅をはからった。花のさかりの四月をえらんでの旅。えいも、そしてかつてないことに六十六歳のつたも同行した。飛鳥坐神社との親戚づきあいを復活する目的もあった。

菜の花やすみれ咲くいなかのあぜ道。人影もほとんどない静かな村。旧幕時代のままの古い家々からかすかに響く手機織りの音。はるかに聳える堂塔、天をめざす水煙。白い土壁に春の陽が射し、こまやかに鮮やかにそこに映ってゆれる花の影。

えいはよく知っていた。春のさかりの最も美しい可憐なものを、甥に見せたかった。真に自然によきもの美しきものが息づくのを目の当たりにし、はるかな美を新たにつよく恋う力を湧きたたせることだけが、甥の傷心を救うことをよく理解していた。

この時も木下家を訪れ、三人で当麻寺へ詣でた。中将姫をいつく女性信仰の地にふさわしく、寺の境内は花の雲。空にも満面の花、歩く地にも散り敷く花。よき春衣まとう二人の女性のかぐわしい袂にも、枝をはなれて光と化した花びらがすうっと流れては消える。少年の血を噴く傷口にも、音なくたおやかに花びらのかさぶたが降り積もる。

もう、こんな旅は再びはあるまい。春秋に富む信夫少年はいざ知らず、年かさの二人の女性の胸には歓びとともに、しきりにそんな想いがよぎる。そのせつなさがいっそう、白くさざめく花の梢をはてなく追わせる。祖母と叔母と少年はさらに山をこえ、吉野の花境をめざす。

中将姫はさすらった末に、二上山のふもとで織る女神。そして山に湧く聖水、すなわち薬湯を汲み、病をいやす医の女神。

そういえば折口が古代研究その他の論考でたびたび言及し、かよわく幼く漂流する日本古代の特徴的な神の典型として愛する丹後風土記逸文の天女も、羽衣を奪われてやむなく地上にとどまり、聖なる水を酒に醸して万人の病気をなおす、奇跡の医の女神であった。

ところで話はもどるが、荻野吟子が日本で初の公的女医となるに当たり、力を借りたのはこうした古代の医の姫神たちであった。医術開業試験への女性の参与を長与専斎に乞うさいに、古来、日本には歴然と女医の存在のあったことを、古事記の神話に指し示し、長与を説得したのである。

吟子が引いたのは、古事記の上つ巻のオホクニヌシの若き日の逸話。兄神たちの妬みを受け、真赤に燃える大石を抱かされて絶命したオホナムヂ（オホクニヌシ）は、母なる神の派遣した二人の女神に救われる。

蚶貝比売《きさがひひめ》きさげ集めて、蛤貝比売《うむがひひめ》待ち承《う》けて、母《おも》の乳汁《ちしる》を塗りしかば、麗しき壮夫《をとこ》に成りて、出で遊行《あそ》びき。

貝の名をもつ女神たちが、おのが身を削るようにしてつくった白い聖液――おもの乳汁を焼けただれた若き神の全身に塗り、若きオホナムヂはさらに麗しく復活する。

吟子はこの二人の女神に女医の発祥を求める。長与はうなずいた。女医とは女性の自然としての母性にさからうものでなく、むしろ子を救いいやす母の原像に合致するとの吟子の説得が、功を奏したのである。

女医の源は、聖水をつかさどる女神。詭弁にも似る強引な吟子の読みはしかし、折口信夫論にとって妙に興味深い。家のなかで密にむすばれた甥と叔母の生を考えるさい、大きな暗示をはらむ。

医家の生まれであり、日常的に薬を調合する母や叔母を見て育ち、かつ女医をめざした叔母にとりわけ愛された折口もまた、古事記のキサガヒヒメとウムギヒヒメの奇跡の癒しの神話になみなみならぬ感銘を覚えている。彼の唱える〈水の女〉の一つの母胎になった神話でもある。
彼はこの神話をもとに詩も書いた。「おもの　ちしる」と題する。『古代感愛集』に収められる。その詩よりいささかを引く。

湯殿なる　母《おも》の乳汁《ちしる》と
たらちねの　胸乳《むなち》の上に
いはけなき　我ぞ日足《ひた》りし。

わが見しは　白き蝙蝠《かはほり》。
夏の日の　暑き日ねもす
むつかしき　我をすかすと、

そよがする　白きかはほり
母が手にかすむかはほり―
　ひら〳〵と　舞ひ立ち行くか。

この詩は昭和十九年六月発表。夏にかけて喪失感のつよい年だった。同居する加藤守雄が出奔し、師の折口の説得を拒否してそのまま折口家を去った。最愛の弟子、藤井春洋《はるみ》が硫黄島へ着任した。えい叔母が死去した。

愛する人々が去る夏。折口の魂は不安にゆれる。そのただなかで書かれた「おもの　ちしる」は、『死者の書』の構造をほうふつさせる。これも山の彼方の最美、最善の存在を恋う形をとる。

ここで詩人はよるべない漂泊の孤児に身をたくし、旅の途次のはるか北国の霊山を仰ぎみる。羽黒山と月山は父を連想させる山。雲まとう湯殿山は湯、すなわち斎《ゆ》、聖水の湧く母なる山。

旅のみなし子は湯殿山に湧く聖水「母の乳汁」のイメージにこころ蕩《とろ》け、母のゆたかな乳房のあいだに頭をあずけ思うさま乳を吸って育った、未生以前の至福の赤ん坊の自身のまぼろしを視る。いつのまにか乳の白色は、暑い日に優しく風をおくる母の手の白扇と化し、さらに白い蝶鳥と化し、山の端の赤い夕雲の中に消えてゆく。

詩人学者の内側がかいまみえる。古代研究をささえる一つの大きな柱である聖水論。日本古代には水によるよみがえりの信仰があり、それは中央集権国家がととのう段階で、天皇制にも深く浸透した。そう詩人学者は考える。

とくに天皇の代替わりに聖水の信仰呪術は欠かせない。古いからだの器から新しいからだの器へと、天皇霊は移る。そのさい空気に触れて弱る天皇霊を聖水により清め洗い、ゆさぶり動かし新たに水より取り上げ、生まれ出させなければならない。その水をつかさどり、天皇をよみがえらせ、後に彼の妃ともなるのが〈水の女〉である。

聖水。おそらく生涯いっときも折口の脳裏から離れない、玄妙ないのちの水である。旅のさなかで見る湖の輝きにも、船から望む沖縄の干瀬にも、あるいは家の庭に咲き盛るあじさいの花の青い色にも

——彼は聖水のゆたかな湛えを幻視していた。

いつから、どこから、折口は聖水の鮮烈な存在を感じとっていたのか。たしかに万葉集にも月より滴る「変若水《をちみず》」を詠む歌はある。しかしそれが彼の「聖水」の水源ではあるまい。むしろ詩作の方がその由来をはっきりと露わにしている。聖水とはまず、折口の中で母なるものの胸よりゆたかに伝う白い乳汁なのだ。

そして詩人としての彼の問題は——彼自身が聖水をつかさどる水の女でもあることだ。この稿の冒頭に紹介した、『死者の書』のヒロインは「夢の中の自分の身」でもあるという彼のことばを思い出したい。

大和はおさない日からの彼のこころの原郷。多くの堂塔に鎮まる天女たちは忘れえぬ女性像。古代の人々の夢想をあつめて羽衣をひるがえし、いのちの水をたずさえ飛来するあえかな姿。神話の医といやしの姫神にかさなるその姿。当麻寺のあるじの中将姫もその一類である。

少年の頃より彼はつくづくなりたかったのにちがいない。生々しく傷がひらいて焼けただれる全身を姫神の手で撫でられ、乳汁を塗られる瀕死の男神に。

とがって険しく若さの失せた頬を鼻梁を、優しい指でなぞられたい。痩せた首すじを、つらなる寒々しい薄い肩を、鎖骨を腰骨を足のくるぶしをさすられ、足指ひとつひとつ、そのあいだの股にまで限なくなめらかな乳汁を塗られ、新たに猛々しく青く爽やかに生まれ直したい。

とともに彼は想う。とある日の混沌とした夢のなかで、果てない濡れた砂のなぎさをあるき、いのちの白玉を拾う藤原家の聖女と化したように。黒髪を風になびかせ白玉を胸にいだき、無念のまま死んで横たわる恋しい人のもとへいのちを運ぶ、光の小鳥のような乙女になりたいと。

折口学の主要な柱としての〈水の女〉とは、古代から近代までを駆けぬける壮大な巫女論である。あらためて考えればこの論には、医家と薬種商を兼ねる家で薬と医にたずさわり生きた、近親の女性たちのおもかげが濃く映される。

〈水の女〉とは、産湯つまり聖水に嬰児をひたし取り上げ、その誕生を宣言する「産婆・乳母」の原義でもあると折口は考える（論考「貴種誕生と産湯の信仰と」昭和二年参照）。まさに、えい叔母ではないか。えいは帰阪後、折口医院でながく産婆をつとめた。

折口には〈水の女〉の一つの展開としてのユニークなおば・甥論もある。古代の貴人は叔母を大切な取り上げのオヤとすることがめだつ。貴人の成長を待ち、彼女は彼の最初の結婚相手となる。

神話でいえばヤマトタケルの東下りを、御おばのヤマトヒメが大きくささえる理由。歴史事実でいえば、大伴家持とおばの大伴坂上郎女が印象的な愛恋の相聞歌を交わしあう理由。折口はおば・甥論にてそれらの謎めいた濃密な関係の源を看破する。

女医をめざし産婆をつとめた叔母、近代の水の女に折口もなかば育てられた。虚か実か。きょうだいの中で自分ひとりだけ、法隆寺に近い小泉の村に里子に出されていたと中学の友人にしきりに語っていたという折口はおそらく、人工乳育ちである。

医家であれば、当時は注意を要した哺乳瓶の煮沸消毒にも、女たちは手なれたものであったろう。時には女学生のえい叔母が、嬰児の信夫に哺乳瓶をふくませたかもしれない。詩人は真の母の乳汁の味を知らない。そう想像される。

育ての叔母の乳汁はどこか薬くさい。しかし彼女の胸の心音の近くに詩人は耳よせ、育った。叔母とおなじく家族の反対を押しきり、学びの道を求めて東京へ行った。彼の鋭敏で豊饒な感性は、いつしか果敢で孤独なこの異端の女性の魂をも、自身の身の内に深く吸収していったのではないだろうか。

折口信夫の古代研究の底流には、つねにゆたかに聖水が湛えられる。同じく早い時期に柳田國男も彼に先がけ、沖縄および南西諸島に根づよく生き残る聖水信仰とそれにかかわる巫女の存在に注目していた（『海南小記』参照）。

しかし柳田の民俗学には広い壮大な海の青への視野はあるが、聖水の青黒い深みへと降りてゆく水深はない。折口の古代研究の大きな特徴といえる。折口の学問はゆたかに水を内蔵し、湿潤の気配が濃い。彼が思い、考えるひとつひとつの文字さえ、水滴をおび水蒸気を発する。

水は詩人学者の彼の官能のほとばしりでもある。そのイメージの礎をなすのはまず、母の乳。そしてもうひとつ意味があろう。それは男なすいのちの白い水源でもある。論考や創作にそのことは露わに浮上しない。しかしとうぜん確実にそうであろう。

折口の官能のからだは複雑である。夢想と憧憬、性感のなかでそれは、母の乳汁を未来にはらむ〈をとめ〉のやわらかな初々しい胸乳をもち、かつ猛々しく男成し白くほとばしる根との両様をもつ。

複雑怪奇と忌む人もいよう。しかし生殖と子孫繁栄という社会の生産性に接続する愛恋とはまた全く異なる、はるかな遠い美しいものに焦がれる社会的には虚しい壮絶な至上の恋とは、こうしたからだを必然的に必要とするのではないだろうか。

それは実質的に何も生まないからこそ、高らかに大きく空を舞い、人間の生の自由と夢の限界を広げてみせなければならない。

折口信夫の内奥には、羽をたたむ小鳥のような可憐な天女が棲んでいる。いとしい人、魂合う人との出会いを待ち、その人の危急のときは羽を広げてまっしぐらに彼の足もとに降り立ち、おものちしるを滴らせる。

医家の生まれと無関係ではないこの幻夢。『死者の書』や彼の詩作「はかなしごと」「足柄うた」などに彼自身とひそかに共振しつつ表わされるヒロインとは、この幻夢よりくるめき出る癒しの女神――水の女である。

そして水の女の滴らせる「おものちしる」とは、詩人学者の現実の生理が実感する男なすものの白きほとばしりと表裏一体をなす。であるからこそ幻夢はありありと、少年の日から最晩年にいたるまで儚いそらごととして霧散せず、詩人学者の心身に鮮烈な肉感をもって刻印されつづけるのである。

第四章　あかしやの花の恋

ある種の花は、ひどく神秘的である。

たとえば百合。山の道などあるいていて誰かに見つめられる気がしてふり向くと、木洩れ日を浴びて山百合がしずかに豊満に咲きみちていた、という記憶は少なからぬ人の夏の風景の中にあるのではないだろうか。

花には神秘的な花が多い。くらべて人間には少ない。まれに、ごくまれに神秘的な人間がいる。彼らは目に見えるものの動きのみ追う人々の群れの中で、窮屈そうに羞じらいつつ暮らしている。

自分というものの中身をありったけ曝している人々のなかで、神秘的な人間は自分の内容のほんのわずかな部分しか見せない。あとは花びらを複雑に折りたたみ、自らを内密に守っている。

センシティヴ。そういう名の眠り花が、暑熱の国ボルネオにあると聞く。人の気配が近づき、指が触れようとすると花はそれを察知し、花びらを閉じて眠りの擬態に入る。

じっさいに会ったことがないので、折口信夫の人となりがどうであるかはわたくしには解らない。ある面はかなり饒舌な、自分が選んだ人と交わることの好きな賑やかな男性であったのだろう。しかし彼の創作と学問の文章は、そしてその随所に滲む赤紫色の人恋しさは、明らかにセンシティヴである。

文章を通して立ち現われる折口信夫とは、眠り花のように神秘的な人間である。触れれば葉を閉じる合歓《ねむ》に似る。折口は合歓の花をいたく愛した。ほとんど官能的に、この花の過敏な触覚を愛したといってよい。

三十三歳の夏に彼は、山から山へと良木を追い移住する神秘的な職人集団、古代の悲運の皇子・惟喬親王の末裔を名のる木地屋の足跡を求め、信州松本から美濃をへて静岡に出る険しい山間部を旅した。その途次、山中なのに「海」という名の部落を通った。矢矧《やびき》川の激しく曲がるほとりに、たった家三軒である。

万葉集の夜の鎮魂歌の伝統にならい、その川原で石を積み上げ来迎のホトケを幻視する狂気の老人を依代とし、歴史の波をこえて庶民の胸にうずまく浄土幻想を詠んだ。

「夜」と題するその十三首の連作のさいごは、川霧にまぎれつつ群生する合歓の花のそこはかとない香りでむすばれる。

　合歓の葉の深きねむりは見えねども、うつそみ愛《を》しき　その香たち来も

この前に置かれる歌では、水面にゆれる自分の旅瘦せし、日に灼けた顔相をつくづくながめ、「来む世も、我の　寂しくあらむ」と詠んでいる。唐突である。山間で感受した、石の神秘への日本人の宗教

意識を詠んでいたはずである。なぜ唐突に合歓の花の香気にことよせ、自身の無限の孤独を水面にのぞきこむ身ぶりが示されるのか。

夜ふけの川原を流れ、木々や草を濡らす霧。釋迢空のこころにも、しめやかな官能の霧が発生している。禁欲的な夏の山旅の果てに心身がときめき、濡れている。

この時――。彼はおさなく若い日からこころに抱く大きな恋の情感を、蛇行する川のほとりで想いおこし、ひそかに反芻していたのにちがいない。

なんと執拗な、こころの長さ、鮮やかさ。おそらく信夫の恋は片恋だらけである。その片恋を、彼はこころの内奥でこのように水をやりつづけ、あだ花ではなく真実の花とする。

彼の恋歌とはことごとく、孤独な思慕の記憶の重ね写真である。相聞ではない。その代わり、時をこえる力をはなつ。特異な禁欲と絶望の崖をよじ登る。

合歓の眠り葉と花の香をうたう前に置かれる歌は、「水底《みなそこ》に、うつそみの面わ　沈《し》透《づ》き見ゆ。来む世も、我の　寂しくあらむ」。

ゆれる川の水面のイメージはおそらく、故郷の水都・大阪の連想につながっている。そこここに川が流れ、橋板がかかる町。小さな頃から彼は水にゆれる自身の痣あるさみしい顔相を、ナルシスティックかつマゾヒスティックにながめることが多かった。「乞丐相《こつがいさう》」という詩作もある。淋しい川の子である。

とくに――、彼が初めて胸いたくなるほど恋い渡った人は、大きな堀川に臨む富裕な材木問屋の一人息子だった。

少年時代から青年時代にかけての数年間、彼はその人を想い、その屋敷のある「長堀」かいわいを所在なくさまようことが多かった。恋ごころとは、恋する人の家や垣根、その名字の記される門を目にするだけで、ときめく。ましてや川沿い。暮れれば、その人の屋敷にともる灯りは川波に映り、きらめき、信夫の情緒を濃密にそそる。

古代や中世の名高き恋歌がにわかに生々しく折口少年に迫ったのは、この時である。その人の名はもちろん、その住まう「長堀」の名さえ、少年にはとても直接には歌えなかった。現実を一つはずし、万葉集に詠まれる大和や紀伊の地名をさまよい、おのが秘めた恋を詠んだ。

ようやく「長堀」と口にし、その人のおもかげを求めて川沿いをうろつく等身大の自分を詠むようになるのは、東京の国学院大学に入ってからである。その人とのあいだに物理的距離ができてからである。不思議な含羞である。大学時代の歌作より、二首を引く。

長堀を西する傘は渋茶の目柳に入りて高下駄の音

なほ目にあり雪すこしちる長堀の火ともしごろのかなしきわかれ

たえず長くその人のことは想っていた。晩年の歴史小説『死者の書』も、その人の死を時へて知って驚愕した、自身のこころの銘として書いた一面があると、弟子の加藤守雄に語っている。

その人への想いが、信夫の恋歌の始まりである。おそらく夥しい数の恋歌を、その人のイメージのもとに詠んだ。

恋愛とは何か、肉欲とは何か、を若者との共同生活の中で自らに峻厳に問う大正五（一九一六）年、二十九歳の日記にも、長堀に住むこの人への想いは間欠泉のようにあふれる。日記八月九日に「桂三さんを偲ぶ」と題して記される八首の歌より、三首を引く。

なつかしき君が丁稚の一人にも及ばぬわれか　門にたゝずむ
材木の置き場おきばの桟橋に宵の灯うつる長堀の雨
たゞ一つ　道につき出て濡れてゐぬ　君が蔵戸の高き金窓

日記には辰馬家の門灯と、その人らしき青年の横顔のスケッチも歌作に添え、信夫の手で描かれている。

その人の本名は、辰馬桂二。天王寺中学校の同級生。中学時代をリアルに映す自伝的小説「口ぶえ」(大正三年)の主人公・安良《やすら》が思慕する同級生、渥美泰三のモデルである。川波のゆらぎはいつも折口に、桂二のことを想いおこさせずにはいない。

その人とめぐりあった天王寺中学校の校庭には、アカシヤの花と合歓の花が忘れがたく咲いていた。ユーカリの樹も繁っていた。ふたたび大正五年四月二十四日の日記には、このような歌もある。

Tといふ頭文字のみ書きゐにし　校舎の庭の　ゆふかりのもと

「口ぶえ」とほぼ同時期の大正二年に、信夫には自身で装丁し、中学時代の親しい友人のみに贈った小さな自筆歌集『ひとりして』がある。その中で感銘ふかく、中学の校舎にゆうかりと合歓の樹のあったことを歌う。仲間うちにだけ解ることば書きもつく。

中学の廊のかはらの　ふみごゝちむかしに似つゝ　もののかなしさ

ゆふかりの葉のすゞろはしき味覚に変生なんしが目にしたしかりし合歓の花のぬれ色をなつかしむ

これも隠微な恋歌である。揮発性の香りを好む信夫は、校庭のユーカリの葉をよく齧り、教師に叱られた。

ちなみに、ユーカリの葉を煙草のように巻いて火をつけて吸うと、麻薬的酩酊を得られる。後の折口のコカイン吸引癖につながる嗜好といえる。教師は折口少年の不行儀というより、葉をかじらずにいられない少年の内部の欲求不満を透視し、これを嫌い、とがめたのではないか。

「変生なんし」とは、中学校の演説会で発表した折に制服におしゃれの白いカラーをつけた生徒のいるのを見つけて壇上から、そこの女々しい変生男子、前へ出よと叫んだ昔の自身の硬派気どりを、苦笑いしつつ思い出すものであろう。

ほんとうはそんな自分こそ、合歓の花の可憐なうすべに色に彼の人を想って涙に濡れる女々しい少年であったのに、と親しい歌の仲間にだけ打ち明ける形のことば書きである。

ここまで辿ってきてようやく、センシティヴな花が固く結ぶ花弁がはらりと解け、彼の歌のつつむ内密の紅いエロスがうかがわれる。

前掲の短歌連作「夜」の川波、ゆれる水面、合歓の花の淡い色と香。三十三歳の山間民俗採訪旅行の途次にさえ、それらの要素は折口に、遠い日の恋のはじまりを想起させずにはおかないらしい。

夜の川原に石を無限に積む狂気の老人の水に映る孤影にひったりと寄りそうのは、片恋にこころ細らせる少年の日のおさない自身の、故郷の川の水面にゆれる孤相である。

歌は寡黙である。表面に浮上するのは三十一音だけ。その限られた音数にいかにゆたかな沈黙の霊気を内蔵させるか、が歌のいのちである。センシティヴな人間にふさわしい、センシティヴな創作領域といえる。

初めて大きな恋をした。想いは内向して烈しかった。その想いを、神秘的な花にも似る歌の沈黙の霊気につつむことを習い覚えた。神秘の文学形式の精髄を身にしみて知った。それが中学時代であった。

中学時代はこのことも含め、さまざまな意味で折口信夫の大切なベースである。文学を語り、歌作を競う友人ができた。みな終生の友となった。恋のために自死した、自身の鏡像のような親友もいた。人生の価値観を共有できる若々しい同性の輪のなかに、ようやく居場所を見つけた。

あまつさえ、軒の蔭で指をくわえて近所の男の子たちの遊ぶのを見ていたいじけっ子が、文学を愛する少年たちを牽引するリーダーとなった。積極果敢に講堂で、演説や創作の朗読をおこなった。まさに折口の〈ロ〉が発動し始めた。

中学時代は折口信夫の神話の時代である。脱皮し、鮮やかな蝶となった。醜いあひるの子が白鳥になった。彼は生涯この神話の時代の記憶を手ばなさず、自身の生活スタイルの核心に据えた。

では、その天王寺中学校時代。彼のめざましい脱皮をうながした神話の園とは、どのような学舎であったのか。

天王寺中学校は明治二十九（一八九六）年二月に大阪府第五尋常中学校として創設され、同年四月、東成郡西高津村の大蓮寺の仮校舎にて開校した。現在の大阪府立天王寺高等学校である。

翌年四月に新入学生をあわせて生徒数が四百五十名となり、寺が手狭となって同年末、上本町八丁目に完成した新校舎に移転した。そこは広い桃の林につらなる丘であるゆえに、桃山と呼ばれる地であった（中村浩「天王寺中学校時代記」『若き折口信夫』参照）。

三兄の進もここに通っていた。信夫が入学したのは新築の香もまだ高い校舎で、入って二年で「大阪府立天王寺中学校」と改称した。生徒たちは略して「天中」と呼んだ。信夫も母校を「天王寺中学校」と記憶するので、以下、天王寺中学校と記す。

この丘の上の小鳥の巣のような賑やかな校舎で、信夫は十二歳から十八歳までの多感な時期をすごす。学舎のじっさいについて、自伝的小説「口ぶえ」にはさしたる具体的な描写はない。主人公の安良が自ら望み、校庭の花畑の番人をつとめることを特記するくらいである。

むしろここは、信夫が入学した四年後に「天中」に入った後輩、大阪は宗右衛門町《そうえもんちょう》の色町生まれの小説家、宇野浩二の随筆や小説に問う方がよい。

宇野浩二は、ふるさと大阪の独特の粘着的な人間関係を描くのを一つの大きなしごととする。他郷から流れついて「大阪では一流に属する色町の一つ」に棲みつくこととなった、おのが一族の数奇の年代記を描くことに強い執着をいだく。したがって自身の天王寺中学校時代への言及も、少なくない。

宇野の随筆「遠方の思出」などもこまやかに、幼少時の宗右衛門町の情景や、特徴的に制服のズボンが長いので生徒はみな、通学時や体操の時間には「ゲエトル」を巻くのをつねとした「天中」の学生風俗について回顧する。

しかし私たちは何といってもまず、宇野の小説『大阪人間』（昭和二十六年）を手にするべきであろう。この長編小説はまさに〈天中〉がテーマ。天中でめぐりあった作者の分身をふくむ三人の少年が、それぞれ人生の垢をまとい、夢みたのとは遠いさもない平凡な中年に年いたる現実を、この作者に独特の虚無と哀しい笑いでつづる。

ここに細密に、折口信夫が少年期をすごした明治の天王寺中学校のふんい気、校舎のようすが描かれる。宇野によれば、「入学試験は、府立であつたから、むつかしく、七人に一人ぐらゐの割であつた」。つまり七倍。難関校である。

うつくしい抒情的な学舎であった。厳寒を低い柵がかこみ、入ると一面に芝生がひろがる。「その芝生は、浅緑色の毛氈をしきつめたやうで、美くしかつた」。

校庭の左側の庭には器械体操のための木馬や鉄棒があり、その庭をかこむ塀沿いに「一間おきぐらゐにアカシヤと合歓の木が、植ゑてあつた」。折口も『自歌自註』で回顧するように、当時アカシヤは珍しいハイカラな植栽である。桜も多く植えられていた。

合歓の木とならんで新設の天王寺中学校のシンボルというべきアカシヤの花については、第二公刊歌集『春のことぶれ』におさめられる連作「大阪詠物集」に、（天王寺中学校）として次の一首がある。こちらは明らかな恋歌である。

あかしやの花　ふりたまる
　庭に居りて、
人をあはれ
　と　言ひそめにけむ

あかしやの花は、マメ科の熱帯常緑の木。合歓の木に似て、枝に針がある。初夏に無数の黄色または白色の穂のかたちの小花を咲かせる。

合歓、ユーカリ、アカシヤ、たぶ。これら常緑の芳香をはなつ南の樹木に、信夫はいたく魅せられる。ある種の南方の樹木と花と折口は、官能的にむすびつく。こころのトーテムである。

そういえば「ロぶえ」もまさに、アカシヤの花咲く夏の色で始まっていた。十五歳の少年のこころに白く灯る恋の花、恋のトーテムである。

学校の後園に、あかしやの花が咲いて、生徒らの、めりやすのしやつを脱ぐ、爽やかな五月は来た。

気がつくと無限に、あの人のしぐさ、言葉をこころの中でなぞってしまう。あの時のあの瞬間の言葉のやりとり、その微妙なニュアンス。こちらの瞳を深くうかがうような、あの人の瞳の光、色合いの意味。

自分のこころには今や、恋の巌が直立する。あふれる想いに巌肌は黒くうるおい、こころに隈なく想いは流れる。

空もうつくしい、空気もかぐわしい。夏をことぶれて次々とひらく花々などは、顕微鏡を通して見るように恐ろしいほど緻密で鮮明だ。

そのもろもろの中心に、あの人がいる。あの人の存在を中心に、自分は考え感じている。何とも華のある人。額にかかる汗ばんだ前髪、わざとおどけてみせる自分のことばに、品良くほころぶ口もと。すべてが詩だ。世界を一変させる詩だ。魂合うものに出逢うとは、なるほどこんな想いなのだ。世界が鮮やかに色づく。いのちが力づよく脈打つ。

それだけで静かにみちたりていればよい。なのになぜ人間は、恋い渡る人にも、自分へのなみなみならぬ想いを求めてしまうのだろう。この人間の運命ゆえに、最近はいつも哀しく滑稽な計算に明け暮れている。

君がいちばん好きな書物は何なの、今度はぼくもそれを読んでみよう。そう、歌舞伎は面白いね。ぜひ一度いっしょに行こう。しかし洋楽もいいもんだぜ。親父の言いつけで、子どもの頃から謡と仕舞をやってる。何流って金剛流さ。近頃は勉強が忙しいだろう、閉口しちまうよ。試験中でも、親父はぜったい稽古に行かせるんだ――。

社交辞令でないのか。本当に、私の好きな本を読んでくれるつもりなのか。それは私の内面を知りたいという気もちを意味するのか。今度。一度。おっとりしたもの言いに翻弄される。君がいつとはっきり誘ってくれれば、それで私の至福はたやすく叶うのに。

能楽を子どもにたしなみとして習わせるような風格のある家の子である。小銭をにぎらせて、安芝居なんぞに子どもをやり、大人がその留守にほっと息をつく自分の家とは何たる違いか。大家を継ぐ奥行きが、はやくも同い年のこの少年に堂々とした品位をもたらしている。

辰馬桂二。その名さえ、気韻が高い。天空へのぼる龍。そして凛々しい馬、きっと白馬。月までもいななき、高らかに駆け上がる。そして処女のようにつつましく、たてがみを伏せて寄りそう、月に繁るという香りかぐわしい永遠の生命の常緑樹、桂に——。

恋渡る人とは、えてして自己存在をひどく惨めなものにする、誇りや気概を押しつぶす。気づかなかったが、折口とは何たる凶名。折る、折れる。初めから何かが折れ、曲がっている。その表われがすなわち、生まれながらに我が額を一点染める青い痣でないと誰が言えよう。

ゆたかな材木商である辰馬家は、白髯橋の南詰、西長堀川に面した川沿いにどっしりした屋敷をかまえていた。屋敷の前には材木があまた積まれ、仲仕たちが川へ浮かべた材木を引き上げなどして立ち働くのがよく見られた。桂二の父は、町の文化をささえる旦那衆である。

桂二には兄たちがいたが、みな夭折し、総領として大切に育てられた。能楽や歌舞伎のみならず、バイオリンもたしなむ。レコードにもくわしい。文弱タイプでなく、どちらかというと体育会系。中学校でも、海軍志望の友人に囲まれている。文武両道の模範生。卒業時の席次は十番。色白で豊頬。瞳うつくしい端正な容貌である。

中学二年の段階で、桂二は信夫より七センチ高い一四六センチメートル。体重も信夫より五キロ多い三五キログラム。ちなみに桂二は明治二十年三月生まれ。信夫は同年二月生まれ。誕生月も近いうえに、同級では一番年かさが十四、五年生まれで、一番多いのが十八年と十九年生まれ。二十年生まれは桂二と信夫だけである。

そんな点からもある種の親近感が入学当時からあったのかもしれない。また、二人の結びつきにも、えい叔母さんの影が落ちているとする中学時代の友人、吉村洪一の証言もある（吉村洪一「阿弥陀池連作」、旧版折口信夫全集月報第二十六号所載）。

それによれば、えい叔母は大阪在住の国学者・敷田年治翁の弟子であり、そこで同門の紳商・辰馬圭助と知りあい、自分の甥と圭助の子息すなわち桂二を引き合わせたというのだ。

ともあれ、今まで逢ったことのない秀麗な人に信夫は出逢った。驚きはしなかった。いつか出逢うという予感はあった。その人のすべてが好もしい。こちらは出逢った。しかし辰馬桂二の方はどう感じているのか。わからない、謎である。苦しい。せつない。

相手も想ってくれれば、それは真実の恋である。しかしこの想いが通じなければ、それは一挙にお笑い種となる。片思いは恋の未完成品、欠陥品。深く想うほど、お情けを乞う惨めな犬として人々に笑われる。

辰馬桂二に烈しい執着を覚えたのが、十五歳。十五歳は危険な年齢。清々しい超上的な精神性を求める。と同時にとくに男の子は、自分の力ではどうしようもない肉体の内部爆発に出くわす。思春期の肉体にかんする情報が表立って流通しない明治時代は、ひとりひとりが秘かにその爆発と闘わなければならない。

異様な発汗と目まい。朝おきるときの倦怠感。からだの内部を走行するけいれんと高揚感、上昇感。

「口ぶえ」のこの一文など、十五歳の肉体の苦悶と快楽を鋭くえぐっていよう――「このごろ、時をり、非常に疲労を感じることがあるのを、安良は不思議に思うてゐる。かひだるいからだを地べたにこすりつけて居る犬になつて見たい心もちがする」。折口信夫が初めて烈しい愛と禁欲のテーマを自覚したのは、学びの道をともにする同性だけの場所だった。考えてみればそこは、寺院に似る。この問題にさらに注目したい。

柳田國男は仏教を憎んだ。論考の随所に、日本古代のおおらかな自然性をさえぎり疎外した、外来文化としての仏教への反感が示される。

晩年の大著『海上の道』(昭和三十六年)にとくにその傾向はいちじるしい。〈海上の道〉とは、西日を追い極楽浄土を恋う仏教の死の道とは対極の、東にのぼる若々しい朝日の生命力を追い、新天地を求める古代の航海民の日本人の生の道を意味する。西日を追う仏教の死の道と、東の旭日を追う古代日本人の生の道とを、意図的に対極化する。

ところで折口は、仏教に深く魅せられる面ももつ。とくに創作にその顔がきわだつ。彼の短歌・小説・戯曲において仏教寺院は、エロスうずまく救済の場所である。主人公の想いのかなう至福の場所である。

『死者の書』の主要な舞台はいうまでもなく二上山ふもとの当麻寺であるし、その続編とみなされる藤原頼長を主人公とする中世歴史小説も、花の季節の高野山から物語がひらく。ここで貴種は聖山の桜ふぶきの中、こころ惹かれるうら若き卑種に出逢う。

「ロぶえ」にて世間の常識に追いつめられた二人の少年が、手に手をとって行きつく「西山の寺」は、とりわけ繊細でうつくしい。京都の西方、みごとな竹林で知られる向日町にある西国巡礼の大寺、善峯《よしみね》寺《でら》がモデルである。

山の端に西日のかがやく浄域。「わたしは心からあなたに来ていたゞきたい」と書かれた恋しい同級生からの手紙をにぎりしめ、主人公の十五歳の安良は恍惚とし、同級生の籠もる山寺へとつづく坂道をたどる。

大門の下に来て、しき甃《がはら》の上に腰をおとすと、暫くは、集中してゐた意識の俄かに放散して行くのをおぼえて、恍としてゐる。やがて、此門の廂につゝかゝるやうに聳えた夏枯のした山の頂の松に、夕日のさしてゐるのが眼に入つて来る。渥美君はゐるか知らん、その坊の白壁も見えるはずの辺まで来てゐるのだと思ふと、追ひ立てられるやうになつてあるき出した。

少年の夢みるような足どりは、わたくしたちの胸の深層をもとどろかす。いわば人類の恋の始原の歓喜を呼び醒ます。

「ロぶえ」の西山の寺はもちろん、『死者の書』でヒロインが嵐をおかしてたどりつく二上山ふもとの当麻寺の原形である。

寺へのこうした官能的な親しみは、折口の生家が浄土真宗の熱心な信徒であったことにはさして関係はなかろう。むしろ仏教のはらむ、家と血の絆からの革命的な離脱の思想に、折口は深く魅せられている。

あえて断種する。子孫を持つこと、すなわち生物としての利己性を、意図的に断つ。そのことにより、おのが全身全霊を他者の薫育と救済に賭ける。〈家〉を旦那衆とし、葬儀にかかわり肥え太り、定住民のためのお守り宗教となる以前の仏教——青く若々しい古代仏教をささえたのは、そうした孤高の純な独身文化である。

そしてその稀有な独身と捨身の愛を先駆的に説いたのは、聖徳太子であった。太子創建の四天王寺の膝下の学び舎に育った折口にとって、もちろんこの超人の存在は早くから大きく視野に入っている。論考「山越しの阿弥陀像の画因」にて折口は存分に、自身の古代学の一つの母胎ともいうべき四天王寺の落日信仰について、その源を古代の巫女の太陽神崇拝に求めつつ論じている。

それにもかかわらず論考の中に直接、聖徳太子の名は出てこない。管見の限り、折口が太子について正面きって言及することはない。天王寺中学校はじめ、法隆寺、中宮寺、乙訓寺《おとくにでら》、当麻寺と、彼の思考の行く先々には点々と、聖徳太子の聖なる影が大きく落ちているというのに。

深く魅せられるほど、想いを内面に秘めて寡黙になる。詩人学者のセンシティヴな傾向は、聖徳太子の存在についても顕著なようである。

しかし見まわすところ一点、太子の説いた特異な独身文化について、注目すべき言及がある。信州の教育会に招かれて昭和九年におこなった講演の筆記「万葉人の生活」。そのなかで折口は文脈としてはいささか唐突に、聖徳太子の壮絶な捨身の独身思想についてこう述べている。

亡くなられた太子は、子孫の続かない様にと、河内のしな河の墓を作る時、墓の四方を切り崩しておかれたと言われます。そして太子が亡くなられると、太子の力添えをしていた山背ノ大兄ノ皇子が殺されてしまうのであります。

超人の凄みある一代独身思想である。子孫を断ち、生殖の利欲を断つ。断種の呪を籠め、墓や寺院の四方をあらかじめ断ち切る。

ちなみに河内の磯長陵は二上山をはさんで当麻寺の向かいに位置する、聖徳太子の墓所である。ここは折口少年がよく訪れた場所であった。

この太子の断種のエピソードは、『徒然草』第六段にも出てくる。兼好は子孫をもつ愚かしさを説き、太子が己が墓を築くさい、「ここを、切れ。かしこを断て。子孫、有らせじと思ふなり」と指示された故実を引く。

民俗学者の谷川健一はここに注目し、太子創建の四天王寺もどうようの呪いを籠め、四方を切ってあると推察する。

その四天王寺の膝下の同性だけの学舎で、折口は多感な少年期をすごした。彼にとって丘の上の花咲く中学校は、世間と隔絶した寺院にひとしい聖域の意味があったのではないか。

それにその学舎からは、神秘と伝説の古国・大和へとたたなづく山々が見晴らせた。それは河口の下町の生家からは、望み見えないひらけた景観である。ここにて衝撃的に少年は、古代との地続きを実感したはずである。

宇野浩二も学舎のこの景観に、大きな感動をおぼえつつ学んだ。秀麗な山や峰のすがたを通し、やまとを恋うた。

前掲『大阪人間』によれば、「上本町あたりの家々の屋根の上に、見なれた生駒山がそびえてゐる。生駒山はゆつたりした秀麗な山である」。

そして細長い校舎の二階の廊下に立つと、「南むきの窓からは、晴れた日は、四天王寺の伽藍のはるか彼方の空にそびえてゐる、金剛山、葛城山、それから、紀伊山脈の山々」が鮮やかにはっきりと見えた。

宇野少年はしばしば廊下の窓辺にたたずみ、うっとりと遠くの山なみに見入ったものだという。

こんな窓があったとするならもちろん、すでに万葉集を耽読し、大和の地にあこがれる信夫も――。ああ、あれが歌に名高い誇らかな名山、葛城山。あれが風吹く生駒山と心とどろかせ、窓からはるかな山を仰いだことであろう。そんな時はひそかに感傷的に、いっときも心を去らない彼の人、辰馬桂二のおもかげを美しい神秘の山なみに想い重ねていたかもしれない。いや必ずや、彼のような人間は、想いを重ねているだろう。

折口信夫には独特の〈山の端〉の詩想がある。彼の詩や短歌、小説には、この詩想のもとに構成されたものが目立つ。

山の端。山越し。たおやかな山の稜線と空のあわい、夕日の輝きとのデュエットの中に結晶される、ありありと鮮やかな幻影。何とかそこに行きつきたい、おもかげに触れたい――詩人学者の他界論の詩泉でもある。

もちろん『死者の書』も、この詩泉のもとに創出されている。はるかな空に澄んで浮かぶ山の峰。まさしく在るのに、非現実的な遠さ。魂合う人のおもかげに似る。〈山の端〉の向こうに恋しい人、母なるもの、巨大な異国の神の幻の望まれる詩の泉も、早く少年の日に丘の上の学舎の窓辺にて感得されたのではないか。

宇野浩二に『山恋ひ』（大正十一年）という不思議な小説がある。

諏訪湖沿いの温泉町の芸者と「私」との、少なからぬ歳月にわたる入り組んだプラトニックラブをつづる、〈ゆめ子〉ものの一環をなす中篇小説である。

なつかしく慕わしいゆめ子とは、彼女の棲む湖国をかこむ美しい山そのものを象徴する。『山恋ひ』には芸者のゆめ子は、幻の断片のようにしか現われない。代わりに作者の分身「私」を魅了しつづけるのは、彼女の故郷の山々である。

「いつから私がそんなに山を恋ひするやうになつたか、私は知らない」「山とは何といふ不思議なものであらう」「山を見るのが三度の飯よりも好き」。

このことばの通り、「私」は諏訪の温泉町の高台の宿屋の三階に滞在し、湖水と山々、さらにその向こうの遠い日本アルプスをながめて暮らす。

宿泊した部屋には異様に大きな「西窓」がある。山に沈む夕日の景色がすばらしい。そこに「私」の愛読者だという未知の青年が訪ねてくるが、その名も「西向観山」という。

西洋の学者の説で読んだが、かくも山に惹かれるのは、「私たちの先祖の、原始の人たちが山に親しんだ心」が子孫の我々に遺伝するためかと想像しつつ、小説『山恋ひ』の主人公の「私」はことに神秘的な感動にみちて、夕日に染まる遠山の肌をみつめる。

山にむしょうに魅せられる主人公は、同じく大正十一年の短編「夢見る部屋」にも登場する。かなたの山を恋うまなざしは、宇野浩二の文学の重要なテーマである。

宇野浩二のこのテーマは明らかに、天王寺中学校の校舎の二階の窓から大和の山々をながめて恍惚とした少年の日の感動を種子とし、花ひらいたものであろう。

校舎の窓から見えるのは、大和との国境の東方の山々であった。『山恋ひ』がことさら「西の窓」「入日」「西向」「夕日」にこだわるのは、宇野浩二にも慕わしかった四天王寺の落日信仰の独特の投影であろう。

この意味で、天王寺中学校出身の折口信夫の『死者の書』と、宇野浩二『山恋ひ』とは響きあう。山の端にはるか焦がれる。そこにくるめき出る朝日、あるいは輝き沈む夕日を待ち望む。むしょうにその光輝に魅せられる。

テーマはそれぞれ異なる。しかし山の端の日輪をまっすぐ見つめるまなざしにおいて、二篇の作品は通底する。

なぜか。それは彼らが丘の上の学舎の窓から大和の山なみを恋い、はるかなあこがれ心で胸をみたし成長した少年であるからだ。山は、いつかたどりつく母なる国、あるいは未知の異郷、死の谷間を彼らに想像させたからだ。

そう、よく視える。白い半袖シャツを着たかぼそい背中。そこに背筋肉がつくる二すじの大きな皺。哀しいほど直角のうら若い肘を窓の木枠に押しつけ、四天王寺の堂塔をこえて遠くはるか暮れゆく生駒山や金剛山に見入る二人の中学生の感傷的で孤独なすがたが、重なってよく視える。

〈山の端〉イメージの胚胎を一つとっても明らかに——中学時代は折口信夫のめざましい脱皮と神話の時代である。ゆえに今すこし、花咲く抒情的な丘の上の学舎での彼の多感な成長期を見きわめておきたい。

あえかな白い花のような佳人、辰馬桂二に出会った。そしてもう一人、こちらは鋭い棘もつ紅薔薇のような少年にも出会っている。伊庭《いば》孝《たかし》。革命と反逆の凜たる情熱をもって、颯爽と折口を惹きつけた都会的な少年である。

第五章　歴史家への志

歌は、明らかに平成の私たちの口を自然に洩れいづる時代の詩ではない。しかし折口少年が生い育った明治、歌は人々の生活によく沿っていた。歌は時代の風速とともに歩み、その先を行きさえした。歌はとくに、若い世代の情熱や清新な主張を受けいれる、生命力と包容力ある豊饒な詩形だった。

げんみつにはそれは歌のみのことではない。文芸批評家の中村光夫はその『明治文学史』において明治三十年代（一八九七〜一九〇六年）を、「ロマンチック時代、あるいは詩歌の時代」と呼ぶ。そのとおり、信夫の感性の礎を形成する多感な十代に並行する明治三十年代は、短歌と新体詩が他の文学領域を圧し、青少年に愛されて華々しく開花した時代である。

詩では島崎藤村、土井晩翠、蒲原有明《かんばらありあけ》、薄田泣菫《すすきだきゅうきん》らが輩出し、近代の若者の青春を美しく高らかに歌う時代の口となった。

信夫も自身の十代に咲いためざましい詩の花園に深く踏み入り、これらの詩人の詩を愛唱した。自分でも新体詩をつくった。晩年まで、散策のときは泣菫の詩など好んで口ずさむのが習慣だった（岡野弘彦『折口信夫の晩年』）。

青春、という新鮮な思想をことばにする新体詩が革命であったように、明治三十年代の短歌も強烈な革命であった。

旧時代のことばの堅苦しさや形式的なルールを破り捨て、若い人を惹きつける短歌は、時代を掻きまわす熱いエネルギーの渦巻きである。

近代短歌のはじまりは、落合直文が浅香社を創立した明治二十六（一八九三）年頃とされる。追って三十一年に佐佐木信綱が「心の花」を創刊した。

しかし時代に向けて放たれる短歌の革命ダイナマイトは何といっても、古今和歌集など宮廷ではぐくまれた伝統和歌の〈虚〉を蹴ちらし、おのが肉体の目を至上とする写生精神を〈真〉として打ち出す正岡子規の短歌革新運動であろう。

つづいて与謝野鉄幹の東京新詩社が明治三十二（一八九九）年に創立。「明星」が創刊される。鉄幹ははじめは烈しい男歌の系譜を提唱し、自然の美でもなく日常の暮らしのリアルでもなく、国を憂い自らの清らと無私をつらぬく国学者の歌の伝統を近代風にアレンジし、文壇に情熱の時代を創出した。

その男性美と情熱に魅せられて多くの若者が東京新詩社に参与したが、リーダー・鉄幹の大きな特色は、若い女性を積極的に登用したことにある。時代を先取りする目に長けていた。その意味で偉大なフェミニストといえる。

その渦巻きのただ中に、一人の若い女性が出現する。時代の口ともいうべき歌の魅惑の魔におびきよせられ、自分でも知らなかった女体の烈しい情念を発光し、青春の凄まじいエロスと自由の夢幻を歌った。

彼女は大阪・堺の因習しみつく古い菓子商の娘で、親の言うままにおとなしく高等学校で文学を学ぶのをあきらめて家政学を学び、帳場で算盤をはじいて家業を手伝っていた世間知らずのおとめである。歌を愛する男たちはどよめき、たじろいだ。この強さ、大胆。じつは男が女の偽名を用い、華やかにセンセーショナルに歌っているのではないかと思っていた青少年も少なくない。

しかも彼女はおのが文学と人生を完璧に一体化する。歌の師との恋をかなえるために家を出奔して上京し、師の全的後援のもとに明治三十四（一九〇一）年八月、堂々と処女歌集を刊行した。恋と歌とエロスの蜜月を切りひらいた。

その処女歌集とは、『みだれ髪』。著者の名は鳳晶子《ほうあきこ》。二十三歳。ハートの枠の中に黒髪をなびかせて悩ましげな若い女性の横顔が描かれ、そこに恋の神キューピッドの放った矢がするどく突き刺さる。三だれ髪、と真紅の血の色の題名が刻まれる。

装丁さえ異色のこの話題の歌集をいち早く手に入れ、巧拙はともあれどえらいものや、と頬を上気させ仲間に語っている十四歳、中学三年級の信夫少年が今いるのは、千日回向の音声のひびきの絶えず聞こえる法善寺裏の横丁の角、表に面した陳列窓の中でこくりこくりと首をゆらして客を歓迎する大きなおたふく人形が名物の老舗、「夫婦善哉」の黒くすすけた店内である。

横丁にはもう一軒、正弁丹吾亭や可祝、入船などの小料理屋と押し合うように「湖月」という高級ぜんざい屋があるが、中学生くらいが入るのはもちろん、一人前の注文で夫婦にかけて二杯のぜんざいが来る、庶民的でお得な「夫婦善哉」と決まっている。

甘いものに目がない信夫は、親や教師に隠れてよく立ち寄る。角の店からさらに狭い路地を縫って奥へ行くと、射的場や見世物小屋、新内・娘義太夫・笑話・軽口などを聞かせる小屋が林立する。猥雑な歓楽街となる。

興味しんしんながら、さすがに少年たちはそこまでは足を踏み入れない。大阪を代表する強烈な場所である。法善寺横丁の隣は、かつて刑場だった千日前。江戸時代は、横丁で高い台にのると、刑場で仕置きされたさらし首が見えたという。死臭のすぐ脇で人間が平然と食べ、腹をかかえて笑った街なのである。

すさまじく暑い八月のことで、信夫以外の五人の中学生の前にはそれぞれ、氷あずきのガラス碗が置かれている。夏でも信夫は頑固に熱いぜんざい。ここに来るといつも信夫がおごる。家の銭箱からつかみ出してきた小銭で払う。

信夫の右手の歌集は、購入してまだ間もないというのにすでに全体がうす汚れ、手ずれしている。大体この少年はもの持ちが悪い。シャツも帽子もゲートルもすぐ汚れ、くしゃくしゃにする。汗じみて布がへたれるのが、人の数倍早い。

教科書やノートも例外ではない。一見神経質そうであるのに、彼は平気で教科書にも縦横に書き込みを入れる。ノートなどは、授業中に思いついた人物や風景、動物の絵でいっぱいだ。ポンチ画のように、セリフが雲の吹き出しの中に書かれる傑作なのもある。

折口のノートは、折口でないと解らん。親友の武田祐吉などは、授業を休んだ時に信夫の古典文法のノートを借りたものの、あまりに絵や書き込みが多くて判読できないのに憮然とし、こう言って信夫にノートを突っ返したことがある。

その祐吉はいかにも武田信玄の子孫らしい折り目正しさで、教科書は学問の聖具としてうやうやしく扱う。表紙をていねいにうすい和紙でつつみ、自分の指紋さえつけるのをよしとしない。

だから信夫のだらしなさに初めは驚いた。教科書の汚さは、学びへの侮辱とさえ感じ、憤慨した。しかし交際が進み、ともに歌を愛することを知り、文学や芸術について語らううちに次第によくわかってきた。

この友の体内にはつねに、種々の発想や思考がぱちぱちと気泡を立てるサイダーのように湧いている。ひどく独創的な人間だ。自分の思いや考えを、既成の何にも従属させない。彼の手にかかると、教科書だって何か別のもの——彼のオリジナルの本になってしまう。

つくづく感嘆する。しかしそれは、えらいなあ、頭がいいなあと手放しで礼賛する気もちとはちがう。可哀そうだなあ、とも祐吉には思われるのだ。

独創性が突出する代わり、組織への順応力がいかにも無い。誤解されることも多い。今はまだいい。しかしこの学舎を出て社会に入る時、折口の独創性というものはかなり面倒でややこしく、当人を苦しめることになるのではないか。

父を早くに亡くし、しかも弱視をわずらう祐吉は年少ながら苦労人で、好きなように天真にふるまう親友が案じられてならない。と同時に——。

実に可愛い純な男だなあ、とも思うのだ。まっすぐで純。損得の計算がてんからない。恐ろしいほど形式や常識をかえりみず、おのが感情と意志を核に突進する。

そして誰よりも友愛が烈しい。これはとても真似できない。私欲がない。自分のものは友のもの、と信じきっている。

知りあって間もない頃、朝から寒い日で、外出先から帰る時には雪がちらついてきた。とすぐさま、隣をあるいていた折口が自分のまとうラッコの毛皮の襟のインバネスを脱いで、ふわりと背中にかけてくれた。驚いて返そうとすると、にこにこ笑って腕をこちらの肩にかけ、脱がさないように半ば抱いてあるき出す。

全くそんな時の折口は、恋びとを雨や雪からかばう優しい女のようにこまやかだ。いつもは不器用で、どちらかというと粗雑でぎこちない身ぶりさえ、友愛に溶けてなめらかにしなやかになる。

今だって、南本町の金尾文淵堂《かなおぶんえんどう》まで行ってようやく手に入れた歌集をもう、友人たちに貸そうとしている。ただちに読むべきだと力説している。

そして案の定、彼の『みだれ髪』のすべてのページは書き込みでいっぱいだ。多くの歌の頭に青インクで◎●﹅﹆ヽなどのしるしをつけるのが、折口少年の癖である。

「夜の帳に　さゝめきつきし星の今を　下界の人の鬢の　ほつれよ」。信夫は『みだれ髪』の巻頭歌を、かん高い声で仲間に吟じてみせる。

さらに歌う、「乳房おさへ　神秘のとばりそとけりぬ。こゝなる花の紅ぞ　濃き」。

何を言っているのかわからない歌だ。しかし絢爛な恋のことばの花束を女から突如投げつけられたような衝撃を、若者たちは受けている。

まじめな宮崎信三少年などは、若い女がみずから歌う「乳房」ということばの大胆に、色白の頬や首をほのかに上気させている。

「遊女か芸者の歌のようやな」

「夜の帳、とか花の紅、とかえらい思わせぶりや」

「天の星を出してくるのが新しい。ギリシャ神話の感じをねらってる」

「星の人と下界の人の恋いうたら、かぐや姫も重ねてるんちがうか」

すでに『みだれ髪』は信夫の手から離れ、少年たちの手から手へ次々と渡されている。

評判の鳳晶子を、高く評価する少年はいない。素人あがりの女のくねついた歌より、やはり正岡子規の青竹のように潔く真実を歌う写生歌が好きだ、という少年もいる。明星派なら何といっても頭首の与謝野鉄幹、「なさけ過ぎて　恋みなもろく、才あまりて、歌みな奇なり。我れをあはれめ」あたりの男の情の波うつ歌がいいと叫ぶ少年もいる。

「鳳晶子の歌は今はそういいものはない。きらびやかなばかりで、心を打つものはない。けど、この『みだれ髪』は歌の古い流れのめざましい復活や。そこに大きな意味がある」

日常のもの言いの声は、聞く者がいらつくほどにか細くぼそぼそしているくせに、文学を語る時の信夫の声は明澄に断言して迷いない。側にいる者の耳を吸い寄せずにいない。この少年のふしぎな魅力である。

折口、それはどういう意味か、ぞんぶんに言いたまえと、『みだれ髪』が信夫の手もとに返ってくる。信夫はすでにこの歌集の主な歌はそらんじているらしく、戻ってきた本をひらきもせず夢中で話しはじめる。うつむいて伏せたまぶたの静脈が青く透け、神経質そうに薄皮が動く。

「歌には、男の歌と女の歌とある。恋の歌を例にとれば、はっきり解る。男が挑む、もの言いかける。女はそれをやんわり断るのが定石や。ぱーん、とやったらあかん。断られてんのか、てえへんのか、男がぼうっと酔ってしまって判断できんように艶に迷わせて断る。せやから、くねる」

額田王かて小野小町や和泉式部かて、まずそんな否《いな》み歌の名手やろ。女の歌うたい言うたら、恋の歌で歴史にのこる女ばかりや。恋の歌をみだらと今は軽侮するけど、けど――信夫の指が無意識に『みだれ髪』のページをはらはらとめくる。

「天皇がおさだめになった歴代の勅撰集の部立には必ずや、恋があることからも解るように、日本の歌の王道は恋歌や。ここには、神と天皇とその双方に仕える宮廷の女にかかわる古代の信仰の大きな鍵が、ひそんでいると僕は思う」

しだいに声が高揚する。夢中になる時のこの少年の体質で、頭が熱し、髪が汗でべっとりと濡れている。

「歴史を振り返れば、恋歌が日本の文学の核心であることは明白や。万葉集巻一のはじまりの歌かて、この岡に菜つます子、家宣《の》らへ、名宣《の》らさね、いう雄略天皇の野の乙女への求婚の歌が置かれるやないか」

「恋歌は虚をゆたかに盛るし、物語性もつよい。目に映ったことをそのまま紙にスケッチするように歌うのが〈真実〉やという子規の写生歌、つまり男歌の流れが今は強うなりすぎて、恋歌を殺している。恋歌は女々しいという世間の道徳も、恋歌の道には不利や」

だからこんな派手な華やかな、若い女が紅い牡丹の血の色吐いて歌う恋の歌集が話題になっていること、僕は喜んどるねん、と信夫は一気に語って息をつく。いうなれば『みだれ髪』は、歌の王道のよみがえりや。

ふうむ、と明治の御代の新星・鳳晶子を語るのに、万葉・古今の女流歌人や古代天皇制にまでさかのぼり評する信夫少年の口説の壮大に、みな煙に巻かれたように言葉少なになる。

祐吉は内心で信夫の発想に、嫉妬さえ感じていた。日本の歌とは、神の始原のことば。そのことばを神から受けとり臣民に伝えるのが、神と人間のあいだを取りもつ巫《かんなぎ》の役目で、それは霊威ある巫女あるいは最高の神官としての天皇がになう。つまり天皇の古代的意味はまず、神から歌を授かり、それを人民に発語する歌の王であることだ。

日本文学史全体を見渡しても、天皇みずからがさだめる〈勅撰〉の系譜をもつ文学は、和歌のみである。歌の歴史は、天皇制の歴史に沿う。古代の神信仰を解く鍵は、歌にある。日本の歌とは、信仰であり、政治である。

漠然とそんなことを直感し、歌の歴史を考えきわめる学者になりたいと思っていた。しかし自分の視野は、せいぜい古代から中世どまりであった。それにくらべて折口は、現在この夏に出現したばかりの鳳晶子の『みだれ髪』にも鮮やかに、万葉集の誇らかな女歌の伝統とその復活を読みとっている。

古事記、日本書紀、芭蕉や西行、古今や新古今集に夢中になるかと思うと、手あたりしだいに「太陽」「文芸倶楽部」「明星」などの文芸誌・歌誌を読み、島崎藤村・蒲原有明・薄田泣菫などの新体詩を暗唱し、森鷗外・泉鏡花・田山花袋・国木田独歩の小説まで余さずむさぼる折口の乱読癖が、ごくごく自然に時代をいましめる枠組みをこえ、自身の立つ近現代の風速と古代をさえ直に結びつけているのだろう。

――この発想が俺にはない。枠組みを崩し時代をこえて、意表を突く異なる要素を磁石のように呼びよせるこの発想は、折口の独壇場の強烈な個性だ。

俺にはつよい個性がない。しかし折口にはない粘りづよさと根気、体系化への志がある。それをもって、この男と対抗できるか――。

「折口、長い女歌の歴史の上に今まだ世に立ったばかりの鳳晶子を据えて論ずる頭、僕にはない。感心して聞いたわ。折口の批評精神の真髄やな」

うかつには人をほめない祐吉の発した「批評精神」ということばに、信夫は初めは豆鉄砲を食らったように黙っていたが、自身でもそうかと納得するように深くうなずいた。

「僕は歌の歴史家になるのが夢や。日本文学の中心の柱は歌や。やりがいがある」

祐吉のことばに、我が意を得たりと、信夫も再びうなずく。

「せいだい一緒に勉強しよう。歌の会もそのうち結成しようやないか。みだれ髪、僕にも貸してんか。僕は古典に偏りすぎやった。今の歌もおおいに読まんとあかんな」

それまで一人で乱読し、一人でこっそり歌をつくっていた信夫は、天王寺中学校で祐吉はじめ、歌を愛する熱き少年同志にめぐりあった。

ここ、夫婦善哉に参集した一同――武田祐吉・吉村洪一・宮崎信三・浅沼直之助はこの年の十月に短歌の会「鳳鳴会」を結成し、歌作と批評に邁進する。

考えるところあって、信夫と岩橋小弥太は一年ほどおくれて参加した。

自身の歌が確実に公的な文字として配られ、仲間の批評を受ける高揚感は、信夫が予期していたよりはるかに晴れがましく刺激的なものだった。

ますます歌作に夢中になった。『国歌大観』を読破し、歌の研究史において無視されてきた中世の玉葉集と風雅集の価値を発見し、その万葉精神の復活のすばらしさを興奮して歌の友に語ったという著名なエピソードも、「鳳鳴会」に入会した頃のことである。

天王寺中学校にて信夫の生涯の志はほぼ決まった。それは、歌の歴史を考究する史家になることである。彼は後年、このように回想している。

中学の中頃になった頃には、大抵そうである如く、私も文学が、この世唯一の存在と謂った気持ちに、向いて行って居ました。（中略）つまり、歌と、学問の興味とを調和すると言う点に於て、これを歴史観の上にすえる短歌史の専攻に、一生を委ねようと思うたのが、大体、中学卒業期ごろの空想でした。

私の中学以来、「われがおれが」の友なる武田祐吉なども、やっぱりそうした出発点を持っているようです。

（「かすかな抗議」昭和七年）

また、太平洋戦争を目前に書き下ろした力作の短歌史『近代短歌』（昭和十五年）の序文でも、このように感慨深く回想している。

私の友だちの誰彼も曽ては短歌史を書くと言って居た。其がやはり、皆忘れてしまって居る。私には、幸福な機会が廻って来て、幼かった初一念を達することが出来たのである。

歌をつくる少年たちの誰もが、短歌を中心とする文学史の著述を夢みた。歴史家への志を燃やした。しかしそれを実際にかなえたのは、折口と武田祐吉だけだった。

ところで脱皮の神話時代はまた、死がつい鼻先にまで迫った時代でもあった。二回。「明らかな用意の下に、自ら生を断とうとした」ことがあると、折口は二十七歳のとき愛弟子に口述筆記させた「零時日記」で告白する。

それは十六の年の冬から、翌年の春にかけての出来事である。今も其時の事を思うと、山蔭にわずかばかり残った雪の色が、胸に沁む。そういう谷あいの道をば、歯をがちがちさせながら、一心に登って行った若い姿を、まざまざと目に浮べることが出来る。

満十五歳の冬の暮と、年改まった三月初め、自死をこころみた。「口ぶえ」の最後のように、崖から墜落死しようとした。かなり後まで詩人学者には、旅して山の峠などの周辺を見晴らす高みにいたると、そこから飛び下りたいという、危険で甘美な陶酔に襲われる癖が残った。

死への誘いは父の急死をきっかけとし、旧家を誇る実家の「暗面」を知ってしまったことを一つの要因とするらしい。

十五歳の五月三日、大酒を好む父が心臓まひで死んだ。学校の図画の授業の最中、信夫は家からの電話で呼びもどされた。

その後、ひどく成績が下がる。歌作にまさに耽溺する。くだんの「零時日記」はさらに、自身の中学時代全体が、死に親しい時代であったことを分析する。死への親しみを個人の感傷のみに求めない、民俗学者らしい思考法が既にかいまみえる。

日清戦争は死のたやすいことを、事実に示して経過した。修身書も、文学書も、累代の宗旨も、皆生を重いものとは教えなかった。

七百年この列島に力をもつ仏教は死を偏愛する。武士道も死が軸。哲学青年・藤村操が自死したのもこの頃。そして戦争がおきる。

たしかに、詩人学者の多感な思春期は大きな戦争の谷間に息づく。明治二十七年に日清戦争がおこり、その二年後に軍国主義の気風のある天王寺中学校が創立した。その時、信夫は九歳である。

そして信夫が試験に落ちて留年の決まった明治三十七年、こんどは日露戦争が始まるわけだ。宇野浩二も証言するが、そうした時代相を背景に、「天中」には海軍志望の生徒が多かった。硬派の少年はすべからく、死を恐れない心を強者の証しとしてあこがれた。〈男子〉願望のつよかった信夫もそうであったろう。

それにこの少年は、死に親しむ大きな要因を生来もっていた。なぜなら彼の愛する古典とはすべからく、死の匂いもかぐわしい死者の書なのだから。

加えて信夫は、文字通りの死者の書に読みふけることにも熱心だった。土蔵にこもり『国歌大観』を読破したのは著名なエピソードだが、そのさい土蔵にしまわれた亡き祖父の日記を発見し、ひそかにこれをも耽読した節がある。

太平洋戦争の末期、彼の大阪の実家は空襲で焼尽した。それを哀惜し、昭和二十三年に詠んだ連作「飛鳥」に、生前会ったことのない祖父を思慕するこんな歌がある。

明治十八年のこれらに果てし　唯ひとりの医師として、祖父の記録を見出づ
町びとの生《よ》のすべなさに　おどろくと書ける日記に、見ぬ祖父を感ず

飛鳥の農家に生まれ、いったん飛鳥坐《あすかにいます》神社の養子になってから大阪の折口家に入って、家業の医師を誠実につとめた祖父の遺したかたみの日記。それは祖父の没後に土蔵にしまわれ、ふと古典少年の信夫の目に触れたらしい。

それに耽読するのも、そこから何か家の秘密つまり自己の出生にまつわる事情を読みとろうとする、信夫の哀しい好奇心がおおいに働きかけていたとわたくしには想像される。

そして孫の信夫には祖父が、日記を通していっそう親しく感じられた。実家のその日その日を享受す

る軽やかな町人文化を理解するとともに、神さびた古国から来てその「すべなさ」に一生居心地の悪さを覚えた〈まれびと〉の祖父に共感する想いを、信夫は熱く胸に育てた。

親しい血縁の死者の日記。死者の知が歳月の発酵をへて輝く古典。信夫少年はまた、古い墓を探すことも好きだった。掃苔《そうたい》の趣味があった。

南本町の金尾文淵堂は信夫のよく行く本屋で、薄田泣菫『暮笛集』などもここで買った。ちなみに第一詩集『暮笛集』が大評判になった翌年の明治三十三（一九〇〇）年夏、薄田泣菫は金尾文淵堂の二階に寄宿していた。

文化人で、文芸誌も発行していた名物店主は早熟な文学少年の信夫に目をかけ、新刊本をどんどん自由に持ってゆかせたという。彼の書店は大阪の文学サロンでもあった。

信夫は信夫で、行方不明になっていた水谷不倒や近松門左衛門の墓を見つけ出し、やはり掃苔趣味のある金尾文淵堂の店主に知らせ、喜ばせた。

この掃苔趣味がまた、信夫を大和の古代墓陵への順礼に向かわせたのだろう。墓地や死者はごく自然に、彼の学びの道の途に立ちならんでいた。死ははじめから、優しくなつかしい顔をしていた。

じつは彼がもっとも死にたかった時、そしてそれが叶わなかった時は、父の急逝した十五歳から十六歳にかけての日々ではない。それは翌年の春、卒業試験に欠点をとって落第した十七歳の春だったのではないか。

完全に誇りを封じられた。翼ひろげて空を舞う白鳥に化したと思ったのは、はかない夢だった。自分はやはり醜いあひるの子でしかなかった。文学と学問を愛する個性的な学生としての面子は、完膚なきまでに汚された。

こうなってみれば、一年前に自死をこころみた経験などは、余裕のある感傷的なものだった。今まさに崖っぷち。ここで死ねば、落第の傷心で自死したと皆うなずく。そんな恥の中で死ねない。

しかも同じ四月、親しい友人の宮崎信三が失恋のため、明石の海に身を投げて死んだ。恋に死ぬ。ある意味で、詩人の究極の理想の死である。その傍らでどうして、成績不良のために死ねようか。

後に芥川龍之介が自死した折に詩人学者は、いかにも高踏派のひよわで贅沢な選択として批判した。広い世間には、それが原因で死んだと後ろ指をさされたくないために、自死もかなわず辛い人生を歩き通している無名の人々がたくさんいるのに、あたら恵まれた才能をと惜しみ、弔意とした。

これは旅でそここの路傍に見かけた、多くの旅死にの人や馬の、風雨にさらされた粗末な墓標を思い浮かべてのことばだろう。あるいは、落第の恥辱を額に塗られて死ぬに死ねなかった自身の十七歳の寒々しい壮絶な春の記憶も、ひそかに重ねられてのことばかもしれない。

落第。人しれぬ地獄。そこから這い上がったのは、これも全く文学の力によるものだった。

自意識のつよい信夫は、青痣にくわえて額に押された落第生の刻印の灼けるような熱さを、しばらくは片時も忘れ去ることができなかった。教師の視線が自分にとまるたび、ちりちりとした痛みさえ感じた。

後にこんな歌を詠んでいる――「われをうりしK先生に　おもひきや　M先生も肩を並ぶる」（日記大正五年四月二十四日）。

生徒の内なる生命ではなく、成績表で評価し判断する先生というもの全てが敵。そうまで反感がつのった時に救ってくれたのは、思いもかけず信州から転任したてで余りなじみもなかった、国語と漢文の教師・田中常憲先生だった。

田中先生は武張った天王寺中学校のなかで珍しく、純粋に文学を愛する教師だった。文学好きの個性的な生徒にあたたかい目をそそいだ。萎縮しきった落第生の信夫には、教室を闊歩して熱く文学を語る常憲先生が、まるで大きな美しい蝶のように思えたという（「白茅先生のおもかげ」昭和十年）。

先生は歌を愛した。先生にとって文学とは短歌であった。「縦横無碍に文学を謳い、文学を讃え、文学を味うことを教えられた」。その田中先生がことに目をかけたのは信夫少年、そしてもう一人、ことによれば信夫より異色のきわだつ問題児、伊庭孝《いばたかし》である。

その伊庭孝。小柄で色白。かろやかな身ごなしに独特の鋭さがある。東京の府立一中から十五歳のときに転入してきた。全く物怖じしない。これはと思う人物なら、上級生にも自分から積極的に声をかける。

大人びているのでむしろ、上級生に友だちが多い。これは上級生が下級生を稚児として可愛がることはあっても、上級生と下級生が対等につきあう風習のない「天中」では異色である。伊庭は、信夫の親友の岩橋小弥太とも親しかった。よく三人で、校庭の隅にすわって話した。

どんな型破りも、伊庭なら仕方ないか、という雰囲気があった。というのもこの少年の勝ち気な性格もさりながら、彼はある意味で歴史的人物として皆に知られていたからだろう。

伊庭孝の伯父は、幕末史にその名をとどめる勇猛な美剣士の伊庭八郎である。北辰一刀流と並び称された、心形刀流伊庭道場の嫡男に当る。八郎は、「眉目秀麗、俳優の如き好男子」と伝えられる。幕臣として五稜郭まで戦いぬき、二十六歳で戦死した。「義勇の人」と讃えられた（中村彰彦『ある幕臣の戊辰戦争』）。

この八郎の弟の一人が、孝の養父の伊庭想太郎。剣士にして教育家の想太郎は、明治三十四（一九〇一）年に政治家の星亨を暗殺し、四十年に東京の小菅監獄で病死した。養父が暗殺事件をおこした時、息子の孝は十三歳だった。

たぶん東京では人目がうるさいので、その一年後に孝は家族と関西に移住したのだろう。のちに孝は同志社神学校へ進むが、すでに天王寺中学校にいた時からキリスト教への信仰をもっていて、講堂でイエス・キリストを礼賛する演説をおこなったという折口の証言がある（「幼稚な思い出——伊庭さんのこと」昭和十二年）。

ところで留年した信夫は、五年級に上がった孝とつまり同学年になった。その一年は、信夫と孝、この二人が、創立以来学校誌として発刊される「桃陰」を舞台に活躍し、完全に学校の言論を支配したと伝えられる。

信夫はあきらかに古典派で、文学的である。「桃陰」に短歌や鏡花ばりの随筆を発表し、また学校の講堂で自作の新体詩を朗詠する姿が、雑誌を通してうかがわれる。

対して孝は革新思想派。学校に社会にさかんに盾つき、新しい風を呼ぶ。「女尊男卑と平等主義」などと題した講演発表をしたりする。

中村浩『若き折口信夫』には、「桃陰」明治三十六年四月に伊庭孝が発表した小論「新学年に対する吾人の要求」が紹介されている。その輝くような不遜と覇気に目がひかれる。まさに筆をもって体制を斬る小剣士といったおもかげがある。

伊庭の論を要約しておく。彼はまず、学校誌「桃陰」における「言論の自由」の徹底を説く。次に学校は学生に、読書のための時間を自由に与えるべきと説く。少年らしい衒学でラテン語の金言を原語で引き、「吾人は学校の為に非ずして生命の為に勉強す」と宣言する。

学校とは学生に「智識の庫の鍵を与う」るもので、学生はその鍵で内発的に「生命に必要なる智識」を求める。つまり学びの自主性を尊び、過重の宿題を課すなと要求する。

出方が大きい。宿題をめぐり、学校と生徒の支配被支配の関係の是正を叫ぶ。少年なりの社会改良の目がある。

信夫と伊庭孝は同い年である。自分と並びたち、西洋の古典を引用しつつ何ものにも従属しない若者の自由を毅然と説く、この東京から来た名門剣士の勇猛の血を引く奔放な少年に、信夫は大きく刺激され、魅せられていたことだろう。

伊庭孝はのちに同志社大学を中退し、上京して二十五歳の若さで森鷗外や小山内薫もかかわる演劇革命のただ中に躍り出る。俳優として鷗外訳「ファウスト」の魅力的な悪魔メフィストフェレスを演じ、大評判となる。しだいに西洋戯曲の翻案や演出、音楽活動にもかかわり、先駆的に日本にオペラやミュージカルを紹介し、実践する。

前掲「幼稚な思い出」によれば、折口が国学院大学にいる間に伊庭は同志社をやめて上京し、二人は「学生時代にも」会っていたという。

大学時代の折口信夫の近くに、演劇界の革命児・伊庭孝のいたことは改めて注目すべきである。

信夫は三兄・進の影響もあり、歌舞伎など古典演劇のみでなく、時代の先端をゆく新劇にも深い関心をいだいていた。学者をこころざす一方で、戯曲家になる夢ももっていた。

とくに伊庭孝が鷗外の知遇を得、演劇革命の若い美しい獅子として思うさま東京のひのき舞台で活躍を開始した大正二、三年は、かたや信夫の不遇時代。ゆく道が見えず、しかたなく大阪に帰り、中学の臨時教員をつとめながら苦悶していた。

かつては並びたち創作や演説に腕を競った伊庭孝の芸術革命に邁進する姿が、どんなにうらやましかったであろうか。無謀とも思える信夫の大正三年春の上京には、伊庭孝の華やかな活動も、ひそかな一つの動機になっていたかもしれない。

やんちゃで最高に生意気な伊庭孝。暴力をふるって生徒を恐れさせた天王寺中学の体操教師さえ、伊庭孝だけは「余り生意気だから、手が出せなかった」と折口は回想している。

優等生で古典派の武田祐吉や芝辻正晴らとつきあっていただけでは視えない世界——革命と反抗の熱い紅い血潮脈うつ世界を、東京から来た伊庭孝は信夫にたしかにかいまみせた。

折口の〈古代研究〉とは古典の読解を通し、近代の文学と芸術を固苦しく狭くいましめる発想に、革命をおこそうとする書でもある。おない年の伊庭孝が力を尽くす演劇革命も、〈古代研究〉の視野に入るや否や。

伊庭孝との交友は、折口の大学時代およびそれにつづく大阪での教員時代を考えるうえで、また触れることになるだろう。

それにつけても思われることがある。さいごまで新政府にまつろわず抗戦した伊庭家の少年の未来には、ふつうのコースにての立身の可能性はない。異教・キリスト教への孝の傾斜は、明治政府に排斥される旧幕臣の知の一つの典型である。また彼が演劇革命におもむいたのも、自身にとって最高に自由な活躍の場を、みずから切りひらいた感がつよい。

対して信夫。とびきりの古典少年である。万葉集を母乳とし、大和の古国を熱愛した。地域に根づいた商家のお坊ちゃん。隠微な家族の不倫の他は、さしたる不自由なく育った。にして、過激な脱皮と革命への志向がはなはだしい。

なぜなのか。どこから信夫はたんなる古典派をぬけ出て、そうなったのか。古典の優美と懐古へのなつかしい愛と、それをいったん転覆する烈しい脱皮と革命の志は、いったい信夫のどこから生まれて、両者はいついかなる頃に彼の内部で合理的に密にむすびついたのか。

確たる答えは出ないかもしれないが、折口信夫へと降りるこれからの螺旋の階梯で、この不可思議はいつも気にしていたい。

第六章　炎の帝都へ

人は魔のごと強からず、
われは王者ぞ、万有の
値《ね》の源ぞ、煩ひと
悶えの胸の主人《あるじ》なり。

（薄田泣菫「石彫獅子の賦」）

 こともあろうに――、明治三十八（一九〇五）年九月七日。

偶然か、必然か。この人ならば必然と、その恋慕の水脈の跡を追うわたくしは想像したい。十八歳の折口信夫は上京した。炎上する帝都にひとり、乗りこんだ。

七日午後四時。新橋停車場に轟音を立て、漆黒の怪物のような鉄の塊が入ってきた。前日に神戸を出発した東海道本線の車両である。

歓声が上がる。プラットホームにはただならぬ数の人がひしめく。ついこの間まで、各港へ搬送される出征兵を見送る家族知人が粛然と整列していた同じ場所と思えない、殺伐とみだれた模様である。

煙を吐きおえて止まった車両の重い鉄の扉を、駆けよった車掌が全体重をかけてひらく。紅陽先生、万歳。夏石代議士、万歳。長谷博士の東京入りを意気に感ず、などとてんでに大音声をあげ、待ち人を出迎えようと、車両に蟻のように人が群がる。

パナマ帽をかむりステッキをもった紳士風の人もいれば、労働服の男、小倉の袴の若い書生もいる。汽車はかなり遅れて到着した。プラットホームは熱をはらみ、火の上の鍋のようである。すべての人は汗にまみれ、のどは渇ききっている。疲労が怒りと化している。

怒りの波。その群衆を、胸に深紅の徽章をかけた車掌たちが慳貪に押し返す。腰に銃をおびた警官もそれを助け、こん棒で人波を抑えつける。人々のあいだから怒号がとぶ。

全くここはほんとうに日本なのか。革命国フランスかロシアなのではないか、と思わせるプラットホーム上の異様な揉みあいである。

停車場、銀行、新聞社、公会堂、交番……。九月五日に日露講和会議の調印がなされてからというもの、帝都の心臓部といえる肝要の場所は、なべてこうした調子である。群衆が押し寄せ、調印反対ののろしを掲げる。激化すれば、機関を破壊し、火を放つ。

日露戦争に勝利したものの、賠償金なく樺太の半分を得ただけの講和の結果は、ただちに「屈辱条約」として国民に罵倒され、各地で反対運動がおきた。

反対を唱える有志がぞくぞくと上京し、戦争のあいだの働き手の喪失と生活苦にあえぎ隠忍していた庶民の一部も、暴徒と化した。

五日に日比谷公園で予定されていた講和反対国民大会が警視庁に禁止されたのをきっかけに、いわゆる「日比谷焼き打ち」が勃発。日比谷公園の交番をはじめとし、多数の交番や派出所が焼かれ、電車が不通となった。

六日、暴動はさらに広がる。かねて非戦主義を唱えていた民友社の建物が暴徒に襲撃され、電車が焼かれた。官邸に火が放たれた。各新聞は、「帝都大騒乱」「無政府」状態と報道する。ついに政府は東京市内に戒厳令を発した。

あくる七日。東京総督から深刻な三条の「告諭」が発される。その一、市民の暴挙を警官がまず「言語」にて抑制すること。その二、言語の抑止を無視した場合は「空砲発射」を発すること。三、最後警告として「兵器を実用」するのを公に許す旨。

つまり官が民を殺す場合もあるという最大の恫喝である。このまま革命になるのでないか。それを政府は恐れた。同年一月にはロシアで、大革命の前哨ともいうべき大動乱がおきている。

残暑の帝都が沸騰するそのただ中に、若い折口信夫はやって来たというわけである。

大方の乗客が降りた後、彼はようやく汽車の厚い扉の奥から姿を見せた。白薩摩の単衣に、これも木綿の紺の袴という書生の装い。祖父のかたみの豚革の診療かばんと大きな行李を両手でかかえて降りてくる。

旅やつれして頬が白くそげ、鼻梁がするどく見える。青年というにはたよりなげな、淋しい風情がただよう。瞳の光だけはつよい。

大阪でも早く、講和反対の運動は立ち上がっていた。商人の町だけに、損得にはうるさい。暴動にこそならなかったが、町全体が大きく波打っていた。

いちはやく九月一日、大阪朝日新聞は「天皇陛下に和議の破棄を命じ給はんことを請ひ奉る」の一文を掲げ、講和反対の立場を表明した。

四日には、講和の破棄と戦争続行を求める市民大会がひらかれている。東京の大動乱のようすももちろん迅速に、各紙誌に報道されていたはずだ。信夫もそれをよく心得ていたはずである。

この人にはそういうところがある。きゃしゃで世間の荒さに耐ええぬ神経の細さをもちながら、あえて嵐の真中へ飛びこむ直情がきわだつ。

大阪を出てくる昨日の早朝も、母などは奥の間にひっそりと籠もったきり、見送りに出てこようとはしなかった。いつもは甥の意志をさいごには許してくれるえい叔母も、昨日ばかりは険のある目の色を、なかなか和らげなかった。家の門の前で今さらながらの繰り言だけれど、と甥をなじった。

死んでもすぐ東京へ行くというのだから、もう止めまい。けど大人になったら、あんたも解る。死んでもいい、なんていうのは子どものわがままだ。大切にのぶさんを育てた私らとこの家をないがしろにする、甘ったれたぼんちのわがままだ。

目の前の甥は、動乱すわ革命かのニュースにゆれる東京にあえて旅立つ若者らしくもなく、珍しい叔母の叱責をつらがり悶え、瞳をうるませている。許しを乞うように胸に手をあてて、荷物は足もとに放り出したきりだ。

全くたよりないなあ。嵐の目の中へ飛びこむ前に、すでに哀れにそぼ濡れる小鳥のようじゃないか――そう思ってため息づこうとした瞬間、自分でも思いがけず、小さな笑みがえいのお腹の底に生まれた。案じて案じて腹が立って、こうもしようか、ああも言おうか、とこね回していた憂いの糸が、ぷっつりとどこかで切れた。

甥の背中へまわり、白薩摩の単衣の背筋をそろえ、袖のしわを伸ばし、ついでにしゃがんで紺袴のすそのほこりを払ってやった。甥の背中にささやく。

「そんな泣きべそ顔して。もうだまされない。のぶさんは、こうと決めたら行く人だ。泣きべそかきながら、あの子だいじょうぶかいなと私たちに心配させながら、どこまでも諦めず、ぺたぺた歩きつづける人だ」

困って信夫は黙っている。叔母に批難されているのか、ほめられているのか解らない。

「お金のことなら、おっかさんでなく、あたしに直接言っておいで。そこそこの分なら何とでもしてあげる。お金で済むくらいのことなら、大したことじゃない。生き馬の目を抜く東京でほんとに恐いのは、――」

ほんとに恐いのは何だろう。自分よりずっと賢い人たち。洗練された人、褒めて裏でアカンベする人、足をひっぱる人、誘惑する人、そう、誘惑する人……。

記憶のずっと後ろの青春の東京の風景がよみがえってくる。何でも夢がかなうかに思えた都。あこがれの西洋の香りをはなつ、大輪の薔薇のような蠱惑的な都。

甥が小鳥のように胸ときめかせ、まっしぐらにその芸術と文学の都に飛んでゆきたいと思うのはよく解る。かつての自分もそうだった。ほとんど家を出奔するように上京した。

女の私だってそうだもの。のぶさんも、一度は思いきり飛んでみたかろう。失敗して尾羽うち枯らしても、折口の家は、そんな人間を一生養うくらいの力はまだある。

いま甥に対してむしょうに腹立っているのは、どうでも大学の入学式に間にあうために戒厳令下の東京に発つという、若者らしいむちゃを押し通そうとする態度だ。あまりに無防備なおさなさに対してだと、改めて気づいた。

そして、あの手紙……。甥にあてて最近ときどき来ていたあの手紙のことが、しきりに気になる。東京府下麹町区土手三番町、藤無染、と純白の封筒の裏に達筆で記されたあの数通の手紙。

どういう知りあいかと甥に問うても、優秀なお坊さんだというだけで、はかばかしく答えない。国学院大学に入学したら当初は、その人の下宿に泊まらせてもらうという。

実はこの九月の上京以前にも、信夫は家に大波乱をおこしていた。試験の失敗で一年遅れた中学卒業のあやまちをつぐなうかのように、家族のかねての希望に沿い、信夫は医科へ進む決心をした。第三高等学校第三部を志願した。

しかし六月、高等学校出願の前夜。血相を変え幽霊のようにふらりと二階の部屋から降りてきた信夫が畳に手を突き、今すぐどうしても東京へ行きたいと言う。やはり文学の道に進みたい。飯田町の国学院大学に入学の手続きをしなければ、間にあわないという。

父の秀太郎はすでに亡く、女ばかりの家族は愕然とした。信夫の兄たちがいれば、なにを今さらと、弟の頬の一つも張り飛ばしていたかもしれない。けれど長兄は金沢の医学専門学校で学んでおり、三兄は鹿児島造士館高等学校に入っていて、二人とも家にいない。

突然。そして今夜。ただちに東京へ行きたいという信夫の異様な勢いに、要するに呑まれた。許さなければ、この子は自殺するかもしれないと、母こうも叔母えいも直感した。

わがままな突飛な思いつきではなかろう。医科への進学を決めてから悶々とし、その憂鬱をぎりぎりの瀬戸際まで耐え、ついに耐えきれなくなって乞うのであろうと、その切願が否まれれば死ぬ覚悟であろうと、信夫の性情を知る女たちは察したのである。

商家の折口の家にこんな狂気じみた血はない。いったい誰から受けた烈しい血であることかと、こうは、しばらく考え込んでいた。えいはえいで、何とも腹が立った。思えば以来、信夫の入学そして東京生活について何の世話もしてやらなかった。

さらに今また、戒厳令下の東京へ発つという。やはり、のぶさんの気性は度しがたい。憤るとともに、えいは自分の薄情にも腹が立つ。どうして可愛がっていた甥を、放り出すように東京にやることになってしまったか。

藤無染――何者か。東京には堕落書生が多い。学校の多い麴町にはとくに書生相手の安下宿屋が林立し、金づるの坊ちゃん嬢ちゃんをねらって待ちかまえる不良書生が巣くうという。年のいった大学生が、少年を誘惑するとも聞く。

藤色の妖しい影が、大切な甥をさらってゆく気がする。しかし一度は願いどおり、飛び立たせてやらねばならない小鳥だ。今さら止めれば、この子は死ぬ。それだけは間違いない。

からりとした明るいえいの気性が、不安の膜をどうにか破った。すでに汗ばむ甥の背中を、祈るように叩く。背守りのつもりだ。

「男の子だもの、意気を張って学びなさい。そんなに好きな文学ならば、その道で第一人の者におなり」

大きな財布を甥のきものの懐深くに入れ、もう一つ小さな財布を袴の腰にしっかり挿んだ。両方を手で触り、落ちないかよく確かめた。上からも押してみた。

「行李の中のきものや本の間にもお札を入れました。おじいさんの革かばんの方にもいくらか入ってる」

旅するときは必ず持ち金を分散するように、とえいは注意した。信夫はほとんど泣き出しそうである。叔母はたぶん、へそくりの全部をはたいてくれたのだ。

見送らないと言っていたのに、えいはずっしり重い竹の皮包みも、手渡した。梅干しやとろろ昆布、山椒のつくだ煮など、暑さにいたみにくい信夫の好物を入れたお結びが入っている。ほのかに温かい。那智の黒あめも添えてある。

両手を袖の中に入れ、こころもち内股で立つ叔母。格子戸の下に咲く鉢植えの朝顔の青い色。叔母の顔。しろい花のような叔母の顔。

御おばの聖なるヤマトヒメに至上の守り刀を授けられ、未知の東国へと旅立つヤマトタケルノミコトのようやないか、僕は。あの若い男神とて泣きべそかいて、伊勢の斎《いっ》き姫なるおばのもとへ駆け込んだのではないか。

叔母に見送られ、家出するような暗いひがみ心が鎮まった。動乱の東京。家にそむいて文学をえらぶ身にふさわしい旅立ちではないか。歴史に残る大暴動をよく見とどけよう。人々は建物に押し入り火をはなち、略奪も横行するという。日本国民の怒りと狂暴の表情から目をそむけまい。

あゝ名と恋と歓楽《たのしみ》と、
夢のもろきにまがふ世に、
いかに雄々しき実在の
眩《はゆ》きばかりの証明《あかし》ぞや。
夏とことはに絶ゆるなく、
青きを枝にかへすとも、
冬とことはに尽くるなく、
つねにその葉を震ひ去り、

汽車が動く。一つ一つの振動が、自分を東京へ連れてゆく。車窓からしばらく、なつかしい煤けた屋根瓦の重なる古い町並みや寺の堂塔が見え、そして汽車はしだいに田園のひろがる郊外へ出る。もう誰も止められない。徹夜した頭が妙に冴え、からだの内部に熱いものが駆けめぐる。汽車の振動は、人間を興奮させる。大好きな薄田泣菫の詩「公孫樹下にたちて」を口ずさむ。

泣菫は大阪が育てたともいうべき浪漫詩人だ。大阪の名書店・金尾文淵堂にささえられて処女詩集をそこから出版し、奇跡的にデビューした。そのまま文淵堂の二階に居つき、書店の発行する文芸誌「小天地」の編集にたずさわった。

しかし最近の金尾文淵堂の経営難とともに、詩人は京都へ去った。大阪は商いの町。ゆえに古典への庇護はあついが、新しい現代の芸術は生まれにくいとされる。

やはりそうか。鳳晶子も堺をでて、鉄幹ひきいる東京の「新詩社」のもとへと走った。詩や小説をこころざす者は、みな大阪を去ってゆく。そして今、自分も――。

東京、東京。そこには母の胸乳のように甘くたおやかな、淋しいときは必ずながめる大和の山なみはない。古い神々はいない。その代わり、新しい生活思想があり、現代の生活に感応していち早く悩みふるえる青い神経が脈うつ。

若いこころを、その中に投げ出したい。新しい神に出逢いたい。それはすなわち、古くなつかしい神々を再発見することにつながるだろう。そう信夫は想う。

ほぼ十八時間かけて汽車は新橋停車場に到着した。脚気が小さいころからの持病なので、ながく座りつづけた足はだるく、痺れている。こわばった両ももに力を入れ、かばんと行李を持ち上げて昇降階段を下りた。

プラットホームはむうっと熱い。大阪より残暑がきびしい。というよりこの暑さは、ひしめく人間の熱気のせいか。荒い表情の男が多い。斜陽の光が苛烈なほど鮮やかに、彼らの激情にゆがむ口元や不平を鳴らす反っ歯、険しい眉根、青く静脈の浮くこめかみなどを照らし出す。

この野郎、ちくしょう、そうならそうと言いやがれ、どこ見てんだ、殺す気か。――たがいの襟がみをつかんで揺さぶる殺気をこめた罵声が、そここで上がる。憎い人間を、手かげんなしに潰してかかる怒りが立ちこめる。

こんな大勢の人の黒い感情の塊に触れたのは初めてで、信夫の神経はおびえた。何といっても古い家の世間知らずのふところ子、ぼんちである。初夏に来たときとは異なる、嬌声と笑いの絶えた首都に震撼とした。

こわばって立つ汗ばんだ単衣の張りつく肩を、とん、と横から叩かれた。そのときの嬉しさなつかしさは、ずっと後まで忘れない。日和下駄をはき兵児帯をしめた軽装の、眉宇の涼しい青年が微笑して立っている。藤無染である。

「しょうもないな。ほんまに今日来たんか。えらいわがまま通して、家の人怒ったろ」

「こんな日にわざわざ迎えに来て下さったんですか」

年長のこの学僧に対しては、自然と教師に向かうような敬語になる。とんと叩いたとき、指に肩の汗がついてこの人、きみ悪かったんやないかと、下らないことで頭がいっぱいになる。

そういえば自分の好きになる人は、辰馬桂二もこの人も、めったに汗をかかない。いつも清い青い肌をしている。家族からもあきれられる自身の多汗の体質は、卑しい人間の象徴なのだと思う。知られたくない、恥ずかしい。

貸しとおみ、と気さくに藤無染は大きな行李を信夫から奪うようにかかえ、たくみに人波のすきまを縫ってあるき出す。後姿は、信夫より頭ひとつ大きい。必死でその背中を追う。ついつい頼る気もちが湧いてしまう。

先刻まで走る汽車の中では、信夫はたしかに〈男子〉であった。心中ずっと、泣菫の青春礼賛の詩を口ずさんでいた。あるいは敬愛する与謝野鉄幹の名高い歌「われ男の子　意気の子　名の子　剣の子。詩の子　歌の子　あゝもだえの子」をうたっていた。

泣菫も鉄幹も独学独行し、芸術の光輝にたどりついた人だ。自分もそうなる。必ずや、大きく高く空こえて歌う文学者になる。〈男子〉としての野心に高揚していた。

しかし無染の背中を見てあるく今はどうだろう。〈おとめ〉になってしまっている。まるで師の鉄幹を恋い慕い、堺から長い旅路を汽車にゆられて上京した女歌の若き名手、晶子のように胸ときめいている。

歌に深く魅せられてきた信夫は、宮廷の内奥を千年余りも生きぬいてきたこの芸術から、男にも女にもごく自然に化身する術を授けられた。とくに男が時に嫋々たる女として歌う、恋歌の伝統によく学んでいた。

したがってこの若者には、明治末期の戦争期特有の軍国主義教育は、うわべから見るほどには、めぼしい成果をあげていない。

軍国主義よりもっと古く権威ある歌の道の伝統が、信夫を両性具有的な人間に育てていたのである。彼が同性に恋着する傾向を濃く有する人になった一因は、そこにあるのかもしれない。男の情緒も、女の情緒も、彼はよく知る。

いま、信夫は無染の背中を追う。ひそかに、おとめの思慕の色に染まる。心中うたうのは、晶子ばりの自作の恋歌――朝寒を君見る閨の床柱ときはらゝかせ寝みだれの髪、か。

「疲れてるやろけど、ま少しあるけるか。そこら辺のホールでいっぺん氷水のんだら、近いよって今日のうち、日比谷の焼き打ちの跡みといたらいいと思う」

すぐ麹町の下宿へ行くと思ったら、この動乱のきっかけとなった日比谷公園へ連れてゆくという。何を恐れる風もない。興奮もしていない。淡々としている。やはり無染は烈しい人だ。信夫は自身の呑気を恥じた。

停車場を出ると、日はすでに大きく傾き、西の空が紅い。一歩あるくと埃が飛び散る。工場の多い大阪の実家の周辺は、黒煤降る町だった。東京は埃の町だ。信夫の下駄も、袴のすそも、あっというまに埃で真っ白になった。

夕暮れとはいえ、大地はまだ熱く燃える。電車は不通。人力もひろえなかった。通りは人が少ないが、ひらいている喫茶店は案外人でいっぱいで、ようやく路地の小さな店を見つけて渇きをいやした後は、ひたすら歩いた。

いくら言っても無染はとうとう最後まで、信夫に行李を渡さなかった。つよい意志と体力の持ち主である。どうしても彼は年少の信夫に、無惨な焼け跡を見せたかったらしい。国家が国民をだまし上から抑えつけ、過重な犠牲を供えさせた戦争の一つの結果を印象させたかったらしい。

今年はこの列島中、大きな凶作になるはずや。働き手が戦争に駆りだされたからなあ。まだ火事の熱のくすぶる日比谷公園で、無染はつぶやいた。焼け焦げた木々のあいだに、かすかな夕風が流れる。無染のことばには、微妙に西国と東京の感触が混じる。

とくに東北がひどいらしい。天明以来の凶作が予想されてる。また、北国の若い娘たちがたくさん、東京に売られてくるんだろう。みちのくは近代になっても、奥の細道の国だ。いつも置いてけぼりにされ、首都から無視される。いや、無視されるならいい。搾取される。ね、昔は馬や鉄、黄金だ。今は米、労働力……。

この時の信夫にはほとんど、西国からはるか遠い東北地方にかんする知識はない。せいぜい歌の中の北国の地名になじむくらいだ。彼が、東北に生き残る民謡や巫女の信仰に目を向けるのはこのほぼ五年後、一九一〇年に刊行された柳田國男の『遠野物語』を知ったことが一つには大きい。

はあ、とぼやけた合づちしか打てない自分が情けない。いたずらに古典にばかり耽溺して得意になっていた自身の小ささを、さっそく首都で思い知った。優雅や美のみではない。前へ進み生きるための苦闘、煩悶、破壊。それを実感するために自分は、現代生活の最先端の都へ来た。もちろん自身も、大きく苦しみ悶えなければならない。日比谷の焼け跡で深く覚悟した。

ちなみに当時、二十五歳の若き文学者の永井荷風は、東京にいなかった。留学先のアメリカで講和反対の動乱を知った。

後に荷風は大逆事件に刺激されてものした随筆「花火」（大正八・一九一九年）のなかで、この動乱に触れている。

のんきで華やかなお祭りが好きな江戸っ子に代わり、近代国家の軍国主義にひきいられる東京市民がいかに殺伐たる暴動が好きか。ふだんはおとなしい顔の下に、いかに狂暴性を秘めているか。明治三十八（一九〇五）年の動乱を例にとり、批判している。

　戦捷の余栄はわたしの身を長く安らかに異郷の天地に遊ばせてくれたので、わたしは三十八年の真夏東京の市民がいかにして市内の警察署と基督教の教会を焼いたか、又巡査がいかにして市民を斬ったか其等の事は全く知らずに年を過した。

講和反対をはじめ、米騒動、世界戦争勃発など折にふれ、首都の住人は興奮に狂い、官民ともに殺しあう。日頃の鬱屈した劣情を暴力に変える。平和の世のつづく江戸ではけんかするのは、いわばけんかのプロの博徒だけ。そのけんかも、粋な一種のショーだった。しかるに戦争国家は日本国民を、狂暴な人間に育ててしまった。荷風の「花火」の重要な諷刺である。

このとき荷風が気づいた日本近代人に内在する狂暴性を、くしくも上京した十八年後、大正十二（一九二三）年のやはり残暑きびしい九月初めの東京で、三十代の折口信夫はいたいほど実感することとなる。日本人のこころに絶望し、歌人として失語状態になる。

しかしいま十八歳の信夫にそんな思いはない。生まれて初めて目の当たりにする群衆の暴力、その破壊の痕跡は、むしろこの若者を妙に奮い立たせた。美しさやはかなさではなく、人間の生きる凄まじい欲望に目が覚めたのである。

安全な木を離れたばかりのおさない蝶が、さあ今、むずむずと殻を脱ぎかかっているな、という兄さんらしい横目で、無染は大きな行李をかついだまま、思うぞんぶん信夫を焼け焦げた日比谷公園の鉄柵の前に立たせた。

首都の空には、地上の争乱を映すような薄紅い月が浮かんでいる。

第七章　霊と肉

明治三十八（一九〇五）年から明治四十三（一九一〇）年まで、二十世紀のはじまりの五年間を、若い大学生の折口信夫が東京で暮らしたことの意味は大きかった。というのもこの時期、列島の首都は地底から揺れていた。上から抑えつけて無理に鋳型をはめた近代国家の底から、はまりきらないエネルギーが地面を割ってあふれ、流れ出した短く烈しい革命期だったのである。

その激震に折口は立ち会った。そもそも彼が上京したのが、東京市民が正面から国家にたてついた騒乱のさなか、焼き打ちがあいつづく戒厳令下だった。

翌年明治三十九（一九〇六）年春から秋にかけても、東京市電値上げの反対デモが起き、市民が暴徒と化し、電車を襲った。生活苦に耐えかねて民が官に嚙みつくデモの光景を、首都の随所で若い彼は目にしたはずである。

そして、二十三歳の彼が将来未定のまま東京を去る明治四十三（一九一〇）年は、韓国併合と一連の大逆事件がおきた近代日本の転換期に当たる。

この間にロシアには革命が進行し、労働者代表ソビエトが成立した。中国でも革命が進む。孫文が東京で、中国革命同盟会を結成した。

ロシアと中国は日本が初めて国家として戦った二つの大国である。そこに進行する革命の余波は、列島にも押しよせずにいない。

折口信夫の大学時代の首都は、たんなる麗しい洗練された文化都市ではない。二十世紀の幕をひらいた大いなる手が、老いかけた明治社会の首根っこをつかみ、思いきりその骨をゆさぶった革命の時期なのである。

革命は越境を愛す。政治、宗教、文学芸術が密に重なりあい、未来をひらく改良をめざした。上下も男女もないフラットな社会を夢みた。

彼にかかわるごく表面的な事項だけでも、記すべきことは多い。一九〇五年五月、堺利彦らのひきいる「平民社」で初のメーデー集会がひらかれる。同年六月、宗教家の伊藤証信が巣鴨に無我苑をつくり、雑誌「無我の愛」を創刊。原始共産生活を理想とするこの運動に、折口は深い関心をよせていた。

一九〇六年三月、東京市電値上げ反対市民大会が開催され、大デモがおきる。

同年六月、折口の学問と創作に重要なイメージを与える岩野泡鳴の評論『神秘的半獣主義』が刊行される。

一九〇七年三月、森鷗外が明星派・根岸派・心の花の歌流を交叉させる目的で、観潮楼歌会をひらいた。結局はその合理主義が「明星」の情熱を殺したと、折口は見る。

同年九月に文壇に〈私小説〉というダイナマイトをぶちこむ、田山花袋の告白小説『蒲団』が出た。花袋は折口が少年時代から愛読する作家。その捨て身の情熱を折口は高く評価しつづけた。

一九〇八年十月、アララギ結成。十一月、鉄幹ひきいる「明星」が百号をもって終刊。大学時代に折口はかねてあこがれの「明星」に入門したいと願い、鉄幹と晶子の家の前を逍遥したが、独特のはじらいのために遂にその門をくぐれなかった。

一九〇九年一月、いわば「明星」の死骸から、石川啄木らの若手が「スバル」を生む。鷗外がこれを指導した。折口の青少年期をとおして鷗外は、文学芸術の世界にそびえる大いなる城門でありつづけた。日本の古典までその西洋的理論で支配しようとする鷗外への反感は、折口の内部に深くわだかまる。

一九一〇年には「白樺」「新思潮（第二次）」「三田文学」が創刊される。

そして同年五月より、大逆事件の検挙と逮捕が始まる。翌年一月、大審院は幸徳秋水ら事件の被告二十四人に死刑判決を下す。

これにて一九〇〇年代の冒頭を熱く燃えた革命のマグマは冷える。軍国主義国家の新たな編成がはじまる。

しかし一方、国家権力にあらがう息の長い知も実をむすんだ。一九一一年には「青踏」創刊。平塚らいてうが、女性を原始の太陽になぞらえた。〈新しい女〉の時代がひらかれる。

柳田國男の『遠野物語』の刊行も、この時、一九一〇年である。柳田は、欧米への盲従的な産業革命による国づくりを批判する。海、島、山よりなる日本の国土の特徴をよく見て未来をひらけ、と提言する。

運がよかった。というか運命的であった。短く烈しい革命期のシャワーを、折口信夫は思いきり浴びた。一本の青い若木として多感にまっすぐに、革新と反逆の芽の萌える首都の大地に立った。彼の〈古代研究〉の強烈な革命性の由縁は、まずここに大きな根をもつ。

五年間の大学生活のじっさいについて彼はまことに口数少ない。しかし近代文学論をはじめとする後年の評論をながめれば、彼がこの革命期の先鋭な社会と芸術の動向に、いかに深沈とした刺激をうけたかはよく解る。

うかがい難いのは、彼の恋の生活だ。少年期をおえた春の盛り。彼における真の春の目ざめや、いかに。

世は恋と官能の時代である。鉄幹が立ち、晶子が立ち、若い世代の情熱を創造した。青年男女に美しく輝く肉体と、ほとばしる官能のことばを与えた。

藤村が春の愁いを吟じ、泣菫が空のかなたの魂のふるさとに想いよせ、透谷が精神の牢獄から人間の権利としての自由を叫えた。

詩歌人は古今東西の聖典や詩、和歌の詩語をとりまぜ錬金をほどこし、この世になく心にだけある愛の理想郷、魂のまじわる場所を幻視した。

恋と愛は、この時代を代表する詩語である。それは金粉ときらめき、列島の虚空に舞い、多くの若者をせつなく焦がれさせた。ではこの春の盛りに、若き折口信夫は恋の盃から飲んだのか。霊がふるえ肉がときめく恋にめぐりあったのか。

——おそらく否。その方面では東京は彼に冷たかった。異邦の小鳥として宿る大都会で、魂合う人とは出逢わなかった。

むしろ少年期の殉情の価値を思い知ったはずである。大学生になって彼は親友にたのみ、初めて辰馬桂二の写真を手に入れた。

遠く離れてますます、その優しいなつかしい顔に見入った。この人以上のおもかげびとは、現われなかった。

しかし恋についての思念は深まり、心は高まった。ほのかな風にも散ると思ったおさなく純な恋に、重要な意義を見いだした。淡く虹色にかがやく少年期の一輪の恋の花の内奥に、壮大な宇宙のひろがるのを知った。

神の心霊――イデアは人間にも宿る。ふだんは気づかない。それを想いおこさせるのが、恋。その意味において恋は、真善美を求める知の力である。心霊の門をひらく鍵である。それに彼は気づいた。

ここにて恋は、彼の知の道――学問と創作に大きく重なる。恋と知は一心同体のものと認識される。折口学の大きな特徴である。

そうした恋の意味に彼の目をひらいたのは、彼が大学部予科一年に入学した翌年六月に刊行された、岩野泡鳴の壮烈な評論『神秘的半獣主義』である。

世は恋の時代であり、宗教の時代でもあった。鉄幹や藤村など恋の詩歌人も、ある意味で若い世代に深くうったえる宗教家である。

といって絶対唯一の神を説くわけではない。知識人や詩歌人は濃密な宗教色をまとうが、インド仏教に惹かれ、キリスト教に惹かれ、古代ギリシャ教にも神道にも惹かれた。それらの教えとことばを融合し、国家と民族をこえる壮大な生命の循環を幻視しようとした。これは二十世紀のはじまりの学芸に共通する多元の傾向である。

とくに小説家にして哲学思想家の岩野泡鳴はその傾向がつよい。彼の『神秘的半獣主義』はキリスト教と仏典、古神道に汲みつつ、スウェーデンボルグ、エマーソン、メーテルリンクの三大「神秘家」の神霊説をよみとき、そのうえで自説をひらく。

泡鳴の説はとくに愛と官能、肉体をめぐり多く深く語る。『神秘的半獣主義』は、泡鳴の経験にもとづく個性的な愛の論でもある。

たとえば大学時代の自殺未遂を泡鳴は印象的に告白する。

矢張り仙台に居た時の経験であるが、僕は自殺しようと思ったことが二三度ある。

このことばには信夫は目を吸いよせられたであろう。すでに中学時代、信夫は数度自殺をこころみた。泡鳴は仙台の東北学院で大学時代をおくった。その時、とくに死にたかった。よく青葉城のうしろに広がる鬱蒼とした谷を散歩した。ある日、「高いところからこの谷底に身を投げて、死んでしまおうと決心をした」。絶壁まであるいた。そして絶壁から身を乗り出した瞬間――、

今や身は幾仞《じん》の空中に気魂を奪われようとしたとたんに、幽かに僕の心耳に響く声があった。眼を開いて谷底をうかがうと、それは細い流れの潺々《せんせん》たる響きであった。

谷川に降り、「清い水を一口飲んだ時」に死への夢から覚めた。湧き水のごとく「生命を重んずる心が起った」。

信夫にも酷似した墜死未遂の経験がある。何よりこの泡鳴の告白は、信夫が自身の中学時代を反映させて書いた未完の小説「口ぶえ」のさいごのページをほうふつさせるではないか。信夫の分身の安良少年は、ひそかに慕う同級生と相いだき、山中の絶壁から身を投げようとする。

彼は渥美の胸にあたまを埋めてひしと相擁《あひいだ》いた。渥美はつゝとたち上つた。さうして細い踵を吹き飛ばしさうな風の中を翔るやうに、草原をわたつて行く。安良はおひ縋つて崖の縁に立つた。黒ずんだ杉林が、遥かにくゝ谷の底までなだれ下つてゐる。白い岩があちこちにその膚をあらはして、二人の目を射る。谷風が吹き上げて、二人の着物は身を離れて舞ひ立ちさうである。

（「口ぶえ」）

この情景は、泡鳴体験のしぶきかもしれない。家と故郷から離れた十九歳の孤独な大学生の信夫がいかに心よせ、『神秘的半獣主義』を読んだことか、想像される。

泡鳴は言う。多元とは一である。生命とは流動である。〈われ〉とは固定しない、一瞬一瞬の変形である。万物はすべて循環する。生と死も循環の一要素である。

宇宙の生命を区分し固定してようやく理解してきた古い世界観を破壊し、泡鳴はいのちを水のような流動体としてとらえた。それは折口学に強烈なイメージをもたらした。

安下宿の二階には明け方から容赦なく、太陽が射しこむ。

人力車が通るだけでみしみし揺れ、通りの人の声もつつぬけの下宿生活には慣れたけれど、夜型の自分につらいのは、朝のまどろみの許されぬこの狭い部屋いっぱいの苛烈な光だ。

そのせいか、夢がこれまでになく鮮やかに脳裏に残る。異都に来て緊張している。毎夜かならず夢をみる。夢のなかに生きているような気がするほどだ。

また、山の夢をみた。

山のすがたも名もわからない。忽然と山中である。谷をあるいている。しきりに水の音がする。谷川が流れるのだろう。大きな木々がしげり、川のありかも見えない。

ただ進んでゆく。朽葉がつもり、腐る道。足音はしない。人の気配はない。しかしだれか先にこの道を行った人がいるのか。朽葉道には、藤の花房の踏みにじられた赤紫の色がなまなましく滲む。そここの大木の幹には、山藤がからみつき咲いている。

滝のとどろきが聞こえる。水霧が這い、草鞋がほのかに濡れる。巨大な傘のような青楓の木立のさきに滝壺が現われる。そこにだれかいる。僧形の人だ。花を踏んだのは彼か。

にわかに胸が鳴る。逢いたかったのは彼だ。山に来たのはそのためだ。駆けよる。と、彼はたちまちに一輪の深山に咲く純白の芍薬の花と化す。

なすすべなく、深山の花の前に立ちつくす。いや、花の周りをいやらしく這いくねる、自分は蛇だ。純白の花びらは己をねらう蛇をきらい、風に散ろうとする。

忌むなかれ。自分は蛇ではない。貴方に焦がれる男だ。全身に力をこめ、蛇の仮象を脱ごうとする。凄まじい痛みが脳天を走る。いま、蛇身の目からは血が流れるのではないか。身は四方に裂け、肉片が飛び散るのではないか。

自我は砕けた。空気中に分解した。自分はいない。しかしこの天空のどこにでもいる。そう感じる。はるか眼下に一輪の芍薬の花がひらく。その蕊めがけて天空から艶やかによじれて香油が滴る。香油を受け、しろい花びらは歓喜にふるえる。ああ、その蕊に吸いこまれる。その蕊に自分は自分のすべてを突き立てる。

なんともいいがたい悦楽がからだの内奥からあふれ、目が覚めた。性夢である。それを毎夜のようにみる。腹の底がひきつり、両足のももから爪先まで痙攣する。

遊びに行こうと、大学の友人からは誘われる。あんなこと何でもない、折口のように神聖化してはかえって心身に毒だと言われる。現実は浪漫的ではない、索漠としたあられもないものだ、早く夢を覚ました方がいいと先輩顔で説教される。

しかし否。このあふれる肉欲をかんたんに応急手当てしたくない。かかえて苦しみ悶えたい。

人気のない谷川、香油に濡れる花、蛇身の自分。崖から身を投げたと思ったら、自在に空を飛ぶ鳥と化す夢とともに、よくみる夢の類型だ。刊行されるや没頭して読んだ泡鳴の文章のイメージも、濃く溶けこんでいるらしい。

寝床のあたまの横の粗末な机の上には、『神秘的半獣主義』のページがひらかれている。舌をちらめかす蛇の絵の表紙が話題になった本だ。ところどころ信夫の手で、紫インクの線が引いてある。

○先ずプラトーンの論を簡単に云って置くが、彼のイデヤ想起説に拠ると、僕等は本性からイデヤを知らないのではない、ただ忘れて居るのであるから、機に応じて之を想い起す、その最も切実なのがエロース、すなわち愛である。

○人の性根は一定不動のものではない、心の状態によって、男ともなるし、また女ともなる（中略）僕等は慕い、慕われながら、すなわち、かたみに男女と変性しながら、向上するのである。

○存在は盲目で、道徳的に云えば、無目的である。

○恋愛の極度は抱擁である。

夢で紫の花房を踏みしだいた人——藤無染か。今はやりの心理学上からすると、そういう分析になるのだろう。

藤無染。去年わかれた。無染とは中学時代に、大阪の心斎橋筋にある金尾文淵堂で出会った。小さいながら、大阪の文化人のよく知る名書店だ。ここから明治を代表する浪漫詩人の薄田泣菫もデビューした。

少ししか時はたっていないのに、涙にじむほどなつかしい。古くすすけた店先。けれど中には東京の最先端の雑誌や詩歌集がびっくりするほどよく揃えてある。すてきな隠れ里のような本屋だ。

二十歳になったばかりの店主の種次郎が積極的に詩歌集の出版に乗りだす前は、仏教書の専門書店だった。種次郎自身、西方浄土を慕う「思西」という俳号をもつ熱心な浄土信徒である。

学僧がよく出入りした。種次郎にかわいがられていた中学生の信夫は、そこで無染と引き合わされたのだ。

無染からは抹香臭い古い仏教の匂いはしなかった。無染は新仏教運動の志士だった。仏教を葬式宗教・檀那宗教の枠から解放し、二十世紀の世界思想の潮流のなかに押し出そうとしていた。

少年の信夫にも、その志を熱く語った。東洋の仏教と西洋のキリスト教はじつは同じもの、一心同体なのだと力説した。

仏陀は国も妻子も捨て、すべての人間を救おうとした。イエスはもとより独身。人々にも、親兄弟を捨て、私についてこよ、と叫んだ。仏教もキリスト教も、おなじ博愛の新世界をめざす。家も血縁もかかわりない新しい愛の宗教として一つなのだと、無染は説く。

ひそかに家の中の不倫に苦しみ、自己の出生の正しさをうたがう信夫にとって、家も血も無視し、捨て身で愛する仏陀とイエスのおしえは魅惑的だった。

それを説く無染の若々しさも匂い立つようだった。この人がいる東京で学びたいとつよく思った。自身も、家族の輪を脱出する気もちだった。

えい叔母が幼いころに話してくれたイエスのすがたは、穏やかでやさしかった。子どもや動物たちの守り神だった。

しかし無染の語るイエスは苛烈だ。旧世界を破壊し、解体する荒ぶる愛の神だ。青年となりあらためて、その烈しい革新性と反逆性に惹かれた。

九年ほど後に信夫は「零時日記」と題する随筆に、聖書の中の感銘ふかいイエスのことばとして、次のような荒々しい反逆の新来の神としてのイエスの宣言を記している。

おれは嫉みの神だ。人の子をして親に叛かしめ、弟妹をして兄姉に叛かせる為に出て来た神だ。

（大正三年六月八日の項）

その無染。信夫と同居をはじめてわずかで忽然と結婚し、東京を去って大阪へ帰った。信夫はその経緯をまったく聞かされず、突然同居生活の解散を言い渡された。

志折れたのか。食わなきゃならんから、と淋しくつぶやいた二十八歳の無染のことばは情けなく胸にこたえた。無染はたった一冊『二聖の福音』という著書をあらわし、若くして死んだ。

無染の経歴については、小説家の富岡多惠子氏『釋迢空ノート』、批評家の安藤礼二氏の『折口信夫』をはじめとする一連の評論にくわしい。

いったんは深くこころを通わせながら、信夫の想いの濃さの重圧に耐えかね、結婚あるいは異性愛というかたちで信夫のもとから逃げ出す人間は少なくない。藤無染はその最初の一人だったのか。わからない。

無染とは二度と会うことはなかった。しかし彼の説く二聖――仏陀とイエスの融合は、信夫におおきな暗示をあたえた。その影響は深く、長い。

折口信夫が五十一歳のときに書いた神秘性の濃い歴史小説『死者の書』には、山に沈む太陽のかがやきの中で、古代仏教の始祖・聖徳太子と磔刑のイエスのおもかげが溶けあい描かれる。

ともあれ家にさからい東京へ出てきた動機、大きな杖が消失した。信夫は思いみだれた。自分の居場所を必死で探った。いまさらながら辰馬桂二への、口にも出せずとうとう耐えぬいた想いのあわれも、我ながら身に染みた。

自分の恋は、片恋ばかり。思慕は人よりつよい。しかし受けとめられない。ならば僧のように禁欲の道をあるくしかないか。慕う思いにあわせ、じつは肉の欲も人いちばい濃密であるのに。

こんなことは誰にも言えない。青春は自分にはいっこうに輝かない。ひとり悶える信夫の問いにこたえるかのように現われたのが、泡鳴の激越な愛のエロスの論だった。人と本の出会いには、ときどきこんな奇跡がある。

泡鳴は説く。道徳にしばられて澄ました顔で生きるな。いっそ蛇になれ。蛇になって盲動せよ。地べたを這い、何度も脱皮し、「刹那」のいのちを生きよ。

霊は肉なり。古代日本の神々の、神話にものがたられる凄まじい情熱と愛欲はどうだ。肉欲の悶えのない恋なんか、うすっぺらな嘘だ。

泡鳴は果敢な実行の人だ。若者に説くに力がある。体当たり主義、放浪主義。明治四十二（一九〇九）年五月、北海道にわたり、缶詰工場を経営して破綻した。この経験は、北国の動物と人間のはげしい生活力にいのちの原始をみる「人か熊か」（大正二年）などの一連の小説にいかされる。

その泡鳴の論ずる愛欲の本質。若い信夫はすがるように読んだ。泡鳴はのちに、〈新しい女〉の遠藤清子と、男女の対等の戦いとしての結婚をこころみる人でもある。身をもって、新しい時代の新しい愛を創造しようとした。

泡鳴はその著作で、あらゆる固定概念を解除する。男女の区別も取っ払う。

愛恋が純粋にきわまるのは、悲しいことに一瞬。そもそも生命は「刹那の起滅」。ゆえに「生命活動の最たるもの」である恋が、一瞬であるのは運命。われわれはその「悲痛」の生の運命を生きる。

しかし愛恋が燃える一瞬は至福。こころに深く記憶をのこす。その一瞬、われわれは男女の区別も忘れ、人間か獣かも忘れ、相いだいて溶け合い、絶頂に達する。しかし一瞬。あとはまた闇をさまよう。

恋とは、すなわち生命とは、宿命的に悲痛なものなのだ。覚悟せよ、と泡鳴は説く。この悲痛から逃げるなと。

信夫は共感した。やすらかな楽しい恋は自分にはない。その代わり、男でも女でもない半獣となり、至福に溶けて無数の星のあいだを昇天する奇跡の一瞬をこそ、自分は探し求めよう。

肉欲を大きく肯定する折口の特異な〈いろごのみ〉論にははっきりと、泡鳴の愛の論の影響がある。

もちろん折口に影響をあたえた泡鳴の論は、『神秘的半獣主義』のみではない。

さまよえる信夫の大学時代は、泡鳴が次々に若く荒々しい清新な論を発表しつづけた炎のような時期に当たる。一九〇七年に『新体詩の作法』が出た。一九〇八年には『新自然主義』が、一九一〇年は『悲痛の哲理』が出た。

泡鳴は愛と生、そして新しい時代のことばについて考える。情緒を失っても、詩語としての内容を豊かに、明晰にするために、読点句点を打つことを重要視した。のちの釋迢空の短歌革新論にもつながる。わたくしたちは前掲の「口ぶえ」をはじめ、折口の古代学の論考の随所にも、「瞬間瞬間を創造してゆく盲動」「未来欲」「発生」「生命波動の純化」など、泡鳴の強調する流動体としての生命、いのちの脱皮と変形のイメージの反映を見いだすことになるだろう。

随筆「零時日記」にも、二十七歳の折口は決然とこう書いている――「性欲は厳粛なる事実である。芸術が立脚地を茲に置くということに、疑念を挟《さしはさ》むことは許されぬ」。「許されぬ」。つよい言い方である。もう、ここに迷いはない。

第八章　劇作への夢

銀座、数寄屋橋。午後五時半すぎ。

初冬のことで、空はすでに暗い。木枯らしに追い立てられた乱れ雲が、暮れなずむ大空にゆっくりと動いてゆくのがほのかに見える。

外濠の水は黒く静まる。濠の縁にまだ路面電車は通っていない。まもなくだ。線路は出来上がっている。三日後、おもちゃのような可憐な電車がカタコト音をたてて走り、この時刻には窓の灯が水面に映り、濠を夢幻的に演出するだろう。今はまだ淋しい。人影もめっきり減り、水辺は陰気だ。

しかし見よ、この一画を。ここだけガス燈に照らされ、水さえも華やかに白くきらめく。ロシアン・セーブルのぜいたくな毛皮のショールに白皙のうなじを埋めた貴婦人や、振袖の令嬢、フロックコートに帽子をかむった紳士たちがそれぞれ馬車や人力から降りたち、足早に大理石を張りめぐらせた正面玄関の階段をのぼり、なかに吸い込まれてゆく。

線路から見て濠をへだてた対岸。そこに堂々と白亜の劇場が立つ。ガス燈の光を浴び、白砂糖でつくった城のように輝く。

昨年、明治四十一（一九〇八）年に竣工をおえたばかりの有楽座である。ながらく待望された、日本初の欧風の劇場がついに完成したのだ。

今宵、十一月二十八日は満を持してのこのうつくしい劇場の第一回公演である。劇場の誕生祝いだ。演目にも俳優にも、話題になる品格と清新が求められる。

小山内薫のもとに結成されたばかりの自由劇場がえらばれ、時代の知の巨人、森鷗外が先駆的に評価して訳したイプセンの劇作「ジョン・ガブリエル・ボルクマン」が演じられる。俳優は、世の若い女性たちの心臓をとろかす美男子にして小山内の盟友、二代目市川左団次。彼が主人公のボルクマンを演ずる。その妻に女形の沢村宗之助。愛人におなじく女形の市川莚若。

初日はきのうだった。きょうは二日目。二日きりのいわば試演である。とうぜん観客も、関係者や貴顕、未来の演劇に関心をもつ選ばれた人々が詰めかける。貴顕紳士ばかりではない。西洋の清新な劇の上演を心待ちにしていた一高生や大学生の凛々しいすがたも混じる。

もはや歌舞伎一本やりの時代ではない。時代の新しい思想を盛る西洋の劇が演じられてよい。華やかな女優の存在も必要だ。

そう叫ばれて久しかった。劇場とはたんなる遊興の場ではない。市民が正装してつどう洗練された社交の場でもある。劇場は、都市にいきいきとした生命をもたらす文化の炎の芯である。

ビルディングを建てるばかりが近代化の能ではない。道路をコンクリートで固め、屋敷や寺社の緑樹を伐って、東京を醜くするばかりでどうなる。

一国の首都とは、一国の文化の象徴。それにふさわしい夢と華がなければならない。ずばぬけて艶やかにひらく大輪としてとくに、風格ある劇場があるべきである。

早くドイツに留学した森鷗外は、冬の寒さをさえ祝祭に変える劇場の夢が忘れられなかった。幸田露伴は外遊の経験はないが、該博な知識により、東京はその中枢に華麗な劇場をすえる必要があると、その帝都論「一国の首都」にて唱えた。

彼らより十歳あまり下の世代の永井荷風は、一九〇八年のパリ遊学で大小の劇場を渡りあるき、さすがパリは世界に冠たる都市よ、と感動して叫んだ。

そうした人々の夢かない、とうとう首都に白亜の劇場が出現し、天井のシャンデリアに灯がともり、三層の客席の九百の真新しい椅子が観客を待つ今宵なのである。

季節もいい。外はすでに弦月が冴え、木枯らしが鳴り、寒色が迫る。しかし劇場の中はまばゆく輝き、別世界の趣を呈する。開幕のベルが鳴るまでを、紳士淑女がそわそわと行きかう。今宵は観客のひとりも、この新しい劇場をいろどる俳優だ。

ロビイの真紅の絨毯のうえに、公演の立役者・森鷗外が立っている。四十七歳。家族思いの文豪は、美女として名高いしげ夫人を連れている。夫人が背をかがめて大切そうに手をつなぐのは、ドイツから取りよせた黒いレースを何段もかさねたワンピースとおそろいの黒のボンネットに身をつつむ長女の茉莉。おおきく広がるレースの裾から突き出た、かぼそい黒タイツの足が可憐だ。和風の小公女といった風情である。六歳。

鷗外は、子どもとの時間を重視し、動物園や公園、レストランのみならず、観劇にも茉莉をともなった。茉莉はおかげですっかり演劇少女になった。鷗外亡き後は彼女も、父や演劇評論家の伯父・三木竹次の衣鉢をつぎ、劇評に手を染めた。

日本の新劇運動に火をつけた父親のかたわらで、幾多の劇を見てきた誇りが、森茉莉のユニークな「ドッキリチャンネル」までつづく息の長い芸能評論の底をささえる。

わずか六歳ではあったけれど、いや六歳ゆえに、初めて西洋のお城のような劇場に行った経験は強烈で、茉莉は老年になってなお、この時の劇場にうずまく特別の熱気をこう回想している。

三階の立見席には、当時の一高生、大学生が、紺絣の上に、黒い羅紗《ラシャ》のマントを着た体を、擦り寄せて、感動で一杯になっていた。それは明治の青年の、同じ感動に体を固くしていた、一塊りの、青春の群像であった。(中略)二代目左団次はボルクマンに扮した顔を、イプセンに似せて造り、その写真の顔を私は今も、はっきりと覚えている。父の翻訳劇に集まった明治の人々の情熱は、現代の人々には決して無い、熱いもので、あった。新劇の黎明の鐘の音を耳に聴いた人々は数少ない幸運の人々であろう。

(随筆「嘘字と父」)

茉莉の記憶に残るようにたしかに——、席料の安い三階にはこの時、戯曲を書きはじめた帝国大学生の谷崎潤一郎がいた。二十三歳。少年の吉井勇もいた。早熟な中学生の芥川龍之介も、どよめく人波の中にいたかもしれない。

前年の夏にパリから帰国し、せっかく上梓した小説集『ふらんす物語』をすぐに発禁にされ、いささか落ちこんでいた二十九歳の永井荷風は、鷗外の席からさほど遠くない一階の椅子にすわっていた。当時、荷風も劇作に野心をいだき始めていた。

『ふらんす物語』に、初めて書いた戯曲「異郷の恋」をおさめたところだ。この戯曲で彼は、「政府と警察と人民」とが癒着し、愛の自由や生活の喜びのない「大日本帝国」を形成することを揶揄した。荷風にとって戯曲は、社会への批判や諷刺を盛るに足る、たのもしい新しい分野と感じられていた。

荷風のみではない。戯曲は、文学に志を燃やす若者の多くがあこがれる、時代の最先端の夢だった。ゆえにこの有楽座の誕生には、蒲原有明・島崎藤村・田山花袋・柳田國男も駆けつけた。ちなみに柳田は三十四歳。宮内書記官。詩は捨てたが、文学活動はつづけていた。二年前から花袋や藤村、岩野泡鳴らと「イプセン会」をひらき、西洋の戯曲を旺盛に読みはじめている。とともに宮崎県椎葉村に伝わる狩猟の呪的文化を報告する民俗学の胎動の書、『後狩詞記《のちのかりことばのき》』をこの年の春に上梓し、かねて敬愛する鷗外に献本したところだ。

鷗外ととくに親しい上田敏は、二日の公演のいずれかには京都から駆けつけていただろうか。与謝野鉄幹と晶子夫妻は必ずやいたはずだ。晶子は好みのはでな大柄の花模様のきものをまとい、独特のつよい瞳を見はり庇髪を昂然と上げ、居ならぶ貴婦人の誰よりも、この白亜の劇場に似つかわしい女王然とした雰囲気をはなっていたにちがいない。

さあ——、ベルが鳴る。重々しい緞子のカーテンがまず一枚ひらき、晴れがましさに頰を紅潮させた劇場支配人が舞台中央に現われる。新築の劇場の繁栄をことほぎ、これより長くのひいきを観客に乞う。

彼が去り、こんどは胸に真紅の薔薇を挿す小山内薫が立つ。彼は凜と述べる——「わたしたちが自由劇場を起こしました。目的は外でもありません。それは生きたいからです」。

うわあ、と叫び声が起こった。嵐のような拍手が華麗な劇場をゆらした。「生きたい」。この皮肉にして真率な一言は、じっさいの劇が始まる前に、観衆の胸に熱い塊を投げこんだ。生きたい、生きたい、そうだ我々はまだ真に生きていない。因習に従属しているだけだ。今から、真に、生きたい。

小山内は人々の熱気を見とどけ、さっと退く。もう一枚の奥のカーテンがついにひらく。ライトに照らされたそこは、イプセンがものがたる北欧の陰鬱で複雑な或る夫婦の内景だ。結婚の制度から脱出し、「生きたい」願いに目ざめた男ざかりの主人公の、悲痛な叫びの響く場所だ。

折口、折口――。

カーテンが閉じ、休憩時間に入った。幕間の社交こそ、白亜の劇場の誇るもう一つの顔である。ほとんどの観客は立ち上がり、ロビイへ移る。

再び明るくなった二階の客席も、すでに人影はまばらだ。旧来の歌舞伎とは異なり、ここでの飲み食いは許されない。

伊庭孝は興奮し、ものを食う気になどならないが、乾いた喉はうるおしたい。となりの席の折口は身じろぎもせず、顔を舞台にまっすぐに向けたまま、固まっている。その表情は呆然とし、つよい夢魔に取り憑かれた人のようだ。

折口、ともう一度呼ぶと、彼ははっとして睫毛を閉じ、また開けた。両腿においた拳がやわらぐ。深い、深いため息。

「何か飲まないか。僕はぜひ、食堂や休憩室も見学したいんだ」

夢のなごりを全身にただよわす信夫の肩を抱き、彼の分のマフラーも腕にかけて、伊庭孝はロビイへ出た。

そこここに人の輪ができ、声高に今みた劇の感想を語りあっている。貴方はエルハルトを誘惑する、いけない美しいウィルソン夫人のようですね、とささやかれて頰を染め、手にする象牙の扇子をむやみに閉じたり開いたりする淑女が花のようだ。

それにしてもこの劇の主旨はいささかけしからん、不倫をうべなうものなのではないか。要するに奴さん、細君に飽きて他の女に惚れたというどこにもある浮気を、大仰に仕立てただけのことさ。いささか肩すかしだね。

左団次だけでしょう、西洋の男をうまく演じられるなんて。ごらんになりまして？　彼、目と眉のあいだを桜色に染めていますの。それでちらっと見るんですもの。女ごろしったらないわ。

それにしても小山内さんは女優は使わないのかしら。あたくし応募したいくらい。——あら、ご主人さまがお許しにはならなくてよ。

多彩な大人たちの輪にくらべ、学生たちはさしずめトンビかカラスの群れといった風だ。紺や黒の木綿のきものの肩をいからせ、勢いこんで議論する。

ラブが結婚と相いれない。これが近代の我々の大きな悲劇だね。家庭を維持するために男は働くのに、そこに愛する女性はいない。虚しい鳥の巣だ。——しかしラブが総てでもない。しごとはそれ自体、男が人生を賭けるものだろう。——いや、ラブのささえなくば存分のしごとなどできない。そもそもだ、ラブの生命は短い。ラブは、現行の長い結婚の時間を耐ええない。

青臭いことを言ってるな。伊庭はいくつかの人の輪をくぐり抜けながら、ひそかに鼻で笑った。ラブと結婚は全く異質なものだ。決まってるじゃないか。一人の女とずっと暮らす。そこに何のロマンスもない。結婚は日常。恋は浄夢。そして劇とは、日常の中で忘れかけている浄夢を我々に思い出させるものだ。……しかしそれにしても熱い珈琲が飲みたいな。

伊庭は円柱の陰に手ごろな椅子のあるのを見つけ、そこに信夫をすわらせた。ほら、とマフラーを渡した。えい叔母が大阪から送ってきた手編みだ。はでな深紅があんがい、信夫に似あう。

「鷗外先生にあいさつできるか、わからんが、ちょっと行ってくる」

綺麗な身ごなしで伊庭孝はたくみに人波をすりぬけ、消えた。伊庭という奴はそういえば、役者のようやな、とその後姿をなんとはなしに目で追いながら信夫はまた、ついさっき幕の下りた舞台のなかの人間模様に想いをめぐらせた。

大きな古い家。その屋根の下でこころも体も離れ離れに暮らす夫婦。たがいに相手が自分の人生をだいなしにしたと憎みあっている。大阪のうちの父と母にそっくりだ。ボルクマンとその妻の女きょうだいが、情を通じているところまで同じだ。

ああ、えい叔母さん。ボルクマンの一人息子、エルハルトを賢くやさしく愛するエルラのあたたかさは、貴女を思い出させる。とともに姉妹の夫を平気で愛する大胆は、ゆう叔母に似る……。

家を脱出したい。自由を得たい。初めて目ざめたボルクマンは、エルラの手を取り、海を見晴らす丘にたどりつく。その彼方には彼が子どもの頃からあこがれた海が波うつ。が、ボルクマンは冬の寒気にたちまち胸をつかまれ、息絶える。そういえば大阪の父も、心臓まひで死んだのだった。

あの人ももがいていたな、最後まで。力ある男だった。なのに手ごたえある仕事にも、愛する女にも、とうとう巡りあわなかった。いや、自分でつかもうとしなかった。力と熱だけが虚しくたぎった。婿養子として他人の家にしばられる鬱屈が、あの人を腐らせた。

家の支配力はすさまじい。毎日毎日、すこしずつ人の意志を削ぐ。若いうちでなければだめだ。エルハルトのようにきっぱりと清潔に、ぼくはぼくのものだ、おっ母さんでも意のままにできないものだ、と宣言しなけりゃならない。たとえ人でなしと罵られようと。

親不孝ものがと、人々に囲まれて石を投げられる自分の姿が、瞬間あざやかに浮かんだ。それでも、それでも。悪魔になっても、真に生きるためにそう言い放たなければ。若いエルハルトの勇気が乗りうつった。奥歯を嚙みしめた。

と、純白のカップがさし出された。受け皿には銀のスプーンと角砂糖まで添えてある。伊庭だ。いつのまにか目の前に立っている。

「本当はここではいけないんだがね。休憩室も満員なんで、女給にとくべつに頼んだ。僕はもう、あっちでやった。茶碗はまた、僕が返しにゆく」

こうした規律違反や約束破りを中学生の頃から伊庭は、なんともスマートにやってのける。あまりに軽やかで自然なので、周囲は呑まれて許してしまう。

自由の風を、生まれながらにしてまとう。伊庭と信夫はおない年の二十二歳。しかし変わらない。伊庭はまったく変わらない。世に染まらず、おもねらない。塔の水煙や木々の枝を敏捷に飛びから若いツバメのようだ。もともと彼の原郷である東京を、この調子で自在に泳ぎまわっているらしい。

「森鷗外には会えたんか」

ちょっと妬ましい思いで信夫は聞いた。今日の入手しがたい席は、伊庭がさいきん知遇をこうむる鷗外から贈られた。西洋劇の翻訳をめざす君なぞは、ぜひこれは観ておいた方がいいね、と鷗外がなかば命ずるように孝の手にチケットを渡した。

欧米式のマナーにのっとり、二枚。二層、最前列のよい席だった。鷗外は志ある若者を愛する。信夫の劇狂いをよく知る伊庭は、第一に信夫を誘った。

じつは信夫は近頃、劇作にはげんでいる。去年は、国学院大学が夜間に校舎を他校に貸し、小稼ぎをするけち臭さをからかう狂言を書いた。友だちとはかり、それを大学の同窓会の余興に上演した。さもないことだが、信夫と友人らは大事を成し遂げたように胸を沸かせた。劇をもって、権力を批判しおおせたと誇りをいだいた。

ことし十月には「毎日電報」(毎日新聞の前身)の懸賞に、「封印切漫評」なる劇評を投じ、なんと一等に当選した。このことは、天王寺中学校の同窓生の間でもいささか話題になった。

伊庭がボルクマンに信夫を誘ったのは、その祝賀の意味もある。そうか、折口も劇作をめざすのか、と伊庭は意外な一致に驚き、喜んだ。

中学校の言論をリードした二人である。折口の演説は烈しかったなあ、そういえば。なるほど我々は演劇的人間だったのだと、伊庭は今さら思い当たる。

演壇は舞台に似る。その上から多くの生徒たちに熱く高らかに投げつけることばは、なるほどセリフに通底する。

演説を聞き入る生徒たちから、何か目に見えない波がこちらに押し寄せる。時として、どうっと鳴るような音さえ聞こえる。それらをもっと高く力づよく引き上げる。

いま、自分は演者だ。願わくば虹色の光よ、僕をつつめ。この大講堂にいる皆といっしょにもっと高く、もっと広い世界へ行きたいと思った瞬間がある。劇的なことばの魅惑を、あの時に実感したのにちがいない。

伊庭は中学卒業後、同志社神学校に進んだ。世界の果てまで旅する宣教師になるのも悪くないと思った。どうせこの狭い列島では、立身の見こみはない。

剣の家の誇りを、辺境の福音活動にささげる。男の一代を賭すに足る。とにかく当面はキリスト教を研究したかった。イエス・キリスト。古代律法にいましめられる世界を破った革命者だ。興味深い。

そのうちにキリスト教の反逆精神というか、共産主義的思想に魅せられるようになった。つむがず汗せず、ただ清らに花ひらく野の百合の自然を愛する、聖書のことばに引きつけられた。男女や身分の差をこえるイエスの若々しい平等の情熱に感じ入った。

しかし神学校はそうした革命精神を無視する。学生たちを、キリスト教の禁欲と労働主義に引っぱってゆこうとする。

偽善だ。社会の生産性にキリスト教をつなごうとする謀略だ。イエスは人の肉欲を否定しなかった。労働より信仰の純をおもんじた。

友人とはからい、そう演説した。学校側は伊庭らを要注意人物とみなし、目を光らせた。このまま偽善で固め、社会にへつらう学校組織の中にいて、キリスト教への尊崇をすりへらしたくない。伊庭は即、退学した。

それが入学して一年半たった頃のことだ。以来、幼少時代をすごした古巣の東京にもどってきている。新しい演劇革命に身を投じつつある。

「うん、鷗外先生には遠くから。たくさん人に囲まれていらしたからさ。でも僕には気づかれたね、目がちょっと笑ってた」

安易な娯楽ではなく、敢然と人の自由をいましめる社会を批判して、観客を興奮のるつぼに投げこんだ北欧の翻訳劇が終演したのは、夜の九時すぎだった。劇場の前には再び、多くの人力や馬車が参集する。書生だからむろん、そんなものには乗らない。あるいて帰る。

信夫のいまの下宿は牛込にある。伊庭は、縁者が継ぐ神田の心形流道場にいるとか、いないとか。気ままにあちこちで暮らすらしい。

信夫の下宿には、やはり天王寺中学校の同級生で、早稲田大学にかよう永瀬七三郎が同居する。開演前、今日はうちで泊まって永瀬とも話さんか、と誘ったら伊庭は、「それはいいな。セブンか。いいやつだもの、なつかしい」と快諾した。

夜風が興奮した体にここちよい。あるいて劇作への夢をぞんぶんに語らおう、と信夫はこころが弾む。永瀬が夜食にライス・カレーをつくって待っているはずだ。伊庭といっしょに帰るかもしれん、と出がけに言ったら、永瀬の顔もかがやいた。すぐ市場に豚肉を買いに走って行きよった。

正面の階段を下り、ああ星がきれいやなと信夫が夜空を仰いでいると、伊庭が「あ、すまない。僕は……」とつぶやいた。彼は黒瞳をまっすぐに或る馬車にすえている。馬車の扉をきゃしゃな手でひらきかけた少女が、首を傾けて彼を見つめている。

夜目にもあでやかな少女である。いでたちも、平凡ではない。花街の人ではない。さりとて明らかに令嬢風でもない。異風の華やぎが人目を惹く。

舶来の雪なすレースを襟と袖口にぜいたくに付けた純白の絹ブラウス。結わずにゆたかに垂らす髪がふさふさと、ブラウスの両肩にかかる。

艶やかな臙脂色のベルベットのスカートに、同色の絹のサッシュの花結び。男の両手ならば楽々と囲える細腰には、わざと褪せた色で染めた精巧な薔薇の布花が三輪かざられ、薔薇の葉とつるをかたどる緑の、これもベルベットの装飾がスカートに縫いつけられる。

(ラウテンデライン……)。伊庭は男にしては繊細な中指をおのが唇に当て、我知らずつぶやく。一瞬、ためらう。しかしすうっと引きこまれるように彼女の馬車へ近づく。

信夫はあっ気にとられた。伊庭は背が高い。小柄できゃしゃな少女は、伊庭の肩に頭を寄せかねない甘やかなしぐさで、彼の顔をうれしそうに仰ぎながら話す。

夜気に冷えて水滴の噴く馬車のくろがねの胴体に伊庭は右手を置き、左手はジャケットのかくしに突っこみ、彼女をいたわるように頭をかがめてその低いささやき声に聴き入る。伊庭の横顔の口もとがゆがむのが、ひどく美しい。

伊庭はすぐ戻ってきた。手に白い四角い西洋菓子の箱を持っている。「これ、彼女から」。信夫に手渡した。馬車のかたわらに立つ妖精めいた少女が、こちらにむかって微笑している。

「なかなか会えない人なんだ。すまん、永瀬によろしく。近々、牛込に寄らせてもらうよ」

え、と思うまもなく伊庭はさっそうと身をひるがえし、少女の手を取って馬車に乗せ、自分も飛び乗った。折口、また会うよと言いざま、扉は閉まり、馬車は駆けだした。

伊庭の性格をよく知るとはいえ、愕然とした。愕然としながらしかし、男女の恋愛というのはやはり華やかで美しいなあ、と心のどこかで妬ましくうらやましい思いがした。

菓子箱を持たされて、すごすご帰る自分が情けなかった。大人の世界に置いてけぼりにされた子どもやないか、僕は。

信夫はまだ知らないが、伊庭と馬車で駆け去った異形の美少女こそ、数年のちに俳優として舞台に上る伊庭や、その盟友の上山草人と共演し、初期の新劇運動にあでやかな華を咲かせる女優の衣川孔雀である。この時はたんなる芝居好きの十三歳の小娘。父親はスペイン公使館の書記をつとめている。

伊庭に去られ、ひとり牛込まであるく夜道はさみしかった。星空の美しさが身にしみた。大好きなオリオン星座を何度も見上げた。ときどき腹が立って、洋菓子の箱をそこらの側溝に叩きこんでやろうかとも思ったが、それはあまりに伊庭の心を踏みにじるようで思いとどまった。

牛込は信夫にはさしたる縁はないが、永瀬のかよう早稲田大学に近い。そもそも信夫が、永瀬の下宿にころがり込んだ。

山の手のしずかな住宅地だ。まだ田んぼや畑も多い。学者や文人が静謐をこのんで住まう。下宿の主も、漢学の先生だ。深夜すぎ、ようやく楠や樫の大樹のしげる先生の家の庭の木戸を開け、外階段をのぼって二階にたどりついた。付近の家々は寝しずまっている。

「帰ったんかい」

足音を聞きつけ、襖をあけて永瀬が顔をだす。おや、その後ろには尾崎久弥の可愛らしい顔ものぞく。一年下の久弥をやあちゃん、と信夫は呼んでいる。国学院大学の後輩だ。よく遊びに来る。信夫は彼を弟のように大切にしている。

「やあちゃん、来とったんか。ご飯たべたか」

会うなり、友だちや後輩のお腹がすいていないかどうか心配するのは、生涯をつらぬく信夫の癖だ。自分が胃がんで死の床についた時も信夫は、遠くから見舞いに駆けつけた弟子の空腹を気にかけ、うわごとの合間にしきりに「もしゃ（弟子の愛称）にご飯たべさせてやって」と言いつづけた。

「はあ、永瀬さんにカレーごちそうになりました」

「あれ、凄いやろ。汗ぎょうさん、かいたやろ。僕、汗ぼ、できそうやった」

永瀬は何かというと、友人たちにライス・カレーをごちそうしたがる。書生が集まるときは、豚のすきやきが定番。それとは一味ちがうというのが本人の自慢だ。国木田独歩流なのだと鼻を高くする。当時の若者のアイドル・独歩は一時期、郊外の渋谷村に住んでいた。まわりは小川が流れ、水車がまわる田園で、何の店もない。親友の田山花袋や島崎藤村が遊びにくるといつも、手製のライス・カレーとコーヒー牛乳でもてなした。独歩のカレーは、読者のあいだでも有名になった。それで、独歩流。

「あれ、伊庭は」

さっそく火鉢の上の鍋をあたためようとした永瀬は、信夫ひとりなのに気づいた。

「伊庭な、来んわ。何やら変な女の子に連れてかれたわ……。これ、おみやや」

むじゃきな久弥は、ハイカラな箱を受けとって、興味しんしんで上から横からながめまわしている。

やあちゃん居るんやったら、これ溝に投げ込まんでほんによかった、と信夫はうれしくなった。

「やあちゃん、開けてみ。伊庭からや。何が入ってるか、僕も知らん」

すなおに久弥が箱をひらくと、中にはシュウ・ア・ラ・クレエム！　王冠のように三つ、輝いている。甘いいい香りがする。ちょうど三つとは奇縁。特別の夜のおやつが始まる。

「子どもの顔ほどもあるなあ」と永瀬。

「劇場の香りがする」と、やはり芝居が好きな久弥は、大きなクレエムを手のひらにのせて匂いを吸いこむ。

「やあちゃんは明日、新富座へ行ってき。有楽座はな、いまは無理やけど上手にすべり出せば、じき席も取れるようになるよって、そしたら僕もまた一緒に行くわ」

信夫はときどき、自分とおなじように芝居を観るのが好きな久弥に、観劇をおごる。だいたい、お弁当つきだ。この秋にもらった劇評一等の賞金も、そんなこんなで友人との観劇や外食でつかい果たした。自分が楽しい、だけでは楽しくない。好きな人と楽しい昂奮を分かちあう。これこそ信夫の至福だ。

「や、僕なんかいいんです。新劇なんかまだ、もったいないや」

「それにしても伊庭が森鷗外と親しいというのは意外だね。今日のチケットも鷗外からなんやろ。どう知り合ったんかな」

永瀬の手は粉砂糖だらけだ。きちょうめんな久弥が、手ぬぐいを絞ってきて渡す。

「それはやはり、伊庭想太郎の息子いうことが大きいんやろ。鷗外は、維新で苦労した津和野藩の出やからな。旧幕臣への同情が深い」

それに、とつぶやきながら信夫はさいごのクレエムを久弥の皿にのせた。久弥はあわてて首を振る。僕はもう劇場の休憩室で伊庭と食べたんや、と嘘を言う。

「伊庭は、先生のように西洋の戯曲をこれからどんどん翻訳し、日本に紹介したいと、鷗外にドイツ語で手紙を出したんやそうや」

ドイツ語で……！　永瀬はすっとんきょうな声をあげた。そういや奴は英語もドイツ語も堪能やったなあ、と頭を掻く。

「そうだったんか。伊庭はさすが策士やな。鷗外に手紙だすファンなんか、ごっつう居るやろ。そこにドイツ語――めだつ！　こやつ何者かと、鷗外博士も思う。僕にはとうてい考えつかん。降参、降参」

考えつかんて、てんからドイツ語できへんやないか、と信夫に言い返され、永瀬はさらに激しく頭を掻く。やめて、ばばい。フケ七と呼んだるわ、と憎まれ口をききつつ信夫はぼんやりした表情で膝をかかえ、爪を噛んだ。

今日は伊庭に当てられっぱなしやった、つまりは。伊庭はもう劇界という世界を見つけ、鷗外という大いなる城門の扉を叩き、その新世界に入りかけている。情熱を実行する大人の資格を得つつある。大きく水をあけられた――そう思い知らされた。

「こりゃ、あれだなあ。天中でライバルだったように、伊庭と折口はいつか、劇界で相まみえるかもしれんなあ」

信夫に心酔する気のいい永瀬は、ひとりで高揚している。彼には、この秋の信夫の劇評の一等賞当選が、すさまじい偉業に思われている。いっそ学者はやめて、未来の坪内逍遥にならんか、などと真顔で信夫をけしかける。

ついこの間まで、信夫とて大そう晴れがましい感激にひたっていた。子どもの時から、魂の一部はそこで生きていたと思うほど、夢中でかよいつづけた大小の舞台。そこにとうとう自分も作者としてかかわるか。そんな夢想にふけった。

しかし駄目だ。このままでは駄目だ。久しぶりに伊庭と会い、そう直感した。

伊庭のまとう芳醇で新しい西洋の香り。これからの劇界はそのエネルギーが主力となる。歌舞伎の新作にも鷗外が躍進することを見ても、そのことは明らかだ。どうもこの香りが自分にはない。まことに分が悪い。

信夫は実はさいきん、小説も書く。しかしやはり、その方面でも不安だ。自分は古典に浸ってきた。古い世界に惹かれ、その栄養を吸って育った。

もちろん西洋の文学は大好きだ。翻訳小説や戯曲もよく読む。しかし単なる読者の域を出ない。たとえば和歌のように、自身の肌身にくっついているという感じは全くない。伊庭はキリスト教を、一つの芯としてもっている。そういうものを、西洋の文化にたいして自分はもたない。お客さんだ。

一等に入選したことがうれしくて、言わずにおこうと思ったのについ洩らし、そんならその劇評を見せよと言われて、大学の敬愛する師の三矢重松先生に「封印切漫評」をもっていった時の、冷徹な師のことばが忘れられない。

「悪達者だ。あんたの浮わついたとこがよく出てる。これ読むと、あんたの芯のなさがわかる。情熱がない。書きたいことが見つかってないから、ことばが光らない」

それっきり。そっぽを向かれた。

三矢先生は型にはまった学者ではない。文学を深く愛する。その鑑賞眼はおおらかで鋭い。先生の目は確かだ。その先生に、「書きたいこと」が感じられないと言われた。自分の本質的な虚しさを言い当てられたと思った。

文学を愛して愛して、愛しぬいている。享受するばかりでない。自分も何とかそこにかかわりたい。創作者の側へ行きたい。

その思いだけが燃え、焦げつく。しかし自分にはまだ、何に向かって筆を動かすかが皆目みえない。だから人を引きつける輝きが、筆からほとばしらない。

学者なのか、創作者なのか。歌なのか、小説なのか、劇作なのか。何にせよ、書物と筆がないところでは生きてゆけない。なのに命をけずっても書きたいことが、視えてこない。もう二十二だ。

あー、あああ、あ。信夫は叫んで、畳の上にあおむけに転がった。両手を空に伸ばし、自身の顔の上にかざした。ひらいたり閉じたり。じっとその手のひらと指に見入っている。

久弥はそれを見て、何だろうという風に自分も両手をひろげ、指を動かしてみる。カレーづくりに疲れたのか、永瀬はちゃぶ台に突っ伏している。小さないびきが聞こえる。

第九章　先　生

何ごとか。閑静な校舎の一階、一〇三番教室から言い争う烈しい声が洩れる。廊下をあるいていた鎌田正憲は、誰かけんかでもするのかと、教室の後部のひらいた扉から中をのぞきこみ、仰天した。

教室の中央で対峙するのは、三矢重松先生と折口信夫である。人なみはずれて力ある双つの瞳は、たがいの双つの瞳をはっしと捕えて離さない。

にらみあうだけではない。それぞれの口から烈しいことばがほとばしる。言われた側は、肩に力をこめて檄語をうけとめ、全身の気迫で言い返す。どちらかがどちらかの肩につかみかかり、思いきり揺さぶるのではないか、という危うい瞬間が何度もある。

おいおい、おい、折口よ。鎌田は手に汗にぎる思いで、呆然と立ちすくんだ。信じがたい。これが友人どうしなら、わかる。取っ組み合いなんぞは校内でも、ざらにある光景だ。

しかし、今この時、にらみあうのは師弟だ。師がにらめば、弟子はただちに目を伏せ、額ずくのが当然であろう。しかるに折口は——。

ありえん、これはありえん。俺の常識でこれはありえん。折口はどうかしてる。

早く先生にあやまれと、祈るような気もちで鎌田はその場に立ちつづけた。教室の二人のあいだに、他者の容喙をゆるす気配はない。

廊下にまでひびく声に、通りかかった学生たちが鎌田の背後からやはり、教室の中をのぞきこむ。言い争うのが三矢先生と本科三年生の折口信夫であると知り、みな足音を忍ばせて去ってゆく。学生が先生と対等に張りあう光景をぬすみ見るのは、三矢先生に失礼だという気がするのだろう。当然だ。

「鎌田」

「お、氷室か。えらいことになってる」

信夫や鎌田とおなじく本科三年の氷室昭長がいつのまにか、脇に立っている。氷室は瞳をほそめ、折口はばかだなあ、大ばかだ、とつぶやく。

突然、論争の声は止んだ。三矢先生が教室の前の扉を勢いよくひらき、廊下へ出てきた。二人の学生には一瞥もくれない。せき払いして、大股で去る。

先生のすがたが消えたのを見とどけ、鎌田と氷室は教室へ飛びこんだ。信夫は仁王立ちといったかっこうで、黒板を見つめている。

天井近くまである大きな黒板にはいっぱいに、矢印やあらゆる形のカッコ、一重二重の線がみだれ、躍る。形容詞、動詞、助動詞。推量の形——現在をやはらげる。しづか・しづや——しづ——静の意。しづごころなく花のちるらん。しづく、しづる、しづむは沈むような心もち。名詞語根説は、後世の後付け。

わけがわからない。科学方程式のようである。呪文のようでもある。ひどい殴り書きのせいもある。判読できないほどの筆勢だ。これは折口がひとりで書いたのだろう。つよい筆圧で折れた白墨の芯と粉が、黒板の下の床にちらばる。

氷室はおもむろに信夫に近づき、背後からその両肩を押さえた。背の高い氷室がなかば、信夫を抱くようにも見える。異常にたかぶる友の身熱を、とりあえず鎮めようとした。

「何すんねん、こそばい」

信夫がきっと振り返る。瞳の真中にはまだ、師と対峙した昂奮の小さな白い炎がゆらめく。

「折口、今すぐ先生にあやまりに行け。何としてもここは、許していただけ」

氷室のことばに、鎌田も深くうなずく。

三矢先生は、形式でがちがちに固まった権高い教授とは、一味も二味もちがう。心からの謝罪なら、必ず許してくださる。

「あやまるて、なんで?」

信夫の瞳がふと。むじゃきな子どもの瞳になる。

「なんで、ぼくが先生にあやまるの。ぼくら、歌の読みの論議してたんやで。なにも悪いことしとらんのに、なんであやまるの」

昂奮すると、故郷の大阪ことばがむき出しになる。けったいなこと言う奴やなあ、と純粋にいぶかしむ顔つきで、信夫は氷室をじろじろ見る。

氷室は絶句した。折口はまるで事態がわかっとらん。鎌田も改めてのけぞる思いだった。子どもか、折口は。

愕然としてそこに居ならぶ二人の友人を見て、信夫はいい聞き手が現われたと思ったらしい。むしろ元気よく、とうとうと論争の内容をしゃべり始めた。

「先生と、紀友則のな、しづごころなく花の散るらん。あの歌ことばについて言っとったんや。先生は助動詞「らん」は推量なんで、（花の散るのは静心がないからなのだろう）と推量の意味をつよめ、受けとるべきだと言われた。これまでの主な説のように、（なぜ花というものは静心なく散るのか）と疑問の形で読むのはおかしいと言われる」

ここで信夫は一息つき、鎌田と氷室の顔を見る。

「ぼく、従来の定説に異議をとなえる先生の姿勢はよしとするけど、推量に固定するのは野暮やと思う。（らん）いうのは、もっと柔軟や。やわらかい使い勝手のいい、無意味なことばや。言うてみれば、万物をきつくせんと、ちいっと曖昧にしてぼかすんが、（らん）の意味なんやな。せやからぼくならこう淡く読む——心もとなく花が散ることだなあー」

三矢先生は、お武家の出らしい清廉な人格や。そこ、おおいに尊敬しとる。でも、お武家でどうしても儒教的いうんか、四角四面のとこがある。先生からいただく手紙かて、きほん硬い漢文調やろ。あの規律正しさが、先生をのびのびさせん。先生の古代学のさまたげになる。

信夫は黒板をながめるうちに再びたかぶってくるのか、平気の平左で師匠の文法学の批判を展開する。鎌田より気のつよい氷室は、ばか、と叫んだ。

「そんなごたく並べてる間に、早く先生とこ行け。許してもらえんかったら、どうする。今までのむちゃを、三矢先生がどれほど庇ってくださったか」

信夫は卓抜の頭脳で学内に知れわたるとともに、教務課のひそかなブラックリストにも確実に載っているであろう、問題の学生である。

宗教に狂熱をもってのめりこむ傾向がある。教授に対し、自説を主張し曲げないことも目だっていた。

予科一年のとき、新興の宗教団体「神風会」にはまり込んだ。そこの看板、破天荒の女性カリスマ・本荘幽蘭に気にいられ、街頭演説にまで立ったのがまずかった。明らかに、信夫はじめ数人の予科生は、会のいい宣伝に利用されていた。大学で問題になった。そのとき三矢講師が一歩も退かず、宗教的情熱は本学の美徳と、信夫たちを庇った。これからはつねに国学院の名を背負うことをよく考え行動せよという、お説教ていどで済んだ。

信夫の神名にかんするレポートが神道の神聖を汚すと、会議で取り上げられた際も、学問の自由の不可侵を唱え、三矢先生はその翼で信夫を守った。

予科二年を終え、本科国文科に進む目前の明治四十年二月には、日露戦争後の宗教界の低迷を憂うとの主旨のもとに信夫は、同窓の友人の大島鈴雄・結城朝政・竜渓玄義・中野佐柿とはかり、学内に「神国青年会」を立ち上げた。

これもひとしきり話題になった。憂国の志あっぱれと称揚する教員もいれば、志士気どりで得体のしれぬ学生活動に没入するより、勉学専一と顔をしかめる教員も少なくなかった。とにかく信夫は目に立つ異色の学生だった。

そこがいかんのだなあ、と氷室は今さらつくづく思う。目だちすぎだ。授業でも、しょっちゅう質問するわ、反論するわ。いや、さっきのように烈しい言い争いはさすがに初めて見たが。

国学院に限らず、世間はそこまで才ある人間を求めない。才はそこそこでもむしろ、組織に平らかにおさまる温厚な人間が重用される。

学問の世界も例外ではない。あんな秀才が、という人がはじき出され、地方の中学教師で終わる例をわれわれは多く見ているではないか。

いくら開校以来の秀才かとうわさされても、唯一の杖の三矢先生に見捨てられて、国学院で身が立つわけがない。それがわからんほど折口は、ばかか。

しかも、卒業が年あらたまる夏七月に迫る。折口の論文の主査は三矢先生だ。その先生の心象を害して、どうなる。今の非礼に怒り、論文を受けとってもらえないかもしれない。まさに路頭に迷うではないか。

ばか、ばか、と氷室はわれ知らず口にしていた。瞬間、信夫のかん高い声が教室の天井まで突き抜けた。

「ぼくと先生の関係、それ以上侮辱するの止めてんか。論争したからいうて、論文を受けとってもらえるの、もらえないの、そんな打算的な先生やない。先生への侮辱や」

信夫は黒板のそばから氷室の目の前まで、まさに飛んで来た。瞳が獰猛にかがやき、額から鼻梁にかけての青痣が燃える。

あ、折口が鬼になりよった。氷室はあきらめた。説得を断念した。信夫は自分より背の高い氷室に対し、両足をふんばり、言いつのる。

「あんたはそんな功利的な計算で生きてるの。そんなん、ど腐れや。そんなんで神に仕える職を奉じるんか。ど腐れ神主。神社の汚れや」

氷室昭長は、代々天王社につかえた格たかい尾張津島の大宮司家の末裔である。ここを卒業したら、とうぜん神職につく。

ど腐れ神主、と面罵されて、信夫よりある意味でずっと大人の氷室も、さすがにほおを紅潮させた。怒気が腹の底から上がる。鎌田は、折口よせ、いいかげんにせい、と信夫のかたわらに回り、その右腕をさする。もし氷室に飛びかかるなら、押さえつけるつもりだ。

しかし意表をついて、信夫は強烈な視線を氷室から外し、黒板の前へ駆けもどった。又もや、遊星のような奔放な殴り書きをじいっと見つめる。

「三矢先生の文法は、先生の御人柄よりうんと、平凡や。なんでやろ。なんであの大きい男らしい性格が、先生がいのち籠める文法の学に出んのやろ。ことばを固定する、分類する。先生は本来、そんなせせこましいことに必死になる人とちがう」

信夫は、広大な黒板の右下に記された図をそっと指でなでた。気づかなかったが、そこだけは三矢先生の規律正しい筆跡で書かれている。

(助動詞は之を二種類に分かつべし。

甲　名詞に付くもの
乙　動詞に付くもの

(「らむ」は動作状態を見て其の心、原因を思ひ又見えざる動作を想ふなり。而して必現在想像に限り、過去未来には決してかかることなし)

信夫は悲しそうに悔しそうに、先生の教えの図にひたと身を寄せる。しだいに額まで黒板にくっつく。

「ことばをこんな風に縛りつけるのは、先生の学問とちがう。文法を学ぶ子どもにわかりやすいように、いうことを御考えになりすぎや。下手にわかりやすくすると、子どもにも文法がつまらなくなる」

ことばて、もっと自由な生きものなんや。名詞かて動詞かて、いろいろに変身変化して時代をこえて生きてゆく。ほんとうの文法て、動き回ることばを現代のものさしで、むりに固定するもんとちがう。逆や。いましめ解いて、ことばが自由に動いてアメーバのように互いが互いの中に入りこみ、互いを喰って新しいことばが生まれる、そんな創造ゆたかな古代の混沌時代を推理することが、本格の文法学つまり古代学やないの━。

先刻までの弁舌が燃え尽きたのか、信夫は青ざめた顔で黒板にもたれ、うなだれる。どうして敬愛する先生が、その気性より小さな狭い文法学を世に広めようとするのか、悲しくてやるせなくてしかたないといった風情である。

信夫の一生けんめいが、なんとなく二人の友人にも呑みこめた。じつは二人とも文法の授業は大の苦手だ。わけもわからぬまま区分と分類を習い、そのルールを丸暗記する。活用なんか何のために暗記するのか、ばかばかしい。未然、連用、終止、連体……。自分の生活に何の関係があるか、と蹴とばしたくなる。

折口の構想する文法の方が、ぐんと面白そうだ。名詞は動詞でもある。逆もしかり。形容詞もある時代では、動詞や名詞の中に吸いこまれる。あるいは一つのことばがキメイラのごとく、無数の意味をもつ。

まさに古事記にかたられる世界の誕生のごとし。世界は見わたすかぎりの水沼。そこからふつふつと、ことばの泡が生まれ、浮き出る。まだ品詞のちがいなんかない。空の色を映し、水の匂いをはなち、それらが集まり神の名前がまず発酵し、形をなして……。

いや待てよ、誰もはかり知れぬことばの始まりのそうした生態を、どうやって証明し、どうやってことばで表わすんだ。

どだい、とほうもない夢だ。らちもない夢を追う間に、早く三矢先生にあやまりに走れ、と信夫の背中をどやしつけてやりたくなる。

信夫はほうっと黒板を見つめている。頭の中には、変化変態することばの動きのさまざまが視えている。花とひらき、薫り、枯れることば。あまい腐臭をまとって突き出るあたらしい芽。蛇のように這うことばの尻尾を追い、呑みこもうとすることば。いつの時代も、ことばはそうやって動く。動き変わることがなくなったら、ことばは死ぬのだ。

こんなに鮮やかにことばの誕生や死滅が視える。なのに自分はもしや、ことばたちを豊かにいきいきと使える力を恵まれていないのかもしれない。

それだけが、若い信夫の全身をへし折るような不安であり、悲しみである。

鎌田正憲は努力型の秀才である。人当たりもよい。国学院を卒業するさいには、総代として答辞を述べた。学業優秀をたたえられ、とうじ貴重な『国歌大観』を授与された。

氷室昭長は神官の父にきびしく育てられた。頭脳するどいが、あくまで敬神のこころを第一とする。今年、明治四十二（一九〇九）年五月に公的許可が出され、国学院に神職養成部ができた時、だれより喜んだのは彼である。

そんな優等生の二人には、三矢先生にたてつく信夫の態度は全く理解できなかった。

しかしむしろ、国学院の創立された頃の空気を知る人間は、信夫の若々しい反論をよしとしたであろう。小柄なほそい体に張りつめる裂帛の気合いに、深くうなずいたであろう。

そもそも三矢先生じしんが――若い頃は信夫にそっくりだった。じぶんの方が正しいと思えば、師にも嚙みついた。

三矢先生は、予備科二年・本科三年の計五年をもって、国史国文国法をまなぶ「私立国文学校」として、明治二十三（一八九〇）年九月にひらかれた国学院の、栄えある第一期生である。

欧化思想のゆきすぎに待ったを叫び、日本の古代の学を重んずる国学院の開校の精神に共感し、山形の鶴岡からやって来た。不退転の悲壮な上京だった。

十八歳の重松の日記にはこう記される――「辛くして東都に至ることを得たり。然りといえども、固より学資を以て給すべきものなし、唯己が自力を以て身を立つるにあり」。

重松の家は士族で、鶴岡の千坪あまりの邸に住まっていた。城下一といわれる海棠《かいどう》が華やかに咲きほこり、二本のみごとな松の老木があった。その松にちなみ、長男は貞松、次男は重松、三男は宮松と名づけられた。

しかし重松が中学を卒業するとき、家になにか一大事が起きたらしい。唯一の評伝『三矢重松先生伝』（三矢重松先生記念会刊行）は、「一家の悲運」としか語らない。

一家は邸を出た。二、三年しか食べられる見込みはなかった。考えぬいて重松は上京した。故郷をはなれるときは、兄の貞松がみずから人力車を引き、弟を送ったという。

以来、三矢重松の人生はこれすべて苦闘である。そして彼はほがらかによく戦いつづけた。

国学院に入るやただちに学費を借りる試験をうけ、合格した。同郷の学生たちとスクラムを組み、自炊団体「自炊庵」を組織した。最初の国学院同窓会の理事に推薦され、学生の自治活動に力を尽くした。

ふつうだったら、自分ひとりが食べ、学ぶので精いっぱいのところだ。ところが重松はつよい。貧しさにいじけない。ひとり上京した身で、愛校と友愛のこころを燃やす。

第一期生として国学院に入学したのは八十名。それが卒業時には三十六名に減った。就職が保証されず不安におちいる学生が多かったためであると、第一期生でのちに国学院教授となった松尾捨治郎は回顧する。

創設された国学院は、大学として認可されていない私立学校である。古典や国史を重んずる開校の意気はげしく、招いた講師の顔ぶれは坪内逍遥、落合直文、本居豊頴と錚々たるものだが、卒業しても教員免許状がもらえない。

ハッ。免許状なんか何ほどのもんか。そんなものは、口をくわえて待つ師範学校生や帝大生にくれてやれ。われわれは国事にたずさわる志をもち、本学に入った。教師になるためではない。さいごまで残った第一期生には、そんな気を吐く猛者が多かった。

三矢重松もその一人だ。しかも彼は猛者中の猛者だった。

先の松尾捨治郎によれば、三矢重松は「豪邁果敢の元気で、どの先生の講義にもほとんど例外なく異見を立てていた」という。――なんだ、本当に信夫と瓜二つじゃないか。

後輩の鳥野幸次は、同窓会の中心となって活躍していた重松を回想し、「三矢君の熱弁や多田君の快弁に敬服した」とする。

飯田町にひらかれた国学院の校舎は、「田舎の小学校より小さかった」。まわりに立派な赤十字社、暁星中学、城北中学などがある中で、貧弱さがきわだった。

その分、校内には草創の覇気がみちていた。制度が固定していない。上下関係もうすい。数少ない学生どうし、そして先生と学生のあいだには、一種の同志としての熱い意識があった。

三矢重松とは、こうした草創期の自由と野性と友愛あふれる校風を、最もよく体現する若者だったのだ。

ながらく同窓のあいだに語り継がれるエピソードがある。重松が、じぶんの師の言語学の大家・物集高見に大反論した事件である。

物集高見は、国学者の物集高世の長男。出羽三山神社宮司、帝国大学準講師を経て国学院につとめた。その大先生に重松は教室で論争をいどみ、一歩も引かなかった。さすがに当時の「大問題」となり、重松は学校から訓戒をうけた。

しかしこのことで、師弟の仲は壊れなかった。重松はもとより、物集先生を侮辱したつもりは全くない。先生の方も、見どころある優れた弟子として重松に目をかけつづけた。学問へのつよい気概を愛した。

三矢先生じしんが、若い頃はこんな風だったのである。どうして信夫の論争を受けて立たないわけがあろうか。若者が自説を曲げないからといって、どうして彼への愛を減じようか。

折口信夫はのちに、教育とは「個性の戦争」に他ならないと述べている（「新しい国語教育の方角」大正十四年）。

教師の個性と生徒の個性が裸で取っ組みあい、つかみあう。その魂の真剣な戦いが、理想の教育であるとする。

ひらかれて歴史の浅い国学院で信夫が身をもって学んだのは、第一にこのことだ。三矢先生という強烈な個性と出会い、教え教えられることの真髄が身にしみた。

残された三矢先生の教室での写真は、フロックコートに蝶ネクタイを結んだいかにももの固い静かな大学人の顔をする。ひんやりと冷たくさえ見える。

しかし実は先生の内部は燃える溶鉱炉、大情熱家である。そして真紅の情熱こそ、折口信夫がもっとも惹かれ、受け継ぐべきと思いさだめた師の血である。

同期の友人は語る、重松は「深く国事を憂い、所信に邁進する事の極めて勇なりし」と。前にあげた師への反論事件より、もっと深刻な大きな事件が、若き重松にはある。

それは二十歳のとき。天皇が西郷隆盛の銅像を宮城前に建てることを許した。重松は、それに対する反駁文を「日本新聞」に発表した。天皇にもの申した。ちなみに明治という時代は、こうしたことが大正昭和よりずっと自由ではあった。それにしても一介の学生が、と驚かされる。

さらに。この人は気性が勇猛なために大きくつまずいた。初めての職を失った。苦い蹉跌をなめた。明治二十六年に国学院を卒業した重松は、文部省大臣官房図書課の役人になった。就職率のきわめて低い第一期生のなかで、快挙である。

ところが二十八年十月、西園寺公望大臣の唱える「世界主義」に、国学者の立場から反対する論を「国学院雑誌」に発表した。その筆禍で官職を辞した。

本人はこの憂き目にあっても頭をしっかり上げる。「馬鹿野郎」と言われても、蔭口をたたくのではなく、堂々と論じて「やめること」になったのは本望だと、友人にてがみを書く。

貧すれば、いじける。この哲理は重松には通じない。このとき、三矢家は貧窮していた。借金も負っていた。重松じしん、「思ひきやかくあさましき限まで落ち来ん祖の家ならんとは」なる嘆き歌を詠んでいるのである。

しかるに自分として言うべきことを言い、浪人の身となった。

国学とは、机や書物にしがみつくだけの学問ではない。ときに国にもの申す。学識をもって列島の未来をみちびく。その広い高い視野を、つねに忘れてはならない学問であると信じた。先生の心にたぎるこの情熱に、信夫は惚れた。

折口信夫は、大正十三年、三十七歳のときに「東京朝日新聞」のアンケートに答え、今もっとも欲しいのは「争臣」だと述べた。

前年に関東大震災があって世相不安ななか、若い皇太子がスポーツに熱中することばかりを、ジャーナリズムがもてはやす軽薄な風潮を批判した。あわせて、国事を憂い、ながらく海や山に遊ぶひまもないと詠む明治天皇の歌を王者の理想としてかかげた。

学者が象牙の塔を飛び出たせんえつなことを天に申し上げると、まわりは愕然とした。これは明らかに三矢流である。

しかしこの筆禍で、折口の職に傷がつくことはなかった。先生にくらべれば、じぶんはまだまだ恐がりのお坊ちゃんだ、手ぬるいやと折口は内心、自身をかえりみて忸怩たる思いもあったかもしれない。

かく雄々しい情熱家の三矢先生が愛した、うつくしい優雅なものが二つある。一つは花。菊をことに愛でた。庭に菊をそだて、歌号を「菊園」と称する。

いま一つは源氏物語。菊花も源氏も、先生の母の愛でたもの。先生の母恋いである。先生の母は、源氏物語に登場する落ちぶれた哀しい姫君たちを想わせる。ゆたかな家に育ち、広大な邸に嫁いだ。そこを追われ、さすらった。

古典の教養ふかく、子どもたちは母から源氏物語を手ほどきされた。習いそめは紅葉の賀の巻。重松はうたう。

手すさびに母がものせる紅葉の賀おしえよりこそむつびそめけれ

（三矢重松『菊園書簡集』）

第一期生として重松が国学院に提出した卒業論文の題は、「源氏物語の価値」である。

源氏物語は、歴史の波のなかで二面の顔をもつ。一面は、世界にも比類ないすぐれた愛の書・優雅のシンボルとして崇拝される顔。

もう一面は、不倫を読者にそそのかす淫らな罪の書として軽蔑される顔。とくに近代には、女くさい時代遅れの書とされた。森鷗外もこれを、くねくねした悪文と公言した。

神職養成部が力をふるうようになった時期の国学院の内部でも、源氏などは教室でよむべきものでないとの声が上がった。

三矢先生はいきどおり、やまとだましいは剣をふるう猛き心のみならず、愛を知る心を意味すると説いた。源氏物語をこそ、「剣のみ執らぬやまとのおだひしき和魂とし我は仰がん」とうたった。

大正十年、先生は敢然と国学院に「源氏物語全講読会」を発足した。母にゆかりの紅葉の賀から読みとき、五年間で全巻を読了することを目ざした。源氏を読むことは先生にとって、反骨のあかしでもあった。

その途次の十二年七月、先生は過労がかさなり、光源氏とおなじ五十二歳で世を去った。全講会は遺族のゆるしを得、折口信夫が受け継いだ。

先生の勇猛なますらをの血の脈うつ源氏物語全講会。だから信夫も、この国が太平洋戦争に入り、源氏への世間の評価が歴史上もっとも悪化したときも、全講会を決して手ばなさなかった。

剣にはやる戦いの最中だからこそ、民族に伝わるこの愛の書を高くかかげねばと信じた。人を恋う心のかがやきと艶を失ったとき、日本は真に滅びると実感した。

東京に空襲が迫り、灯火管制がしかれる日々も、折口は場所を自宅に移し、徴兵をまぬがれた若者たちと秘かに源氏を読みつづけた。これを名づけて「源氏木隠会」という。

世の圧力にさからい、源氏物語を愛し守ったこの二人の師弟にして、ともに源氏にかんする一冊の著書もない。まず先生にない。信夫はもちろん先生にはばかった。

三矢先生にはこうした不思議な深みがある。著作に表われるのは、その人格のほんの一端でしかない。生身に強烈な魅惑がある。内に秘めた沃野が大きい。

たとえば三矢先生にはあまり知られない、意外な業績がある。中国人留学生の教育の草創に深く親身にかかわった。

それは先生の壮年期、三十代初めのことである。信夫の入学とほのかに交差して、先生は大阪天王寺中学校の教諭となり、一年半で辞職し、ふたたび東京へ出た。中国人留学生の教育にたずさわる嘉納治五郎に招かれたためである。

嘉納は高等師範学校校長で柔術家。明治二十九（一八九六）年に清朝政府の依頼をうけ、中国の若者のための教育機関設立に力を尽くしていた。

嘉納のたのみで重松は、神田三崎町に「亦楽書院」をつくり、明治三十四（一九〇一）年まで中国人留学生の教育にあたった。この「亦楽書院」は、のちの弘文学院の母胎である。

その間、重松は外国語学校講師、国学院講師に就任し、三十五年一月に嘉納がいよいよ中国人留学生の専門学校・弘文学院を創立するや、その講師となり翌年四月までつとめた。

嘉納が重松をこれほど深くたのんだのは、重松が留学生の教育に必須の日本語文法の専門家であったのはもちろん、その人格、そして留学生と意思疎通できるアジア語にたんのうであったからだろう。

重松には、『台湾会話編』という訳書がある。著者は、R・マクガワン。辻清蔵なる人物との共訳である。明治二十九年、明法堂から出た。

とうじ重松は例の筆禍事件で文部省の役を辞し、浪人中であった。察するに、以前からアジア語を学んでいた重松はその方面の仕事でとりあえず、食べようとしていた。そんな仕事の一環であろう。

折口信夫はそんな事情をたぶん知っていた。後年、「三矢先生も東京に出て来られました時分、大分外国語をせられました」(「三矢先生の学風」昭和十一年)と述べている。

重松は少年の頃から、英語に長けていた。しかし重松の経歴を思いあわせると、折口の言う「外国語」とは、とくにアジア語をさすのではないか。

日本の古代語を知るうえで重要な半島のアジア語を、重松は大学時代に熱心に学んでおり、それが嘉納治五郎と知りあう縁にもなったのではないか。

信夫も国学院の本科にすすんだ二十歳のとき、外国語学校の夜学で蒙古語を学んでいる。かつて、この講師をつとめた三矢先生の勧めもあったのかもしれない。古代のことばを研究するなら、若いうちにアジア語を習っておけよ、と。

アジアと日本の交流に深くかかわった三矢先生の文法学の著書には、ざっと目を当てた限りでは、アジア語と古代日本語とを比較研究する広い視野はあらわれない。その傾向を特色とするのは、おなじく国学院講師をつとめる語学者・金沢庄三郎である。

信夫は学生時代から、金沢の『辞林』の編纂を手つだい、彼から朝鮮語を学んでいた。

評論家の安藤礼二氏はこの事実に目をこらし精査し、「大正四年(一九一五)頃まで、折口信夫の学を主導していたのは、三矢重松の国学でもなく柳田国男の民俗学でもなく、金沢庄三郎の比較言語学とその比較文法だった」（安藤礼二『折口信夫』）とする。

それは一面たしかにそうであるが、しかし一面そうスッパリとも言い切れない。

なぜなら三矢重松は、中国人留学生の教育の草分けの現場に、身をもって立ち会った人。アジアへの視野を若い頃からもっていた人。その体熱をじかに信夫に伝えていた人であるからだ。

たしかに三矢先生の文法学の著作は、先生が経験していたはずのそんな新しい時代の風を感じさせない。いかにも教科書風である。親切でこまやかで、そのぶん平板で単調だ。驚きがない。

折口も先生の没後の追悼文で、先生が実用的な「教科書の為事」に没頭しすぎて命をけずったと、口惜しそうに述べている（「三矢先生の学風」）。

三矢先生の折口への深刻な影響は、むしろ先生の著作からは視えがたい。先生の心まるごと、体まるごと、人間まるごととぶつかり、折口は学問の道の真中に立つ理想の学者のイメージをあざやかに体得した。

自身もまるごと生徒とぶつかり、たがいの魂を清らにみがく教育者であることを目ざした。

何を言ってもいいぞ。いつでも取っ組みあうぞ。俺のからだと心にはつねに一本、思考と言葉の自由を信じる剣が白く熱く燃えている——。

この情熱。人生と人間を思いきり広く深く愛して生きるつよい意志の羽ばたきを、信夫は先生の生身から感じとった。全人的な教育である。

くらべて若書きの小説の断片「夜風」に信夫が点描する、金沢庄三郎をモデルとする学者は、人間への愛がうすい。己がしごとのために弟子を容赦なく使う事務の人といったイメージがある。

信夫は国学院を卒業して大阪に帰り、今宮中学校につとめたが、辞職して上京した。その折に金沢庄三郎の教師むけの国語教科書編纂のしごとを手つだい、過労でノイローゼになった。「夜風」はその経験をたどる。

「夜風」にはこうある。逆に言えば、金沢についてはこのようにしか書いていない。

蝿ぎらひの師匠夫婦は、夏の日中もがらす戸を締め切つて居た。その中に閉ぢこもつて、暗くなつて来る火かげに筆を搬んだ。其ばかりか瓦斯をとぼして後も一時間や二時間は帰れないことが度々であつた。

信夫における金沢庄三郎の印象がこうであるとするならば、そこに信夫の学を「主導」する力はない。信夫が真の学問ではないとした、知識のやり取りがあるだけだ。

あの、異様とも思える教室での激しい言い争いのあった十日ほど後。

三矢先生は、自宅に学生を十数人ほど招いた。予科本科とりまぜ、同窓会誌「国学院雑誌」の編集を手つだった若者たちへの、年の瀬の慰労会のかっこうである。

先生は、学生の一種の自治活動である「国学院雑誌」の継続にたいへん熱心だった。牛込区南町の先生の家はほぼ、雑誌の編集室になっていた。

勝手知ったる何とやら。優しい奥さまのやわらかい雰囲気をいいことに、先生の留守にも学生たちが上がりこみ、資料の山積みされる一室でにぎやかに編集作業をする。

顔を出してはかえって若者が遠慮すると、練れた奥さまは一々出てこない。若い女中に熱い番茶の大土瓶と山盛りの大福などを運ばせ、あいさつ代わりとなさる。

締め切りが迫り、根をつめた作業がつづくときだけ、豚肉と大根のぶつ切りの煮込みを夜食にと自らふるまわれ、大変でしょう、すこしお休みなさいとねぎらって下さる。

今日はちがう。玄関の式台に冬至梅が活けてある。お国の山形の紅花染めのお召しに帯を胸高にしめた奥さまが、そこで学生たちの一人一人を迎える。奥さまに深くおじぎをし、みな腕にかかえた外套やインバネスを玄関の間の片すみに置く。右手の奥の座敷に通される。

庭に面した座敷のガラス障子は清々しくみがかれ、冬の日射しがよく入る。床の間にはやはり冬至梅、そして福々しい真紅の万両の実と松がみごとに活けこまれる。

先生はご自身で庭に丹精した黄菊のなごりの花をながめ、微笑しておられる。次々に入ってくる若者たちに深くうなずかれる。和服のうえに珍しく、羽織をつけておられる。

今日は学生たちを客分として迎えるという、晴れの日らしい格が羽織に表われる。つねとは異なる先生の家の空気に、若者の心も引きしまり、あらたまる。

むかしの先生はこうやって若者を家に招き、飲食をともにし、ふつうの日と晴れの日のけじめや、大人としての身のふるまいをそれとなく悟らせた。教育のたいせつな根幹である。

氷室と鎌田は最高学年として、「国学院雑誌」編集の中枢をになう。もちろん来ている。

信夫にも、いつものように声をかけていっしょに来ようと思った。しかし待てよ、と氷室は考えた。信夫からは何も言ってこない。もしや――もしや。この間のことで、信夫が年の瀬の会によばれていないこともありうる。

招かれていない信夫に声をかけたら、可哀想だ。といって強引に信夫を連れてゆくのは、三矢先生にさからうことになる。小ざかしい。

鎌田もじつは内心、そんな可能性を案じていた。信夫に悪い。そう思いながらも二人はけっきょく、信夫を誘うことは控えた。じぶんたちも連れ立たず、各々で来た。

ところがおや、信夫はすでに座敷にすわっている。しかもごく自然に先生のとなりに。先生もみなが勢ぞろいするまで、何かしきりに信夫に話しかけている。

先生の家では学生に酒は出さない。透明にかがやくサイダーの瓶が卓上にならぶ。先生がまず泡立つグラスを手に取られ、若者たちにちょっと目礼する。それを機にみなもグラスを押しいただく。

奥さまと女中の手で、湯気の上がるすばらしく大きな鯉のすがた揚げが皿に盛られ、運ばれる。つやつや光る椿の葉のあしらわれるのが美しい。

「むかしね、弘文学院にいた折にそこの生徒から習ったんですな。中国では正月にこれをやるらしい。家内がはじめは鯉にさわるのを恐がったが、何とか形になるようになった。ちょっと美味しいもんです。何より風邪除けにいいらしい。まあ、上がってごらんなさい」

こうした晴れの席では先生は、学生を一人前としてあつかい、丁重な口をきかれる。

すぐに牛肉の大切れに根菜類をあわせた褐色の熱いシチューが、これは大鍋ごと供される。そこは客が若い人だから、各自てんでに取り分ける形だ。それも楽しい。

三矢先生の意外なハイカラ好みが、こんな召し上がり物にもよくうかがわれる。精のつく熱い料理は、若者たちの体を芯から温めた。

座が活気づき、次々に余興が出る。詩吟をうたう者、謡曲をうたう者。それ、伊東よ舞え、と言われて一座のなかで最も年若の予科一年生、十七歳の伊東直馬が立った。

剣はないので、手ぶりで示す。頬を染めてさっそうと進み、また引く伊東のういういしい剣舞に、本科四年生の唐崎逸之介が寂びたよい声で添え歌をうたってやる。いいぞ、御両人と拍手が鳴る。

先生の瞳も、そしてその側の信夫の瞳も、きらきら輝く。武道に通ずる華やかな芸能を愛する傾向は、この師弟に共通する。

気もちが浮き立つ。一座に流れる何ともいえない温かい、こまやかな愛情に泣きたくさえなる。いま、世界中でいちばん善い場所にじぶんはいる――信夫はつくづくそう感じる。

ひとまき芸の披露がおわり、歌会となる。歌を愛する三矢先生は、機会あるごとに若者に歌をつくらせる。今までもっぱら観る側にまわっていた信夫の、ここぞという出番である。

冬の日の暮れるのは早い。四時すぎには物の綾目の見さだめがたい暗さとなった。庭の黄菊も白菊も、もはやおぼろだ。身を切るように風が冷たい。

奥さまとともに先生も、玄関まで学生を見送られた。遠慮して外套を着ない若者に、こんなに寒くては無礼講だ、しっかり身を固めてから外に出なさい、と親めいたことばをかけなさる。

奥さまがにこにこして皆に、紅い紐で口を結んである純白の木綿の巾着袋を渡される。ほんのお年玉代わり、大したものは入ってませんよ、と先生が笑われる。

故郷へ帰る者もいれば、いろいろな事情でひとり東京に居残る者もいる。そんな孤独な若者には、何かあったら家へいらっしゃいよ、遠慮せずにすぐいらっしゃい、と先生はとくに力をこめておっしゃる。大阪には帰らず、卒業論文の構想をつくる腹の信夫も、その一人だ。折口さん、そうなさいませね。宅には主人と子どもしかおりませんから、どうぞね。しげしげ出入りする信夫に、奥さまも優しくささやかれる。

何が入っているのか、興味しんしんで両手をさしだし、福々しい袋を受ける信夫のしぐさが、子どもめいて可愛いらしい。

「さっきの君の歌はおもしろかったなあ。私はいっこう知らんかった。歌にローマ字を入れるのはなかなか乙だ。妙に似あう」

あれは君の新発想？　と先生は熱心に信夫に問われる。

今日の歌会のお題は、先生の庭に咲くなごりの菊にも、先生の雅号にもちなむ「菊園」だった。信夫の詠んだ一首は、表記の斬新で注目をあつめた。

Kik-no-hana, sakari sgitt, hir fkasi, ひつそりとして fuyu たけぬめり

「まるきり僕の工夫やありません。岩野泡鳴が『新体詩の作法』で、和歌は意味が取りにくいんが世界

詩として致命的や、言うてまして。和歌を小さな詩のように数行書きにしたり、点マル入れてますんや。それに土岐哀果がさいきん、歌を世界にわかるようにてローマ字で書くことやり始めてます。そんなん、頭にあって……」

ほう、そう。私は頭が古いな。そうしたこと思いよりもせなんだ。そうだね、ローマ字で和歌を世界の人に読んでもらうといった手があったね。

先生は、信夫の語る近代短歌の最前線のあたらしい動向に、熱心に聞き入りなさる。先生じしんが上質な海綿のようにふくふくと、若い弟子が機敏にとらえるあたらしい時代の知をゆたかに吸っておられる。

そんな師弟のようすを見て、氷室と鎌田はしごく安堵した。とともに自分たちの平凡な常識を、ふたたび信夫につよく揺さぶられるような気がした。

ほんものの師弟とは、固定した上下関係などに落ち着いていない。教え教えられるエネルギーが、たがいの心身に熱くなめらかに行きかうのをよしとするんだな。何とはなしにそう感じた。

三矢先生は亡くなる前年、年とって授かった末の男の子に「敬丸」と名づけた。その子の成長を見とどけられはすまいとの哀しい愛の予感をこめて、末子の名を詠みこむこんなハイカラな一首をつくった。

Kemal pasha おむかしき名と敬丸が　おもひいでなん時もあるかな

（『菊園書簡集』）

古典的な三矢先生の作歌のなかで、ローマ字表記のユニークが目だつ。明らかに、二十世紀の歌の行く手にするどく目をこらす若い弟子、信夫の影響をうける歌である。

第十章　帰　郷

無職、無位。首うなだれての帰郷。

それが何か？　とすらりと恥を流してくれたのは、別れぎわの三矢先生だ。東京を引き払うさいごのあいさつに研究室にうかがった時、先生の背後の窓いっぱいに、中庭のしろい夏椿の花が咲いていた。

男の子がそんなことで一々萎れちゃいけません。私たちの時代はごくふつうだった、卒業してすぐ就職できないなんて。みんな意気軒昂でしたよ。そう易々飼われてたまるか、なんてね。どうせ飼い犬になるなら、飼い主をじっくり値踏みして選んでやる、と豪語する奴も居りましたっけ。

私もやっと役人になったとたん、その椅子からずり落ちた。馬鹿野郎、とののしられた。しかし今はこうやって、念願の源氏物語と紫式部の顕彰に打ちこんでおるわけです。

だから貴方、折口君、と三矢先生は情けをこめておっしゃった。グレちゃあ、いけない。少し苦労を買うつもりで大阪でやってごらんなさい。若い頃にきちんと苦労していない人間は、あとで周りを泣かせる。天下の大迷惑ですよ。

胸はって家にお帰んなさい。あんたの卒業論文はまことに見どころある立派なもんだった。あれが何よりの勲章だ。今はサナギだけど、育てれば蝶になって天を舞う。まことにまことに――、破れかぶれの大物だった。

破れかぶれの、というくだりで三矢先生はカラカラと笑われた。

この五月に国学院大学に提出した信夫の論文はたしかに、世間的には行儀の悪い、だらしないものだった。審査会で、この折口という学生は不まじめだ、もう一年とどめおき、論文を書き直させるべきだとの意見も出た。

不まじめなのではありません、決して。三矢講師はしずかに説いた。彼は熱心なのです、学問に対して純粋なのです。小ぎれいにまとめて、いい点もらおうなんて考えてない。とことん自分の考えを、ことばにすることを突きつめる。形がととのわないのは、全くその情熱ゆえなのです。

信夫がずいぶん前から胸にあたため、自分でも完成を心待ちにしていた卒業論文は、けっきょくは壮大な和歌の歴史つまりは詩語の歴史の、とば口に取りついただけのものとなった。

しかも外形からいえば、それはいとも醜い蛭子《ひるこ》であった。書きながら肘でこするのか、全体に青インクの色がぶざまに滲む。本人の手書きと、他の人間の手書きとの二種があきらかに入り混じる。全九十一枚のさいごの一、二枚の原稿用紙はしわくちゃで、端が破れてさえいるのだった。

これはひどいね、と審査会で或る漢文学科の厳格な教員は憤慨し、うなった。

「目次と本文が一致しない。目次には第二十一章と付録の三章まであるのに、じっさいは第九章「言語と記憶心象との関係」までしかない。つまり途絶しておる」

やあ、本当だ、といま一人、いささか年若の国文学科の教員が彼におもねるようにうなずく。しかも第九章は、「わか竹」なる歌の雑誌に発表した自分の論の切り貼りですよ、けしからんなあ、と追い討ちをかける。

三矢先生は動じなかった。形式の混乱は、さいごのさいごまで取り組んだ力業のあかしなのです。才能の光をうかうかと見過ごすのは我々の恥です。折口信夫は、今まで私が教えた中でもきわだつ、個性的なすぐれた学生です。そう唱えて一歩も退かなかった。

信夫を知っていて、このことばに深くうなずく教員も数人いる。主査の三矢先生がそこまで言われるのなら、と反対派は引きさがった。

三矢先生は何くわぬ顔つきで彼らの好意に一礼し、すばやく信夫の論文に受諾のあかしの「重松」の朱印を押した。

学生の能力を測れん石頭め、と三矢重松は腹の中で怒りをたぎらせていた。うすっぺらい形式主義で若者を支配するのに慣れきった鈍いやつら。

気に食わなければ、追試再試はおおいに課すがいい。しかし落第留年させるということは、学生にある種の傷をつけるということだ。あえてそれをやる時は、こちらも彼とともに傷を背負う腹をくった時だ。

机にしがみついて勉強してきただけの苦労知らずのぼんぼん学者に、これから激動の世紀で長く生きて喰ってゆく若い人の辛苦の、何がわかるか、笑止。

ともかく自分の生徒は救ったぞ。「重松」の印を押した。もう誰にも消せない。先生はほっとしながら、それにつけても折口信夫という人間を、この貼り付けの破れた論文は、みごとに体現しているなあ、と改めて感じ入るのだった。

見かけは醜いが、この論は若い信夫の血が噴き出るように斬新だ。生きたことばが、やはり生きた我々にむけて放つ色や光、音、匂いを完膚なきまでに追いつめる。

相手はことばだ。しかしこれはまるで、ある対象に甘やかに魅せられてきた人間が、改めてその蠱惑の深い謎に迫る、恋の戦いに似る。

注は一切ない。注をつけて自身の考えを客観化するゆとりは、「言語情調論」にはない。生きたことばの変幻する姿態と誘惑を、瞬時も逃さぬように追う、ただならぬ疾走感が動力だ。若々しい荒々しいスケッチである。

ことばと人間の密な関係。記号としてのことばと、そうでないことば。後者が詩語である。信夫はまずそう腑分けする。

「言語情調論」とは、詩語論を内容とする。詩語は詩歌のいのちである。

詩語は、物事を差別区分し、明快に一つの意味を伝えることばとは、全く異なる方向をもつ。詩語とは、感性を入口とする「包括的言語」である。ことばに限界の枠をはめる「差別性」から離陸し、むしろあらゆる意味をおびる。その母性的な包容力で絶対の宇宙をめざす。

信夫は説く。

「包括はすなわち一切の網羅である。絶対にいたらんとする努力である。絶対に達すれば何の洩るるものがあろうぞ」

信夫の言語論は、明らかにある種の哲学論だ。
では具体的には詩語——包括的言語とは、信夫においてどのようなことばを指すか。

「言語情調論」を構想するのと併行し、信夫は同窓の友人・花輪郡蔵の紹介で、彼のかかわる歌誌「わか竹」に二篇の古典和歌論を発表している（その一部を卒業論文に貼り付けた）。

その一篇「古歌新釈」（明治四十三年四月）に、詩語への信夫の考えが鮮明にうかがわれる。いささかこれを見ておこう。

信夫は、玉葉集のなかの定家の歌を例にとる。おそらく信夫が少年時代より愛する一首である。

ながめつゝまたはと思ふ雲の色をたが夕ぐれと君たのむらむ

歌のはじまりの「ながめつゝ」という妙なる語に信夫はつくづく見入り、「ながむという語は、日本語の中でも、最も洗練せられた詩味の豊かな言語である」と述べる。つまり最高の詩語であるととらえる。

この語は「外界の物淋しい景色」と、それを仰いで「よすがなく、悲しい考のみが浮んでくる」者のこころの乱れ模様を暗示する。といってあきらめの心地ばかりでない。悲哀に混じってどこかに、恋しい人をたよる切なさがもやう。

さらに信夫は、もう一つの詩語「雲の色」に注目する。この夕愁の薫る語が、上の句と下の句とをゆるやかにつなぎ、「たゆたう心の有様」をあえかに伝える微妙な働きに言及する。

おさない日からながらく、この名歌に心ゆさぶられてきた信夫の感動のにじむ、うつくしい解釈である。必ずしも理路をたどるわけではなく、詩語と詩語が惹かれあって絡みつく、蜘蛛の糸のような繊細なことばの連鎖の妙が、私たちにもはっきり視える。

これこそ、「言語情調論」にてあらゆる角度から思考される、詩語の一つの本体である。このきらめく細い詩語の糸を手にかけ、信夫は壮大な世界を想う。それは、重なり結びつき溶けあい、意味さえ消えて音と響き、光と輝くことばの「絶対」の世界である。

やはり「言語情調論」にも、大学時代に強烈な刺激をうけた岩野泡鳴の、生命流動思想の影が大きく射すようだ。全体をつらぬき繰り返し、「包括」「融合」「生命の動的方向」へのつよい志向が見てとれる。

驚くべきは論の手法さえ、このテーマに共振することだ。論を進める信夫自身が、区分と固定を拒否して書く。たとえばその特色の一端は、論中にゆたかに引かれる事例の多彩と奔放に表われる。

もちろん多くの古典和歌が引かれる。しかしそれだけではない。神仏の託宣歌、謡曲浄瑠璃、俳諧、記紀の歌、万葉集、白秋や与謝野鉄幹・晶子らの近代短歌、端唄清元、川柳、西鶴と近松の小説、源氏物語、新撰万葉集……。

引くにさいし信夫は、時代もジャンルもあっけらかんと飛び越える。

江戸の国学者歌人・加納諸平の歌について述べたあと、平気で自分の友だちの素人歌について説く。名前と人格の密な関わりを分析するくだりでは、源氏物語の鼻の紅い姫君のあだ名・末摘花や、猿と呼ばれた秀吉を例に挙げたあと、おもむろに「わが中学校時代に斎藤了一という人」がいて、などと語りだす。

了一のあだ名は rabbit つまりウサギ。彼は好色だったから、繁殖力さかんなウサギとからかわれていた。しかしこのあだ名はあんがい深い。r は ra と ryou の「音覚情調」にも通じる、「包括量」のゆたかなあだ名であって、などと解く。

かと思えば、やはり少年時代に整骨院に治療に行ったとき、隣の患者が痛さのあまり叫んだことばを「反射言語」の例にしたりする。

下世話すぎる、当てずっぽうだ、論に計画性がない、何より品位がないと、審査会でもこのあたりは大いに批判の声が上がった箇所である。

しかし三矢先生はむしろ秘かに、これは古典で、これは大阪のしがない暮らしの語と、ことばに上下をつけない信夫の発想の自由に仰天した。

この若者の思考においては、古典と現代の暮らしのことばが、同じ平面上に対等に位置している。これは凄い。

たしかに規格外、枠がずっこけている。それは一つには論者が、今の自分の力ではとうてい及ばない、壮大で哲学的な命題にあえて挑んでいるからだ。

論の随所で信夫は、世間に流通する常識の転覆をおこなっているではないか。

「曖昧無意味」に、じつはゆたかな意味があること。これまでの国語学の概念にない、意味ではなく「情調」の「発射」をめざす言語が厳として存在すること。「複雑な内界を有する人間」は、無数に変幻する「言語情調」の波を浴びて、日々生きていること。

「再生感情」「遺伝習慣予約」「有機感覚」「耳の内部の基礎膜の局所徴験」などの全くこなれぬ、西洋の生物学だか心理学だかのキーワードまで必死で引っぱり出しつつ、この青年はことばが人類のこころの歴史にどう喰いこんできたか、行く人すくない分野を孤独にたどる。

日々進行している事実なのに、皆が鈍感に気づかない、あるいは煩わしいから気づこうとしないで目をふさぐ、ことばと心身の密な関係。あえてその秘儀を解こうとする。

まだ全く混沌としたこころみで、自分でも焦れて論の中で、「事実を事実として〈真〉を研究せしめよ」などと叫んでいる。虚空にむかって両手を振りまわすドン・キホーテのようだ。

しかし大志は賞すべし。破調をおそれぬ混沌と煩悶も、おおいに賞すべし。

三矢先生は微笑して、論文のさいごの破れのある原稿用紙のすみに、「論じ終わりてなお頗る空空漠漠たり」との評言を書いた。柄が大きく、末広がりの「言語情調論」とその著者への花むけのつもりである。

暑いさかりのこととて、涼しいあっさりしたものがよかろうと、東京に残る友人たちがこころを尽くし、麻布の更科そば、新橋の壺屋のアイスクリーム、少しおごって銀座の凮月堂などで小さな会をひらき、見送ってくれた。久しぶりに帰ってみれば大阪は、東京よりひどく暑い。空気が重い。べた暑い。川を渡る風さえ熱をはらむ。

なつかしい家の薬くさい匂い。親にそむいて都で遊び尽くした末に落ちぶれ、しおしおと家郷の門をくぐる聖書の放蕩息子のエピソードに我が身を重ねていたけれど、のぶさんお帰り、と迎えてくれる母や叔母の表情は案外、さばさばとしていた。

古い家のたたずまいは変わらないけれど、その中身はずいぶん変わった。父が急逝し、女たちの手でささえていた折口医院の看板は何とかつつがなく、医学校を終えた長兄・静に渡された。

長兄の新婚の妻が、いまは帳場を守る。薬の調合は兄が主となり、彼女が手つだう。どこで学んだという資格もないのに、医業に気の向かない夫の代わりに和漢方の調合をになってきた母は、誰かにとがめられないかと長年とがらせてきた神経の疲れから解放され、ほうっとした顔つきで家の奥に引っこんでいる。

三兄の進はかねて約束していたとおり、親戚の古子家の婿養子にすわり、家を出た。豪放といえば豪放、わがまま勝手な人だから、ゆたかな古子家の当主として好きにふるまっているようだ。

ゆう叔母は、自身の秘かな実子である双生児、信夫の弟にあたる親夫と和夫がまだ中学生なので、その世話に忙しい。

えい叔母は――静を助け、本格的に助産のしごとを始めた。静は患者と世間話するのが好きな愛想のいい如才ない先生ではあるが、肝心の医療の腕はそう切れる方ではない。

何や、今日は診てもらったんかしらん、先生とえろう楽しうおしゃべりしてしもうただけやわ、と折口医院を出て狐につままれたように、ぽかんと嘆息づくおばはんもいる。

いま、折口医院の看板を実質的に立てるのは、機転がきき親切で、技術もすぐれたえい叔母である。むかし東京で一番の女医学校に受かりはった、という噂も威力がある。

お産だけではない。女の血の道、月のものの不順、肩こり頭痛腰痛しつこい冷えなど、大病ではないけれど言うに言われぬ不調になやむ市場町の女性や少女が、おなご先生なら恥ずかしない、と折口医院のえいをたよってくる。

えいは、たよられるのに弱い。何とかしなければ、と懇切に手を尽くす。多くの女性にたよられ甘えられ、前からゆたかだった情愛がえいの身体の内側からこんこんと湧き、表情や身のこなしの隅々まで輝くのが、久しぶりに叔母に会う信夫にはひときわ強く感じられた。

純白の割烹着が、えいによく似あう。清潔で凜とした尼さんのようでもある。えいの生活には、これまでにない弾みがついている。一方でそれに夢中になりきらない聡明なこの人は、しきりに若いあるじになった静夫婦に気をつかう。

「のぶさんなあ、帰ってくれてほっとした。あたしは機会みてこの家出て、一人で暮らしてみよかなあ、と思ってますの」

患者がふと絶えた昼下がりなど、割烹着を脱いだ叔母が二階の信夫の部屋へやって来て、秘密を打ち明けるようにつぶやくこともある。

「せやかてお産のしごと、どないするの」

「ここへ通ってくればええし。折口の家が貸してる小家がありますやろ、一つ二つは空いてるはずや。そこ貸してもらお思います」

膝の上に畳んだ割烹着をついまた畳みながら、えい叔母はほのかに夢みる顔つきになる。

きものなんかはこのまま家に置かせてもろて、当座の身の回りのもんだけ、ちょっとなあ。あまり変わることないから、お母さんや姉さん仰天させること、ないと思う。そしたらのぶさん、昼間はそこ、書斎代わりにつかえばええやないの。本ならあたしも読むから、ぎょうさん置いてもかまわんわ。

叔母はもう、一人暮らしの小さな家の内部まで思い浮かべているらしい。

ああ、親や姉妹への愛情のとりわけ濃いこの人にもやはり、古い家がしみじみ重く感じられる年月があったのだな、と信夫は思う。ぱらりと一人になり、好きにしごととして本読んで好きなもの食べて、身軽に生きてみたい夢があったのだな、と察する。

「そんでもなあ、のぶさん。こう姉さん、この頃しんどそうで、あんたがかえってからは遠慮してはるけど、月に一度くらい頭重いいうて寝こんでしまうこともあるんや。静兄さん診てはるけど、一ぺん大きな病院行った方がええと思う。兄さん疑うんやないで。大きな病院は検査の器械が土台ちがうよって」

姉さん元気ないと、あたしも別暮らしなんかできひん、とえい叔母は最後は冗談にまぎらわしていたが、気忙しい店番から解放され、ながらくの辛苦がどっと出ているらしい姉の身を、深刻に案ずるのが伝わった。

やっと暑さのすこし衰えた九月、なかなか言うことを聞かない出不精の母を家族全員で叱るように説き、知己の紹介で京都大学病院に連れていった。信夫が同行した。

遠慮がちに不眠や頭痛、背中の痛みを報告するこうに、髭を生やした医師は柔らかくうなずき、一応写真を撮りましょうと、傍らの看護婦に指図した。

写真の結果はあまりよくなかった。内臓に濃い影が映った。至急入院の運びとなった。これも、家で徒然と暮らす信夫が付き添った。

無位無職の帰郷にも、こうした神の配剤があったのだと合点し、信夫はまめに看護した。月に二度ほど、えい叔母とゆう叔母が交代で来る。間に合わないときは、信夫が母の肌着なども洗濯した。そこは医者の家の子どもなので、薬の管理にも気がきき、母の手の股や二の腕などをアルコール綿で消毒する手つきも堂に入ったものである。

のぶさんは優しいこまやかな人やなあ、あんたのお嫁さんは幸せや、と母は初めて息子の隠れた人柄を発見して驚いた。

ぶきようと思いこんでいたが、こうした方面の世話は存外うまい、と実は自身でも驚きながら、ふん、これくらいやらんかったら東京で一人暮らしなんぞようできんわ、と母の前では澄ました顔でいた。母と子が二人きりで静かに日々を過ごすなど初めてである。一つ屋根の下で生きながら、互いに互いをあまり知らない。これも家族というものなのだ。

大学病院は京都の郊外、琵琶湖疎水をゆたかに引く東山のふもと、蹴上の地にある。いったいは南禅寺を中心とし、疎水をつかった池や滝、小川を庭に配する名邸がつらなる。閑雅な高級別荘地である。病室の窓からも花と緑が見える。

騒がしいうちらとは、えろう違うなあ。静かできれいで、なんや芝居の書割りの中に居るような。お山の姿がまた、何ともまろやかでええな。胸がせいせいする。気分のいいとき、母のこうはうっとりと窓の景色をながめている。

家つき娘やの、医者の女房やのの重しが取れて、童女のようにむじゃきに京都の優美な空気を楽しむ母は、小さな頃のことや今まで観た芝居のことを、とりとめなく息子にしゃべりたがった。

はでな華やかな美しいものにこころ惹かれる点では、まさに二人はおなじ血を分け合う親子だった。このときに信夫はずいぶん沢山、母の思い出話を聞いた。芝居や物語、伝説について話しあった。これから行きたい旅もいっしょに夢みた。その母のしきりなる思い出話――。

むかしの奉公人の中には「万代八幡宮」の氏子がおって、どんなことがあってもきっと必ず正月には実家に帰る。何やら、八幡さまの精進が厳しくて、おせちも口にできないし様々の禁忌があるので、とうてい実家以外では新年を迎えられないのだという。

折口の家のねえやにも八幡さまの氏子がおった。あたしは秘密が知りたくて知りたくて、ねえやにお正月は何するのと聞くのだけれど、他のことでは幼いこうにいたく甘かったねえやが、その質問には表情を岩のように固くし、ついに一言も洩らそうとしなかった。

むかしはそんな風に、住む家や場所によって色々けったいなことがあって、とこうは目を細めてさらに思い出す。

あんたは覚えてるかしらん、「ぼうた婚」いうのもあったな。好きな女の子をな、いきなり男が友だちと語らって家からさらって駕籠に乗せてな、木津の村中を「ぼうた、ぼうた」て大声で叫んで廻るんや。そいで男の家にかつぎ込んだら、もう女の子はその家のお嫁さんや。人さらいと、ちがうで。これは好きあったどうしの結婚なんや。お金かからん始末のいい婚礼や。その代わり「ぼうた」で一緒になった夫婦は、ずっと軽く見下される。

妖しい美しい遊廓の伝説も聞いた。母は固い家の女だが、場所柄、遊廓の匂いを濃くかいで育った。夫が遊び人だったので、くすりやに芸者や遊女が来ることも少なくなかった。そんな華やかな世界に生きる人とも無縁でないことを、何となく誇る風も市場町にはある。

芝居の「五大力恋緘《ごだいりきこいのふうじめ》」で、鬼灯を鳴らして縁先で遊んでた遊女の菊野が、いきなり斬り殺されるやろ、あれ、ほんまの事件や。曽根崎新地のあんたも知ってるあの茶屋な、あの縁先で菊野は殺されたよって、今でも夏になるとあすこには気びわるいほど、真っ赤な鬼灯がにょきにょき生える。

母がおかっぱさん頭のおさない少女だった頃。江戸の終わりの木津村の、まだ工場も建たず灯の光もとぼしくて、川波が冴えた響きを立てて多くの舟を運んでいた、暗い影絵のような風景。そこには古代がさりげなく、あちこちの土中から顔を突き出している。

曽祖母や祖母、知人から聞いた話も含めて、このときの母の思い出話を信夫は、柳田國男の主宰する民俗誌「郷土研究」に、後の大正三（一九一四）年に初めて投稿した論考「三郷巷談」に、ゆたかに活かした。

母の看護に当たるうちに明治四十三年は暮れた。有意義なつれづれ、とも言うべき日々だった。白い繭に母子で籠もるように、世間のざわめきから遠ざかっていた。

しかし日本の近代史の上で、それはひどく事多い年だった。

信夫がまだ東京にいた初夏五月、天皇に狙いをさだめた爆破計画の主犯捜査にはじまり、大逆事件の検挙が起きた。八月までに各地で次々と関係者が逮捕された。

七月に日露協約調印。八月に韓国併合の条約調印。十二月には大審院が大逆事件の第一回公判開廷をおこない、その異常な閉鎖性が知識人の大きな反感をかもした。

その反感を押し切って以降、社会主義者をはじめとする反体制の思想家への弾圧が烈しくなる。天皇と国民のあいだに軍部が強大な力をもち、立ちはだかる。天皇は、文化と信仰の王であるよりまず、軍隊の王として位置づけられる。

明治の代の末にいたり、戦争と侵略の二十世紀が大きく口を開け、列島を呑みこんでゆくのである。それに対して呑みこまれまい、と果敢に抵抗することばも生まれた。

たとえば大日本帝国幻想を批判し、足下を見よ、日本は平地つづきの欧米とは異なり、何百もの島々そして山々より成る国。この国土の現実から目をそらし、軽率に欧米にならうな、と鋭い警告を発する柳田國男の民俗学の胎動のことばが、太く黒々と掲げられる。

明治四十三（一九一〇）年六月、柳田國男の『遠野物語』が刊行された。自費出版。限定三百五十部。そのほとんどを柳田は、親友の田山花袋や島崎藤村、泉鏡花、少年の日より敬愛する森鷗外などに献呈したので、当時は市場に出回らなかった。

信夫が読んだのはいささか後であろう。しかし前掲の文学者たちの書評をとおし、『遠野物語』には早く、深い関心をいだいていたはずである。

詩歌の世界では、終刊した「明星」のある意味での復活ともいうべき「スバル」にて活躍する新星、石川啄木の第一歌集『一握の砂』が、四十三年十二月に出た。

これはすぐ買った。啄木と信夫はおなじ二月生まれの、たった一歳ちがい。啄木が上である。ひとしく中学生のときに、鉄幹の掲げる「新詩社」の情熱の火焰に胸を灼かれた。内気な信夫とはちがい、啄木の方はつよい実行力で中学の親友の金田一京助とともに「新詩社」の社友となり、「明星」の誌面にデビューした。

ついで啄木は上京し、鉄幹と晶子に直接の教えを乞うた。二人の天才に、その早熟の才華を愛された。秘かに晶子ばりの恋歌を作り、東京の新詩社をかなたの星のようにあこがれていた信夫はある時期、啄木を自身のもう一つの理想の分身のように鋭く意識していたはずだ。

何しろ信夫がまだ学生でいるあいだに、啄木は転々と境遇を変え、広い世間を渡りあるいた。疾駆して生きた。明治三十八年、十九歳で第一詩集『あこがれ』を出した。ほぼ同時に恋愛結婚した。雑誌を主宰し、小学校の教員となり、小説に手を染め、地方紙の新聞記者や朝日新聞の校正係をつとめた。しだいに浪漫や情熱ではなく、格差社会でもがき働き、報われること少ない若い生活者の今のリアルを歌にした。歌を夢や美でなく、社会に接岸する。そのことにより、「内部から滅亡する」（啄木の歌論「一利己主義者と友人との対話」明治四十三年十一月）歌のいのちを広げようとした。

鉄幹の「明星」が先鞭をつけた、歌のことばを若い世代にバトンタッチする革命は、啄木においてこうした形で爆発する。

二十四歳の啄木の初めての歌集『一握の砂』は、はじめ老舗の春陽堂に出版を断られ、十九歳の西村陽吉の経営する東雲堂《しののめどう》書店がこれを引き受けた。陽吉じしんも、作歌に志を燃やす文学青年だった。

このあたりの事情は、かつて無名の若い薄田泣菫の初の詩集を出版し、泣菫をデビューさせた二十歳の店主をいただく、大阪の金尾文淵堂の活躍をほうふつとさせる。

歌と詩が明治の若い世代に、自分たちが新しく創ることばとして愛され、重んじられていた証しでもある。

若い詩人に若い出版主。この若い情熱の塊『一握の砂』を、二十三歳の信夫はひしと胸にいだいた。

啄木がこころざすのは、もはや天上的な雄々しい情熱ではない。そこに驚いた。

地に突き当たり、地に砕け、さりとてどうしようもなく再び立ち上がって生きる日々、その現実。平凡な生に散らばるささやかな「なみだ」や「心戯け」「あくび」「さびしさ」。それらを啄木は、新しい生活の詩としてひろい上げる。しかも一首を三行書きにするという、短詩を想わせるユニークな表記をこころみた。

無位無職の空白を生きる信夫のこころに、多くの歌がまっすぐ染みた。もがいたけれど、大したこともできない自分。青い理想を失い、糸の切れた凧のように漂うすがた。おそらくそのまま死ぬ自分。生の哀しみが突き刺さる。

今までの歌が高らかにうたった若く雄々しい〈我〉とは、全く別の〈我〉がここに生まれて立ち上がる。天の星にあこがれ、夢の虹に酔って魂の高く舞った浪漫主義の次なる展開の、二十世紀をになう世代の新しいことばの芽が、ここに勢いよく萌える。

信夫はくり返し『一握の砂』のページをめくり、例によって自身の批評のよすがとなる丸や二重丸、点や三角のしるしを青インクで書きこんだ。

次の歌などには、とりわけ力づよく◎を書いた。いわば綿アメのような歌である。意味というほどの意味もない。しかしそれだけにかえって、救いようのない日常の憂愁が匂う。これは私の歌でもある。

高山のいただきに登り

なにがなしに帽子をふりて
下り来しかな

第十一章　大阪ダイナマイト

こういう人に出会ってしまう。そして意気投合する。偶然ではない。折口信夫の性《さが》である。信夫の内部の燃える魂のダイナマイトがそうさせるのだ。

「僕は大阪の水がむしょうに合いますな。東京は気どって完成形の顔して、だめだ。大阪はその点、古い都市ながら野性の生命力がたくましい。言論の新天地はここにある」

話すのに熱心になると、膝ががくがく鳴るほどの貧乏ゆすりをする。この人の癖だ。ちっともじっとしていない。話しつつ、珈琲碗に何杯も砂糖をぶち込む。相手の茶碗にも、無意識にさじに大盛りの砂糖を入れようとする。甘いものが苦手な人間は、大あわてで茶碗に手でふたをする。

いいなあ、大阪はザックバランでいいなあ。舌をまわしながらも時々からだを伸ばし、さも気もちよさそうに人々のざわめきに蒸れる暖かいカッフェーの中を見わたす。

ここは道頓堀でもっともハイカラなカッフェー、パウリスタである。東京につづいて開店した。大阪の知識人や芸能人がこのんで使う新名所となっている。

「絵になるね。濃い油絵具を塗って、このカッフェーを描いてみたいね。骨太な人間の生のエネルギーを、緋色や黄色でこってり表わすんだ」

「また、ガイコツ流の大阪礼賛が始まりましたな。大阪って、そういいところばかりでもないんだがな。学校の体制なんざ、まだ実に保守的ですぜ」

脇から、中学教師で小説も書く石丸梧平が苦笑いして茶々を入れる。やはり元中学教師で、いまは外骨の右腕として新聞づくりに駆けまわる大林邦夫も、深くうなずく。

「むろん、我が輩のは、よそもののエキゾチシズムが入ってる。しかし他国から来た人間のエキゾチシズムがまた、その土地を活性化してゆくんでね」

それに君、とガイコツと呼ばれた中年の男は、となりの石丸の肩のあたりに頭をすばやく寄せ、ささやいた。

「東京がだめだと言うのは、官憲の圧力が厳しいという意味もあってね。例の大逆事件以来、東京の新聞や雑誌はすっかり萎縮しちまって、玉ぬきの体だ。そこへゆくと大阪は言論界がまだ若いだけに、取り締まりがおおらかだ。我が輩はつまりここに目をつけたのさ」

石丸もにわかに目の色を鋭くし、同意する。

「大阪人はむかしから口が悪いですからな。東京人が聞けば顔を青くする天下国家の悪口だって、面白い口なら、やんやの喝采をおくりますよ」

そこそこ、そこなんだ、僕が大阪を好きなのは。悪口やからかい、突っこみやボケに拍手をおくる文化がある。ガイコツは喜色満面で腕を組み、一息ついた。

ガイコツと呼ばれるこの男。当年とって四十四歳。信夫のちょうど二十歳年長。明治の代を思いきり引っかきまわす嵐の目ともいうべき言論人、宮武外骨である。

本名は宮武亀四郎。亀四郎なんて古くさい、自分の名は自分でつけるもんだと、十八歳のときにこの名を捨て、みずから外骨を本名とした。

世間が目をむく「外骨」の名には、この人らしい毒あるユーモアがぶち込められている。しょせん人間はいばっていても最後は骨。骨は平等のシンボルだ。とともに骨のためにごたいそうに墓を築き、日本人を家父長制にしばりつける社会の陰謀も、笑い飛ばす。

俺の骨はだから、墓など断固無用。俺が死んだら、家の外のどこへでも放り出して棄ててくれ、との宣言もこの名には響く。

とともに骨ばったこの人の体つきを知る者は、どうしてもこの名から骸骨の標本を思い出してしまう。

讃岐人である。早く東京に出た。二十歳で「屁茶無茶新聞」を創刊し、言論人として立った。ジャーナリズムの骨は、社会権力への批判にあるとこころえる。それをつらぬき、何度も発売禁止を喰らった。投獄された経験さえある。明治二十二（一八八九）年、二十三歳のときである。大日本帝国憲法が発布された。すぐにその〈大日本〉の虚栄と虚偽に嚙みついた。

自前の「頓智協会雑誌」にて、憲法を発布する天皇を、風にカラカラ鳴る虚しい骸骨のイメージにかさねて諷刺した。不敬罪で獄に投じられた。

しかし、めげない。出獄後もぞくぞくと雑誌・新聞をつくった。すべて人手と金のかからない小体《こてい》なものばかり。投獄の経験で、逃げの手も学んだ。じぶん一個の信念で店をひらき、形勢あやうしと見ればサッとたたんで姿をくらます。そういう軽やかなスタイルで、言論の自由を守ってきた。

社会批判、権力批判というと、悲壮なことば、他者への弾劾のことばの集結になりやすい。しかし外骨の特色は、骨太の批判とユーモアを合体させたところにある。だから世の人に愛される。読んで面白い批判。笑える批判。お縄ちょうだいを時にするりとまぬがれる、命綱の役目も果たす。

その時代のダイナマイトともいうべき外骨が、大阪へ来た。雑誌の経営が破綻して借金を負い、台湾へ脱出したあと、再起をはかって大阪に流れついた。十年ほど前のことである。

笑いと下ネタで世相を諷刺する「滑稽新聞」を創刊し、これが笑いの伝統ある大阪で、すこぶる受けた。外骨は息を吹き返した。以来、大阪に活動の拠点をおく。

「滑稽新聞」が創刊された明治三十四年一月、信夫は十三歳の中学生。土井晩翠の詩集『天地有情』や島崎藤村『若菜集』、薄田泣菫『暮笛集』を愛読し、浪漫詩に酔い痴れていた。

わざと「明星」のリーダー・鉄幹の色欲をあげつらったり、ことさらに「手淫」「野合」などの話題を載せて識者の顔をしかめさせる「滑稽新聞」のウイットは、年少の信夫にはまだ理解できなかった。

劣悪な条件で締結された日露講和に国民が怒ったとき、「此の際志士の起つありて、二三の軟弱者を暗殺すれば、其結果として屈辱条件は破棄に終る」と市民にテロをそそのかし、もって日本国民の好戦と逆上への皮肉とする「滑稽新聞」の冗談にみちた反戦思想は、これも信夫少年には解らなかった。何やら恐ろしい不逞の言説と思われた。

ところが人間は変容するもの、そして縁は異なもの。巡りめぐって、天王寺中学校と目下つとめる今宮中学校とのかかわりで、今、目の前に信夫は外骨と向き合っている。

そして二十四歳の信夫は熱く共感し、深く理解する。江戸の戯作に習いおぼえた自虐のレトリックを鮮やかに使いこなし、笑ったりふざけたりしながら、誰よりも誠実に強烈に社会革命をつらぬく外骨に。すわ人間の自由と平等の権利を侵すものあれば、「迫害を畏るるは偽物なり」「新聞記者なる者は自己の肉体以外は何物をも有せざる」覚悟をいだくべし、と高らかに宣言し、筆一本もって社会権力に突貫し、斬りこんでゆく外骨にあこがれる。

「いまが好機、好機。大暴れできるときに大暴れしますよ。ここは何といっても、天下の大大阪だ」

外骨はハハ、と笑い、通りかかった女給を呼びとめ、珈琲のお代わりを注文する。彼の流儀で、そうしたときのもの言いは、お願いね、と平たく明るい。頬に濃く紅を刷いた若い娘も、外骨につられて明るく笑った。

ところで折口君折口君、と外骨は向かいの席でおとなしく座っていた信夫の方に身を乗り出す。

「君の万葉集の話、めっぽう面白い。万葉集はわが国最高の最古の文学だ、と読みもせずに皆がむやみに崇めたてまつるけれど、万葉集の歌の少なからずが文学ではない、呪い歌だ、つまり非文学だという説ね。例の紀州は白浜のクマグス先生も、感じ入ってた」

クマグス、とは紀伊半島の白浜に住まう自然学者であり哲学者である、南方熊楠のことである。世間の人の隠したがる性交だの糞尿だの、人間の原始の秘部をことさら研究し、取り澄ました顔をする社会常識を笑い飛ばす批評精神において、さいきん外骨とひどく気が合っている。

一昨年、明治四十三年に外骨がつくった近代初の浮世絵研究雑誌「此花」にも、熊楠はさかんにユニークな性愛文化の歴史研究の論考を寄せている。

「アララギの歌人なんかが写実写生のお手本だ、いうて万葉集を世間に広めること、それは有難い、いいことや思うんですけど」と急に話を自分に振られ、きものの胸の辺りをもぞもぞ撫でながら、信夫はつぶやく。

「はじめから和歌は文学や、それ当たり前や、いう思い込みで古い歌を鑑賞する姿勢、僕はある種の怠け者やと思います。自分の頭にはまってるモノサシ外して、こっちから古代人に近づかんと。モノサシ外すと、これどうしたって文学つくろ思ってつくった歌やないやろ、いう歌、仰山あります。身を守る呪文みたような歌や、宴会で即興につくった遊び歌、あいさつ代わりの歌が万葉集の中にぶ厚い層をなしてる。これ、文学でない文学、つまり〈非文学〉と僕はこっそり呼んでますね。文学よりか非文学の方が、古代人にとって身にしみて、大切な必要なことばだったのと違いますか」

「納得できる。学者先生の、はなから万葉集は古代を体現する雄大で素朴な真情をうたう文学だ、と決めてかかる凡百の説より、折口君の非文学説の方が冷静かつ合理的で、よく吞みこめる」

考えてみればごく当然さね、と興奮して外骨は二杯目の珈琲を一気に飲み干した。古代人のことばへの感覚や考えが、今のわれわれと等しいなんて方がありえない。古代人にとって、歌はまず文学ではないんだな。いやあ愉快愉快。

「古代研究とはそんな風に、近現代の概念に無意識に固定されてるわれわれの頭をゆさぶり、爆破してくれるものじゃなきゃ意味ないね。とくにここは古代のお膝もとだ。古墳が町のそこここにあるじゃないか。東京の書物漬けの、干からびた研究と一線を画す、いきいきした古代研究が生み出されるべきだ。こんど新しい新聞をつくろうと画策しているんだが、気鋭の折口君にぜひ、文芸欄で活躍していただきたい」

外骨の期待の晴れがましさに、信夫はうつむいた。信夫の癖で、こうした時はつつましい乙女の風情になる。

天王寺中学校の先輩で、やはり信夫の才をかって最近よく世話をみてくれる大林邦夫が、すかさず口を添える。

「外骨さん、この人の古代研究は本物ですぜ。何せ、おじいさんが万葉集の舞台の真中、飛鳥の里でも古式を誇る飛鳥坐神社の出身ですから」

「あ、そうなの。しかし解るな、解る。折口君の目つきは尋常じゃないもの。古い神人の血が入ってるんだなあ」

そういうても直系やありません、祖父は飛鳥の縁つながりの農家から神社の養子に入ったんで、とぼそぼそ言う信夫の説明をもう、外骨は聞いていない。この人は、興味のあることしか耳に入れないし、しゃべりたいことしか口に出さない。

「飛鳥坐神社は僕、好きですな。いかめしく整備されてる石上神宮やら春日大社よりよほど、古い時代の空気が感じられる。ほら、境内に入ると大小の岩があちこちに突き立っているでしょ。あれは折口君、陽物信仰とみていいの」

前にも述べたとおり外骨という批評家は、猥雑な民間信仰はじめ古俗が、好きで好きでたまらないのである。

明治政府が西洋人の目に触れるのを恐れて必死で破壊し隠した、列島中の男根信仰やイレギュラーな性愛の風俗。それを探究し、日の目に曝すことをジャーナリストの一つの使命とこころえる。それにより、近代の偽善と欺瞞を撃つ。

「そうです。いちおう事代主《ことしろぬし》を祀る、いうことになってますけど飛鳥坐神社は何の神が主神か、もう知れんほど古くて。祭りも、素朴なおかめとひょっとこのまぐわいの芸能が中心ですねん」

境内にちらばる立岩、ぜんぶ男のちんぼの象徴ですやろ、と信夫はさらりと答える。

いいねえ、天皇の巡行の記念碑だの、お手植えの松だの並べ立てる神社より、よっぽど本格だ、正統だよと外骨は喜ぶ。

陽物信仰なんかは僕らの子ども時代、あたりまえのことで騒ぎもしませんかった。うちの近くの今戎神社では、正月十日の商売繁盛の祭りに、ちんぼに金箔つけたもん、縁起物として売りますね。それ、子どもがじゃらじゃら持ちあるくんですから、僕のお里も知れたもんですわ、とこれまた平然と信夫はつけ加える。

ちなみにこうした信夫の素地は、井原西鶴や近松門左衛門など、大阪の近世文学を理解するのに、後年いたく役に立った。

信夫は郷土が生んだ、いろごのみの文学を深く愛した。大学でも堂々と講義した。大阪の洒落本『月花余情』を授業であつかったとき、信夫は自分ならでは解る郷土の遊廓の風俗について、こう註している（昭和二十六年度の講義ノートより）。

客のことばのうちの神棚に祀ってある神が少し変わった神だということがわかる。男の生殖器を作って金箔をつけたものを祀っていたのだろう。今宮の十日戎にも売られる。それを買ってきて祀っている。

花街や神社に残留する、人間のいのちの源として性器をあがめる原始信仰について、外骨の熾烈な関心にこたえ、しゃあしゃあと述べる信夫のさばけた口調を耳にしながら、大林邦夫はへええ、と思っていた。

(折口は変わったなあ、一皮むけた)

天王寺中学校にいたときの後輩の信夫は、こんなさばけた感じとはほど遠かった。白く削げた頬が哀れな春の花のようで、いつも思いつめた瞳をしていた。人が性について触れるのを嫌がった。軟派の輪の中で、年頃の少年らしい好奇にみちた性談が湧くと、すっとその場を離れた。

それが今ではこうだ。性愛の風俗について探究するのも辞さない。花街の生まれではないけれど、そうした遊び場と密にかかわる市場町に育ったことを、少年の日のように烈しくいとう風もさらさらない。東京で何かあったのかな、それとも少年たちと毎日接する教師のしごとが、折口を少しずつ変えているのかな。大林はそう想像した。

店の中央の柱時計が四時半を打つ。おっといけない、失礼するかな。大林君、もう一ふんばり次の新聞のこと、やっつけちまおう。外骨がそそくさと店を飛び出す。気ぜわしいなあ、と文句を言いつつ、大林もしかたなく後につづく。信夫と石丸梧平が残された。

外骨とはまさに、つむじ風だね、と石丸が言うと、つむじ風よりかもっと強烈や、僕はあの人のこと昔からダイナマイトだと思ってましてん、と信夫が応じる。

「ダイナマイト！　そりゃまた、どうして」

「天中のとき、伊庭が『滑稽新聞』もってきて、クラスに回覧してましてん。そんなら直ぐ先生に見つかって、誰や、こんな社会の爆弾もって来たんわって大騒ぎですわ。検挙はじまって、皆ぜったい口割らんぞ、いう覚悟しとったんですけど、伊庭がそれ僕です、て進み出て、逆に先生に詰め寄ったんです。それ大人が喜ぶ春本とちがいます、天下の大阪の町の書店で売ってる新聞、僕ら読んで何が悪いか教えてください、言うて動かなかったもんやから、伊庭の気迫に負けて、あれ体育の輪島センやったかな、こそこそ教室退却してゆきましてん」

伊庭孝か、らしいらしい、奴さんらしい、と石丸は膝をたたいて笑いくずれる。

石丸は天中の出身ではないが、伊庭想太郎の遺児で、とんでもなくやんちゃな孝のことは中学時代からうわさに聞いて知っている。それに最近は、新劇俳優としての伊庭の活躍も耳に入る。

「以来、天中では『滑稽新聞』を危険物や、ダイナマイトや、いうて呼んでましてん。かえって面白がって、愛読者になった連中もいたよって、伊庭は陰ながら外骨さんに貢献したわけです」

伊庭と外骨、そういえば似てるとこあるな。上からのしかかる者にあくまで嚙みつく意地なんか、そっくりだ。伊庭も演劇に行かなかったら、投獄くらい何度もされてたかもしれん、と石丸は笑いすぎて目尻ににじんだ涙を手の甲でぬぐった。

二人もパウリスタを出た。その前に信夫は女給に言って、名物のドーナツを十五個あまり包ませた。あたたかい紙包みを抱いて、行きから人の多い夕方の道頓堀をあるく。

石丸は木枯らしに向かって、あごを突き出し、ずんずん行く。来る人波をかわすのが巧い。

「外骨さんな、今度つくる新聞に岩野泡鳴を引き入れたいらしい」

すこし遅れてあるく信夫をふり返り、大切なことを言い忘れたという風に風の中で叫ぶ。ええっと信夫は息をのんだ。

「泡鳴も東京反逆派だからな。東京の思想界は固定し、枯れた。もう生命力がないいう、例の生々流転盲動説や」

泡鳴も淡路生まれの関西人やから、西に新思想の気流を起こそうて外骨さんから誘いがあれば、渡りに船とおおいに吠えるやろ、と石丸は楽しそうだ。

「外骨いう人は、ほんに大阪ダイナマイトやな」

大阪ダイナマイト――。信夫も胸につぶやいた。

現代文学や思想の不毛の地として、作家や本屋はどんどん大阪を脱出し、東京に移る。

信夫の大好きだった金尾文淵堂も東京へ行ってしまった。そこに逆に目をつけ、大阪からたくましい野性と笑いにみちた新思想を発信しようとは。いちめん古い、頑迷な大阪に火をつけ、東京に対抗する革命都市として新たに燃え上がらせようとは。

凄い発想やなあ、と信夫はむしょうに繰り返す。

石丸は信夫の肩をたたいた。

「折口君、書け書け。ダイナマイトの助っ人だ、思いきり書け」

田中書店に寄るという石丸とは、大通りの角で別れた。信夫は家へ帰る。

先々月から、無職無為の生活に綴じ目をつけた。石丸の口ききで、彼のつとめる大阪府立今宮中学校の嘱託教員となった。

嘱託とはいえ、国語と漢文を教授するのに加え、いきなり三年級のクラス担任をもつという話だった。これには迷った。

学課を教える自信はある。しかし十四歳から十六歳ほどの少年たちをたばね、時に叱り、道を説くなどということが自分にできるのか。悩んだ。

たいがいのことは自分の腹で決める。しかしこの時は、大学には行かずにすでに奈良の郊外で中学校教諭をしている天中の友、吉村洪一に相談した。

やってみればよかろう、と吉村は即答した。えらそうに構えんとすな。折口は人にえらそうにできん質や。無理は禁物や。

その晩は、吉村の下宿に泊めてもらった。老女が一人で住む古い農家で、二間しかない。吉村の部屋にならんで寝た。北葛城郡の丘と山にかこまれた村で、しきりに夜鳥の鳴くのが聞こえた。吉村も人恋しいらしい。横になってからも、しばらく話した。

「考えてみい、教え子たちとの年の差、十歳もないやないか。兄さんでええ。折口は大きい兄さんや、この子たちは可愛い弟や、思うて色々教えてやる、まずそこから始めえ」

それに、と吉村は言う。嘱託、いうんは便利や。嫌なものずっと我慢する義理はない。一年間やって、そいで自分にどうしても合わん思うたら、辞めればええ。肩の力ぬいて行ってみればええ。

そうか――。緊張がほどけた。一年。まず一年。それならできそうだ。

組織に入るということ、そして金をもらう分、働きがいをしめすこと。信夫の大きな弱点は、そんな人間を家庭の中に見たことがなく、ゆえにそうして働くことに恐怖をいだく点にある。自由を奪われる気がして恐い。

吉村のことばで、こころの中に万一のときの逃げ場ができた。それに最近その清新な活動に目をみはる石川啄木が、二十歳で詩人として華やかに立ったばかりの時に生活苦に追われ、故郷の小学校の代用教員としてやはり一年間、奮闘した姿にも感銘をうけていた。

啄木も気の進まない先生業だった。しかし子どもの無垢に救われた。情熱あふれる先生になった。独創的な楽しい授業をし、自宅を子どもに開放し、いっしょに遊んだ。我こそは「日本一の代用教員」と、胸を張った。

やってみよう、と信夫は意を決した。中学時代は自身にとっても貴い宝物である。もっとも純な輝かしい時代だ。今も胸に輝きつづける原始の時代だ。そこにかかわることができる。子どもたちの青い芽生えの何がしかに、力添えできるやもしれぬ。

それに三矢先生が目の前にいらしたら、直ちにやりたまえ、と強い語勢でおっしゃるだろう。先生も若い頃は、天中はじめ種々の学校で若者を教えられた。狭い我の世界に閉じこもるな、と一喝されるだろう。

あ、なぜ三矢先生の教えを忘れていたか。信夫は恥じた。すぐ石丸に諾との返事をした。十月から今宮中学校へ通った。

それからまだ二月とたたない。新任の先生は体はくたくただが、心は高揚している。この怠け者が、毎日の登校が嫌ではない。

ドーナツがすっかり冷えて、その湯気が紙包みを濡らす頃、ようやく家に着いた。古い家の前を流れる鼬川も、古い。どろりと濁り、波が重い。そのほとりで四、五人の少年がしょざいなく柳の木の下の石に腰かけたり、水面を見つめたりしている。かすかな笑い声と口笛がひびく。

「あ、先生や、先生が帰らはった」

信夫を見て、みんなが駆けよってくる。

「何や、ずっとここで待ってたんかいな。しょもない、風邪ひくし」

信夫は子どもたちを優しく叱る。羽で守るように庇い、門の中に入らせる。今宮中学校のクラスの生徒たちである。

二階の信夫の部屋に彼らは行儀よくすわった。先生の家に来るということがむしょうに嬉しい。くりくり坊主頭の子もいれば、生意気に前髪を長く垂らした子もいる。みな、いきいきした瞳をよく動かし、薬くさい先生の部屋を見まわした。

「今日は用事あったよって、もう遅いからあんたら、おやつ食べたら帰んなさい。明日はずっといるよって、明日あらためて遊びにおいで」

先生らしく、諭す。やはりドーナツが役立ったと下笑みつつ、下の台所から熱い湯のたぎる銅やかんを持ってくる。手伝おうと手を伸ばす子がいるが、危ないから離れてな、とたしなめる。

(あ)か、(み)か? みんなの顔を見て、謎をかける。子どもたちはいっせいに「あ」、と答える。あは、紅いお茶つまり紅茶。みは、みどりの緑茶だ。信夫は机の下からリプトンの青罐を取り出し、器用に紅茶を淹れた。さいきん生徒が遊びにくるので、部屋にカップや茶碗もそろえてある。熱くて甘い紅茶に、少年たちの頰があたたかく染まる。

「先生、来年も僕らの学年もってくれはるんですか」

もつもつ、僕の気もち通りになるなら、もつ。せやけど生徒がそんな学事に口出したらあかん、と信夫は首を振る。

それをしおに、生徒たちはてんでに質問やら請願やらする。可愛くてうるさい朝の小鳥のようだ。

「先生、ほんまに春になったらハイキング、するんですか」

「奈良まであるくて、ほんまですか」

「弁当、もってってよろしいか」

ああ、ああ、うるさいという風に、折口先生は眉をしかめる。内心は自分も嬉しくて、しかたない。

「弁当でもおやつでも、何でも好きにしたらよろし。皆で分け合うんや。楽しいで。僕も皆がびっくりするおやつ、用意する」

わあっと歓声が湧く。

「二上山に登ろうなあ。そない高い山やないけど坂が急やで、みんな、足よう鍛えとき。今から、いがみの権太あるき、教えとくわ」

先生、いがみの権太あるきて？　あまり口をきかない子もいるし、こちらの話題にどんどん喰い付いてくる子もいる。一人一人の個性を測るのも、信夫は自身でも意外なほど、まめである。

「古代人のあるき方、僕はそう呼んでるんや。足、投げ出すようにしていばった風でずんずん、あるく。

長い山道、つかれん秘伝のあるき方や。義経せおって峠こえた弁慶かて、きっと知ってた秘中の秘や」

秘中の秘……！　少年たちが波のようにどっと沸く。はよう行きたいなあ、はよう春にならんかなあ。その前に試験あるやないか。しんどいなあ。全員のあたまは、麗らかな春のハイキングの風景でいっぱいになる。

この純な感激、このういういしさ。世界に生まれてまだまもない人間の、世界の美しさ楽しさに驚き、目をみはる歓びの発露だ。

この歓びを大人になっても、こころに生み出しつづける人間はまれだ。ただ、子どもの側にいて子どもと同じ目線に自分を置ける人間は、知らず知らずのうちにこの原始の歓喜のしぶきを浴び、こころを蘇生させることがある。

（子どもは真の智者だ。ものに感動する歓びは最高の知だ）

おしゃべりと笑い声でゆれる少年の群れから、目には見えない興奮の蒸気がさかんに立ち昇るのをつよく感じながら、信夫はこころでしきりに頷いていた。

第十二章　わが魂の舟

紀伊半島はふしぎな場所である。極度の開放性と閉鎖性が混合する。光と闇が瞬時に入れ替わる。道が一度おおきく曲がるだけで、世界が変わる。光充ちるまばゆい海景から一転、びっしりと密に枝をのばす照葉樹の暗い森に入る。

とくに半島の東側、鳥羽から相賀・神前・引本・木本・花の窟・新宮・勝浦までのつまり、「伊勢・紀伊の熊野に属している地方」（折口信夫の「自歌自註」のことば）は、山がひどく険しい。ゆえに原始から現在にいたるまで、山はさほど切りひらかれず、鬱蒼たる原生林が、青波しぶく海とせめぎあう。平地はわずかで、旅するに困難な領域だ。

それを明治三十一（一八九八）年、若い文学者の田山花袋がわざわざこの地をえらび、旅した。大胆な性欲告発小説『蒲団』で世間を騒がせる以前の、紀行文家として大活躍していた二十六歳の花袋だ。

花袋は、海と山が両側から迫る半島の自然と暮らしに深く感じ入り、その印象をみずからの紀行文に「海と山の間」と記した。

その印象はずっと変わらない。気の遠くなるほど長い時間をつらぬいて残る、この列島の生きた〈古代〉の一要素である。

花袋の旅の十四年後。明治天皇の逝去した明治四十五（一九一二）年に花袋の足跡を慕い、額に汗して真夏の紀伊半島をあるいた折口信夫の目にも、「海と山の間」の風景はこころの原景として、鮮烈に灼きついた。


二十五歳の先生と、十五、六歳の生徒二人。麦わら帽に白いシャツ、ズボンにゲートルをしっかり巻きつけた勇ましいなりで身を固める。

先頭に立つ折口先生は、小柄な体にも似ぬ大きなこうもり傘をもつ。ときに旅路の夜露をしのぐテント代わり、ときに山路で出くわしてしまうかもしれぬ猪や熊を追い払う、杖代わりである。

何しろ後につづく二人の生徒を守らねばならぬ。伊勢の大神宮に参詣してはや三日目、にわかに険しい細い道をあるく。しらぬ間に眼光が鋭くなっている。独特の気迫を秘めるこの人がもつと、大きな傘はまるで山伏がかざす錫杖のようだ。

もし上空から見下ろすなら、あたり一帯はただただ、黒々と原生林が無限に繁る地である。しかし実は海に沿い、縫い針ほど細い道がどうにかつづく。

そこを行く。錫杖を振る先生の背中を追い、双つの白い蝶のように離れたりくっついたりしながら、二人の少年がしたがう。

一昨日は昼前に、海の見えないやや内陸に鎮まる磯部ちかくの古社、伊雑宮《いざわのみや》を詣でた。ここも伊勢神宮とおなじく、常世の波の霊威をあがめる。

日本の古い神社は少なからず、海辺に建つ。そして海の彼方より来たる聖なる水の力にあずかる。これはなぜか。原始信仰と海のかかわりについて、先生はあるきつつ瞑想にふける。

みんなの背中の背嚢には、着替えやら薬、アメ、乾パン、梅干しなど詰めこむ。水筒は革バンドで肩から吊るす。

背嚢の中に先生は、たいせつな二冊の小さな本を入れてある。一冊は、おとといし出た与謝野鉄幹の歌集『相聞《あいぎこえ》』。この男らしい気もちの大きな歌を、南国のかがやく空の下で高らかに歌ってみたかった。もう一冊は、少年時代から愛読する田山花袋の第一紀行文集『南船北馬』（明治三十二年、博文館）。中学のときに買った。以来、花袋の苦しくせつない旅にあこがれた。今回のこの旅は、『南船北馬』に誘われた面が大きい。

明治三十一年の春、花袋は志摩・熊野地方に大きな旅をした。『南船北馬』の中核をなすのは、この旅にかんする紀行文群――「志摩めぐり」「北紀伊の海岸」「熊野紀行」「月夜の和歌浦」である。

花袋の旅は、新しい若い世代の旅のスタイルを打ち出した。大町桂月や遅塚麗水《ちづかれいすい》、江見水蔭《すいいん》などの大家の、雅文味あるしゃれた紀行文ないし温泉旅行記とは一線を画す。

あるく。ひたすら、あるく。その過程で土地の地理と風俗をよく観察し、土地の人と話す。列島の未知の場所に分け入る。

この特徴は、花袋が盟友の松岡國男（柳田國男）や島崎藤村、国木田独歩らと語らい、熱く若々しく目ざす新しい文学の主題に重なる。

悲恋の涙をうたう抒情詩をはなれ、彼らが目ざすのは都会脱出の文学。列島の現実に目をこらす小説。海にかこまれ山険しい島国で、人々は何を思い、何をよすがに生きてきたか。都会などは、列島のてっぺんの一角にすぎない。それより普遍の庶民の内面を描こうとする。

そこでつまり花袋は、紀伊半島をえらんだ。

彼の『南船北馬』は、後につづく若い旅びとのためのガイドブックの役割も果たす。ポケットにすっぽり入る、軽い小型判である。たずねるべき古所名蹟や絶景、そこへ行く交通の手だても教える。海と山が猛威をふるう半島に来て、信夫は親切な旅の兄貴分、花袋の忠告をおおいに頼りにする。折にふれ、背嚢から『南船北馬』を取り出し、確認しつつ進む。

花袋の言うとおり、たしかに伊勢神宮のにぎわいが嘘のようである。北紀伊の海岸部を縫う小道をたどって南下するにしたがい、観光客など絶える。岩壁を荒く打つ波のとどろきの響く道で、たまさか出会うのは、郵便脚夫か行商人、漁師くらいだ。

きわめて複雑に海が入り組み、山が迫る。無数の入り江や岬が隠れる。ときに細い道は消え、小舟で岬から岬へ渡る。

いま、信夫たち三人があるくその心細い道を花袋もあるいた。出会った行商人に、この先は「路悪しく境僻に、高き峠は到る処にありて」、かなり足に自信のある人間でなければ行けないと言われ、ためらうが意を決し、踏み出す。朝からあるいて、めったに人に出会わなかった。この僻境の印象を、『南船北馬』におさめる紀行文、「北紀伊の海岸」にこう述べる。

これより半日の間、われは絶えず海と山との間を行き、松籟と濤声との間をたどりぬ。しかも路の険悪なる殆どわが想像の上に出でて、猿のごとき健脚なる人ならではといひし行商の言葉も、実《げ》にやと、点頭《うなず》かるるばかりなりき。

花袋はその日はなんとか御座岬を過ぎ、浜島の町に泊まり、翌日は長島めざして朝から夕まであるきにあるく。長島まであと三里。険しい峠にさしかかり、ひときわ心細い。そこで十五歳の可愛い少年郵便脚夫と出会い、いっしょにあるく。

花袋があこがれの東京から来たと知り、少年はさかんに都の話をせがむ。都会生活に失望して、旅する自分。対して、東京になんとしても出て立身したいと願う少年。花袋はふたたび嘆く。

思へ人々、このさびしき海と山との間を、とぼとぼとして過ぎ行く二人の胸にはいかに異れる感のみちわたりたるかを。

この箇所は、信夫がとくに感動して読んだ場面である。のちの大正三年。信夫は外骨の主宰する「不二新聞」に田山花袋論を発表した。そこでも、「北紀伊の海岸」のこのくだりを引き、ここにこそ、花袋の文学をひきいる生活への最もよい感動があるとする。

青年時代の花袋氏が行き逢う人も稀な熊野路の旅に道づれになった若い郵便脚夫と再度道にわかれ

て、淋しい旅行をつづけたあの頃の心もち（＝南船北馬）がこの「一握の藁」に到って蘇って来た。啻《ただ》にこの作に止らない、氏の力ある小説にはすべてこのうらはかない生活情調のあらわれていないものはない。

（大正三年一月二十八日）

信夫は紀伊半島の旅より帰った同年の冬、旅で詠んだ歌を中心に百七十七首をおさめる初めての歌集をつくった。海や灯台の絵もみずから描いた自筆歌集である。志摩半島の安乗《あのり》崎の名を銘じ、「安乗《あのり》帖《ちょう》」と題する。数人の友に贈った。

この小さな旅の歌集が、大正十四年に釋迢空として信夫が公刊した第一歌集『海やまのあひだ』の原型である。

もちろん〈海やまのあひだ〉という印象的な題名は、花袋の『南船北馬』への深い感概と無縁ではない。

「気をつけて乗ってくんなせえよ、うちの舟は小さくて古いに」

きのう泊めてくれた田曽の入り江の漁家のあるじは、見たところ七十歳はとうに過ぎているが、海で働いてきた男らしく、腕や足の筋肉はたくましい。

日に灼けた手で舟のもやい綱を解くと、舟はぐらりと一度おおきく揺れ、晴れやかな海原へとすべり出した。二人の少年が歓声をあげる。

もうさほど手入れもしないらしい船底には水がたまり、海藻の匂いがする。数軒の小家が背後の原生林と海のきわに、へばりつくように建つ入り江を離れると、目の痛いほど青あざやかな五ケ所湾がひろがる。

伊勢清志と上道清一。決して楽しいばかりではない。時に苦しさと恐れとを分かちあう旅に耐え、そこから深い感激を汲むことのできる今宮中学校の生徒を二人えらび、連れて来た。その力のない子を同行させても、つらい厭な思い出が残るばかりである。

二人は体軀がしっかりとし、心も明朗でつよい。旅の初めはよくしゃべり、よく笑った。しかし次第に、口数が少なくなっている。顔つきも子どもらしさが薄れ、真剣な色が増す。連日の暑さと粗食で、思いなしか頰がこけた。

出発のときに歓声をあげたきり、今も二人だまって海を見つめる。早朝から太陽は容赦なく、舟と人に降りそそぐ。万物が透きとおり、熱く燃える。二人の頰にも、海光を反射して陽炎が映り、小さな白い光の斑がたえまなく肌の上を動きまわる。

小舟はなるべく陸に近いところを行く。さりとて近づきすぎると、魚網に引っかかる。そこが舟をあやつる老人の腕だ。しきりに揺れる。まさに木の葉舟。せめて三人は足をふんばり、波に翻弄される船底を安定させようとする。

昨夜泊めてもらった村にそっくりの、入り江に張りつく幾つかの漁村を通り過ぎた。険しく切り立つ岩崖の樹々にからみついて咲く、晩夏の赤紫の葛の花も海上からまざまざと見た。樹々に隠れて鳴く小鳥の声さえ、かん高く舟にまで響く。

日に灼けて痩せた二人の生徒の首すじや二の腕を見るともなく見るうち、信夫はひどく切なくなった。

腸がぎゅっと締まる。万葉集の古い舟旅の歌が、口をついて出た。

旅にして物恋しきに、やましたの朱《あけ》のそほ船、沖に漕ぐ見ゆ

高市《たけち》ノ黒人《くろひと》の歌である。古代の人もこのように、たまさか海上で行き逢った舟に乗る人の身の上を想う、さみしい危うい海の旅をしたのだ。

二人の生徒が顔をあげ、先生を見る。もう一首、もう一首と次から次に愛する古い歌の調べが口から響いては、海へと流れる。生徒も、先生のうたうのにつづけて同じ歌をうたった。

いづくにか船泊《ふなは》てすらむ。安礼《あれ》ノ崎《さき》漕ぎたみゆきし棚《たな》なし小船《をぶね》

家にてもたゆたふ命。波の上に浮きてしをれば、奥《おく》所《か》知らずも

奥所知らずも――。家郷にいてさえ、しっかりと自身に結びついているわけではない、わが魂。それが舟にゆられて旅していると、この広い天地のどこに魂のおちつく場所があるのかと不安でやるせなく、たまらない――大伴旅人の従者が、大宰府から都へ帰還する長い舟旅でため息づくように、詠んだ歌だ。

万葉集には予想外に、海と舟旅の歌が多い。そまつな木の葉舟、官人をのせる立派な舟、舟の大小はあるが、それらは一様に海をさすらう不安と恐れをうたう。

海流の速く流れる危険な迫門、いけにえを要求する災い神のいます岬、水平線にゆらりと沈んでゆく

巨大な日輪、夕日に照らされて舟上からも鮮明に視える入り江の集落、岸辺につながれて夜の間も波にゆれる舟の黒い影。

そう、港にもやう夜の舟にさえ、万葉びとは呼びかける。わが舟よ、たとえ綱が解けても決して沖へと離れてくれるなよ。その舟のようにわが魂よ、このさ夜更けにわが身を離れ、ただよい出てくれるなよ、と。

太陽の降らす凄まじい白光のなかで舟にゆられ、信夫は逆にしきりに愛する旅の歌人、高市ノ黒人の漆黒の夜の呪歌を思い出していた――「我が船は比良の港に漕ぎ果てむ。沖辺《べ》な離《さか》り。さ夜更けにけり」。

魂の舟。古代の舟旅の歌から信夫は、あざやかに心中に一艘の舟を視る。波にたえず揺れ、ときに高い潮流にのって鳥のように空をめざす舟だ、それは。

決して安住しない舟。かがやく白潮にみちびかれる舟。土に根を下ろさぬ不安にみち、その代わりに未知のはるか彼方をめざす舟。それが古代人が内面に感じるおのが魂のイメージ、すなわち、いのちのイメージなのである。

一連の舟旅の呪歌が、いのちの奥深いゆくえに真剣に黒い瞳をこらす、精神性の深い歌の流れを早くにつくった。こうした羇旅歌こそ、和歌の哲学的な冥想歌の系譜の源だ。

そして内陸の奈良に都が定まるにもかかわらず、万葉集にかく印象的な舟旅の歌が多いのは、日本人の祖先がはるか熱帯の母国から長い時をかけて次々と船団を組み、しだいにこの列島に移住した大きな航海の歴史の記憶が、子孫のこころにも残るから、と信夫は漠然と考えはじめている。

もちろん自身のこころの奥所にも、波の響きの記憶はのこる。もといた母なる国への恋しさが息づく。それを実感するためにも、真夏の志摩・熊野をあるく。

老人の漕ぐ舟は、風もなく無事に五ケ所湾の入り江の相賀に着いた。海からの烈風を避けて、入り江のきわに建つ家々はみな背が低い。それぞれに貝がらで囲んだ小さな花畑や菜園があり、ひなびたダリアや芙蓉が咲く。さるすべりの紅い花屑がしきりに庭石に散る。

ある一軒の家の軒先でめずらしい梨の実を売っていたので、それを六つ買い、縁側を借りて皆であまい汁気の多い梨にかじりついた。あとの一個は各自、背嚢に入れる。その間に家の主婦にたのみ、米を炊いてもらう。親切なおかみさんは結局それを、綺麗な三角のお結びにこしらえてくれた。醬油で煮しめた名も知らない貝の佃煮を添えてある。しきりに汗をかくので、塩気がありがたい。

船の上で太陽にさらされて、さぞのどが渇いたであろうのに、二人の生徒はなにも訴えず、水筒の水を惜しんで少しずつ嘗めているだけだった。ずいぶん旅に慣れてきた。古い水は捨て、新鮮な井戸水もたっぷり水筒に詰めた。

これよりしばらく、険阻な山道をあるく。深山に入る。とりあえずの目標は、熊野湾に面する尾鷲の手前、引本にたどり着くことだ。

この相賀にいたるまでの三日間は、海を見ることの多い行程だった。的矢湾から五ケ所湾まで、口中の歯のように細かく入り組むリアス式海岸に沿ってあるき、舟にのり、三つのおおきな岬をおとずれた。白亜の灯台の立つ安乗崎、太平洋を二百度以上見晴らす大王崎、その先を廻りくねって海に突き出る御座の岬。

安乗崎はとくに花袋が感激した場所だ。春の旅から東京に帰った花袋は、孤独な灯台守がひとりで暮らす安乗崎について、友人たちにしきりに話す。

偶然か、同じ年の夏に親友の二十三歳の松岡國男、つまり後の柳田國男が胸を病み、療養のため伊良湖岬でひとり暮らす。友愛のつよい花袋はすぐ、岬の突端に宿を借りる國男を訪ねる。

伊良子岬からは、海原をへだてて対岸に、はるか志摩半島の安乗崎が見晴らせる。國男と花袋は夜の浜辺を散歩するうち、「花火線香とも覚しき」安乗崎の灯台の灯を見いだし、大自然のなかの人間の生のはかなさについて深い感慨にふける。

やはり『南船北馬』におさめられる名紀行文「伊良湖半島」に、この経験はうつくしく描かれる。もちろんここも、信夫が少年の頃からこころ奪われて愛読した箇所である。

信夫は松岡國男の神秘的な抒情詩にあこがれていたし、花袋の紀行文に印象的に描かれる親友としての國男の優美なすがたを通し、悲恋のなみだの詩の土壌から生まれる、柳田の民俗学の胎動に早く出会っているのである。

信夫もぜひとも、安乗崎の灯台の火光を海上に望みたかったのだろう。花袋とおなじく下の郷から舟で、しかもわざわざ日暮れをえらび、安乗崎へ向かった。そしてこんな歌を詠んだ。

たびごゝろもろくなり来ぬ　志摩のはて安乗の崎に　赤き灯の見ゆ　（「安乗帖」）

松林の中を、背の高い草をかき分け、烈風すさまじい大王崎に登ったのは真昼だった。草も木々も自分たちも、吹き飛ばされそうだった。海は青いというより、白熱する球体である。気をつけよ、と後方の二人に呼びかけても、その声はたちまち海風に消される。信夫の質として、高所に身をおくと異常に気がたかぶる。

まして松の森の暗さから突如、海と空の光のただ中に出た。すぐには目も見えず、よろめく。太陽と風に酩酊する。

この強烈な場所で、個の感覚がうすれ、この身は大空と海原と一体のものと感じた。わが魂はかがやく海の彼方から、木の葉舟で風にもまれ、吹き飛ばされ、もといた国から引きちぎられて、この世界にたどりついたのだ。つよく実感した。

そしてそれは、おのれ一個の瞬間の感傷ではなく、青海を見晴らして噴出した、航海民・移住民としての日本人の記憶なのにちがいない。そうも確信した。

折口信夫の〈古代研究〉の源にそびえる、太陽の岬の幻影である。

『古代研究』三部作を底からささえる異郷論「妣《はは》が国へ・常世《とこよ》へ――異郷意識の起伏」（大正九年）より、著名なことばを引いておこう。

十年前、熊野に旅して、光り充つ真昼の海に突き出た大王个崎の尽端に立った時、遥かな波路の果に、わが魂のふるさとのある様な気がしてならなかった。此をはかない詩人気どりの感傷と卑下する気には、今以てなれない。此は是、曽ては祖々の胸を煽り立てた懐郷心（のすたるじい）の、間歇遺伝（あたいずむ）として、現れたものではなかろうか。

こう確信したのは、文中には現われないが、信夫の傍らにおなじように四肢を烈風に投げ出して恍惚と、水平線の彼方に見とれる二人の生徒がいたからであろう。

宇治山田参宮から数えて十三日間の志摩・熊野の旅は、いちおう無事におわった。二人の生徒とともに先生はひどく日に灼け、汗で塩が噴くよれよれの格好で大阪にもどった。三人はしばらく口数少なく、家族にもはかばかしく旅の仔細を話さなかった。

じつは途中、危ういことがあった。引本に着いた一行はそこから内陸に深く入り、日本一雨量の多いことで知られる大台ケ原への登山をこころみたのだ。

どう考えても、生徒を引率する先生としては、むちゃで無責任な旅程である。この時、いかなる衝動が先生を突き動かしていたのか。

山中で迷い、二日間絶食してさまよった。自筆歌集「安乗帖」にはこの間のことを簡潔に、「引本—船津—八町滝—檜苗圃（花の木峠）—山中—木樵小屋」「大杉谷におつる大川—山中—木樵小屋」とだけ記す。

山中の無人の製板小屋などに泊まり、木樵に道をたずね、ようやく元の引本に戻ったのだろう。そこからまた、半島の旅を再開する。

後年の道の神研究の著作で信夫は、深刻な旅の経験をかたる。山中で突如がっくりと疲れて餓え、すわりこんでしまうことがある。そんな時は非常にあぶない。そこで行き倒れて死んだ「ひだる神」に引きずり込まれる。それを防ぐには、たずさえる米飯を道に投げ、災い神にささげること。そうすれば無事に通してもらえる。米がなければ、米の字を手に書け。そうすれば異様な金縛りが解けると、木樵に教えられたという経験だ。

この山中飢餓の経験は、大台ケ原で生徒とともに絶食してあるいたときの話ではなかろうか。二人の生徒と十三日間、まさに寝食をともにした。いのちを分けあった。

教育者としての信夫の烈しさは、この経験に、教え教えられる関係の至高の純粋を見いだした。師弟関係や友人関係は、血縁の二の次の、うすく弱いものであってはならない。血縁とひとしく強く、より純粋な絆でなければならない。——信夫の人生をつらぬく信念である。

では、いかに血をこえるか。たとえば芭蕉とその弟子のように、旅をともにし危難をへて魂のよるべなさを分かちあう。そこに一つ、師弟関係を血縁より純な真実なものにする大きな活路があると、信夫はこの二十五歳の旅で実感したと想像される。

後年、この旅をふり返り、信夫は一言こう書く——「此時、教育の意義を痛感する」(「自撰年譜」)。山中彷徨は、いわば教師の失態である。しかし信夫は少年たちに、謝罪など口にしなかったはずだ。師弟のあいだに謝りなど無用。この人はたぶん、責任とか義務ということばも大きらいだ。そんなもの、愛と何の関係がある。

必ず道を見つける。その気迫で進んだ。後方の二人もひたすら先生を信じ、あるいた。世間の常識と良識をこえて三人はあるきつづけた。

「安乗帖」には、おそらくこの間の山中彷徨を詠む歌がある。無人の製板小屋に入り、置かれる木片で火を焚き、雨に濡れたからだを暖める。火明かりに照らされた生徒らの痩せおとろえた首や胸。

可哀想でいとしくて息が苦しいくらいだけれど、先生は彼らの弱った肉体から目をそむけることを自らに許さず、じっと見つめつづける。

何度読んでも、胸のもやつく歌である。折口信夫という人の、たしかに世間並みであることを外れて畸形である一面をしめす、変てこな綺麗な歌である。

やゝ細りて子らがうれふる見るかなしわがわかき日をまのあたり見ると
山小屋のゐろりかこみてはかな顔してうちもだし子らぞむかへる
胸ひろにかきはだけたる子らが服すきて脈うつ榾《ほた》の光に

第十三章　新しい波

ここに金太郎、という少年がいる。鈴木金太郎。十五歳。この春、大阪府立今宮中学校の四年級に上がった。もう新入り坊主ではないと、胸をはる思いがある。

家には兄さんと姉さんがいて、家族から金ちゃんと呼ばれ、可愛がられている。秘かなお母さん子でもある。ゆえに中学というものに慣れるのは、なかなか大変だった。

勉強が好きで、よくできる。小学校は大好きだった。しかるに中学という場は、それだけでは済まない。勇ましくつよい〈男〉になるため鍛えられる場であると悟り、金ちゃんはたじろいだ。

体操の時間がとりわけ嫌だった。先生は兵隊をたばねるように生徒をあつかう。鉄棒や跳び箱なんぞをしくじると、大声で失格！　とやられる。体操着や帽子を忘れた日には、罪人なみだ。下手すると頭をつかまれ、こづき回される。

金ちゃんはなるほどお母さんの懐ろ子である。しかし誇りは高い。人の情けには弱いが、いわれなき屈辱には甘んじない。

いばって命令したり、自分の虫の居所しだいで生徒の頬をひっぱたく教師に内心、どうしても納得できなかった。

そんな教師は数からいえば、少ない。しかし潔癖な金ちゃんは、そんな人間が大きな顔をする中学全体が嫌になった。我ながら、グレるとはこういうことかと思うほど、物事や大人を斜めに視るようになった。

ところがクラス替えがあり、四年級第二組になった今は、全くちがう気もちでいる。かねて噂の若い折口先生が、担任になったのである。すると金ちゃんの灰色の学校生活はいきなり、とてつもなく素晴らしい虹色になったのである。

一歩教室に入ってきたときから、折口先生はふつうの先生のようではなかった。いや、ふつうの人のようではなかった。何だろう、この感じ。この人といると、世界にすてきなことが起こる気がする、とでも言えばいいのだろうか。

教壇の脇に立たれる。みな起立する。それがとても恥ずかしいらしい。目を伏せて御自分も軽く一礼し、すぐ、皆さんおすわり、とおっしゃる。細い指で名簿をひらき、出欠をとる。二度もそうすれば、クラス全員の名前を覚えてしまい、あとはいっさい名簿を使わないというのも評判だ。

鈴木金太郎、と初めてお呼びになったとき、折口先生は顔を上げ、四十人のなかに金ちゃんの色白の童顔を見つけてにっこりされた。金太郎、いい名前だね、勇ましくて古風ないい名です、と言われた。以来、先生は「金太郎」と名で呼ばれる。他の生徒に対してもそうだ。清志、とか喜三郎、延胤、とおっしゃる。

名で呼ばれると、少年たちの胸は温まり、ほっとする。呼ぶとき、先生は眼鏡ごしに黒瞳をひたと据え、生徒の顔を見る。どきりとする。こまやかな注意をそそいで下さるのだな、と実感される。しばらくすると、第二組は大きな家庭のようになった。折口先生の心身からは熱いなめらかなものが湧いて、それが絶えずこちらに漂ってくる。父さんか母さんのような、いたわりの波だ。

優しくもの柔らかいばかりではない。先生は大変な情熱家だ。自分の奥底に、誰にも侵されない高らかな志を燃やしている。文学というものを愛して愛しぬいて、それで人間の生活を変えようとしている。その魂の霊気も、敏感な少年たちにはじんじんと伝わり、響く。

授業は破格である。教科書に従属しない。上から決められたものを権威としてしがみつく、固定と形式主義を憎まれる。その日その瞬間の、自身と生徒とが向き合う教室の空気をもっとも大切にされる。

このあいだは一時間つかい、日本に翻訳紹介されてまもない北欧の劇作家、ウェデキントの問題作『春のめざめ』について話された。

「あんたたちの年頃には痛切な劇だから、読んでおくとよろし」と前置きされ、あらすじを教えて下さる。それがうまい。先生の授業は、おいしい楽しい物語でいっぱいだ。わずか二か月ほどで、金ちゃんは義経やらヤマトタケル、騎士ラーンスロット、シャーロック・ホームズなど、賢く美しい勇ましい世界中の人々と仲よくなった。

「男の子と女の子と仲いい二人がおって、いつも犬ころのように遊んでました。そういうなつかしい遊び仲間の女の子、あんたたちも覚えありますやろ」と黒板の前に立って、みんなの顔を見まわされる。

中学の今では、そう無邪気に遊ばんやろ。何や、たがいに遠い人になってしまう。ウェデキントの二人は又とくべつ仲ようて、北欧では牛馬のためのワラを小屋に積んでおく、面白がってそん中で隠れんぼしているうちに、何の知識もないまま女の子にやや子ができてしまう、いう悲劇です。

みんな、しーんとなる。学校で先生から、性や生殖の話を聞くのは初めてである。四十人の子どもは秘かに驚いている。

まわりの大人がえらい騒いで、この少年少女を破廉恥や、みだらや、いうて責めて追いつめる。けど、ウェデキントはそれ、ちっとも罪やないと描いています。

動物にも植物にも人間にも、春のめざめの時期がある。いのちの宿命です。その大切な宿命について知識を与えんと、大人はひたすら隠した。男の子と女の子は無垢や。自然のまま仲ようしただけや。可哀想やな、いとしいなー。

ここまで話して折口先生は顔を青白くし、すこし黙った。

――僕もあんたたちの年頃は、春の目ざめに振りまわされた口です。今かて、ちっとも解脱してません。肉欲とどうつきあうか、いうことは人生の一大事です。しかるにその大事を汚いものとして見ぬふりする道徳や宗教は、こりゃ腰抜けだ。仏教と儒教はそれで大いに、我々の現実と遠いものになった――。

みんな、ぽかんと口をあけて聞く。折口先生は微笑された。「『春のめざめ』、読んでごらんなさい、森鷗外博士の澄まし返った思春期小説『ヰタ・セクスアリス』よりずっと、あんたたちのためになる」。

「肉欲は汚いものではありません。人間が他者を切実に求める愛の力に深くかかわる要素です」――時間の終わりに折口先生は、こうきっぱりとおっしゃった。

さあ、これにも第二組の生徒が喜んだことはしきりである。先生が大胆に、誰も知っていて口にしない人間の暗面に光をあてた。中学に入って、親きょうだいにも言うに言えない悩ましい身体の変化を、みんな同じや、僕も同じや、と宣言された。

授業のあと、早熟な何人かの生徒はさっそく『春のめざめ』を入手した。三年級から折口先生のクラスで、今年も幸運に第二組になった伊勢清志も、その一人である。清志と金太郎は仲がいい。

「金ちゃん、僕、あとでこれ貸すな」と、清志は親切だ。うん、とうなずきながら、金太郎はほのかに妬ましい。文学の好きな清志は、とくべつに折口先生に大切にされている。先生は清志の才能を伸ばそうと、真剣な様子だ。泉鏡花や田山花袋の小説などもよく貸している。

何より、清志は去年の夏、先生といっしょに志摩・熊野へ大旅行を果たしたのだ。これが一番うらやましい。自分も先生のクラスだったらな、と口惜しい。

しかし旅の話を聞くとこれが容易な行程ではなく、体力にさして自信のない金太郎は、しょせん無理だったとあきらめざるを得なかった。

「半端ないで。舟のる他は、ずっとあるいてた。大台ケ原で迷ったときは芯から辛かった。食べてえへんし、先生は山伏みたように背丈より高い草ん中、しゃあしゃあ進んでくし。僕、しまいに清一に負われてしまったんや。木こりに炊いてもらった粟雑炊、はじめは気味わるかったけど、腸《はらわた》にしみた。あんなん食べたんも初めてや」

清志は苦しかった夏の旅を思い出した。でも恐くはなかった、とつぶやいた。先生が自信たっぷりだったから、てっきり道知ってあるいてはると思ったんや。あとで聞いたら、先生どこあるいてるか自分でもよう解らん、とにかく必死やったって……清志はあはは、と笑う。

あの旅で先生はいつも歌つくってた。僕たちが眠ってしまってからも、暗い中で手帳に何やら、くしゃくしゃ書いてた。その歌がもうすぐ新聞に出るらしい、とも清志は付け加えた。

清志の予告どおり、その年――大正二年の七月から八月にかけて四回、〈迢空沙彌〉という僧侶のような筆名のもと、宮武外骨が主幹をつとめる日刊「不二」の文芸欄に、信夫の詠んだ旅の歌群が発表された。

子どもの頃からおびただしい数の歌をつくりつづけてきた信夫にして、「文庫」などへの投稿歌が採用されたのとは異なり、堂々と公的紙面におのが歌陣を張り、世に問うたのはこれが初めてである。

自信作である。波にゆられ山を仰ぎ、近代の自我の孤独を歌いながら個をこえ、移住民として長い旅に耐えた民族の記憶にさかのぼる、深い意識を詠んだつもりである。

総題は「迢空集――海山のあひだ」。第一回は七月十日の紙面に発表。十一首。つづけて七月十七日、八月三日、五日と発表された。

日刊「不二」は一部一銭。子どもでも買える。夏休みである。もちろん清志と金太郎はそれぞれ早朝に町の販売所に駆けつけ、折口先生の歌が活字になったのを喜んで見た。

第二回目の九首を目にした瞬間、清志はあっと思った。「佐陀谷に生徒二人と行きくれて」との淋しい詞書きで四首、上道清一と自分のことが詠まれている。

ほの白う子らが頬見ゆれ　夕月夜雫おち来る峡に草しく

八月三日掲載のものにもまた、自分たち「子ら」の歌が目立つ。その中にとくに、あ、これは僕やな、先生あのとき、へばって眠る僕の顔そんな風に見てたんやな、と心に響く一首が清志の目に飛び込んだ。いっしょに新聞をのぞき込む金ちゃんも、これ清志の歌やな、と興奮して小さく叫んだ。

加茂助谷樵夫小屋
ねむる子の眉のあたりにただよひし夢よりさめてやすく栗はむ

つまり「沼空集——海山のあひだ」の歌群の三分の一以上は、生徒とともに紀伊半島の山中で餓えて迷った経験を歌う。辛いさまよいが、信夫の内面で古代の旅を実感し、古代に近づく通路になっている様子がよくうかがわれる。

そしてこれを契機に信夫は、恋を恋する架空の人恋しさの浪漫の霧を、おのが歌境からぬぐい去った。代わりにいきいきとした愛の対象「子ら」を得た。

以降、彼・釋沼空はその歌に、愛する子らの生をこころ籠めて刻みつける。彼らの内面をことばで透視する。沼空短歌の大きな個性である。

信夫は翌大正三年二月十五日には日刊「不二」に、に春の目ざめを内奥にかかえる生徒らのもの憂い肢体を、同情こめてやわらかく詠む三首の歌を発表した。

白玉をあやぶみいだき　ねざめたる春の朝けに　目のうるむ子ら（生徒らに）
わが雲雀　けふはおどけず　しかすがにつゝましやかにふるまふ　かなしさ
くずれ臥す若きけものを　なよ草の床に見いでて　かなしかりけり

これは皆にも知らせねば、と清志と金ちゃんは新聞をクラスに持ちこんだ。クラス中が先生、僕らのこと歌にしてくれたんや、と感激した。活字で自分たちが主役になる様を、不思議な思いで見つめた。教室はしばし、珍しく静まり返った。

ところで改めて思えば、信夫の学力をかねて認める大学関係者はいざ知らず、世間的には折口信夫・釋迢空の第一発見者は、まぎれもなく宮武外骨である。

かねて画策したとおり、外骨は大正二（一九一三）年四月、日刊「不二」を創刊した（ほどなく「不二新聞」と改名）。かねて考えていたように、新進気鋭と認める信夫に思うさま、文芸欄で筆をふるわせた。

信夫は短歌の他、鷗外・花袋・泡鳴らの新作小説を評する文芸時評や新劇論も書いている。大正三年三月から四月にかけては二十五回の連載で、思春期小説「口ぶえ」を発表した。破格の登用である。教師となって社会に接岸したこと。新聞に発表の場を得たこと。信夫は発奮し高揚し、詩人学者のイメージを目の前に鮮やかに思い浮かべた。

時代にも新しい波が来ていた。明治という偉大な父の時代が終わり、大正モダニズムが始まった。底部では深刻な軍国主義の強化が進みながら、都市の表層は明るく華やいだ。剛毅な父の時代・明治の御代より、複雑で分裂した時代が始まったともいえる。

学界では既成の歴史学に対し、人類学そして真新しい民俗学が大きくうねった。大正二（一九一三）年三月、柳田國男と高木敏雄がはからい、初の民俗学誌「郷土研究」を創刊した。紀州・白浜在の南方熊楠は、政府の発した神社合祀令に反対する運動を展開し、柳田にも協力をもとめた。

おなじく二年七月、島村抱月と松井須磨子が芸術座をつくり、トルストイやチェーホフの近代人の悩みのドラマを上演する。テーマの難解もなんのその、須磨子はじめ女優たちがあでやかに競演し、新劇は都市の娯楽の花となった。

これにともない、歌劇も大正の庶民の楽しみとなった。学生や労働者やサラリーマンが混じり、浅草オペラに熱狂した。

その先頭に立ち、オペラ興隆をひきいたのが、信夫と親しい伊庭孝である。彼はミュージカルも先駆的に日本に紹介した。信夫は大正モダニズムの紅い炎のすぐ側にいる。

歌の世界では、「明星」にて鉄幹と晶子に目をかけられた若い世代――北原白秋・吉井勇・木下杢太郎らが立ち、新しい時代の風となった。石川啄木もその一人だが、彼は明治四十五年に力尽きて死んだ。「明星」から巣立った若い世代は、徒党を組まない。それに対し、大正から昭和にかけて長らく近代短歌の主流をにぎったのは、伊藤左千夫・島木赤彦・斎藤茂吉などのひきいるアララギ派である。

アララギ派は明治の浪漫主義と訣別し、歌の伝統の〈虚〉を否定し、三十一音の短詩のうつわが千年以上ゆたかに湛えてきた恋愛情調をも否定した。

代わりに目で見たままの事実の重視、すなわち〈写生〉〈写実〉の至上を唱えた。万葉集を、古代人の素朴な写実精神の理想としてあがめ、王朝和歌の虚にみちた優美を軽蔑した。

信夫は、その論理の粗さと不合理を初めから知る。歌数も多く、おさめる歌の時代の幅も広い万葉集には、歌の多様な本質が流れる。これ一つが万葉集の本質だなどとは、とても言えない。王朝和歌の母胎となる優美繊細な歌風もあれば、雄大で力づよい歌風もある。しごく当たり前だ。

しかし信夫は時代を引っぱるアララギのエネルギーを認める。万葉学者として、ここに所属する利も見きわめた。大阪に帰郷してから「関西同人根岸短歌会」に出席し、アララギになじむ。のちに同人となり、万葉集の評論に筆をふるった。

ところで大正モダニズムの中の「不二新聞」に戻ろう。

外骨を主幹とする大阪発のこの新聞のテーマは、首都・東京中心主義への反逆と逆襲である。とくに石丸梅外と大林華峰らに任された「水曜文芸欄」が、その牙城となる。

外骨は、北海道に新天地を求めて工場経営まで手がけた気骨の文学者、岩野泡鳴にもおおいに吠えてもらう。この実行の人の、首都中心主義への批判は迫力がある。大正三年一月二十八日の紙面で、泡鳴は叫ぶ。

「詩人は国語を以て歌わなければならない。ことに大阪のオリジナリティを出すと云う意味において、大阪人は大阪自らの言葉で書かなければならぬ」

「大阪人が思想界においても、自ら劣等だと思えば、自然滅亡するかも知れない。大阪人が覚醒すべき時は今だ」

かねて泡鳴に心酔する信夫は筆を握りしめ、泡鳴の叫びに応える。

大正三年一月二十一日の「不二新聞」に信夫は、「推讃」と題する熱烈な泡鳴論を掲げた。開口一番、こう述べる。

ろだんの鑿の味を思わせるおそろしい素朴と、底力とを具えた氏（泡鳴をさす。稿者注）自らの言語を以て、悲痛なる生活を開展せしめて行く傾向は、昨年に入って愈著しくなった。

信夫の評する対象は、東京ではなく、泡鳴が果敢に北海道と大阪をそれぞれ舞台にした話題作「熊か人間か」と、「ぼんち」である。

ちなみに「熊か人間か」という題名は、信夫に少なくない思い込みである。正しくは「人か熊か」である。この小説は、北海道の寒い冬に倦むある夫婦の不和から語りはじめる。

妻は夫に失望し、家からの脱出をはかる。大雪の中で熊に魅入られ犯され、殺される。捜索する村人の目に、殺害された女の片足が雪原から突き出ているのが見える。

凍える北の大地。人も熊も烈しい生殖欲をたぎらせ、冬を耐える。そこに、人間と動物の区別はない。雄と雌の原始の性の戦いを暗示する。

「ぼんち」は、大阪の船場のぼんぼんを取り巻く遊び仲間の人情も義理もなく、今を愉快に遊べればよしとする放埒な欲望をえぐる。仲間におだてられ、金を吸われるお人よしの若者は、誰にも同情されずに無惨な事故死を遂げる。無情に犬死にする。

二作とも、きれいな落ちも何もない。道義心のない赤裸の欲望を描く。そこに信夫は、ヤマトタケルやイザナギなど古代の神々に通ずる、「烈々たる生の欲求」を読みとった。信夫の古代学の一つの特徴は、日本の神の神性を愛欲の強さ、「いろごのみ」の欲望の強さに見いだすところにある。その萌芽がここにすでにあらわれる。

大阪人よ、東京に媚びるな、おのが郷土のことばで書け、との泡鳴の声にも信夫は敏速に応えた。大阪の新古のことばが飛びかい、大阪の猛暑の市場町を舞台とする小説「口ぶえ」を書いた。この郷土小説でみずから裸になり、中学時代の肉欲の悶えを細密に吐露した。

この小説をはじめ、初期の信夫の創作も論考も、思いのほか郷土色すなわち大阪色が濃い。自身のふるさと大阪をたいせつな軸とする。

むりもない。「不二新聞」の発信する、大阪芸術独立の熱波のただ中に若い信夫はいる。発信元をつかさどる人々はみな信夫の知己である。そして信夫の三兄、古子進もそこに深く嚙む。もちろん信夫は彼らの熱に直撃された。

たとえば石丸梅外は演劇の革新にも野心をいだき、大阪在住の新劇俳優・日疋重亮の協力を得て、歌舞伎など旧劇さかんな大阪に新劇ブームをおこそうと奔走した。

日疋重亮は俳優として伊庭孝とも遠からず、何より当時、ゆたかな古子家に居そうろうしていた。趣味人の進は、自宅を若い俳優や芸術家に自由につかわせていた。一種のサロンである。

大正二年に信夫も半年ほど、進の家で暮らした。日足とももちろん親しかった。兄の家の、自由で若々しい空気がいごこちよかったのだ。

つまり信夫は大阪文芸ルネサンスの核心部にいた。文芸欄で活躍させてもらう身としても、この熱波に応えぬわけもない。周囲からも、大阪ならではの古代学者になれ、などと盛んに煽られていたはずだ。

かくて外的にも内的にも、信夫はまず〈大阪〉からあるきはじめる。

柳田國男の主宰する「郷土研究」に初めて投稿し、折口信夫なる人物ありと柳田に認められた随筆「三郷巷談」（大正三年三月）は、野性的な略奪婚のしきたりをはじめ、大阪の生地周辺に残留する古い民俗の報告記である。

柳田の注視のもと、つづけて同誌に投じた本格的民俗論「髯籠《ひげこ》の話」（大正四年四・五月および翌年十二月）もまた、幼い頃からなじみ深い木津村の勇壮な夏祭りに取材する。

そして――無名の学徒から一気に少壮の個性的な万葉学者としてデビューするきっかけとなった『口訳万葉集』（大正五―六年）も例外ではない。

万葉集の全歌を現代語訳するという前人未到のこのしごとにおいても、信夫は〈大阪〉を捨てなかった。訳することばに、「おつかさん」など郷土の暮らしの暖かくやわらかいことばを絶妙に混ぜた。序文ではっきりと、「わたし自身の語なる、大阪ことば」をあえて矯正しなかったと述べた。

ところで、折口先生を慕う生徒たちのざわめきの中にもどる。

折口先生の思春期小説「口ぶえ」は、今宮中学校の生徒たちを沸かせた。これが発表されたのは、信夫が二年半クラス担任をになった第四期生が卒業する、春三月から四月にかけてである。

生徒たちは、これは折口先生の中学時代の自画像であるとともに、春の目ざめにとまどい悩む自分たちの姿でもあると直感した。先生が胸をひらき、羽ばたく自分たちの青春に贈ってくれた花むけの書であると受けとめた。

ごまかしと安住の殻を脱ぎ捨て、おのが欲望を生のエネルギーとして裸で感じて生きよ、という岩野泡鳴の主張に共鳴して書かれた小説ではあるものの、信夫の個性は泡鳴の野性的で力づよい筆致とは大きく異なる。

やわらかい曲線と、万物にもやう湿気。同性へのほのかな思慕と、触れられれば閉じる眠り花のような繊細な恥じらい。信夫のつづる思春期の世界は、淡くにじむ水彩画を想わせる。細密で秘めやかなムードをまとう。

「ええな。僕は主人公の安良が体操教師にいじめられるとこ、ずんと来た。先生、よう見てはる」

金ちゃんが言う。大きな医院の子で、両親の仲たがいに胸を痛める柳延胤は、僕も飛鳥のお社みたような、ほんまの自分の故郷が欲しいわ、とつぶやく。

清志は何も言わなかった。言うよりも、こころに固く決意することがあった。

卒業式はとうに終わり、数日前に歓送会もすんだ。その席で折口先生は辞職の意を表明し、東京へ行くとおっしゃった。なみいる教員も生徒も騒然とした。

今宮中学校の校庭の桜は、陽のゆきわたる梢の先から、一輪二輪とういういしく咲きはじめている。この桜が咲きみち、落花が舞う頃、先生は上京する。

すでに清志の瞳には、空を埋める無数の花びらが舞うのが見える。先生と離れちゃいけない、そう思いつめている。しがみついて、くっついて、自分も東京へ行く。不思議なほど、すんなり決めた。

金ちゃんには黙っていては悪い。少年なりの仁義がある。僕も東京へ行くんや、と清志は告白した。

ええっと金ちゃんはのけぞった。清志、学校決まってたやろ、と叫ぶ。

そんなん止めや、僕は東京の高等学校を受け直す、と清志は平然と言う。

むちゃや、そんなん折口先生も困るんやないか、と呆れながらも金ちゃんは目からウロコが落ちたというか、そうか無理にでも追っかけていけばいいんだな、東京は外国でもあるまいし、と全く考えもしなかった進路がまっすぐ脳裏に浮かんだ。

視界に先生の姿のないこれからの生活なんて、そうだ、清志とおなじく全く想像できない。楽しさや歓びの輝きが消えた無味の世界になんぞ、誰が進みたいものか、すでに烈しい生の歓喜を知ったというのに。

花が風に透きとおって舞う中、はたして先生は去った。住所はしっかり聞いておいた。本郷六丁目一二番地、赤門前の下宿屋、昌平館。

いろいろ画策し、何より家族を説き伏せ、八重桜も藤も咲きおえて若葉のみどりが全てを染める頃、清志は上京した。

苦肉の策で、無試験の浅草区蔵前の東京高等工業学校へすぐさま入学志願を出し、ここを出て建築技師になるんだと両親を納得させ、金ちゃんもそれに続いた。おなじ四期の優等生、萩原雄祐と竹原光三も先生を追った。

今宮中学校はじまって以来のことである。それがいいことなのか、悪いことなのかはわからない。しかし確実に、人の運命を変えてしまうほどの強烈な磁力を、信夫という教師はもつ。

少年たちの運命は、とくに清志と金ちゃんの運命は信夫に出会い、大きく変わる。

偶然であるのか、ないのか。大阪にダイナマイトをぶち込む気運をかかげた「不二」新聞も、信夫が大阪を去るとほぼ同時に炎おとろえ、ほどなく消滅した。

信夫が去った翌年。大正四年九月、外骨は「夜逃げにあらず昼去りなり」とへらず口を叩き、十五年間暮らした大阪を去り、東京へ活動の場を移す。

以前より距離はへだたったとはいえ、東京での外骨の活動を信夫は支援しつづける。大正十四年八月刊行の外骨の『半狂堂出版図書目録』増補再版には、「予約加盟員名士表」に信夫も、吉野作造や尾佐竹猛とならび名をつらねている。

第十四章　愛の家

家、というと血の根の脈うって絡む緊密な球体を、誰しも想像する。かつて多くの明治人が、この球体に苦しめられた。というのも家は前代の力を失い、子孫を養うことができなくなった。大きな家は次々に崩落し、代わりに小さな家が林立する。

それなのに親への絶対服従を強いる儒教の道徳は、小さな家のなかでも惰性的に続行された。理不尽と息苦しさに、近代の入口で多くの若者が力尽き、志なかばに倒れた。

死屍累々。そのいたましさを凝視して島崎藤村は、木曽から東京に出た己が家系の、都会での苦闘の小説『家』（明治四十三・一九一〇年）を書いた。

国木田独歩は、親子関係を取りまく偽善をあばく小説「酒中日記」（明治三十五年）を書いた。愛がなければ親子も「他人なのだ」、と大声で叫んだ。

柳田國男と田山花袋が少年時代から親友のちぎりを結んだのも、互いがかかえる家への恐怖と嫌悪が、相通じていたからである。

二人の少年は折にふれ、それぞれの家のはらむ陰湿な闇を打ち明けあい、肩よせあった。

柳田は愛する母が、若い嫁に対しては鬼と化す瞬間を、忘れがたくまぶたに灼きつける。狭い空間で係累がふくざつに争う自分の兵庫の生家は「日本一小さな家」であり、そこに近代日本を象徴する不幸があったとする。

田山花袋の家にかんする記憶も、これに類似する。上京して狭い借家に大家族で住まう暮らしは若い世代を圧迫し、まず若い嫁が犠牲となる。長兄はその人生をへし折られた。老母は家の魔王として君臨し、ますます荒れ狂う。

花袋は家の重みの下で生きる一族の苦しみを、明治四十一年から四十三年にかけて発表した三部作『生』『妻』『縁』で描きぬいた。

家という血縁の球体は、このように日本近代の知識人の深刻な負荷であり、その下で生きつつ彼らは、〈家〉を創作の重要な動機とした。

ところで折口信夫の方向性は全く異なる。彼の発想は、家の重みの下に耐えて暮らし、その負荷を告発しようとするところにはまるで無い。

といって、家を脱出し、ひとりの孤独を死守する永井荷風のような流儀ともちがう。

折口信夫は結果的に、血の球体とは異なる球体を自らつくり、生涯そこに棲んだ。それは血縁や地縁といった既成社会のきずなとは関係がうすい。純な愛と志、美と学問への感激をきずなとする球体である。

近代以前の歴史をかえりみれば、信夫のつくった球体に似るのは、学者や歌人のつかさどる家塾の形であろうか。学僧のつどう寺院も、これに似る。そういえば信夫はその創作で、寺院を聖域としていたく愛する。

具体的にはまず大正三年四月、教員の職を辞して上京し、本郷の下宿に落ち着いたとたん、卒業させたばかりの今宮中学校の第四期生が四人、信夫を追って来た。

伊勢清志、鈴木金太郎、萩原雄祐、竹原光三。この面々が大荷物をしょって新橋停車場に降り立ったとき、手紙で知らされ迎えに来た折口先生は、「あれあれ、あんたたちは。おっ母さんやおっ父さんが驚きはったやろ」とぶつぶつ言いながらも、瞳は明るかった。嬉しそうだった。

一か月ほど会わなかった先生と生徒たちは互いになつかしく、身体をぶっつけるようにして雑踏の中を離れないようあるいた。

翌々日あたりから先生は四人を引き連れ、首都の華やかさを見せた。歌舞伎座へ行き、隅田川を散歩し、横浜で中華料理のテーブルをかこんだ。アイスクリームもなめた。

都会でこの調子では、金は流れるように消える。この間の信夫のしごとといって、国学院大学の金沢庄三郎教授の『中等国語読本』の編集の手伝いと、立教高等女学校の臨時講師をつとめるだけだ。

ことばに関して凄まじい学欲をもつ信夫は、国語読本のしごとは猛烈にやった。本屋を閉口させるほど、校閲にも妥協しなかった。とはいえ、収入はさもない。

しかも、この作業には大いにへこたれた。三矢先生とは異なり、金沢教授は若い者を動員するのに容赦ない。作業は終日におよぶ。虫が嫌いな金沢教授は、真夏でもガラス戸を締め切りにする。閉塞感がつのる。

じつは信夫はこうした丁稚奉公をしたことがない。一室に入れられ、冗談も言わず、おやつも食べず、既定の作業に黙ってしたがったことなど一度もない。

時折わあっと叫び出したくなる。突然あたまが燃えるように熱くなる。折口君、汗だらけですぜ、と皆が不審な表情で帳面から顔を上げる。

その目の光が恐い。彼らと目を合わすのが辛くなった。さいしょは昼だけだったが、夜に下宿に帰ってからも、目の奥がチカチカかゆい。

ついに神経衰弱になった。翌年、大正四年三月に、収入は薄いが学会につながる唯一の命綱ともいうべきこのしごとを辞めた。

辞めた、と報告し、仕送りの増額の無心をする手紙を実家に送ると、逆効果であった。すぐさま博士論文を書く準備にかかれ、上京した成果を見せよ、と折口医院をつかさどる兄の静から強硬な口調の手紙が来た。さすがに、えい叔母も今回は口添えをひかえている。

博士になるより今の僕には、僕のもとにいる生徒をぶじに願う進路に立たせることが肝要急務と思います、そのためには今すこし金が必要で……と書いてやると、無職の身で何を阿呆なことを、と怒ったのか、兄からはふっつり手紙が絶えた。

むろん古子の兄にも何度か無心した。進は三回か四回は用立ててくれたが、元来がそう同情心のない奔放な性格なので、何だ信夫がまた面倒くさい、と打っちゃって忘れてしまうことも多い。

そこへまたもや——。金沢教授のしごとを辞めたと同時の大正四年花舞う四月、金ちゃんたちの一学年下、今宮中学校の第五期生が五人、卒業して折口先生を慕ってやって来た。

顔色も変えず、信夫は彼らも迎えた。この人数なら、と昌平館の二階を借り切って総勢十人で住んだ。原始共産制で乗りきる、愛の家塾である。

まず、月初めに折口先生はじめ仕送りのある子が、有り金を提供する。それを先生がまとめ、下宿代と皆の学費を払い、あとは机の上の紙の箱にぶち込んで、そこから何やかやの入費を払う。

清志や金太郎など第一陣の子らは、比較的ゆたかな家の子が多い。ゆえにこの方式で、どうにか暮らしてゆけた。しかし二陣の子らはそう好条件ではない。仕送りのある子も、ない子もいる。箱の金は、月のなかばで小銭しか残らなくなった。

先生はまず、床から天井まで積み上げてある本や雑誌を売った。綺麗さっぱりになった。次にはきもの。えい叔母の心入れの冬外套も売った。学生の町である。古本屋や質屋には事欠かない。窮した若者はそれらに駆けこむ。恥ずかしがりの信夫にして、この初体験にさして、ためらわなかった。

しかし焼け石に水。めでたく高等学校に入った雄祐がある日帰ると、部屋にうやうやしく飾っていた天文学の立派な本がない。うろうろ探していると、折口先生が通りかかり、何か失くしたんかと尋ねてくれる。

ここの本が、と言うと先生はハッと思い出した顔をする。それ、僕が古海堂に売ったんや、と言う。頭のいい雄祐はすぐ事情をさとる。騒いですんまへん、と口の中で小さく言う。信頼しあう師弟である、それだけで終わる。

そのうち折口先生は高利貸しにも金を借りはじめた。下宿代も滞納するようになった。金ちゃんのおっ母さんが仕送りとは別に送ってくれたおこづかいの封筒も、机に置くやいなや消えた。その素早さに、金ちゃんは先生の苦闘を察した。

この頃から、木津の実家の仕送りは絶えた。兵糧攻めである。当時おおらかな父兄が多かったとはいえ、折口先生は生徒をあつめて仕送りを吸い上げている、という黒い噂が大阪の地元で立ちはじめていた。

町の噂を耳にすることの早いえい叔母は、こころを痛めていた。あるじの静とはかり、折口家に古くから出入りする番頭を東京にさし向け、高利貸し分の信夫の借金を清算させた。五百円もの額に、実家は驚いた。

万事休すである。五百円のかわりに、即刻の帰郷を約束させられた。もとより信夫はそれを守るつもりはない。しかし共同生活の破たんは明らかだった。子らに累のおよばないうち、無事に別れなければならない。

第四期生が来た大正三年の春から数え、およそ一年半で純な愛の球体は、世間の風に吹き飛ばされた。しかし球体がついえても、信夫にやるべきことは多い。実は小さな借金はまだそこここにある。何よりまず、必死で生徒たちの身の落ち着き先を探し、駆けずりまわった。

世間にうとい折口先生である。知人友人にもおおいに頼んだとはいえ、下宿屋その他に軽くあしらわれ、だまされることもなくはなかった。むしろ生徒の方が世間知があったりする。

しかし誰も先生の選んだことに異を唱えなかった。青ざめ、やつれた折口先生。もう冗談や軽口も言わない。その代わり、いかなる苦境も生徒には洩らさない。わずかな間に、顔がずいぶん老けた。

身に染みた。先生の指の示すところに黙って行く。それがせめて唯一、先生を守ることだ。これが真の別れでないことを、皆たがいに知っている。

昌平館の二階のあちこちに、大小の荷物の置かれる十月末。じきにここを引き払う。皆がそろってあつまれる最後の夜は、先生の大好きな連句会をした。

発句は先生。さて何がいいかしらんと少し考え、半紙にさらさら書く。即興に妙ある小詩だからと、先生の作句はいつも早い。停滞する者がいると、ふざけて「play fast」などと催促する。

「この町に若き子多し看板湯」

風呂屋が終いになる深夜に、先生の帰りを待って居眠りするあの子この子を起こし、いっしょに下駄を鳴らして風呂屋に急いだのも、なつかしい思い出だ。本郷六丁目の安下宿、昌平館。忘れまい、みな一生忘れまい。

「学士も小僧も三助になる」

先生の発句を受け、脇を付けたのは光三。まじめな子と思っていたのに、いっしょに連句をしてみると、笑いをかもす才のあるのが判明した。だから、この小詩ゲームはおもしろい。

「膝折りてスタートライン蹴り走る」

清志である。第三句目なので、ふっと気分を変えた。膝を折って人の背中を流す風呂屋の姿勢を、さっそうと駆ける徒競走の情景に転じた。

これから新しいスタートを切る全員への花むけである。とともに折口先生へのオマージュも秘める。先生がいろいろ使いこなす筆名の一つに、「膝折武助」というのがある。

うまいねえ、と先生はうなる。連句など全く知らなかった清志が今では、どこの座に出ても通用する達人だ。

折口信夫は生涯、連句を深く愛した。この伝統的な座の文学は、密室の孤独を旨とする近代文学とは異なる。古代文学のおもかげを残す、笑いと楽しさにみちた宴の文学だ。

とりわけ信夫は、おのが個性的な教育の一環として、愛する子らと連句を楽しむことを重視した。連句にあつまった仲間は、互いに互いの気持ちにも入りこむ。たとえば発句の人格の経験や気持ちを、次の脇句をつくる者は思いやり想像し、みずからの中に溶かしこんで、先をつづける。

連句は〈個〉に執着しない。それより〈座〉として分かちあう空気を大切にする。自と他が渾然と融合し、刺激しあい、小さな宇宙を創造する。それこそ一種、信夫のイメージする師弟の理想の世界なのだ。

「明日より夢になつかしき顔」

金ちゃんの挙句で、座は結ばれた。夜おそいけれど今日はかまうまい、と先生は寒い季節だけにつくる、老舗「ふじむら」の黄身まんじゅうを大皿いっぱいに盛り上げて出した。

歓声をあげる生徒たちの顔を、先生は秘かにしみじみと心に映した。かわいい、皆かわいくて仕方ない。

折口信夫は個性的な古代学者である。そのトピックとして、彼が独身をつらぬいた同性愛者であったことは、世間的によく知られる。

しかしその同性愛の一面が強烈に個性的な教育でもあり、この古代学者をささえるのが、近代でもずばぬけて烈しい肚のすわった教育者の顔であることは、あまり知られない。

せっかくだから、これもほとんど知られない、彼の教育に賭ける情熱のことばを紹介しておこう。大正十四年。三十八歳の折口信夫が思いきり、教育とその軸としての師弟関係について、胸の内を吐露した文章がある。

教育とは教育者とは何か、と四角い論を張ることを好まず、ただ黙して自身が教育だと信ずる道をまっしぐらに進んだ信夫にしては珍しい、まっこうからの教育論である。

一つの仮想敵は、大正時代に隆盛した「児童生徒の個性尊重」教育である。信夫は、生徒に丸投げするその教育思想の腰抜けぶり、ふがいなさに憤る。燃える批判のことばを、大正教育界に叩きつける。

生徒、児童の個性を開発するものは、生徒児童の個性ではなくて、教育者の個性でなければなりません。(中略)

教育は、個性を以って個性を征服するところに、真の意義があるのです。謂わば、個性の戦争であるのです。

(「新しい国語教育の方角」大正十四・一九二五年)

教育とは、生徒の個性を野放しにすることではない。教育者と生徒の個性が相争い、その結果、先生の個性が生徒のそれを圧倒し、生徒の才華に方向性を示す「個性の戦争」なのだと、信夫は断言する。

教育とは、魂と魂との格闘であるとこころえよ。世の先生たちに向かい、信夫は叫ぶ。油断すれば怠れば、生徒に殺されることも覚悟すべしと言う。

「世の中に固定を恐るべきものは、教育者が第一であると致さねばなりません。一歩停まれば、被教育者から殺されるものとの覚悟がいります」

ここでも信夫は固定を憎む。安易に固定した瞬間、教師は生徒に殺される、と言う。凄まじい。信夫はその古代研究にて、魂と魂との真剣な格闘として恋を重視する。引きつけられた魂と魂とが相呼びあい、せめぎ争い、一方が一方を圧服する魂の戦いこそ、恋の原始なのだと述べる。

彼における恋と教育とは、よく似るではないか。

さらに彼は言いつのる。「職業」としての教育など、ありえない。先生と生徒が仲よく対等に強調する「合同作業」としての教育も、ありえない。そんな生ぬるさを信夫はふり払う。

教育の目的を決して「功利」に置いてはならぬ。理想の教育とは、「宗教に似た心に立った場合に限って」実現されると、信夫は叫ぶ。

これらのことばが決して偽善ではないことを、実行のともなわない理想主義ではないことを、彼の若き日の苦闘にみちた昌平館での生活を追って来たわたくしたちは、鮮やかに知る。

大正の開明的な教育界に、異ありと叩きつけたこの純な凄まじいことばは、ことごとく信夫が実践してきた内容である。

戦いは、ときに純白な雪のような人間をつくった。ときに虚しく若者を傷つけ、先生も生徒も深く疲弊した。結果としては、はなはだしいデコボコがある。信夫の独創的な教育は、必ずしも全てによい実りをもたらさない。

しかし、成果をのみ求めることも、ある種の「功利」である。ここには確実に理想があり、理想をめざし道をまっしぐらに進む純がある。世間の既成の常識を突破し、無垢に白く燃える魂の触れあいの世界がある。

これが折口信夫の教育の内的世界である。そして、あらためて深くうなずける。彼における理想の教育とは、やはり――彼の愛と恋の世界に似る。

第十五章　最高に純粋だった頃

最高に純粋だった。ということはつまり最高にバカだった。

だからこそできた。名もない一人の青年と彼をささえる若者たちの手で、万葉集の歌すべて四五一六首を現代語訳するという、それまで大家も手がけなかった前人未到のしごとができた。

大正五（一九一六）年一月八日。身を切るように冷たい風が吹く神奈川県小田原の寒々しい農村を、二十八歳のその青年はあるいていた。

外套もない。汗じみた黒いネルのきものに紺ばかま。それに鳥打ち帽と、あかい手編みのマフラーを巻いただけの無防備なすがただ。

しかし寒風にたじろがない、強い、いい目の光をしている。痩せたしろい頬。眉のうえに青痣がある。それが彼をいささか陰鬱に見せる。

おりしも小正月。このあたりでは、子どもたちによる道の神の祭りがさかんだ。農道やあぜ道にたたずむ石の道祖神に、もちや花を供える。焚火を燃やし、輪になって神歌をうたう。

そこにひたひたと足音。見ると、よその若い男が目を輝かす。「道あえだね。私も神さまと遊んでいいかしらん」。

寒さに頰を染めた子どもたちはすぐに警戒心をとき、彼を仲間にいれた。みんな一人前の顔でよそ者に、神祭りのしきたりを説く。彼は熱心に聞き入り、子どもの教える作法どおりに小さな石の神々を巡礼する。

お供え物を、と言われたときは困った風だった。うろたえて袖や懐をさぐった。うすい五厘銭をやっと見つけ、これで塩たてまつります、と石神の前に供えて去った。

この若い男。折口信夫である。正月早々、小田原で中学教諭をつとめる親友の武田祐吉の家に、借金を申しこむためにやって来た。

一昨年、ふるさとの大阪府立今宮中学校を辞職し、あてもなく上京した。以来、まわりを呆れさせるむちゃな生活をつづけていた。武田にも、もう何度も金を借りた。

破綻するのはわかっていた。しかしやり遂げたかった。世間の常識に屈したくなかった。同時代のだれよりも、清々しく新しく生きてみたかった。

守りたかったのは、理想の愛の家塾である。師弟ともに暮らし、生きる感激を分かちあうのが、折口の理想の教育だった。

無職の身だからといって、その実践をためらわなかった。折口先生を慕って上京してきた生徒たちと敢然と、共同生活をした。魂の合う者で暮らす至福を経験した。

世間の常識をこえる、純愛の実践でもある。世をつかさどる金の力に、稀有な生活共同体はふっ飛ばされた。そんなことに萎縮してはならない。先人のいない純白の新しい生活を提唱し、こころみるのは、学者や文学者のたいせつな使命だ。さらに進むべし。心はいっこうに折れはしない。

しかし、ひどい焦りはあった。自分はどこをめざすのか。兄の進の例もある。早くからトルストイに私淑し、芸術を愛して自由に生きると豪語していた兄だが、現在の彼は裕福な養子先に寄食する趣味人以外のなにものでもない。

じつは父の例も、信夫のこころを暗くする。和歌を愛し、漢学に造詣が深く、本の虫であった父は結局、自身の手では何も成し遂げず、古い商家の気むずかしい主人として孤立して生を終えた。

自分も燃える志をもちながら、年とともに情熱を枯らし、市井の無為な教養人として死ぬのかもしれない——信夫がだれにも言えず秘かにいだく恐怖である。

愛の家が解散したあとも、借金が残る。これを綺麗にしなければならない。そう思いながらも、こころは急く。去年は初めて柳田國男に会った。その学問の風速に目をみはった。柳田が民俗学を旗あげした岩手県の遠野地方にぜひ、旅をしたい。いや、しなければならぬ。

そう思いつめ、小田原に来た。武田に金を借りに来た。親友に無心をすることは、信夫にとって恥ではない。おやつも本も、皆で分かち合った中学時代の濃い友愛のきずなが、身に染みこんでいる。友のものは自分のもの、自分のものは友のもの。

武田祐吉も想いはおなじである。しかし、彼には養うべき母もいる。ない袖は振れない。薄給の武田は、さすがに度かさなる借金のたのみは断った。その代わり、自分が構想していたしごとのアイデアを譲った。

いま、短歌が大ブーム。正岡子規、与謝野鉄幹、晶子、北原白秋と次々に天才が出る。ところで子規がその短歌革新の写実精神のシンボルとして万葉集のすばらしさを宣言し、一般読者にも万葉への関心が高まるにもかかわらず、これを現代語訳する書がない。万葉集の全口訳をしてみてはどうか。これはきっと売れるだろう。

信夫は中学生の頃から、小さな万葉学者だった。すべての歌をそらんじ、ことばの解釈にも自説をもっていた。万葉の歌の生まれた大和の山野も、よくあるきまわっていた。小さな森や川の名もことごとく知っていた。それを知っての親友のアドバイスである。

できるやろうか、僕に。信夫の瞳がゆれる。できる。武田は深くうなずく。そやかて無名のもんの口訳なんか、本屋が引きうけんやろ。そこは後で考えたらええ、そこらの大学の先生が訳すより、折口がやる方がずんと面白い。それは確かだ。武田が背を押す。

ここから全ては始まった。

折口は東京へとって返した。すでに理想の愛の家塾は解散し、皆ちりぢり。折口じしんは教え子の一人、鈴木金太郎少年の小石川の下宿にころがり込んでいた。そこが編集室になった。

本は売り払ってとぼしい。手もとに残る佐佐木信綱の歌学全書を底本とし、注釈書は見なかった。見るまでもない。万葉集のすべての歌は折口の肌身に染みついていたし、歌についての諸説は脳内を自在にゆききしている。

それぞれ通う学校のあいまを盗み、教え子の少年たちが小石川に来る。万葉集の一首一首をかわいい声で読み上げる。折口はそれを聞き、訳を考え、高らかに述べる。その訳を、国学院大学時代の三人の親友が書きうつす。

この共同作業で、全口訳はほぼ三か月という驚くべきスピードで完成した。作業室には終始、親しい者どうしのいきいきとした声が飛びかっていた。

こうした〈口訳〉から、折口信夫の万葉集研究すなわち古代研究が本格的に幕をあけたことは、象徴的である。

折口の古代研究とは、日本文学史をつらぬいて流れる〈声〉の発見でもある。はるか他界より来たる〈まれびと〉神。祭りがおこなわれる大地の実りを予祝し、その地に住まう人々を祝福する声を大きく発する。

その聖なる声こそ、ことばの発生をうながす第一の力。折口はそう考える。祭りのたびに神の声とそれに応える人間の声が発され、そこから文学が芽ばえる。

たとえば他界からの遠い旅をかたる神の声は、もの哀しいさすらいの歌や物語の母胎となる。伊勢物語のむかし男の流離、光源氏の須磨流離など、日本文学のたいせつな一つの本質をなす悲劇文学を生む。ゆえに折口はその文学史において一貫し、声の文学を重視した。声のかもす演劇性や芸能性、音楽性に熱い目をそそいだ。その特色はすでに『口訳万葉集』によく表われる。

ほんの一例として、巻三・二三六、七番の、持統天皇と側付きの老女「志斐《しひ》ノ嫗《おむな》」との問答歌にかんする、折口の解釈をのぞいてみよう。

女帝は、小さなころから知る乳母のような老女をからかう。もういやというのに、お前さんが「しひ語り」をするから、お前さんの古びた物語がまた聞きたくなっちゃった。それに対し老女は、「話せ話せ」と貴方がせがむから、私はお話ししますのに、とふくれっ面をしてみせる。

折口はこの親しげな連なり歌に目をみはり、「志斐ノ媼は語部の一人であった」「天皇の御幼少の頃から荒唐無稽な物語をしていた」「上代の宮廷生活が思われる」たいせつな歌であると註をつける。

日本の古い歌と物語の背景に、語部の活躍のあることを、折口は大学時代から探っていた。〈語部〉とは、宮廷や豪族の家に住まい、語りを代々のしごととする「奴隷集団」である。

彼らは、宮廷や家々の歴史をそらんじる歴史家。そして貴人の家庭教師でもある。立派な魂の持ち主の物語をかたり、もって主人の魂を感染教育する。男のあるじの場合は、その魂が男神のように勇壮に偉大になるように。女のあるじの場合は、その魂が女神のように麗しく神秘的であるように。

歌や物語をつかさどる語部こそは、日本文学の初期をささえる重要な作者。そら、その証拠が万葉集の中にちゃんとある！　折口は、発見者の喜びにあふれ、持統天皇と媼の歌をゆびさす。

このように万葉集の歌すべてが、〈作家〉としての歌人が独りで思案し、紙に書きつけた〈文学作品〉であるというわけではない。

なかには語部が主人に聞かせるため口でそらんじた歌もあるし、宴会であいさつや恋愛ゲームとして即興で詠まれた歌もある。旅空にさまよい体から離れそうになる魂を、必死で呼びもどし、自分に結びつける呪術の歌もある。

つまり現代の私たちが考えるより、古代の歌は音や声に近い。それがつくられる場も、密室であることの方がまれだ。神を迎えての宴の場などで詠まれることも多い。人々のざわめきや笑い、泣き声にみちている。

そしてそんな歌を訳すのが、もともと芝居狂で、演劇的人間である折口はなんとも楽しそうだ。

巻二・九五番では、名高い采女を天皇から賜った藤原鎌足の喜びの歌を、むじゃきな男らしい自慢の大音声として訳す――「どうだ。俺はねい、安見児《やすみこ》を手に入れたぞ。それ」。

巻七・一一〇二番の「おほきみの三笠の山の帯にせる、細谷川の音のさやけさ」を訳したうえで、こう評する。

「音律の美を極めた歌で、内容の単調なのも、問題にはならぬ。傑作」

弱冠二十八歳。堂々としている。すなわちこの三笠山の歌は国の地霊をたたえる歌で、山や川の名じたいが美しい。公の場でうたわれる音楽として、絶妙に耳にここちよいということだ。

私たちには何の意味があるのか、と思われる内容のうすい歌だ。折口はときに、近代文学観において絶対の価値とされる作品の〈内容〉や〈意味〉をあっさり蹴とばす。

歌はそもそも神の声から生まれ、聖なる呪文として尊ばれ、音楽や芸能としても深く愛された。ゆえにテーマや意味など、はなから持たぬ歌もある。一瞬の神秘的な風、天に舞い消える雪、琴のきらびやかな音としてつくられ、愛された歌も少なくない。

日本文学史を原初からながれる歌については、西洋から移植した近代文学観のものさしのみでは、とうてい測れない。それはあまりに浅はかだ。そういう信念が、この無名の青年には確固としてある。

それにこの青年は、恋歌を読みほどき、やわらかく訳するのがなんと巧みなことか。これには、作業の過程で草稿をのぞいた武田祐吉や吉村洪三も驚いた。

信夫がいつまでも少年のように、おさない恋ごころを握りしめて離さないことは、彼らはよく知っていた。奴さんの恋はいつまでも歌そらごと、現実のおとなの恋じゃないね、などと本人のいないところで軽口をたたきもした。

それなのに、信夫のことばは古代の歌と響きあい、官能的に艶にかがやく。まるで肉欲も含め、恋の深みと悩みを知り尽くした人のようだ。

男の側にも、女の側にもなれる。それも強みだ。たとえば信夫は、百戦錬磨の恋の達人、いろごのみのいい男になりきって、女に歌いかける。

「嫋《しなや》かな、かあゆい女、嫋々《たよ》とした娘はどう思うて居たのでか」「長い命をば短く死んでしまうたのか」（巻第二・二一七番）

かと思えば、まるで光源氏のような貴公子として哀しくつぶやく。

「あの紅《くれない》草の花、（中略）あの花のように、彼の人が色に出さないでも、側から見て居るだけで恋い続けておらねばならぬのか」（巻第十・一九九三番）

そしてもちろん彼は、清らなういういしい乙女の声も自在にはなつ。いとしい男に、恥じらって甘くささやく。

「考えると、余程深く思い込んでいたものと見えます。お逢い申さないで寝た夜の夢に、お見えになりました」（巻第四・六三三番）

歌で鍛えた両性具有の翼をのびのびと広げ、信夫は古代の恋人たちの喜びや嘆きの大海を横切る。彼の訳にかかると、恋歌は長い眠りから覚め、熱い息を吹き返す。わかりやすい。すらすらとたやすく、遠い世の恋人たちの睦言を耳が吸う。

しかし待てよ、とも読者は思う。古代の王や后、野の若者や乙女の思い慕う声は、明らかにあざやかに響く。しかし彼らの恋が、この大正の世の恋と同じかといえば、どうもそうではないようだ。

大正は、自由恋愛の高らかに叫ばれる時代。前代にては社会への反逆をも意味した、思想革命としての〈恋愛〉が、ようやく少しずつ一般化してきた時代。

こころ魅かれあう男と女の自由な結びつきが、恋愛としてあこがれられる。万葉集の恋歌は、それと重なる面も大きい。しかし謎めいて、異なる面も大きい。

古代の恋は、相手の魂を我がもとに引きよせようとする、魂乞いでもある。古い恋歌になればなるほど、恋歌の奥に神秘の霊魂信仰がうごめく。信夫の訳はその信仰を透視する。

男も女も歌う、あなたの想いの深いあまり、わたしの夢にあなたが現われなさいました、と。あなたの魂が夜空を飛んで、わたしの夢にやって来た、と。

旅する男は歌う、旅寝の今宵のこころぼそさ。横たわる胸に手を組み、なつかしい我が家の枕のあたりを思い浮かべよう。わたしの形代として、愛しい妻がたいせつに清めていてくれる枕よ、わたしの魂の一部よ、どうぞ旅するわたしをまもっておくれ。

愛しい男を旅に出した女は歌う、お守りにとわたしの魂をあの人のからだに結び付けておいた紐よ、あの人が旅先のあだし女に出逢ってほどかれませんよう、あの人に固く結びついておれ。

万葉集に恋歌はめだって多い。なぜ日本人はこれほどまでに恋の歌を重んじたのか。それは恋歌が、魂の歌であるからだ。魂と魂が呼びあい、魂をたいせつな人と分かち合い、魂を愛しい人にささげる、霊魂信仰の呪性を色濃くまとうからだ。信夫の訳は、そう問わず語りする。

読者のあたまの中に、〈恋愛〉とは異なる色彩の〈恋〉が出現する。肉体は、魂をいれる器。生きるあいだも魂は自由に肉体を出入りする。烈しくうつつなく人を慕えば、魂は肉体をはなれ、蛍のように空にさまよう。

恋すれば、相手の魂が欲しくなる。わが魂に、慕う人の魂を合一させたくなる。かくて歌う、愛しい人の魂をおびきよせ、乞う歌を。それが恋歌の原義である。早くからの信夫の説だ。

『口訳万葉集』とは、古典と私たちを仲よくさせる平易な入門書であるとともに、驚きにみちて近現代文学の既成概念に突き刺さる、するどい批評の書でもある。

そして折口信夫という人はここでも、徹底的によい先生である。かわいい教え子たちが作業の現場で万葉の歌を読みあげてくれた。かつての教室のざわめきが思い出される。本書の序文を折口はとくにこう結ぶ。

「わたしは、国学院大学を出てから、足かけ三年、大阪府立今宮中学校の嘱託教師となって、其処の第四期生を（中略）卒業させる迄教えていた」

「この書の口訳は、すべて、其子どもらに、理会が出来たろう、と思う位の程度にして置いた。いわば、万葉集遠鏡なのである」

小鳥のようにおしゃべりだったり、リスのように落ちつかない子、じっと折口をにらんでいたへそ曲がり、すねっ子。なつかしい「八十人ばかりの子ども」の一人一人の顔を思いうかべ、その顔を相手に折口は訳したという。

ああ、だから解りやすいんだな。だから本いっぱいに、「あ、月が出た出た」「おっかさん」「おい鎌公よ」「真青な人魂さんよ」などの暮らしの匂いのするあたたかい声が響くんだな。学や知識をてらう、硬さや権高さがないんだな。

突貫作業で仕上がったしごとはさっそく大正五年九月、文会堂書店の国文口訳叢書シリーズの『万葉集』上巻として刊行された。中・下巻は翌年に出た。

ここまでスピーディーに晴れがましく折口のしごとを世に出したのは、最終的には国文学者・芳賀矢一の力による。

折口の窮迫を知る国学院大学の恩師・三矢重松が、知己の芳賀にたのみ、芳賀の企画をうたう文会堂の口訳シリーズに折口のしごとを入れてもらったらしい。

芳賀は序文で折口の万葉集研究のたのもしさを讃え、現代語訳としては「第一の試み」であると宣言した。

これで信夫は救われた。借金返済のめどもついたし、何より少壮の注目すべき万葉学者として世間に踏み出した。

ふりかえっても、まさに崖っぷちだった。借金。無職。かねて恐怖していたように、一生を実家の捨扶持で暮らす、本好きの役にたたない孤独な「おっさん」になっても仕方ない状況だった。

周りがそうさせなかった。恩師、友人、教え子たち。みんな出会ってほどなく、信夫を天才だと直感した。彼がフリーターの間もそう信じつづけた。種々のいましめにもがく彼を解きはなち、羽ばたかせるため無償で手を貸した。

幾重もの人の情けが、『口訳万葉集』には籠もっている。

くり返す。『口訳万葉集』とは、折口信夫が最高に純粋で、最高にバカだった時代の、最高の知と愛と情熱の結晶である。

第十六章　流動あるのみ

何というわがまま勝手、勝気であることか。このとき信夫はいくつか。——三十歳である。あきれる。しかしこうでなくっちゃあ、この人ではない。この人の生き方ではない。折口信夫は徹頭徹尾、このように生きてきた。彼のいのちは、こう進むしか道を知らない。

『口訳万葉集』が出て、あきらかに信夫の周辺には風が動きはじめた。少壮の万葉学者として注目され、存在に形がついてきた。

話を聞きたい、という人もいる。何か書いてくれ、という申し越しもある。つてがあり、私立郁文館中学校の教員になった。島木赤彦と斎藤茂吉ひきいる短歌結社「アララギ」にも重用された。

これは渡りに舟、信夫にはまことに有難いことである。大正六（一九一七）年二月より、編集同人に任命され、選歌欄もまかされた。歌びととしての居場所と地位ができた。

これは「アララギ」がその写生精神の理想として、万葉復興の旗をかかげていたゆえである。正直いって、信夫の歌の才が必要だったのではない。初めて万葉集の全口訳をなしとげ、現代にこの古代歌集をよみがえらせる、学者としての信夫の専門性が欲しかった。

信夫もそれに応え、歌誌に万葉論を発表し、各地のアララギ会員のために万葉集を講義する旅行もおこなった。

ふつうの人ならここで、万葉一色に染まるところである。万葉集を専門領域とし、万葉学者としての位置をしっかり固めることに励むはずである。

しかし信夫はいやなのだ、そんな風に専門を固めることが。息苦しくてたまらないのだ、万葉学者という枠にはめられることが。それは信夫にとって、理不尽でさえある。

だからせっかく「アララギ」に招かれ、書いた「万葉集私論」(大正五―七年)の末尾で、こんなへそ曲がりの口をたたく。


おとゝしの夏この方、わたしは、何方を向いても万葉ばかり、といふ様な中に、這入つている。此集の名を言われても、おくびが出そうである。


『口訳万葉集』により、とうぜん世間は信夫のことを、万葉集研究をとおして古代を考える学者とみなす。とんでもない、と信夫はあらがう。現存する最古の歌集・万葉集がすなわち古代、などと自分は決めつけるわけではない。自分の古代研究とは、そんな固定とはほど遠い。

『口訳万葉集』のおかげでようやく世に浮かび息をつくくせに、万葉万葉、とまわりから責め立てられてウンザリだ、などとは何たるバチ当たりな言いようと驚く。しかし実はここには、信夫の真率な〈古代〉への想いが吐露されている。

では彼の〈古代〉とは、どういったものなのか。彼は自身の〈古代研究〉を黙々と実践している。『口訳万葉集』はその一端にすぎない。

『口訳万葉集』が刊行される前後、大正四年からほぼ七年にかけて、創作・論考の両方面で信夫は扇を広げるように多彩に書いている。なるほど彼の〈古代〉とは、こういうものかと実感される。

まず、歌論がある。代表的なものに、いずれも「アララギ」発表の前掲「万葉集私論」と、「ちとりましとと」（大正六年）が挙げられる。

この頃の信夫が声高くとなえるのは、日本文学の初期の歌と物語をささえた、「語部」の活躍についてである。

「万葉集私論」にて信夫は言う、宮廷や豪族の家に住みつき代々語りをしごととする語部とは、神のことばを人に取りつぐ巫部《かんなぎ》であり、宮廷と家の歴史をものがたる歴史家であり、また歌と物語にこもる霊力をもって子女を教育する教師でもあった、と。

この語部こそが日本文学の芽生えの時期の作者、つまり日本文学史の早期の作家なのだ。信夫は万葉集の中に、彼らの口伝えの物語の痕跡のちらばるのを指し示す。

語部はその後、王朝や中世文学史においても、女房や隠者にすがたを変えながら活躍する文学のたいせつな作者と目され、信夫の古代研究の主役となる。

さらに主張する。万葉集そのものが、古代の歌の集であるとは自分は考えない。万葉集は、宮廷や豪族の家々にバラバラに保管されていた多様な歌集が、ある時まとめられたものだろう。

おさめられる歌の時代の幅が広い。巻により、性質があきらかに異なる。古い呪術としての歌をおもんずる巻もあれば、大伴家持の一族の歌のように、大陸の影響を濃くこうむる「文学的」な歌群もある。つまり万葉集の内部は多層で、古代的要素もあれば、近代的要素もある。一人の作者が、あるときは古い呪的な歌を詠み、あるときは優美な恋愛小説のような近代的な歌を詠むこともある。この入り組みこそが、自分の追う、自分の生きる現在にまでつづく〈古代〉なのだ。

生物学風研究法が、文学史の上にも行われて来なければ、嘘だと思う。

「万葉集私論」の冒頭で、信夫は意気高く宣言する。文学は生き物だ。とくに人々に愛される文学は生きて動く。語り手に背負われ、各地を旅する。その途中で土地にくっつく文学もある。成長する文学もあれば、枯死するものも。またいったん枯死したと見えながら、地下にいのちを保ち、次の時代にあざやかに芽吹く文学もある。

愛されれば愛されるほど、文学は時代をこえて生きのびる。時代の波にゆられ、時代の好みに染まり、変化し脱皮し、生きてゆく。その生態を追いたい。それが信夫のこころざすスーパー時代文学史だ。すなわち、古代研究だ。

文学史という箱に死んだ文学の標本をならべ、もう誰も刺激しない枯れた化石を時代区分の順序にしたがって配列するような、そんな死体コレクションの文学史など自分はまっぴらごめんだ。

だからこそ、信夫は万葉集を最高の原始の歌集などとは固定しない。総体としての万葉集を、古代文学の最高峰とあがめることには何の興味もない。

万葉集に内在し、流れるいくすじもの歌の流れ。音楽的なものもあれば、笑いの歌、祈りの歌、社交的なあいさつの歌、太くおおらかな精神の歌、繊細な内省的な歌もある。

それらの流れが歴史のなかでいかに動き、とどこおり、潜伏し、また怒濤をなしてあふれ湧くか。そのいのちの流れにこそ、くろぐろと瞳を凝らす。

「ちとりましとと」はスケッチのような小論ながら、そうした信夫の文学史の流動的な特色をよく示す。中世そしてそれ以降に万葉集のいのちの種子を受けとり、わが手で花ひらかせたのは誰か。その話である。その意味で中世歌論であるが、信夫の意識では万葉論である。

信夫は少年の頃から高く評価する京極為兼を、万葉復興の第一人に置く。為兼のかかわった玉葉集と、それをつかさどる王と后――伏見院と永福門院とを、万葉集の叙景歌の生命力を受け継ぐ歌集とそれをささえる天才と賞する。

折口信夫が王朝文学史や源氏物語を深く考究することは、世間的にはあまり知られない。古代学者であるから、その専門は古事記や万葉集であると決めつけられる。

しかし彼は万葉集を、一種の古代的エネルギーの象徴とみなす。そこには多様なエネルギーが流れる。時代をこえて、そのエネルギーのゆくえを追う。それが彼の古代論である。

とうぜん、初期から彼は次の時代――いわば近代に接岸する王朝時代そして中世に熱いまなざしを凝らす。とくに歌の歴史の論にその傾向は濃い。

「アララギ」は、作歌においては信夫になかなか厳しい評価を下したが、批評においては自由に書かせた。信夫はアララギ時代に多彩に書いた。万葉論の他、詩劇「おほやまもり」、学的論考「異郷意識の進展」を発表した。中世の芸能者の世界に取材する小説も書いている。王朝を舞台とする戯曲も書いた。歌。小説。詩劇。万葉論、中世歌論、異郷論。「髯籠の話」と題する神の依代《よりしろ》についての民俗論もある。

それらは信夫のなかで全て、〈古代研究〉なのだ。たとえば、移住民である日本人にとってつねに慕わしい海の彼方。そこは母のいます国、あるいは死者の魂のおもむく死の島、または不死のいのちあふれる楽土、すなわち異郷であると注目する。

この異郷論の鏡面に、まれびと神論があざやかに映る。異郷から神が来る。時をさだめて海を渡り、神が来る。とおく他界より来たる神ゆえにその霊威は恐れられ、神の発語が日本文学の芽生えをうながす。語部がその聖語を人々にとりつぎ、長く記憶する。

この時期、決して『口訳万葉集』だけの信夫なのではない。学問と創作を一体化し、日本の神と霊魂信仰を母胎とすることばのエネルギー、すなわち時代をこえて脱皮し生きのびる日本文学の生態を追う古代研究の特徴は、すでに確信的に出そろっている。

その始まりから、折口信夫は強烈に個性的だった。

いい秋の晩である。小さな白い月が出ている。ふたつの影法師がなかよく並ぶ。突然、ひとつの影がもうひとつの影を踏もうとする。すばやく、その影は跳ねて逃げる。

「すばしこい、オリクチさん。妖精のようにすばしこい」

手をたたいて青年が叫ぶ。淡い金髪に、碧眼。西洋人にしては小柄である。信夫とそう背はちがわない。

「何しますね、影ふまれたら、僕の魂はあんたのものになってしまいます」

信夫の抗議に、ふふっと青年は笑う。そう、わたくしはあなたの魂をもらおうと思いました……とつぶやく。こういう子どもっぽいいたずらの好きな男である。

二十五歳、信夫の五歳下である。モスクワの北方、ヴォルガ河のほとりで生まれたニコライ・ネフスキーはペテルブルグ大学の東洋語学部を終えて、かねてあこがれる日本に留学した。大正四（一九一五）年夏のことである。そのときはまだ二十三歳だった。

はじめ本郷に家を借りた縁で、民俗学者の中山太郎と知りあい、中山がネフスキーを柳田國男に紹介した。『遠野物語』の信奉者で、語学の天才のこのロシア青年を柳田はいたく気に入り、しげしげ牛込の官舎に招き、貴重な書物を貸した。

この頃、『口訳万葉集』を出す前でまだ無職だった信夫も柳田邸に日参しており、ネフスキーと親しくなった。初めてつきあう異国人だが、相手が日本語にたくみなこともあって全く違和感がない。冗談さえよく通じる。

もともと信夫は西洋文学が大好きで、兄の進の影響もあり、トルストイやツルゲーネフも案外読みこんでいる。こちらは万葉集や源氏物語について教える。あちらは最新の西洋の思想文芸の情報を話してくれる。面白くないわけがない。恋びとのようにほぼ毎日、会った。

柳田の発案で、三人で「風土記」の読書会もした。さんざん読んだ資料だが、ネフスキーが意外なところで驚き、大陸の民俗とくらべて新鮮な発想を述べるので、まるで外国語で新たに風土記を読むような刺激がある。

古代の田植えの民俗をものがたる箇所で、ネフスキーが興奮したことなどは忘れがたい。

播磨風土記において二か所、水ではなく、動物の血で稲の種をうるおし、田植えをしたとのしきたりが語られる。

野蛮な奇習だなあ、稲作の清浄と血はおよそ結びつかない。風土記に独特のうそかもしれないと、つい見過ごしてしまう伝説である。

しかるにネフスキーは、ここに古代のかけらがある、と叫んだ。血が原始社会においては穢れなどではなく、すべての「命の根本」とおそれられていた「あにみずむ」の証しがここにある、と看破した。

信夫は目からウロコが落ちた。なるほど慣れ親しんだ仏教の影響で、血を穢れと思いこむ概念が自分のなかに出来てしまっている。

しかし血は万物のいのちの源、そう考えると稲のゆたかな生長をいのり、血で浸した種を田に植えたゆえんがよく解る。

ならば女性の月の血も、古代にてはめでたい。ヤマトタケルが尾張の国にいたった時、最高の巫女のミヤズヒメが宴の席で舞い、自身の衣に月たちぬ、つまり経血がついたとタケルに歌う。

あれはいま生理だからと自らを恥じ、まれびとなるタケルの求婚を拒否する歌ではない。聖なる血がしるしとして現われた、国神がタケルと国の巫女である自分との結婚をゆるした証しであると、誇り高く宣言する歌なのだ——信夫はかねて不思議であった古代文学のなぞを解く鍵を、ネフスキーの話から得た。

すこし後、大正七年八月にネフスキーは、この考えを信夫の主宰する民俗誌「土俗と伝説」の創刊号に、「農業に関する血液の土俗」と題して発表した。

「月がすこし痩せてきましたね。もの思いにふける女性の風情のよう……」

青い瞳が、空を見上げる。月は刻々と変わる。さっきまで輝く白色だったのに、憂いあるかすかな影が月のおもてに兆している。

ネフスキーの住む本郷の春木町あたりは植木屋が多く、ネフスキーも植木屋の立派な離れを借りる。ごく近くに、気鋭の彫刻家の高村光太郎も住む。木々がうっそうと茂り、ことに夜は深い森を想わせる。

「月からさらさら、何かが降ってくる気がします。木の間より洩りくる月のかげ見れば、という感じの夜ですね。日本の詩は世界に例がないほど、月を愛する――」

だから私は日本に来たのです、とネフスキーはつぶやく。

「この夏にあなたの仕上げた、あのすばらしい『口訳万葉集』にもありましたね、月から神秘の若返りの聖なる水がこの世に、したたり落ちてくるという歌が」

ネフスキーの感傷に応じ、信夫は歌った。

「月読《つくよみ》の持てる復若水《をちみづ》いとり来て、君に献《まつ》りて、をち得しむもの」

ロシアには月のうつくしさを歌う詩の伝統はありません、あるのは太陽の炎と輝きを賞する詩歌のみ。私たちの国は一年のはんぶん凍るところですから、生のシンボルとして明るい太陽をひたすら讃仰する。

でも私は月が好き、とネフスキーは信夫をかえりみて微笑する。笑顔がいい男である。笑うときの鼻が子犬のようで可愛いな、と信夫はひそかに思っている。

だから大学で杜甫の詩を勉強したとき、感動しました。でもその後で日本にちょっと遊びに来たでしょう、日本の月のうつくしさに心をうばわれてしまいました。そして直感しました、日本が聖なる月の国であることを。

信夫もうなずく。山つらなるこの列島に、月はどこよりも似あう。月を愛する詩歌も無数だ。しかしここは慎重に考えねばならない、月への讃嘆がこの国本来のものなのか、中国大陸を経由してさかんになったものなのか。

月にあこがれて留学してきたネフスキーのあこがれに冷や水をかけたくない。今はその論議はすまいと、信夫は口を閉じて彼といっしょに中空の月を見上げた。

「太陽は私にはまぶしくて。月の白い顔が慕わしいです。それは小さな頃から。お母さんを早くに亡くしたからかもしれません。白い色は母性の色でしょう。そして月は死と生の両方をもつ。消えて、また満ちる」

私は――、とネフスキーは秘密をささやくように言う。ちょっと死にたい気持ちがいつもあります。せっかく念願の日本留学がかなって、いっぱいいっぱい勉強したいのです。生きる喜びにあふれて暮らしている。

だけど、とネフスキーは言う。死ぬことにもあこがれます。死ぬと、私が顔も見たことのないお母さんに逢えるから。月を見ると、死の世界を想うのです。太陽だけでは私は生きられない……。

じつは信夫にもおなじ想いはある。太陽を歌に詠んだことはあまりない。月の慕わしさは、中学生のときからよく詠んだ。現実の母ではない、優しくあまやかな至上の母のおもかげが、月に刻まれている気がする。

ネフスキーはまだ赤ん坊のときに母を亡くした。以来、母方の祖父の家に引きとられ、叔母が育ててくれたと聞いたことがある。

だから月の優しさに感じやすいのだろうな、と察する。さみしい孤独な人間にとって、月はこころの灯だ。自分もそうだ。少年時代からのひとり歩きで、いつも月はいっしょにいてくれた。道をほのかに照らしてくれた。

しかしそんな月への恋しさは、恥ずかしくて口には出せない。ネフスキーも異国にいるから、こんなことを打ち明けられるのだろうな。わが身にぴったり合うわけではない外国語が、逆に深い思いを掘り当てることもある。あらためて信夫は、ことばという生きものの不思議に思いを馳せた。

「オリクチさん、あなたがアララギにこの間出した月の歌もとてもよかった。ありゃあ、恋の歌でしょう？　キヨシさんとの別れを詠んだのでしょう？」

ネフスキーの日本語は達者なのか、つたないのか、わからない。一風変わった使い方である。今のがそうだ。ていねいに話しているかと思うと、突然ありゃあ、などという俗語が入る。

しかし慧眼である。この夏、つまり大正六年八月号の「アララギ」に、「夏相聞」と題する短歌連作を発表した。

珍しい、釋迢空が恋歌をつくるとは、とアララギ同人にからかわれた。そう、確信的に恋の歌を発表した。アララギの歌風は写生がモットーで、いつまでも男くさい。恋なんてなよついたもの、我々は歌わない、という雰囲気である。

これが歌の歴史を追う信夫には不満である。恋は、魂乞いの歌に根をもつ。魂が、魂を呼び求める原初のことばである。いわば列島のことばの芽生えである。

恋歌を核に日本の歌は花ひらいてきた。この伝統を、絶やしてなるものか。そう意気ごみ、恋歌を軽んずるアララギの傾向に、恋びととの別れを嘆く夏の歌を投げ込んだ。

あんたが恋歌を詠んでくれたから、私もこれから一つ、気をいれて恋歌をつくりますとも、と喜んで言ってくれた歌人もいる。

しかし誰もまさか、〈相聞〉のあいてが同性とは思うまい、とたかをくくっていた。しかるにネフスキーは、あの連作が鹿児島に去っていった伊勢清志にささげられたものだと看破した。このロシア人、まったく油断もすきもない。

ネフスキーの言う月の歌とは、「夏相聞」のなかのこの一首である。

ま昼の照りきはまりに　白む日の、大地あかるく　月夜のごとし

壮絶な夏の太陽の照る街が、その日は哀しかった。麻布善福寺に参ってから、麻布十番の更科そばで昼飯をしたため、さらに赤坂まであるいた。

何を言っても、どこを指さしても、すべて自分のなすがままに子どものようにうなずく清志がいとおしかった。うつむきがちの、その瞼に射す陽ざしがうつくしかった。

今宮中学校の教え子、萩原雄祐は一度で試験に受かり、すでに東京の高等学校へ通っている。しかし清志はなかなか受からない。

年よりませて賢い子にありがちで、頭はすばらしくいいのに、試験の点がなぜか悪い。自分より鈍い子に、えてして追い越される。清志がそうだ。頭が切れすぎて努力を知らない。

じつはそんなところも可愛くてたまらないのだが、この夏に信夫はむりやり清志を、かろうじて受かった鹿児島の第七高等学校造士館へ入学させた。

いなかが嫌いで、どうしても東京の学校にもう一度挑戦したいという清志を叱り、とおい隼人の国に発たせた。信夫の兄の進も行った学校だ。話は兄からよく聞いている。

バンカラの厳しい校風だ。なよやかで都会的な清志は、慣れるのに苦労するだろう。しかし才走った早熟な少年の、その才をいったん折ることで、才華は真にあでやかに力づよく花ひらく。信夫はそう判断したのだ。

しかし辛かった。愛する者をみずから遠ざけるのは苦しかった。ひたすら信夫を慕って東京まで来た清志を、彼に縁のない南の日の国にやるとは思ってもみなかった。

なぜ自分だけ遠い異郷へやられるのかと、秘かな反抗と不満をだまっていながら訴える、清志のみずみずしい黒い瞳を見るのもせつなかった。

その別れを詠んだ。太陽が烈しく照る大地さえ、月がしろじろと冴える真夜のようにさみしかった。足はその大地を踏んでいる感覚さえなく、心もとなくふらついた。

「オリクチさんは、ほんとうに月が好きなんだなあ、とあの連作を読んで思いました。また、あなたには月がよく似合う」

ネフスキーは月を仰ぎつつ、ひとり深くうなずく。

「お盆の遠野の月もきれいでしたよ、まさに死者を山から里の家へ連れて帰る優しい灯り、といった風情でした……」

ネフスキーは、師とも親友とも仰ぐ柳田國男の『遠野物語』に感動し、この夏、それも柳田がはじめて遠野を訪れたのと同じお盆の時期をえらび、遠野へ旅してきたのであった。

死んだ魂が、天国や地獄といったキリスト教圏のように生の世界と遠い異なるところへ去るのではなく、村里をたおやかに囲む山々へと行き、お盆や正月には子孫の待つ家に帰ると信ずる遠野の人の死生観は、この純情なロシア人をおおいに魅了した。

「ヤナギタさんの遠野ものがたりには、死んだなつかしいひとのはなしが多い。それは死んだひとと生きてるひとがとても親しいからですね」

そんなら私もお母さんの死をそんなに悲しむ必要もないわけだ、と若い多感なロシア人はつぶやいた。とてもあたたかい民間の信仰だと思います、とつけ加えた。

いつのまにか二人は、ネフスキーの住まいの植木屋の離れまで来ていた。開け放ってある障子から明かりが庭に流れ、同居するロシア青年のコンラドが片膝を折り、熱心に本に読みふけるのが見える。

「コンラド!」と親しくネフスキーが声をかける。

「やあ、オリクチさん」コンラドは本を畳の上に置き、縁側に出てきた。ざっかけなく浴衣を裸身にはおっている。十月とはいえ、今宵はすこし蒸す。

「またニコライを送ってくだすったんですね。ありがとう。ちょっと話してゆかれませんか」

二人の若いロシアの学者は、にこにこして信夫を誘う。コンラドは、ネフスキーより一つ年上。ペテルブルグ大学では二年先輩だ。やはり情熱的な日本学の研究者で、留学してきた。いまは盟友のネフスキーとともに暮らし、学ぶ。

今夜は誘いをことわった。ひとりで再びもと来た道を、金太郎の待つ下宿へと帰った。異国で肩よせあって学問にはげむコンラドとネフスキーが、いつになく妬ましくさえあった。

そんな風に、清志と異国で――朝鮮か、それこそロシアで暮らす手もあった、と想像する。清志だけを南の火の国にやったのは、残酷ではなかったか。さいごまで自分が手あつく導くべきではなかったか――。

別れるときの清志のかっきりと輪郭のととのった黒瞳が恋しい。いても立ってもおられぬほど恋しい。月の道をあるく。小石川金富町の下宿までは、よほどある。月にうすい雲がよぎり、その面はいまは暗い。

火山が生きる国、鹿児島には今宵どんな月が浮かんでいるのだろう。あの子は眠っているか、それとも自分のように胸焦がし、遠い東京の月を想っているだろうか。

実はこの秋に清志がらみで、信夫はまたもや無職、浪々の身となっていた。このことはまだ、同居する金太郎の他には誰も知らない。

第十七章　清志恋ひし

かつて深く傾倒したとしても、今はその人からこころ離れ、すでに新しい世界に飛ぶことを幾たびも告げたのに、その人からこんな濃密な絶えせぬ想いをこめた歌を贈られたなら――たいがいの人間は恐ろしさに胸とどろくのではないか。

薩摩より、汝がふみ来到《きた》る。ふみの上に、涙おとして喜ぶ。われは
雪間にかゞふ蒜《ひる》の葉　若ければ、我にそむきて行く心はも

これは折口信夫が、今宮中学校の教え子のなかでも格別に愛した、伊勢清志にあたえた歌である。信夫の厳命で、東京の高等学校を二度落ちた清志は、いやいや鹿児島の第七高等学校造士館に入学した。かの地は薩摩隼人の国である。もとより、繊細な清志には合わない。しかし――。

男のつよい風土には、独特のアソビの文化がある。寄宿舎の友人にさそわれ、師の目のとどかない南

の火の国で清志は、異性の官能に触れた。

師の説く絶対の純愛とはまた異なる、肉体の火焔を知った。火の国のうつくしい芸妓とねんごろになった。

世間的には、いわば大人になったのである。しかし信夫は許さない。意を決して清志は逃げる。必ずしも芸者に夢中になるからではない。

中学生のときからまっすぐ慕い、したがった師の世界が一気に色あせた。深刻で禁欲的な師弟の共同体が、異常なものではないかとさえ疑われる。鹿児島と東京。師とのあいだに物理的な距離のできた今しか、逃げる機会はない。

「私は先生から去る」「どうぞ、捨てゝ貰ひたい。捨てゝ頂くことが、先生の負担を軽くすることであるといふ考へが、私の心をせめても明くする」（信夫の小説「夜風」のなかの清志の手紙のことば）と先生に書いた。

その手紙を受けとった信夫は、もっともらしい清志の言いわけのことばを笑止、と薙ぎ払った。逃げる小鳥の小さな意志をさえぎり、立ちはだかり追いつめる千尋の崖となった。

怒りを真紅にたぎらせ恫喝し、とともに日夜たえず想うとうたう相聞歌を、南国の若者に発した。いまや若者はひたすら師が恐ろしい。ますます逃げる。師弟のあいだには、生涯二度とたがいに顔をあわせられないほどの亀裂が広がった。

容赦ない――これが信夫の恋の一面である。

鈴木金太郎と伊勢清志。信夫が初めからとくべつ深い薫陶をそそいだ二人である。

二人とも十四、五歳で信夫と出逢い、けっきょく一人は信夫の全人生に伴走し、一人は早く去った。鈴木金太郎は学校を出て清水建設につとめ、大阪に転勤し遅い結婚を遂げるまで二十一年間、信夫と同居した。護法童子のように師の足元にいて、がつがつと不器用に人生をあるく師をささえた。五十一歳で信夫が初めて所有した唯一の家、箱根の山荘も金太郎が画策し、設計した。

ふしぎな人である。信夫の没後、その人となりや暮らしぶりを知る貴重な証人として、座談会に呼ばれることが少なくなかった。きわめて恬淡としていた。

折口信夫との生活は大変だったでしょう、厳しかったでしょうと決めつける問いに対し、「いやあ、気楽でしたよ」「ぼくは全部を先生にあずけっぱなしですもの。しごとから帰ると疲れてすぐ、ぐうぐう寝ちゃうから、先生が何してるのかよく知らなかった」と、あっさり言う。

そんなはずはあるまい。若き日の信夫の戯曲執筆、その上演へむけての野心も、この人はよく理解する。師の死にさいしては即その家に泊まりこみ、遺品の整理の陣頭指揮をとった。師のことだけ考えた。師の世評にとって具合の悪いものは、厳重に廃棄した。

信夫が自身の愛欲の悶えについて率直に吐露し、それを伊勢清志に筆記させた二十代末の「零時日記」も、鈴木の目に触れれば棄てられるだろうと、晩年の信夫と暮らした若い弟子の岡野弘彦が、とっさの機転で保管した。おかげで現在、赤裸な日記は全集に入る。

師の心身のくまぐままで知るはずだ。しかし鈴木金太郎は、師と自己とのあいだに通ずる胸の最奥の深い洞穴について、人に洩らすことはなかった。

練れた常識人の顔をよそおうが、信夫の独特の薫育に染めあげられた、世間の色とは異なる神秘の釉《うわぐすり》のゆたかに輝く内面であることが察せられる。

ところで伊勢清志。信夫の愛する文学を、この若者も愛した。いわば分野が師と重なる。それだけに、若者への信夫の思い入れはあつい。理想のすべてをそそぎ込もうとする。たしかに鈴木金太郎は自身述べるように、専門が建築だったので、師弟のあいだには気楽な風が通った。

信夫はあんがい、長らく暮らした金太郎について歌うことが少ない。あるとすればこのような、明るい親密な日常詠のみだ。

金太郎待ちくたびれて年の夜の燈をあかくとつけてねむれり
金太郎、起きねと言へばあたまあげて湯にや行かすと臥ていてきくも

（「旧年」、「アララギ」大正七年三月）

よく眠る金太郎だった、というのは本当らしい。ひとり町に出て、彼をはじめ教え子らのための「おもちゃめく」正月のはかない贈り物を買い集めてきた信夫であった。待っていたのは、電気をつけたまま居眠りする金太郎の寝顔である。

いっしょにいて当たり前。家族としての透明な感じが金太郎にはあって、仲いい弟を今さら詩歌に仕立てないように、信夫は金太郎をさして詠まないのだろう。

対して清志はちがう。くだんの「零時日記」において、信夫はことさら愛を語ることばを清志に口述し、筆記させる、

「愛は個体的区分を解脱する欲求なのだ」「文芸の原始的意義は、欲望の超経験超常識的の表現に在る」「性欲は厳粛なる事実である。芸術が立脚地を玆に置くということに、疑念を挟《さしはさ》むことは許されぬ」

愛と文学芸術をめぐって自己の内部で煮つめた極言を、清志に深く彫りつけるために、汝と私のあいだの愛とは、かくあるべしと宣言するために——清志に書かせる。

大正六年六月、信夫は国学院同窓雑誌「みづほ」に、「身毒丸」という小説を発表した。

まだ、このことは指摘されない。しかしこの師弟をめぐる特異な小編は、前年の夏、信夫が強いて鹿児島の高等学校へ発たせた清志を濃く念頭におき、書いたものであることは明らかだ。

あらあらと筋を述べよう。

身毒は捨て子、父に突き放された子。治らぬ病を負う父はおさな子に、生涯おんなと交わってはならぬと言い残し、彼を親友の源内法師にあずける。自分は帰らぬ廻国順礼の旅に出る。

源内は父として師として身毒丸をいつくしみ、おのが芸能の秘伝を授ける。青春のさかりを迎えた身毒の美貌はめだち、行く先々でおんなが騒ぐ。身毒もどこか上の空の風情である。

怒った源内は彼に経文を血書させ、若衆らしい髪を削ぎ落し、禁欲を命ずる。からだの弱い身毒はきびしい仕置に、気絶する。

この作品には信夫の「付言」がついていて、これは河内に伝わる高安長者伝説から、後世の仏教色をぬぐい取り、最原始の物語に復元したもの。つまり、「伝説研究の表現形式」としての小説であると自ら解説する。

古代学者としての野心に富んだ小説なのだ。歴史論とは、戯曲や小説として表わすのが一つの最高形、とする信夫の理想を体現する。後年の『死者の書』も、まさに同形の小説である。こちらは大和当麻に伝わる中将姫伝説をえらんだ。

そうした学的野心の真中に、信夫の生身の愛欲の悶えが紅くあつく燃えるのが、「身毒丸」の若々しい特徴である。

師と弟子。そのドラマに幾重にも、信夫と清志のおもかげが映る。ときに師の源内は信夫、弟子の身毒は清志。ときに捨て子の身毒は信夫自身で、夢のなかの白い花さく谷に父を探し、母を探す。

とりわけ可愛さあまって少年美を傷つける自身の獣性を呪い、嘆く源内法師の愛の過剰は、信夫の愛そのものだ。

いやがる清志を鹿児島へやり、教え子の中でなぜ自分だけを、と恨む清志の黒瞳をしみじみ愛しく思い、彼がおんなを知って惑乱するのを聞いて思うさま、その若いししむらを打ちすえたいと手を震わせる、大正六年とうじの信夫の内面の修羅の炎そのものだ。

信夫の創作はつねに、前衛的な文芸の実験と、もっとも想う人への呼びかけとを両立させる。詩人学者・折口信夫釋迢空の最大の特徴である。

その意味ではこれも指摘されないが、「身毒丸」とほぼ同時期に書かれた戯曲「花山寺縁起」も、信夫のなかの〈清志もの〉であることはまちがいない。

完成稿の他、二種の草稿がある。じっさいに舞台で上演されることを目して書いた。その夢にはとどかなかったが、師の三矢重松に、国学者としての創作のよきものだと激賞された。

花山天皇の出家事件に取材し、天皇と天皇をうらぎった藤原家の寵臣・兼家との関係に目をそそぐ。

信夫の特異は、二人の〈性〉にひどくこだわる点である。

完成稿では、両者の性をおんなに転換する。すなわち花山女帝と、官女の兼子。草稿の一種では、天皇と兼家のあいだに奇妙な「とりかへばや物語」的な同性愛の色を濃く塗る。

それによると兼家はおんなとして育てられ、花山天皇に親しく仕えた。しかし天皇の十四歳の元服の折におとこに直され、代わりに藤原家の乙女が添い臥しの妃に立った。

すっかり目がさめて女性のかぐわしさに心うばわれる天皇に、兼家は追いすがり、胸いっぱいの恨みを述べる。「おれは愛する。おまへだけだ。元服の間際まで、おつしやつてたぢやありませんか」「あなたは、あれまで、からだの上で、男と女との違ひは御存じありませんでした。すつかり私の様なのが、女だと思ひこんでいらつしやいました」。

兼家に詰められ、天皇は弱々しくつぶやく、「だつてそれまでだつて、段々変に思へてゐたもの」。かつて肉体的にも濃く愛しあったことを示唆する、なまなましい二人のやりとりだ。ここにも信夫と清志がいる。

愛の誓いを忘れ、初めてちぎりを交わした女性に夢中になる心よわく繊細な若い帝は、清志。なかなかお前を思い切れなかったと弁解する帝に、「あの当座。ほんの当座でしたね」「もう私の印象はあなたの心から拭きとられてゐました」と真を突く兼家は、信夫である。

「おんな殺しのいい目だな」

そういえば伊庭孝がはじめて清志をみたとき、ぽつんと言っていた。花束のような風情で伊庭のとなりにいた女優の高木徳子も、「あら、そうね、役者にも珍しいきれいなお顔ね」と笑っていた。たくさんの若者に日夜会う、伊庭の目に狂いはない。その直感をしごく不安に思った。僕の大切な子に、おんな殺しなんか言うの止めてんか、とあわてて伊庭の視線から清志を隠そうと、立ちふさがったのだった。

しかし結句、伊庭のことばは正しかった。信夫は唇をかんだ。清志は、あのういういしく純な清志は、南国のおんなを殺し、殺された。

清志は、浅草オペラをひきいて演劇界に新しい風をおくる伊庭孝にあこがれていた。そんな華やかな時代の寵児と親しいということも、信夫への尊敬をますます深めた。先生は凄いなあ、と感嘆した。

たしかに——青春時代から生涯をつらぬく信夫の戯曲熱のかたわらには、新劇に西洋のオペレッタやミュージカルの要素を輸入し、娯楽性を高めて大ブームを巻きおこした中学時代の盟友・伊庭孝の活動が光彩をはなち、刺激をはなつ。

この機会に、大正モダンのただ中で活躍する伊庭孝について、すこし語っておこう。

伊庭孝というひとは、マルチな才人である。何にでもなれたであろう、宣教師にも、哲学者にも、実業家にも。

明治四十年代、森鷗外のもとでメフィストフェレスなどを演じ、俳優として頭角をあらわした伊庭は、大正時代には自身も西洋の劇作を精力的に翻案し、演出家として立った。

大正二（一九一三）年十月、伊庭はバーナード・ショー原作の社会劇を『チョコレエト兵隊』と題して翻案し、東京の新劇の聖地・有楽座で上演した。俳優と演出家を兼任した。祝賀の意もあり、大阪にいた信夫は兄の進とともに上京し、伊庭の舞台姿をみた。

ブルガリア戦争を諷刺した原作をかなり仕立て直したオペレッタを、さらに伊庭が翻案した。原作のトゲは減じたとはいうものの、戦争批判の戯曲をえらぶのは、やはり伊庭の反骨精神のなすところだ。インテリ層のみならず、一般の人にも劇場に来てもらえるよう、社会劇をミュージカルという新しい軽やかな娯楽劇に仕立てる、伊庭の大胆な工夫にうなった。俳優としての彼の華にもおおいに感動した。

大阪に帰った信夫はさっそく日刊「不二」の例の文芸欄に、舞台人としての伊庭を批評し、こう述べた。都会の人らしい伊庭の肉体のきゃしゃな美に、あらためて目を吸いよせられたのである。

伊庭氏は純乎たる東京人である。その高く揚った肩から腰へ流れ落つる無数のでりけいとな曲線、（中略）雲雀の如く、栗鼠の如き軽快な身体的表出（中略）
今の新しい俳優の中、身体的素質及び表出に最も芸術的なものを多く有しているのは、氏を第一人とせなければならぬ。

（「推讃」大正三年一月二十一日）


清志はとうじ今宮中学校の卒業まぎわで、もちろんこの記事も読んでいる。演劇界の新星・伊庭孝が友人なんて凄いなあ、と折口先生への尊敬もあらためて深まった。ますます東京にあこがれた。

高等学校の試験を二度とも落ちたとき清志は、伊庭さんに弟子入りしてオペラの脚本を書く勉強をしたい、などと夢みる瞳で信夫にうったえたものだ。

あほ、と叱ってやった。伊庭はあれで、土台に聖書の研究や語学をしっかりやってる。清志もやけにならんと、せいだい学問積んでからそうしたこと考えや、と言い伏せた。

この浮わついた綺麗な子を繁華の東京に置いてはならんと、唯一受かった鹿児島の高等学校へやったのだった。

その後も伊庭の快進撃はつづく。今年――大正六年一月には高木徳子をヒロインに据えたオリジナル・オペレッタ「女軍出征」を、浅草常盤座で上演し、大ヒットさせた。

連日大入り満員。第一次大戦下のフランス海軍を舞台とし、男の兵隊不足に女が出動する。艶な女優が男装して銃を片手に、船上ですべったり転んだり、てんやわんやの活躍をするコミカルな色気に、観客は手を打ってよろこんだ。

もちろん信夫も観劇した。笑いとエロスでとことん楽しませながら、戦争のアホらしさを突く伊庭の批判精神にうなった。観客には若者が多い。夢中で立ち上がる者もいる。熱気でこちらの首筋までほてる。となりの席に清志がいたら、どんなに興奮したであろう。後悔が胸を突く。

演劇や文学を愛する子を、華やかな新しい文化とぼしい武張った国に追いやったことは、自分のかたくなと世間知らずの誤りだった。かえって因循な遊廓へ清志をのめり込ませてしまった。

秘かに伊庭の活躍をうらやみ、国学者ならではの戯曲を書き、舞台に乗せてみせるという自分のこころみを、つよく応援してくれたのは清志だったのに。

観客がさいごに総立ちになる「女軍出征」の観劇のあいだ、ひとり信夫は後悔の地獄をさまよった。

すぐに行く、鹿児島へ行く。清志のこころを取りもどしに行く。今にも立ち上がって汽車に飛び乗りそうな信夫の勢いを、しばらく静観せよと止めたのは伊庭である。

伊庭は友情にあつい。目のまわる忙しさのなか、清志のことを相談したいと言う信夫にすぐ会った。浅草伝法院そばのカフェ・パウリスタで待ち合わせた。

桐の花のさく初夏で、伊庭はさわやかな白いソフト帽をかむり、現われた。演劇関係者の多い店内でも、その姿は水際立つ。

対する信夫は、相変わらずのオンボロすがただ。伊庭の芯は根っからの硬派なので、人がどんな服装をしていようが、気にしない。自分は自分で、したいように装っているだけだ。

「折口の生活思想と、清志君のそれが合わなくなったのは、一つの自然だろう」

伊庭は開口一番そう言った。

世に染まらぬ信夫の純粋を尊敬しているが、はたして若者にそれを強いるのはどうか。この事のある前から、そう思っていた。

若者とは、短気なものだ。目標や夢にむかって一直線に進みたいのだ。功利をきらう信夫の純粋は、ともすれば若者に遠い回り道をさせる。彼らはさぞ、せつなかろう。

伊庭の自然、ということばに信夫は目の下の皮膚を引きつらせた。自分が清志をこころから愛したことは、彼を不自然な世界へ引きこんだのだろうか。反省もあり、つい返すことばがきつくなった。

「清志がおとこに成りたい、いうんは解る。せやから大切な元服のときは、僕が介添えになって遊廓へ乗りこむから、今ちっと待て、言うてた矢先に悪友なんかに連れられて――」

昂奮した信夫の顔をながめて伊庭は、内心おおいに吹き出していた。信夫が学生の清志を連れて、うろうろと鹿児島の遊廓を迷う情景が目に浮かぶ。その分野で信夫ほど、不似合いな案内者がおろうか。

「しばらく好きにさせればいいじゃないか。その代わり、学校だけは必ず出よ、と釘をさしておけば」

伊庭は思案するときの癖で、右手で長い前髪を引っぱりつつ、ふん、若い頃は俺だって……と何かを思い出すようにつぶやいた。そして、今だって……と苦笑する。

伊庭は情熱的な演出家であり演者なので、いっしょに仕事をした女優と恋に落ちることがしばしばだ。現在は、コンビをくむ当代きってのアイドル・ダンサー、高木徳子と愛しあう。徳子は人妻だ。彼女の肢体にまつわるアメリカのはつらつとした自由の色も、危険な香りも、伊庭をそそる。

しかしその愛も今はしだいに饐えつつある。徳子に濃い愛着はある。一方で、新しい花の香りもかぎたくなっている。

「高等学校さえ出れば、世間ではともかく形がつく。俺が預かってもいいさ。語学ができれば、翻訳の助手でスタートさせて」

ああ、それこそ一番いい道だとは思う。きれいで気の利く清志が伊庭のもとで、スタッフや女優にかわいがられる情景が目に浮かぶ。

清志が自分を熱烈に崇拝したのは、もはや過去だ。今は伊庭の方がずっと、清志の師としてふさわしい。そう思うと、やるせない。

あ、失敬するよ、と伊庭は男もちにしては細い銀いろの腕時計を見て立ち上がった。

「折口、また君の僧房に近いうち訪ねるよ。源氏物語について大いに質問させてくれ」

僧房、とは冗談だが、伊庭はさいきん、日本の古典をミュージカルに脚色する野心もいだいている。

信夫と古代文学について語らうのを、貴重な情報としている。

去りぎわに、伊庭のまなざしが信夫にやわらかく流れた。くっきりした二重まぶたの下の、大きなみずみずしい黒瞳。清志に似ている。

伊庭と清志は、同種のいい男なのだ。いい男のまわりには、浮かれ女があつまる。そして男の純を壊す。想うこころより先に、肉の陶酔を教える。

たいせつな清志には何としても、心と肉との合致する恋、霊と霊がキッスし、肉も燃える恋をこそ、青春の起源にあざやかに印象してほしい。

伊庭と会った桐の花さく初夏の五月から、二か月。伊庭の忠言を聞き、信夫は鹿児島へすぐにも駆け出したい思いをじっと耐えた。

その代わり、毎夜よこたわると清志を想う。清志の所作のあれこれが浮かぶ。おもかげが、閉じたまぶたの裏の世界に広がる。

清志を鹿児島に発たせた二年前の夏、やはり心がひどく落ち着かなかった、灯を消すと、闇のなかに清志が現われた。

数か月、そんな状態だった。遠くにいる清志に、こんな歌を発した。

臥《ね》たる胸しづまりゆけば天さかるひなの薩摩しさやに見え来も

（連作「清志に与へたる」、「アララギ」大正六年四月）

清志、おまえも同じ想いだろう。おまえも私をつよく想うから、遠い鹿児島の風景が、そこにいるおまえの姿がありありと、私の夢に視えるのだろう？　そう呼びかけた。

万葉集の旅の夜の歌には、愛する想いと冥想がからみあう、こんな歌の系譜がある。旅空にあって、恋しいひとや家妻の身を想う。その無事をいのる気もちもこめて目を閉じ、眠るときに想う。恋しいひとも、危険な旅に枕する自分を想っている。ゆえに時空を駆け、その魂が夢を訪れる。

近頃も、あのときと同じだ。あまりにも毎夜、清志のおもかげが夢路に立つ。あの子の危急を告げるのではないか。もはや何としても行かねば、と胸が焦げる。

おりしも八月末、アララギ会員のための講演と歌会をつかさどる旅を頼まれた。尾道にて講演「万葉以前の女性」をおこなった後、九月初めにそのまま九州へ渡り、清志に会った。

会って話せば、あっけないほど元のままの清志であった。遊廓には友人に誘われて一度行ったきり、もう行かないと素直にうなずいた。

清志のその純なおもかげを抱き、今しばらく海光まばゆい南国をひとり旅したかった。大隅、日向をまわり、さらに思いつのって帰途、大和のなつかしい古国へ寄り、当麻寺にも詣でた。

十月三日、ようやく東京に帰った。下宿で留守を守っていた金太郎は、すっかり日に灼けた信夫の顔をいたましげに見て、何も言わなかった。

無断欠勤が一か月におよび、つとめはじめた郁文館中学校から辞職を求められた。信夫はふたたび無職の身となった。

純粋は、この人の負う業でもある。

第十八章　恋愛と写生――海やまのあひだ

いつもそこには鮮やかに清志がいた。

そこ、とはどこか。

折口信夫の古代研究の原点ともいうべき、〈海やまのあひだ〉を実感する現場である。目の前には、荒々しくとどろく海。すぐ背後にはそそり立つ山。母なる熱帯の国から航海をつづけてこの列島に降り立った日本人の祖先は、海と山の間でしばらく呆然とした。やがて乗ってきた舟を割り、聖樹を植え、何はともあれまず故国の神を祀った。しかし乏しい平地での生活は苦しい。ときに海のかなたの母国を恋しがった。

母を恋うて大泣きするスサノヲの神話をはじめ、源氏物語や泉鏡花、谷崎潤一郎まで、日本文学を貫流する〈母恋い〉の主題の水源は、まさにここにあると信夫は考える。祖先の胸をせつなく涙で濡らした母国へのあこがれは、現代の我々にまで深く遺伝するのだ。

旅先の風景を詠むことが写生道の一つのかなめと、歌人が旅することが流行したアララギの時代。旅の足跡では誰にも負けないが、他の歌人とは異なり、旅先の風景の個々の特色には全く関心がないと、歌びと釋迢空は声を高くして言う。

自分の考えるところ、列島の風景にはそれぞれの個性などない。それより肝要なのは、個性をこえて普遍的な風景――海やまのあひだを見いだすことだ。

すなわち、列島に点在しておもかげの残る、我々の祖先が海を渡って棲みついた古代の風景を「実感」することだ。少なくとも、自分の旅の指標はそこにある。

海と山のあいだの小さな平地にうずくまって生きた「祖たち」は、海をおそれ山をおそれ、海の神の信仰と山の神の信仰を発生させた。

人は本能的に大地を恋う。しだいに山を切りひらいて内陸の生活に入った。とともに海の神は忘れられ、山の神があつく祀られ、さらには天上から来る神がおそれられた。天空の神が、至上の神となった。

こうした信仰の歴史から原初のことばが生まれ、芸能が生まれた。

時空をこえてこの歴史を信夫に熱く感じさせるのが、旅して見いだす〈海やまのあひだ〉の風景なのである。二十五歳のときに志摩半島を旅し、大王が崎に立って青くかがやく海をながめた折も、そうだった。

出雲へつらなる山々と瀬戸内海のはざまの斜面に町をつくり、そこに張りつくようにして暮らす広島県・尾道に独特の二階造りの旅館に泊まり、山なみを照らす夕日を見ながら「日本人の恐怖と憧憬との精神伝説」(紀行文「海道の砂　その二」大正六年)を書きたいと願ったときも、そうだった。

噴火の絶えない桜島を目前にし、祖先たちがいかに真紅の火の山を恐れたか、と想った。そして現在にいたるまで日本人は火山噴火と津波に逃げまどい、列島を移動して生きる宿命を負うと痛感した鹿児島でも、そうだった。

〈海やまのあひだ〉の風景のなかには、いつも清志がいた。清志を想ってあるく苦しいせつなさが信夫の感性を異様に研ぎ澄まし、現前の風景の奥にありありと〈海やまのあひだ〉を幻視させた。

ここに、アララギの唱える写生とは異なる、古代研究と密にかかわる信夫の写生道がある。

写生とは、目に見た草木や風景をそのまま誠実に緻密に写し取ることではない。全くそうではない。一瞬一瞬の目に映る風景などは、ごく浅はかなものだ。自分の〈写生〉とは、そうした一回性のものではない。

一日あるき通す。身体をいじめ、心を透明に細らせる。すると心は目に映る風景をふるいにかけ、印象に残るもののみをろ過し、心の深みに沈殿させる。それらは時を経て心にあつく堆積する。

そして——つよい感激を受けたときにそこから、鮮明な一枚の「重ね写真」が浮かび上がる。それが現実より痛切な、真実の風景だ。「実感」にささえられる真の写生だ。

古代の風景は、このようにしてのみ発見される。信夫の場合、堆積する多くの風景を一つの真実に純化するのは、恋の悲痛な情念なのである。

それまで、片恋をしのぶ合歓の花のうすべに色に染まっていた信夫の淡い感傷。それを炎える真紅の情念に窯変させたのは、清志である。

初めて会ったときから、十歳もちがわない感受性のするどい若者は、信夫の情熱によく応えた。信夫は思いきり、彼に打ちこんだ。ひとり相撲ではない、手ごたえある想いを知った。

鹿児島へ行く前は、清志と「日夜逢っていた」と、信夫は後年の『自歌自註』で述べる。ことさら清志を前にして、文学芸術の原点は「性欲」であると口で授け、それを「零時日記」に書かせる。私的日記では「清ちゃん」「金ちゃん」という名がよく並ぶ。ある日の日記には、他の教え子が女性とのたわむれを笑いながら語る態度に憤然とし、彼を怒るよりまず、「清ちゃん」にそんな汚れたことばを聞かせたくない、と記す。

さらに日記で、「恋は」愉楽ではない。「苦痛である。試練である。努力である」と、「清ちゃん」に呼びかける。

清志に語るにさいし、恋愛と性欲にかんする独特の金言がめだつ。想像の域ではある。しかし、こう考えざるを得ない。

教え子たちとの共同生活を解散し、自分は金太郎の下宿に身を寄せ、清志をそのすぐ近くの下宿に置いて高等学校の受験勉強をさせていた頃、信夫は初めて清志の肉体を知り、いとおしんだのだろう。信夫にとって、霊と肉は一つだからだ。性欲をごまかして先生づらして清志をみちびくなど、信夫には憎むべき偽善としか思えないからだ。

心身合致して燃える想いこそ、信夫に古代を「実感」させる強大なエネルギーだ。その意味でも彼は、恋の詩人学者というにふさわしい。

信夫の古代研究を骨太にささえるテーマ、〈海やまのあひだ〉の中枢には清志が立つ。

第一公刊歌集『海やまのあひだ』（大正十四・一九二五年）に、このことは如実である。まず巻頭にかかげられる象徴的な一首がある。詞書きをともなう。

この集を、まず与へむと思ふ子あるに、

かの子らや　われに知られぬ妻とりて、生きのひそけさに　わびつゝをゐむ

あきらかに相聞歌である。今は遠くはなれ、自分の知らぬ家庭をもって若さの輝きを摩滅し、彼なりに生きることの侘しさをなめているであろう、清志に呼びかける相聞歌である。

まず『海やまのあひだ』を贈りたいのは、芭蕉の孤独な旅にしたがう弟子の杜国か曽良《そら》のように、信夫の旅の多くに影法師のように付きそい、この歌集の形成に深くかかわる清志に、であった。

『海やまのあひだ』が世間の人の耳目をさわがせたのは、苦しい孤独な旅の歌群で、さすが万葉集の羇旅歌の研究に打ちこむ古代学者ならではの境地、と評価された。

これで折口信夫——釋沼空は〈黒衣の旅人〉として歌壇におどり出た。〈黒衣の旅びと〉、と評したのは信夫の歌仲間の、北原白秋である。昼も暗い山道でこんな孤独な旅びとに出会ったなら、思わず肌が粟立つだろうと述べた。

白秋のユニークな評言にて、したしたと、ひとり秘かに深山海辺をあるく修行僧のような、ぬばたまの闇をまとう〈釋沼空〉のイメージが定着した。

しかし、沼空とは、その『海やまのあひだ』とは、もっと人臭い、人恋しい歌人であり、歌集である。禁欲的ではある。だからといって清浄ではない。旅びと「われ」は、人ぎらいの世捨て人とはほど遠い。「われ」は恋人の不在に耐え、あるく。その一歩、一息ごとに濃密な肉感が立ちこめる。

この人の旅の歌のふしぎな特徴の一つ――孤独にあるく間、こころに鮮やかにいだく誰かにしきりに呼びかける。今この辺土の島を、山中を独りあるく我を汝は知るか、と絶えずささやく。その人恋しさこそが、迢空の孤独である。

遂げがたく　心は思《も》へど、夏山のいきれの道に、歎息《なげき》しまさる
言《こと》たえて　久しくなりぬ。姶羅《あひら》の山　喘《あ》へつゝ越ゆと　知らずやあらむ

（連作「姶羅の山」三十九首、『海やまのあひだ』）

夏の旅の暑熱にあえぐ息さえ、読む者がたじろぐほど官能的である。苦しげに波うつ旅瘦せした白い胸肉が、目に浮かぶ。

初めて『海やまのあひだ』を読んだとき、連作「姶羅の山」のふしぎな官能に打たれた。ひとりきりの旅なのに、すべての歌に終始ひびくエロスの息づかいが尋常ではない。この歌人は、どういう人か、と思った。

わたくしの直感は正しかった。というか、『海やまのあひだ』を読む者は誰しもそう感じるだろう。そのときはまだ『自歌自註』（昭和二十八年）を知らなかったが、その中で迢空はみずから「姶羅の山」について、こう述べているではないか。

私どもが覚えて来た、何千・何万の恋歌は、大抵恋以前に、悲しみ・苦しみを予想しておくと言っ

たものが多かった。だから「遂げがたく心は思へど」というような、わりあいに圧迫的な言い方をしている。（中略）これなどは完全に、恋歌の領域に這入っている。

表面は、南国の夏旅の苦しさと疲労をうたう。汗を流し、くたくたに疲れ果て、ゆえに夕日も山肌も、遠く山中の木の葉の葉脈さえ、こころに沁みて鮮明に視える。

しかし実は信夫は心中、過去の何千・何万の恋歌の伝統にかんがみ、自身の独自の恋歌をつくっていたのだ。「姶羅の山」は、新しい恋歌のこころみでもある。

姶羅、とは鹿児島市の中央部の古い地名。大正八年七月、信夫は清志に会うため鹿児島へ行った。同年の一月に信夫は国学院大学臨時代理講師となり、ようやく身が定まりかけていた。

「姶羅の山」は、その夏の鹿児島行きを詠むものと『自歌自註』では語るが、それ以前にも清志に会いに行った数度の旅の印象がかさなり絡みあい、信夫のなかで再編集されている。

それにつけても、三十九首の連作の重量はおおきい。旅の歌集『海やまのあひだ』の太い背骨といえる作品群である。

清志が鹿児島造士館高等学校に入った次の年、大正六年にはもう、遊廓へ通うことを情熱的に告白する手紙が信夫のもとへ舞い込んだ。そのときから、清志が福岡に逃げ去った九年春まで、信夫は五度、鹿児島と福岡へ行っている。記録は残らないが、もっと行っていたかもしれない。

つまり信夫の三十歳から三十三歳までの男ざかりは、二十代初めの若者を相手にしての、恋の惑乱と格闘の時期だったのだ。

他にも想った人はいる。もちろん辰馬桂二のおもかげは、こころの最奥のみずうみの碧い水面に、たえず慕わしくゆれる。

養子にまでした藤井春洋がいる。こころも体格も真直ぐな大樹のごとき春洋は、全身全霊で信夫を師と仰いだ。信夫が望むなら、とその想いを自分では不本意ながら受け入れた。一種の家妻の役目もよく果たした。

太平洋戦争にさいして春洋が出征するとき、後事を託した加藤守雄がいる。春洋の配慮で彼は信夫と同居したが、師に愛を告げられ、理解できずに逃げた。

加藤はすでに三十歳だった。ある意味で当然である。五十七歳の信夫は加藤を説諭し、愛を迫った。常識など痛くもないが、一方で過敏なこの詩人は己が老醜を意識し、加藤については深くは追わなかった。あきらめた。

私は老人だから嫌われるんだね、若いときに君に会いたかった、と淋しくつぶやいた。この失恋は戦後、たいせつな正妻を若者に寝取られる光源氏の晩年の老いを見つめる源氏論を書くきっかけとなる。

信夫の人生でもっとも烈しく愛し、戦い、完膚なきまでに鮮やかに敗れた手ごたえある恋は、男ざかりに燃えた清志との恋愛なのである。

追って追って、追いつめた。おのれの若さと才華、容貌に自信もある。追う自身を醜いなどと、いささかも思わなかった。

清志を享楽の堕落道から救いたい。純な愛と文学の道にもどさねば、といきり立っていた。何しろ恋人であり、師でもある。

とくに大正八年の春から晩秋。鹿児島や福岡の町のなかに行方をくらまし、東京の信夫から逃げ切ろうとする若者を追う信夫は凄まじい。鬼のようである。

三月。力づくで清志をなじみの芸妓から引き離さねば、と思いつめる。旅費がない。まず残雪きびしい会津若松へ行く。東山の精錬所につとめる教え子、梶喜一に金を借りた。彼と東山温泉に一泊し、折り返し鹿児島へ行った。

教え子に借金するとは、非常識きわまる。しかし信夫にとって世間常識など意味をもたない。教え子と信夫は、この世でまれな純な関係をむすぶ。財布とて個人所有ではない。共同の所有のシンボルだ。親しい友人とも、信夫はつねにそうである。金の貸し借りは何の恥でもない。むしろそれは、互いの純な仲らいの証しだ。

喜一と湯に浸かりながら、さすがに切なかった。残雪のあいまから萌える蒜のみどりの芽に、若い清志を想った。しばらく咲きそうもない北国の桜の寒々しい固いつぼみにも、固く師を否む清志を感じた。歌がある。

雪間にかゞふ蒜《ひる》の葉若ければ我にそむきて行く心はも
朝風に粉雪けぶれるひとたひら会津の桜堅くふゝめり

大正八年五月の「アララギ」に「蒜の葉」と題し、このときの会津行きをうたった。歌集『海やまのあひだ』におさめる際は、鹿児島行きの旅詠も入れて、三十八首の連作に仕立てた。

この大きな連作「蒜の葉」も、前述の「始羅の山」とならび、歌集『海やまのあひだ』の脊梁をなす。両作とも、清志との恋をテーマとする。恋の吐息と旅の疲労が密にからむ。

抒情に傾きがちの歌に、新しい叙事の主題をひらこうとする信夫の苦肉のこころみである。新しい恋歌であり、旅歌である。

ちなみに梶喜一は若くして亡くなった。喜一も、信夫とともに旅したことのある、とくに心ゆるした弟子である。

あの子も、この子も、よき人は早く死ぬる。その青葉の命を吸って肥え太り、自分だけは生きさらばえる——教師を一つの天命とする信夫が年とるにつれ、これから秘かに耐えてゆかねばならぬ悲痛の感慨である。

梶喜一のおかげで、どうにか鹿児島の地に立った。この地ですぐ目に入るのは、獰猛なまでの桜島の威容だ。海に浮かぶ火を噴く島であり、山である。日々、桜島の機嫌をうかがい、人間は暮らす。

敬愛する柳田國男先生は、『遠野物語』以前から声高く、列島の古代はまさに「山島」、山がそのまま島として海に無数に浮かぶ風土であると、指摘している。

「山島」の現実を無視し、「平地大国」の欧米の模倣に走るなど愚の骨頂、と柳田は、二十世紀の入口で立ち上げたその学の始まりから叫びつづける。

『遠野物語』のつよい動機は、日本中が平地だと錯誤する都会人すなわち「平地人」に、山と日本人の長きにわたる親密なつきあいの歴史事実を投げつけ、目を覚まさせることにある。「戦慄」(『遠野物語』序文)させることにある。

目の前で海にぽっかり浮かぶ桜島のぶきみな山容こそ、柳田先生の言う「山島」のシンボルだ。しかもつい五年前の大正三（一九一四）年、島は大噴火した。凄まじい地殻変動で、桜島は大隅半島にくっついた。

古代は終わらない。はるか過去のことではない。このときも人々は逃げまどった。海をわたり朝鮮半島に移住した人もいる。古代日本人の移住の歴史をほうふつさせる。

日本は「生き島」。地震や噴火でしじゅう、海岸ちかい島が半島の一部となる。半島がちぎれ、島となる。国が動く。とうぜん人間も動きまわる。古代の移住史は何度も現前する。すなわち古代はくり返し「発生」する。

清志に惹かれ、暮らしの中心に桜島の火が燃える鹿児島の地に何度も立ち、信夫は「山島」の言に凝縮される柳田國男のダイナミックな列島論を実感した。自分のなかに、現在も発生しつづける〈古代〉のイメージを得た。

「山島」という柳田のキーワードをそのまま使うのは気が引けたので、桜島を「島山」として歌に詠んだ。この歌は、歌集『海やまのあひだ』におさめられるさい、連作「姶羅の山」のなかに吸収された。

日の照りのおとろへそむる野の土のあつき乾きを草鞋に踏むも
島山のうへにひろがる笠雲あり日の入りし空は底明りして
焼き畑のくろの立ち木にかけたる見つ。蒲葵の笠の赤き紐あはれ

（連作「大隅の国」、「アララギ」大正八年九月）

火の山の国は、土も地熱をはらむ。旅びとの草鞋の底さえ熱くなる。

さいごの歌の「蒲葵」を、ビロウと信夫は読ませる。コバ、アジマサなどとも呼ぶ。南九州の海岸部に繁茂する亜熱帯種の木で、鹿児島の志布志湾にはこの木の茂る「ビロウ島」がある。宮崎県の南端の海辺にも、ビロウ島が点在する。神話で著名な青島はその一つである。

地元の人は蒲葵のおおきな葉で、うちわや笠をつくる。焼き畑で働く人の、いかにも南国らしい蒲葵の笠に信夫はするどく目を留めた。さりげない旅詠だが、背景がある。

蒲葵は、柳田國男の南島学の一つのトピックである。

柳田は明治四十一年、阿蘇から天草、鹿児島、さらに椎葉を旅したときから、南九州におけるこの亜熱帯の木の繁茂を気にかけていた。大正二年四月の「郷土研究」一巻二号に、「蒲葵の島」という小論を書いた。

この興味はつづく。信夫の鹿児島行きがようやく沈静した大正九年、暮れ。柳田は『海南小記』の旅に出る。二か月余にわたるおおきな旅である。

まず大分から臼杵に出て、あとは汽船と小舟を利用し、日向・大隅地方の海岸部をまわった。さいごは大隅半島の突端、佐多岬まで行った。そして鹿児島市から沖縄行きの船に乗り、那覇・首里に滞在し、石垣島にまで足をのばした。

生まれてまもない日本民俗学に、古代の宝庫としての南島に目をひらかせた画期的な旅である。

『海南小記』は、貴族院書記官長をなかばケンカ腰で辞任し、朝日新聞と客員という格で契約した柳田が、旅の日々をリアルタイムで新聞に掲載した紀行文を、のちに一冊にまとめたもの。

その冒頭に、しきりに蒲葵の繁茂が指さされる。とくに佐多岬を目前にした田尻の村での風景がいい。浪の音がひびく宿に泊まって朝日がのぼると、もう新年。これから佐多岬に行くには、つづら折りのきびしい坂をあるかねばならない。

柳田は、おゆみという村の女に荷物の運搬をたのむ。レディファーストなどは都会のきれいごとで、旅の厳しい現実が匂う。蒲葵の葉は町で売れる。ついでにと、力持ちのおゆみは大荷物の上に蒲葵の束をくくりつける。

ガサガサ葉の音をさせて、たくましい南国の女があるく脇に、白い顔のやせた都会の紳士がしたがう！　旅にかんしては、信夫の方が野生児だ。若いときの旅では人に荷物はもたせない。第一、そんなかさばる旅荷は信夫にはない。

ともあれ、柳田はいたく蒲葵に注目した。なぜなら蒲葵は古代宗教史において、とくべつな聖なる植物だからだ。蒲葵は古来九州から朝廷におさめられ、巫女の扇や笠などの神具となった。

他の植物でもよかろう。なぜ蒲葵がとくに神具なのか？　それは「われわれの祖先」が蒲葵の生える南から来たからではないか？　南の故郷で、蒲葵を聖なる木として崇めていた。その記憶が、ながらく日本人の心から消えなかったのではないか。

柳田は大正十年二月にも、あらためて九州・久留米の講演会で、「阿遅摩佐《あじまさ》の島」と題する聖樹論を展開した。

もちろん、こうした柳田の南島学における蒲葵への熱いまなざしを意識しての、信夫の「蒲葵の笠」

の歌なのである。

それにしても以降、蒲葵のテーマはさして発展しない。柳田の植物にかんする該博な知識は、松や椿、柳などの聖性をもひろく視野に入れ、南の原郷の至上の聖樹への焦点は拡散した。

日本人の祖先が後生大事に母の国からたずさえ、列島に着いてまず植えた至上の聖樹の主題はむしろ、信夫の古代研究における謎めいた、日本海海岸や南九州に繁茂する照葉樹〈たぶ〉の森への濃いまなざしに見出すことができる。

話がかなり逸れた。鹿児島における、信夫と清志の対決についてであった。

師匠が投げてくる蜘蛛の糸のごとき愛の執着。会わない時はそれを断ち切りたいと恐れても、いちじるしく旅やつれして削げた頰、瞳孔に白い星のかがやく師の特有の目の光を目の当たりにすれば、やはり懐かしい。

師を否むことは、十四歳から二十歳までのかがやく少年期を、みずから切って捨てることだ。それは覚悟している。

師の気性は激越だ。はるかな山の冠雪のように俗気を拒む。その純が、今や容赦ない刃と見える。背を向けて遁走する〈子〉を、あつく手塩にかけた分だけ決して許すまい。こころの岩戸を閉ざし、二度と会うことすらすまい。

耐えられない。もっとさり気なく穏やかに別れたい。先生や金ちゃんとも時をおいて、また会いたい。思い出を話したい。

先生といると高揚する。その情熱の虹いろの輪に染まる。六年間はつくづく、先生が全身で紡ぐ夢の中にいたと思う。つばさを広げ、自在に空を飛ぶ夢を誰しも一度はみるだろう。しじゅう、その夢の空を舞っていた感じだ。

しかしそれは、先生の巨大なつばさを借りていただけだ。鹿児島に来てひとりになったら、すとーんと情けなく大空から落ちた。いつか先生が話してくれた、丹後の国の天の真名井の伝説の天女のように、空を舞う羽衣を失ってみじめに泣いた。

そんな男を女が救ってくれる。この事実におどろいた。天女はささえてくれる男がいなかったから、天にもどれず嘆いて死んだ。

僕には女ができた。南国の熱い吐息でささやく熱い女。なんて貴方はいい男、と神話の原初の女のように、しなやかな腕をからめてくる。まくれた紅い唇も近づく。

女の乳首は、男の乳首と大いにちがう。二十一歳で初めて知った。花のつぼみの、優しい薄べにいろ。指で押せば、たやすく男の力に負けて、どの方向にも可憐にくびれる。

そこは人によって違うのかしらん、彼女のそれは興奮すると紅く立つ。つぼみを生やす白い丘陵は、うねって青筋を何本も浮かべた末に固く張る。

赤子のように目をつむって紅いつぼみを吸う。彼女の両手が僕のあたまを抱く。ちょっといじめて片方の乳首とだけ戯れると、かすれた声でいや、と言う。右も愛して右もいじって、ぜんぶぜんぶ愛して、と悶えて足ずりする。

彼女を圧服し、僕は男になった。地を這って生きる腹をくくった。男と女がたがいに違うからだを合わせ、熱い夢を生む人間の始原のいとなみを知った。

先生は、男女の仲らいには色々な不純物が混じる、と言う。真に愛する相手を見いだして打ち込め、とさとす。からだの快楽を目的とするのは卑しい、と断ずる。

他の子のことはもう知らん、僕にはそこまで気を配る時間はない。けど、金ちゃんと清ちゃんは僕にとって特別や、いとし子や。心と肉が合致するすばらしい恋をしてほしい。それまで耐えて清らを保ってほしい。

若い肉体は猛威をふるう、心をひしぐ。それは僕も経験上よくわかっとる。師弟には、肉の猛威を防ぐ仲らいの道がある。学問に心しずかに邁進するため、師が手ずから弟子の体熱を鎮める秘伝がある。女人禁断の仏教が、なぜ長らくこの原則をつらぬいて列島に君臨し得たか——この師弟関係を活用したからや。高野や比叡の学僧の伝統や。肉欲を鎮めるとともに、互いの全身を駆使して学問の奥義を受け渡す。

清ちゃんと僕もそんな仲になろ、と先生は言った。先生が言えば、それは必ず実現される。はたちの誕生日をすこし過ぎた頃、いい折やから、とあっさり言われた。その日、先生は僕の下宿に泊まった。

先生のことばを全的に信じて、これは修行だ、と頭にくり返していた。修行だから楽しくも何ともなく、苦しいのだと自分に言い聞かせていた。

いま思えば、あれは何だ。男どうしが同じ造りの体を、ごりごりぶっつけ合う。喜びもない。何も生まない。

先生はじつに不器用だった。天才の光をひらめかせる昼間の先生とは別人だった。火照る体をむやみに擦りつけ、のしかかる。額から汗が滴り、僕の腹に落ちた。

だまされた。生のまっとうな道から先生に抱かれて転げ落ちた。そう感じた。あれから次第に先生が嫌になった。鹿児島のような縁のない南国に行くのは閉口したが、その意味ではほっとした。とうじ先生は「アララギ」にこんな歌を詠んだ「先生をあはれむやうな目つきしてわれを見る子になれるわが清志」。僕への呼びかけの歌だ。敏感な先生は薄々わかっていたのだな、と思った。先生、貴方を前にして僕はあらためて恨みます。あのまま輝かしい超人的な先生でいてほしかった。僕の人生の中に大きな柱として立っていてほしかった。

なぜ僕たちはあんな風に、みじめな犬のように狎れあわなければならなかったのか。学問と文学を愛する夢のつばさを僕からもぎ取ったのは、つばさを与えた他ならぬ貴方なのだ……!

私はこれ、と思う文学史上の天才に、自身をかさねる癖がある。また、それほど打ち込まなければ批評ができない。

たとえば、大酒飲みの学者の父の旅に連れ回されて、神童と聞こえの高かった近世の旅の歌人、加納諸平をまるで分身のように思ってきた。今でも諸平の旅の歌は大好きだ。

諸平が二十歳の旅で詠んだ「旅衣わゝくばかりに　春たけて、うばらが花ぞ、香に匂ふなる」という歌なんぞ、いつのまにか自分がつくった歌か、と錯覚するほど愛唱してきた。

諸平の実家・夏目家は落ちぶれ、旅の途次でせめて長男を、どこかいい家の養子にさせて立身させたいとの思いもその父にはあった。

十六歳のときに父・夏目甕麿は酔っぱらって月を取ると言い、らちもなく摂津伊丹の池で溺死した。

よって天才少年は帰郷せず、人のとりもつ縁で和歌山の御典医・加納家の養子となった。

諸平の父の思惑はふくざつだった。父は「激しい発作的な精神病患者だった」。その遺伝から子を切り離そうともしたのではないか。ゆえにわざと旅の途中で死んだ。子を捨てた。その可能性は、以前に「アララギ」に書いた歌論「ちとりましとと」のなかで匂わせておいた。

私と父の関係に似る。私の父は大酒飲みだった。狂的に烈しい気質をもっていた。わざと心臓を傷めるように酒を飲み、早く死んだ。学問と詩歌を愛したが、何ごとも成し遂げなかった。

私の小説「身毒丸」は清志への想いをこめたものだが、あの小説の中の父と子の漂流の旅には、私の分身としての加納諸平の数奇な芸術生活への想いもこもっているのだ。

父は潰れた。私は潰れまい。そう思ってがむしゃらに若い日々を生きてきた。家と家族は背後に遠ざかった。ずっと独りで旅をしている気もちだった。

淋しかった。こころが底冷えした。そこへ、金太郎と清志に出会った。喜一にも会った。人を育てる大切な意義に目ざめた。ふしぎなことに、自分は急に〈父〉になった。いとしい可愛い〈子〉ができた。学問と芸術の道における父と子だ。血と肉でつながる親子より純粋な、魂と魂でつながる親子だ。清志はずっと、後ろを見れば私に黙ってついてきてくれた。

芭蕉の愛した若い杜国のようだ、と思った。芭蕉と弟子の関係が腑に落ちた。芭蕉の天才は、弟子とたがいに啓発しあい、生まれた面がある。

旅でおなじ経験を分かちあう。草を枕に宿り、旅の連句を巻く。杜国や曽良の見た空、木々と鳥、花を芭蕉も見た。疲労とせつなさも分けあった。芭蕉の天才は、弟子の感激をゆたかに自分のなかに取り入れた点にもある。

師と弟子はある意味で、つねに喰うか喰われるかの緊密な影響関係にある。そうなったら師も弟子もない。たくましい大きな才能が、えんりょなく愛する者の感性を喰う。

私もそうだ、まさにそうだ。若い純な清志の瞳に映る風景に吸いこまれた。若者の脈打つ精神の波動に深く感じた。清志のこころと、自分のこころが旅では区別なく溶けあった。それを歌にした。異郷論にした。

清志。こころが溶けあうことは、全てが溶けあうことなのだ。我か人か、渾然と私たちの魂は境なく燃え、さらに高みを目ざして飛べる。おまえも、私を喰え。喰って、はるかに飛べ。なぜ、世間の狭い常識の側につき、年月をかけて大切にしたこの魂の結合を捨てるのか。

雪残る会津にくらべ、鹿児島はあたたかい。そこここに桜が咲く。駅に信夫を迎えにきた清志は、めだって痩せていた。市内の仙巌園に近い、清志が取っておいた静かな宿で休んだ。清志は信夫の目を避けて、師のきものを畳んだり、背広と帽子をたんすに掛けたりして座らない。

ここは小さな宿ですが、湯がいいんです、などと温泉好きの信夫におもねるようなことを言う。湯治に来たんやない、と鋭い語勢で言ったが、清志のほそい肩が哀れだった。すこし歩こうやないか、海のほう行こう、と誘った。

城山には椎やたぶなど、南国らしい照葉樹がうっそうと繁る。清志の白皙の額に、常緑樹のみどりの光が映ってうつくしい。

しばらくあるいて磯に出た。春の太陽ははや夕づき、錦江湾がきらきら輝く。湾をへだてて桜島の巨大なすがたが見える。

黙って清志と、ほのぬくい砂を踏んであるいた。以前とおなじに、清志はついてくる。しかし先生を慕って頰を染めて弾む、ういういしい気配はない。うっとうしい暗い顔で、見知らぬ青年となった清志が、靴を砂だらけにして重い足どりで信夫にしたがう。

この時は、清志に会っただけで何もさしたることは言わなかった。言えば、清志がこなごなに壊れる気がした。いとしい想いがまつわり、怒りの気迫が我ながら薄かった。桜の花のせいかもしれない。この花をみると、いつも気が弱る。

錦江湾の夕づく輝きを見ながら、西郷隆盛がここで親友の僧侶の月照と抱きあい、身投げしたことを思いだした。

隆盛を頼ってはるばる鹿児島に来た勤皇派の月照を、藩主の命でどうしてもかくまえなかった。それなら友愛のあかしに月照と死ぬしかないと、二人で心中したのだ。西郷だけが助かった。

若い清志を道づれに、青い海へ身を投げかねない自分の惑情があやうかった。旅で高い崖の上や峠に立ったとき、目まいがしてそのまま墜落したくなる心の癖がある。そんな時のように、くらくらした。

錦江湾のまばゆい青に誘われた。恐ろしかった。

この年、けっきょく三度、鹿児島と福岡へ行った。三月、七月、九月。

七月の訪問では、春に耐えた怒りを爆発させた。城山のそばのくだんの宿で清志を目の前にすわらせ、その堕落した生活の非を指弾し、追いつめた。夜ふけても帰さなかった。

若者は一言も発しなかった。ただ頭を垂れて、信夫の怒りの滝に身を打たれていた。しかし東京に帰らないという意志は変えなかった。それも憎かった。説くうち、自分のものとも思えない凄まじい怒声が天井までひびいた。若者の身が縮むのがわかった。

ころびごゑまさしきものか。わが声なり。怒らじとする心はおどろく

（連作「福岡ふたゝび」、「アララギ」大正八年九月）

清志は気絶しそうだった。肌から生気がぬけ、蠟のように白く乾いた。先生に殺される——ながい一夜のときどきの瞬間、若者はそう痛感した。

信夫の心臓も興奮で早鐘を打った。心臓麻痺で急逝した父の顔が浮かんだ。陰鬱な梅雨の降りしきる宿の一間で、二人は向きあったまま夜が明けた。

からくして面《おもて》を起す汝の頬白くかわきてむねはかり難し

（同前「福岡ふたゝび」）

これが、信夫が清志をみた最後である。秋深まる頃いま一度、勝手に居を福岡に移した清志を訪ねた。清志はとうとう宿に来なかった。

宿で夜通し、清志を待った。市内のにぎわいの灯りが一つずつ消え、闇の中を木々が秋風にうねって鳴った。切なくて、外に出て立って待ちもした。人力車が何台か、むなしく走り過ぎた。

額のうへにくらくそよげる城山の梢を見れば夜はもなかなり
叱りしを悔ゆと思はねば待ちくくて夜のふけ行けばあまた寂しも
（「福岡その三」、「アララギ」大正八年十月）

福岡での詠、と題しながら、鹿児島の城山を詠んでいる。以前の訪問の記憶も渾然と混じっている。信夫は単純な意味での写生・写実派ではないので、こうしたことはままある。

その年の暮れ十二月、信夫は「アララギ」に「寄物陳思——福岡へ」と題する七首の歌を発表した。清志への相聞歌である。

連作の前半では、庭の落ち葉を掃きつつ「待ちごころ失せにし今を安しと思はむ」などと、清志が東京に帰ってくる夢を遂にあきらめた心の鎮静をうたう。「何ごともすでにをはりぬ」と、おのが想いに幕を引く風情をただよわす。

しかし後半は万葉集の歌人たちを引き合いに出し、断ちきれぬ愛執を清志にうったえる。たとえば自身を貧しく位ひくい山上憶良にたとえ、だからお前は私を嫌になったのだろうとうたう。たとえば清志を「尾張ノ少咋」になぞらえ、帰っておいでと呼びかける。


尾張ノ少咋《をぐひ》のぼらず。任け満ちて昨日も今日も人継ぎてのぼる

清志への恋は終わっていない。なんと信夫の、人を恋う心のながさよ。自分の前から姿を消したいと

し子に、なおも恋々と想いは濃い。

ところでなぜ、清志を尾張ノ少咋になぞらえるのか。信夫の『口訳万葉集』を読めば、よくわかる。なるほど清志は信夫にとって、芭蕉における杜国であり、家持における少咋であるのだな、と呑みこめる。

万葉集巻四のさいご近くに、大伴家持と藤原仲麻呂の息子・久須麻呂との相聞歌がある。男どうしに恋はありえないから、通常このやり取りは仮のものとされる。久須麻呂と家持のむすめが結婚をやくそくした仲あるいは恋仲で、むすめに代わって歌のたくみな父・家持が恋ごころを詠んだという解釈が主流である。

信夫の『口訳万葉集』はそれに異を唱え、こう断言する――「久須麻呂は、家持が同性の愛人であった」。そのうえで久須麻呂を妙なる梅の花にたとえ、愛を告げる彼からの手紙さえあれば、会えなくとも幸せだとする家持の恋歌を「傑作」と評価する。

大正七年一月、つまり清志との恋愛のただ中にいるときに「アララギ」に書き継いだ「万葉集短歌輪講」においても、信夫は二人の相聞歌について言いきる。契沖の意見に私もおなじだ、久須麻呂はきわめて若い「家持の念者で、男色上のかたらいがあったものと見るのがよい」。

この断言は、大正時代の万葉集解釈のなかで異彩をはなつが、信夫にはどうしても譲れない思いが色々こめられているのだろう。

一つには、恋愛を異性間のものと決めてかかる近代文化への異論。男と男の愛の文化は、万葉にも見いだせる伝統なのだという主張。

一つには、家持とはそういう愛もゆたかに知る恋の歌人であり、自身・釋迢空もそうなのだという自負。そして契沖という僧侶も、同性を愛することを知っていた。ゆえに愛について広い解釈のできる国学者なのだと、尊敬する念。

清志がいたから、自信をもってこう解釈できた。家持が若い久須麻呂をたいせつに想い、若者からの愛の「言」を待つ早春の切なさ、「心ぐく思ほゆるかも」が身に染みた。まさに清志は久須麻呂で、自分は家持だ。

ゆえに家持の若い部下で、異郷の遊女に迷った尾張ノ少咋を清志にたとえたのだろう。この若者も、家持の愛人であったと信夫は見ていたのだろう。

清志の存在は、このように信夫の万葉論にも濃い影を落とす。

じつはこの後、なおも二度、信夫は清志のもとを訪れている。大正九年三月と四月。やはり清志は身を隠し、会えなかった。

そして翌月、大正九年五月、信夫は画期的な創作と古代論とを同時に、母校の「国学院雑誌」に発表する。創作は、「海山のあひだ――南九州の旅に」と題する短歌連作三十八首。すべて清志を南国に追う旅の歌である。「アララギ」に既発表した左記の連作群から選んで再編集した。

「山および海」大正六年十一月
「日向の国」同八年一月
「日向の国　その二」同八年二月

「日向大隅」同八年四月
「福岡」同八年六月
これが歌集『海やまのあひだ』では、「姶羅の山」に吸収される。三十八首の巻頭には、例の清志への恋歌「言たえて久しくなりぬ……」が掲げられる。

古代の風景を実感するテーマ〈海やまのあひだ〉の形成には清志との恋が深くかかわる。あらためて明白な事実だ。

一方、古代論は「妣が国へ・常世へ——異郷意識の起伏」と題する異郷論である。ここにも清志への濃い思いがただよう。

日本人の祖先の夢みた国を追う論考である。印象的に、若き日の志摩半島・大王が崎にて青海原を見晴らし、その彼方に「わが魂のふる郷」のあるのを確信したという経験が回想される。

思い出そう、そのとき感動する二十五歳の信夫のかたわらに立ち、海の輝きに胸とどろかせていたのは清志であったことを。

同時に満を持して発表された古代研究、すなわち羇旅歌群と異郷論は、ある面でははるか九州に身を置く清志へのラブレターなのだ。

〈海やまのあひだ〉の初発は列島の一部、信夫の生地に遠くはない熊野であった。しだいに〈海やまのあひだ〉のまなざしは南に大きくひろがる。日本人が列島に住む以前の熱帯の原郷を探るまなざしに変容する。

もちろん柳田國男の刺激が大きい。ともに烈しい太陽に澄む南海の青、たぶや蒲葵など亜熱帯の木々や花を思慕する古代日本人の胸のせつなさを信夫に「実感」させ、古代への通路をひらいたのは南にいた清志の存在なのである。

「妣が国へ・常世へ」は著者自身の手で、『古代研究』三部作の第一部巻頭に置かれた。

第十九章　激　震

古代研究が視えてきた。時代区分としての飛鳥・藤原時代の研究などではない。今この瞬間にもしぶきを上げてなだれ込む、私の古代研究の白い道がはっきりと視えてきた。

天地にただこの身あるのみ、その覚悟で古代人のこころの風景を追う道だ。

ながらく下宿生活で、仮り暮らしに慣れてきた。本も畳に積み上げた。愛書癖はない。貴重な書物も持ったことがない。読めば、はしから人に上げてしまう。

本は食べてよく消化し、自分の血肉にする。モノとしての本に興味はない。ほんものの学者とはそうしたもんだ、本をからだに入れてしまうんだ。ありふれた資料を深く読みこんで『古事記伝』を書いた本居宣長のように、と思いさだめてきた。

だから必ずしも稀少な資料や立派な蔵書は、自分には必須ではない。それよりひたすら歩ける肉体と熱い情熱。芯となるのはこれだと、自分の肉体と心を鍛えあげてきた。

この覚悟なくてどうして言えよう、「記録の信じられない時代」すなわち古代を知りたいなどと。どうして高言できよう、「われわれの祖たちの恋慕した魂のふる郷」を探索したいなどと。

全人的な学問。それをめざしてきたのだ。全身に脈うつ純粋な感激にて、おのれも意識しない身内の深みにながれる祖先伝来の記憶に出逢い、駆けより、新しい泉として汲むこと。古代学の要はここにある。ここにしかない。

資料にもとづく客観性を至上視するタイプの学問とは、まったく発想のちがう学問なのだ、私の古代学は。

むしろ主観的。熱く、主観的。膨大な読書の知識を脳内に叩きこみ、おのが知としたうえで身ひとつで旅し、民族の記憶のなぎさの足跡をたどる。

いかがわしい、野蛮であると眉をひそめる大学者も少なくなかろう。しかしこれくらい思いきらなくて果たして、列島史の始まりとしての古代のみならず、日本人の祖先がこの列島に棲みつく以前、南方の妣の国にいた段階の古代まで視野に入れる〈古代研究〉など可能であろうか――。

折口信夫の古代研究には不可思議なほど、いわゆる論考にふさわしくないことばがちりばめられる。いわく、「私」「私ども」「夢」「夢の国」「夢語り」といったことばだ。私的感情をひかえ、客観性を重視する学術論にはおよそ似あわない。

たとえばその代表論「古代生活の研究――常世の国」(大正十四・一九二五年)は、次のような驚くべきことばで始まる。

海のあなたの寂《しず》かな国の消息を常に聞き得た祖先の生活から、私の古代研究の話は、語りはじめるであろう。

信夫にとって〈古代研究〉とは、〈語り〉であり〈話〉なのだ。古代研究とは、物語である。その形でしか古代を追えない、と信夫は覚悟している。古代研究の初発の論「妣が国へ・常世へ――異郷意識の起伏」（大正九・一九二〇年）も、冒頭に高らかにこう宣言していた。

われわれの祖《おや》たちが、まだ、青雲のふる郷を夢みて居た昔から、此話ははじまる。

日本人の祖先が「内界」にいだく深くながい夢が、折口信夫の古代研究を始動させるテーマである。民族のこころの風景にかかる切ない夢の虹を、いかにして根拠づけられよう。幾多の資料を呑みこんだ「私」が、ゆたかに推理し想像する物語の形を取るしかない。

夢語り。誤解をおそれずに言えば、日本人のこころの世界――「内界」を追う信夫の古代研究の一つの大切な本質である。

感傷ではない。夢語りこそは古代に到達するための、新しい「実証学」なのである。『古代研究』三部作のあとがきは、そう力説する。

学者は直感によるべきではないとされる。しかし有体に言えば、整えられた資料群が指さす道ははじめから、学者の直感を前提とし、それをあかしだてるため意図的に配列されることが少なくない。客観性は、ある種の予定調和だと信夫は説く。

そんな形式の完成をととのえる暇は自分にはない。すっぱり形式を断念し、実感でゆく。実感は、つらい多くの旅の経験とあつい書物の知識にささえられる。これを信ぜずして、資料とぼしい領野をゆく古代学者は何を信じよう。

それをうさん臭いと人は言うか。詩人の感傷とさげすむか。資料はもちろん尊崇する。ただし私の心身に溶けこんだ資料のみ、用いる。おのが説を支持する権威としての資料は要らない。

逆に言おう、「生きて感じ得ぬ資料」「理会の届かない比較資料を、なまはんかに用いない覚悟」（「追い書き」『古代研究』昭和五年）が私にはある。その覚悟が、貴方たちにはあるか――。

三部作巻末の「追い書き」は、自身で自身の新しいユニークな古代研究の志を開陳する宣言なので、ほとばしる水流の勢いがある。三部の内容も、従来の歴史学を的とし、ときどき激越だ。

たとえば第一部『民俗学篇　第一』所収の聖水信仰論「若水の話」（昭和二年頃の草稿）で信夫はあざ笑う。古事記などに記される天皇の寿命は異様にながい。これを虚偽として若い史学者らはバカにする。愚かしいのはどちらか。

何百年いのち長らえた。それは実際の肉体の年数ではない。そうであるわけがない。魂のいのちの長さを示す。古代日本人には、常世からながれる聖水を浴びると若返る・よみがえるとする信仰がある。

とくに王者や神人にそれは多い。天皇をはじめとし、入れ物としての肉体は変われど「同じ名の同じ人格」、つまり同一の魂がよみがえりつづけ、聖職をつとめる例が幾多もある。

考えのものさしを現代に当てはめたまま、自分の方から古代に一歩も近づかず、古い歴史書をはかない夢物語と決めつける「歴史学研究の方々」こそ、もう一度出直して「顔も腸《はらわた》も洗うた序《ついで》に、研究法もすでらせるがよい」、それこそ聖水でよみがえらせるがよい、と信夫は口をきわめて皮肉る。

折口信夫は学問においてロマン主義者ではない。形式と虚飾を恐ろしいほどすっぱり捨てた、筋金入りの合理主義者なのである。

あるいはもっとざっかけなく、古代研究あとがきの信夫自身のことばにより、形式主義への反感と逆らいをはらむ、彼一流の合理の精神を説明してもよい。

自分は町の子、実利をおもんずる商家のはみだし者と、信夫はあとがきで強調する。「文学や学問を暮しのたつきとする」のは、世の役に立たない「遊民」であるとする親のもとで育った。

生まれからどだい、学者の伝統とは無縁なのだ。「先生である事」に胸を張れない。「学究風の体面を整える」ことに誇りを感じられない。

学問や文学はつまるところ、人の世の遊びだと思いさだめている。ながらく実家の扶養を受けて、この遊びに全身を投じてきた。だからこそ、学者の世界の「伝襲」には囚われたくない。

親きょうだいに「がしんたれ」「役立たず」と嘆かれながら、遊ぶことを許してもらった。ならば誰より純に遊びたい。形式や体面に足を取られず、命がけで前のめりに根かぎり一代を、文学と学問に遊びたい。

この腹のくくり方がつまり、信夫をつらぬく徹底した伝襲的要素への拒否、すなわち合理の精神の一つの正体なのだろう。

身にしっかり入っていない形骸としての資料をならべるかわりに、血肉となった書物の知識と流動的な「生きた生活」との刺激的な関係性のなかで生まれる〈実感〉を、この合理の人はおもんずる。そして古代研究において実感をうながす強烈な生きた生活の場として、沖縄および南西諸島がある。ゆえに信夫の古代研究で人の目を引く、断言の文体も必然となった。

大正九（一九二〇）年も暮れる頃。珍しく、生涯の師とこちらから勝手に慕う柳田國男から、興奮いちじるしい手紙が来た。電報も来た。折口君、沖縄には古代が生きている。巫女がいる、神がいる、聖なる泉がある。人々は泉から不老の霊水を汲みあげる。君も一刻も早く沖縄へ、いまは生活のなかに生きて残る古代が枯れて死なぬうちに早く、と熱烈に呼びかける内容だった。

大正九年年末から翌新年にかけて、前述のように柳田國男は九州・沖縄本島および宮古島、石垣島、奄美大島をめぐる大きな旅行をした。

巫女に会い、海のかなたの常世から来る来訪神信仰のあつさを知り、白馬にのって海のなぎさを駆ける神を視た老人にも話を聞いた。仮面をつけて神に扮装するのが村の若者であることを知りながら、現に神が家を訪れると感激で泣く村長もいる。南島では神はいまだ殺されず、と感動した。

旅の途中で折口に、君も来たまえ、と柳田が電報を打ったというエピソードが伝わる。考えればこの時、柳田は帰路の熊本で外務省から電報を受け、国際連盟常任委任統治委員会の初代委員の就任とともにジュネーブへ行くことを要請され、これを受託した。

せっかく古代の宝庫として見いだした沖縄研究を、後進の信夫やネフスキーら若い民俗学者に託したかったのではないか。

国学院大学専任講師となっていた信夫はさすがに、若い頃のようにすべてを放り出して旅に出ることはできなかった。

その代わり大正十年の夏、沖縄および先島列島への民俗採訪旅行に出た。七月十六日頃からほぼ一か月の旅程と推定される。

あまり資料が残っていない。「沖縄採訪記」「沖縄採訪手帖」と仮に題される断片的ノートのみがある。十年の沖縄行きについては、晩年の弟子・西村亨氏に詳細な考察『折口信夫とその古代学』（中央公論新社）がある。ここに新たに加える事項はない。

旧琉球王国にかんする資料を那覇でおおいに集めた。柳田もさほど足を踏みこまなかった沖縄本島北部、原生林と海のつづく国頭《くにがみ》地方をひたすら歩いた。幾人もの村の女性司祭者・ノロに会い、話を聞いた。人の背より高い夏草の茂る崖の道をゆく。坂を下ると、次の部落に出る。その繰り返しだった。

感激する景色はない。青い海と空と砂。ある意味、殺風景だ。とくに若者には耐えがたかろう。その単調こそ、祖先の瞳にうつる風景であると知った。ひたすら青と白の波打つ虚の世界。時間の推移を人間に知らせる何もない。

たまさか水平線のかなたに浮かぶ小舟だけが変化である。その舟に瞳をこらす。ひとりで歩いていると、海原はるかに目をやる癖が自然に身につく。

国頭地方の多くの村は、原生林を背後にして海辺にへばりつく。祭りでは、海のかなたの常世から来る神を迎える。神は舟にのって来るというノロのことばが、よくわかる。

その神を名づけるならば、時をさだめて稀に来る神、〈まれびと神〉と言うのがふさわしい。虚の世界に唯一、時を告げる。よみがえりを告げる。

まれびと神とともに世界はよみがえる。枯死と蘇生。これこそ暦の源だ。逆にいえば、それしか時間がない。舟をおり、さらに北をめざす同朋と別れて南西の島々に住みついた祖先には、まだ四季が推移し年の進む時間意識はない。

大正十（一九二一）年の初めての沖縄への旅は、海にかこまれて生きる生活の、苛酷なまでのつれづれを実感した。海のかなたへの古代人の、やむにやまれぬ凝視を自身も経験した。神が海のかなたの他界より来る必然が身に染みた。

それにしてもいつにもまして、修行に似るつらい旅だった。信夫は生来の汗かきである。くわえて、知らぬ人とくに老いた巫女と話すなどして神経をつかうと、頭が熱して異様な汗をかく。めまいで倒れるか、とひそかに案じた。

沖縄の人は海で行水し、あまり風呂に入る習慣がない。風呂好きの信夫はこれもこたえた。東京で待つ金太郎に、もうへとへと、汗ぼだらけや、と弱音を吐くはがきを出した。

国頭地方の辺土名《へんとな》いったいを案内してくれた小学校の先生の宮城聡は、折口先生は老女のはなす古い沖縄ことばさえ解る、と感嘆してくれたが、何の苦労なしに聞き取れるわけではない。必死で毎日、老いたノロのけうとい表情や口の動きを追った。

しまいには疲れ果てて、祖先の原郷ではなく、どこか遠い外国にいるような気さえした。自身の肌も南国の烈日に灼かれて、夜でも熱をもつ。正直、太陽にさらされない白い顔が恋しくなった。

沖縄から帰京する途次に壱岐の島に立ち寄った。一か月ほど滞在し、西海の孤島の伝説や芸能を調査した。この経験を、のち昭和二年に「雪の島」と題する随筆につづった。

「雪の島」は、信夫の手で『古代研究』第三部に入れられた。ふしぎな古代論である。著名な異郷論「妣が国へ・常世へ」と双璧をなし、古代へさかのぼる信夫の特異なこころの通路をよく示す。

博多の波止場から壱岐の島へ向かう「巡航汽船」の甲板で、信夫は一人の少年に邂逅する。つよく魅せられる。彼の印象が、壱岐の島の印象を決定する。

それは十六か七の少年で、白い飛白《かすり》の簡素なきものをきて足に包帯をしている。福岡大学病院の薬びんを手にしている。壱岐の島から通院するのだろう。

甲板で海を見つめる二人の目はたびたび合う。そのつど、島の少年の何ともいえぬ憂いと静謐をたたえる「思い深げな潤んだ瞳」に胸が鳴る。忘れていた「若々しい詩人みたいな感傷」が甘やかにとどろく。

「詩人の感傷」ということばには、聞き覚えがある。そのときも信夫は青い海原を見つめていた。海のかなたに、「わが魂のふる郷」（「妣が国へ・常世へ——異郷意識の起伏」）のあるのを熱く実感していた。

それは志摩半島の突端の大王が崎だった。信夫の古代研究の一つの始発の場所だ。かたわらには中学生の清志がいた。清志も黙って、岬の木々をへし折るほどの荒い海風に吹かれ、はるかな青の世界に黒瞳を凝らしていた。

何時間も海を見ている島の子の黒瞳は、あのときの清志の瞳とおなじだ。清志との仲らいがこわれたばかりの夏である。福岡に通院する子。福岡は、清志の暮らす地である。その地名さえ、いまだに信夫の胸をさざなみ立たせる。

少年の黒瞳が信夫のこころに広がり、あふれる。ああ、この子の瞳は流され人の瞳。そう信夫は感受する。

壱岐の島は、流人の島。都から貴い人が流された。都恋しさに彼らの瞳は海のかなたを見つめ、涙に濡れた。壱岐は憂いの島。流人の哀しい憂いが島に、ものの哀れを歌う文学や芸能をもたらした。

少年の純な哀しげな瞳は、壱岐びとの「内界」を象徴する瞳だ。信夫はその瞳を通し、孤島のみやびな貴種流離の文化に慕わしくからめとられる。

折口信夫とはこのように、強烈に神秘的に魅せられる人なのだ。一目惚れ。そんな原始の感情に身を熱く奪われる人なのだ。ひろい学識とともに恋慕の情念が、彼の古代学を力づよくささえる。「雪の島」はその秘められた錬金術をよく語る。

純な風姿の壱岐の少年との出会いが、壱岐の島をも〈海やまのあひだ〉と実感させた。雪のごとく白い岩礁にかこまれるこの孤島も、信夫にとって大切な古代への通路となった。

あえて単純に言うならば、古代の生きた宝庫、万葉びとがいまだ生きるとして信夫が重んずる沖縄および南西諸島は、彼にとって驚きにみちた新しい場所。慣れるために、さまざまの格闘もある。

西海の壱岐の島は、既視感のあるなつかしい場所、ものの哀れの源であると感じられる湿潤な涙の霧に繊細にもやう島。ふわりと信夫は、この海に浮かぶ「神代の一国」のみやびな空気に身をゆだねる。

いずれも古代への道の途にある。沖縄は信夫にダイナミックに、まれびと神の存在を確信させた。壱岐の島は、文学者としての信夫の胸に優しくうったえ、とうじ追っていた日本の伝説の骨、すなわち日本文学を貫流する貴種流離譚を実地で感じさせた。そう整理することができるだろう。

ちなみに、歌集『海やまのあひだ』の第一の連作「島山」の巻頭歌、「葛の花　踏みしだかれて、色あたらし。この山道を行きし人あり」は信夫のこころの中で、若き日の志摩半島の旅と、壱岐の島の旅の印象がかさねられて詠まれたものと推定される。

信夫は大正年間にもう一度、沖縄へ行く。十二年七月二十日出発。このときは、国学院大学の学生の三上永人をともなった。

さまざまな思いが去来する旅だった。出発の前々日、十八日の暁に恩師の三矢重松が亡くなった。かねて胃がんの症状が思わしくなかった。

晩年の三矢先生は耳の疾患で聴力を日々うしない、大学でも人と話すのが煩わしげだった。研究室を訪ねると、窓の外の木の梢が風に吹かれるのを見て、僕には音が聞こえないね、と淋しくつぶやかれた。

一生を後進の教育と、源氏物語の顕彰にささげた「最後の国学者」。近代に軽んじられた源氏物語を、世界に誇る大文学として明るく広い場に引き出し、日本人に源氏物語をすすめた啓蒙家は、三矢先生を明治における第一人者とすると信夫は考える。

体力が弱るさいごまで、先生の情熱は褪せなかった。紫式部の墓所を探し、顕彰につとめた。大正十年四月には念願かない、国学院大学に「源氏物語全講会」を創立された矢先だった。

このたゆまぬ学力を、世間は無視するか。何としても先生の恩愛に報いたい。信夫は三矢先生の博士号授与のために力を尽くしていたところだった。

先生は五十二歳で亡くなった。光源氏の享年とおなじである。思えば学問と創作の両道をあゆみ、それを一体化すべく苦しんできた二十、三十代を見守ってくれたのは、先生の清冽なまなざしだった。

変な混血児、などと蔑まなかった。むしろ学問をささえるゆたかな美しい翼として、詩歌や戯曲を書くことは、国学者の本道であると深くうなずかれていた。小説には首をかしげておられたが……。

「学問と個人の気象」の「調和した学風」をつねに目ざされた。先生も、形式や権威を憎んだ。ちょっと読んだだけの資料を麗々しく論文に並べなどすれば、烈しくお怒りになった。

本にたよるな、ときに身ひとつになって考えてみよ、個性を鍛えよ、とよく叱られた。奥さまに賜った、先生の魂の一部のこもる形見のきものは、惜しんで身にまとえば数日でほころぶ、着尽くしてすりへったものだった。とうとう清貧で終わられた。

沖縄へゆく船のなかでも青い波を見ながら絶えず、先生の一生を想っていた。陽光に透きとおる波のひとつひとつに、先生の面輪が浮かんだ。お元気なときの面ざしではなく、もうこれまでと武家の出らしく食を断ち、痩せて亡くなったときのお顔ばかり浮かんでは消えた。

わが性《さが》の
　人に羞ぢつゝもの言ふを、
この目を見よ
と　さとしたまへり

（連作「先生」）

上の人が亡くなる。そんな年になったのだと思う。

じつは母も、すでに大正七年早春に六十歳で亡くなった。以前から長く病床についていた。ちょうど清志との愛恋に狂おしく悩んでいた最中で、信夫は前の年には長期無断欠席で郁文館中学校も辞職していたから、身のさだまらぬ末息子のことを心配したまま死んだ。

いや、案ずるというより怒っていた。六年冬に病状が悪くなり、急いで大阪に帰ったときなどは、おかあさん、そないに興奮したら障るやないか、と思わず信夫も病人にきつく言い返したほど、床に起き直って息子をののしった。

なにも博士になれと言うてるわけやない。あんたには根気がない。そない夢みたようなことはもう、思い捨てた。わたしが願うのは、ただ人なみに過ごしてほしいということだけや。

あんた東京でしたことというたら、借金こさえて親きょうだい苦しませたことだけやないか。もっと男らしい大きなことして、それで私を泣かせてみよし。今もちまちま若い子と、書生みたような下宿暮らしして、女々しいわ。

病む母の罵言に本気で怒りを感じた。この世間知らずの女がなに言いくさるか、と心で叫んだ。もうすぐ別れるかもしれんのに、醜い親子だと恥じた。しかしこの時、はっきりと私の子は四人や、四人のうち誰ひとり孝行な子はいない、と母が言ってのけたのは、出生に疑いをもつ末子の信夫への遺言だったかと有難かった。

つまり今生きて世にある自分の子は兄の静と進、姉あい、そして信夫の四人だとする母の明言だ。これで心が落ち着いた。私は不倫の子ではなかった――。あんた見てると情けなくて死にきれない、と怒りであえぐ母に手をあわせた。

思えば母は、ほとんど家から遠く出たこともない。唯一の例外は京都の病院にいたことだ。一生を、家の前のどぶ臭い川をながめて過ごした。

彼女の「末子」の自分は今、九州さえ離れて青くきらめく南海の船上にゆられている。ふしぎな気がした。

そういえば山形の鶴岡に生まれ、東京に職を得た三矢先生も、おそらく南に来たことはないのではないか。美に敏感な先生は、この輝く海原にどんなに感激なすったことだろう。

もっとも先生は沖縄の古い暮らしに深い関心を示しておられた。信夫が初めて沖縄へ旅したあと、三矢先生は大きな目を光らせ、巫女と神祭り、霊魂信仰について多く質問された。

ふしぎなことに先生は、あまり語らずとも沖縄の信仰をよく理解されていた。源氏物語と同じだもの、と澄ましておられた。

源氏物語は君、一面は古代の霊魂信仰を伝える物語だもの。君のみやげ話の「まぶい込め」ね、子どもが大きなくしゃみなんかすると、魂がそのひよわな体から出ちまうと親があわてて魂をとりもどそうと、結ぶしぐさの呪術をするって。

あれ、まさに伊勢物語や源氏物語でしょっちゅうする呪術でしょう。六条御息所なんぞ、くしゃみじゃなくて嫉妬のあまり、魂が体から出て憎い夕顔のもとへ飛んでいっちまうわけだし。

先生は新しもの好きである。それからほどなく著書に、これは聞いた話だが、と沖縄の鎮魂の呪術を例に出しておられるのには恐れ入った。国学者は進取の精神をもたねばね、と言っておられた。だから私も新しいものには貪欲に目を光らせる。

信夫の眼前にはいま、広大な新しい世界がひろがる――沖縄。強烈な夏の光が身を灼く〈海やまのあひだ〉の世界だ。

大正十二年の二回目の沖縄旅行はいささか余裕ができた。本島および八重山諸島をまわった。とくに石垣島にて、先祖の霊が仮面をつけて多くのお伴の霊とともに家々を訪れる、「盆アンガマ」を実地で見ることができたのは印象深かった。

帰りは九州にはもどらず、台湾の基隆へ出て、そこから船で門司に帰着した。その方が早かった。翌九月二日の朝、神戸港に着いた船中で関東大震災のうわさを聞いた。

「先生、どうします、このまま降りてとりあえず大阪にいらっしゃるのもいいかもしれません。東京は壊滅だという話もあります」

青ざめて、三上青年が問う。唇がかすかに震えている。

「ここは大きな港やから、東京にむかう救護船が出るやろう。それ乗ろう。船長にそのこと聞いてきて」

信夫に迷いはなかった。谷中清水町の下宿で鈴木金太郎が留守を守っている。金、ぶじか、と心で叫んだ。他の教え子たちもいる。みんなの顔が浮かんだ。

じりじり待って、その夜港を出発する最初の救護船・山城丸に飛び乗った。一般人はなるべくこのまま待機せよ、と役人に説得されたが、無視して強引に乗った。学生の三上は神戸に残した。

「あんたの面倒さいごまで見れんと堪忍や。若いあんたにもしものことあれば、あんたのおっ父さんとおっ母さんに顔合わせられんから」

船が出る慌ただしさの中で、大切なことうっかりしとった、と信夫はかばんの底の残り少ない紙幣を数枚つかみ出した。

「これ持っとき。そいであんたは故郷へ帰り。落ち着いたら知らせる」

うむを言わせぬ師の指示である。三上は国学院大学の学生で、信夫に心酔して一年ほど前からくっついている。下宿も信夫のとなりに住む。

先生についてゆきたい。無言のうったえが表情ににじむ。がんぜない子どものように扱われて、肩を落としている。

沖縄の炎暑を耐えてくれたのに急に捨てて済まぬ、とは思うが、さながら地獄変とも聞く燃える東京に、むざむざ三上を連れ帰る気など毛頭ない。そんな教師など、おるか。

帰心矢のごとし。まさに矢のごとし。救援物資と見舞客を積んだ山城丸はとちゅう大阪に寄港し、じりじりする人々を乗せて三日の夜十時ごろに、横浜の港外に停泊した。

横浜の被害は東京より大きかった。船のなかからも空がぶきみに赤く燃えるのが見えた。

「はよう降ろさんかい、港を前に何やってるんか」

「船長にかけあって来るわ」

子を、孫を親を、知人友人を燃える東京や横浜に置く船客たちは、険しい顔で駆けまわる水夫らをつかまえては責め立てる。いっときも安閑としていられない焦慮がだれの胸にも煮えたぎる。

その騒ぎには加わらず、甲板で遠い炎のかたまりに目を凝らしている中年の紳士がひとりいた。クリスチャン思想家の賀川豊彦である。

ちょうど神戸の教会で布教していたところに大震災の報を聞き、即決して山城丸に飛び乗ったのである。上陸後はおもに被害はなはだしい下町で、救護活動に身をささげる。

信夫も、船員に上陸を請求してもむだだとあきらめていた。やはり甲板で、赤い空をみつめていた。大変なことになったと、震えるこころを鎮めることに努めた。

どれくらい人や家が燃えたか。ことによると家まで歩くことになる。金の無事なすがたを何としてでも見なければならぬ。金太郎と二人で暮らす下谷の家のあたりの景色が、あざやかに心に浮かんだ。

ようやく翌日の昼すぎ、山城丸は桟橋に接岸した。待ちかねた人々がなだれを打って、われ先にタラップを降りる。長い桟橋は大ゆれした。いつもは華やかな船客が優雅にあるく白いあこがれの道である。

少しあるいただけで、信夫は呆然とした。エキゾチックなおしゃれな港町はどこかに吹き飛ばされた。見も知らぬ焼け野が無限にひろがる。

家々はひしゃげ、無数の電柱が折れ、そこにくもの巣のように電線が引っかかる。ぼろ雑巾とさえ見えるのは、ささえあって避難する人々だ。一面が戦場だ。人間の焼ける匂いを生まれて初めてかいだ。

思わずうめいた。破壊者はだれだ。人間ではない。神だ。神の残虐に信夫は圧倒された。神が善であるという道徳は、人間のつくった虚偽であると改めて身をもって痛感した。

通信機関も汽車も車も総倒れである。やはり横浜から、東京下谷の清水町まで歩くこととなった。ゆうに三〇キロ以上ある。

晩年の弟子の池田弥三郎の推定によれば、このとき信夫は神奈川に出て旧東海道をひとすじに歩き、川崎をすぎ六郷をわたり品川から高輪、三田にかかって芝園橋をわたり、増上寺の門にたどりついた。とするなら途中の六郷で、たぶん信夫は衝撃的な風景を目にしたはずだ。横浜市に近い六郷村では、地震に乗じた大きな強盗事件が連続的におきた。

これが、つづく昭和に暗い大きな影を落とす、朝鮮人虐殺の源となる。在日朝鮮人が強盗をはたらく。のみならず徒党を組み、日ごろの差別へのうっ憤を晴らすべく、日本人を襲ってくるという噂が発生した。

これは全くのデマで、強盗をはたらいたのは地元に根を張るやくざの組であったとも言われる。しかしいったん火のついた風聞は焦土をすばやく駆けぬける。六郷から川崎へ、あるいは長津田・玉川経由で、九月二日午前中にはもう東京都下に朝鮮人襲来の噂はひろがった。

恐慌におちいった各町村では、血気にはやる若者を主に消防隊や青年会が「自警団」として立ち上がり、刀・銃・竹槍・こん棒などを手に、「不逞鮮人」退治に乗り出した。

道ゆく人を囲み、「純日本人」であるかを問いただした。不審と判断すれば、ただちに撲殺した。いち早くデマのおきた神奈川、六郷では殺された朝鮮人の死体がむぞうさに積み上げられた。信夫はそうした光景を目撃したはずである。

増上寺に着いたときは、すでに日がとっぷり暮れていた。自警団の若者たちがそここで人を尋問していた。たがいに顔がよく見えない。誰何する声が殺気立っていた。

信夫の腹は煮えくりかえった。この天災に逃げまどう人々を、まるで罪人であるかのごとく責める声のはしたない逆上、残忍。何の権利をもって市民を裁くか、何たる愚かな野卑であろうか。「おい、そこの」と声がかかった。無視して通ろうとした。とたんに肩をわしづかみされ、ゆすぶられた。「怪しい奴、鮮人か」。怒鳴られた。憤りで一瞬、あたまが暗くなった。

夏中、沖縄ですごして凄まじく日焼けした信夫の顔は、国籍不明の感がある。たしかに純日本人からはほど遠い、と自身のなかで冷静にふん、と笑うもう一人の自分がいた。

そんなら朝鮮人であります、と答えてやろうか——信夫のこころの奥底につねは抑えつける、生来の破滅願望が噴き出した。ばかで残忍な若い男にいっそ、犬のように撲殺されて道に転がろうか。志をたてて一心に進んできたおのが生を、汚い足で踏みにじらせてやろうか。

自虐と絶望が混じりあった魔のごとき欲望が湧いた。「おい、答えろ。住所と生年月日・職名を正しく言え」。醜い裏返った声にはっと正気にかえった。

「下谷清水町在。くには大阪木津村、医業。オリクチノブヲ。国学院大学国文学科講師」われ知らず、すらすらと出た。大切な名のシノブをこんな奴らには名のらず、世間に通りのよい男名としてのノブヲを名のったのも、咄嗟の判断だった。

国学院大学、の名は効き目があった。世間では古典を尊重し、皇国への心あつい右派・保守派の学校として通る。若い男どもはにわかに顔を伏せ、信夫の通行を黙許した。

道には焼け焦げた死体が無数に横たわる。川には火と水に責められ、ぶよぶよに膨らんだ水死体が浮かぶ。妙齢の女の死体も少なくなかった。髪に藻が無惨にからむ。

しかし堪えがたかったのは天災でいのちを落としたのではなく、あきらかに殺された死体を目にすることだった。何もしらない幼い子どもが家から出てきては、珍しそうにそれらの死体を小さな手ではたく。

犬や猫の死骸とおなじだと、親に教えられるのだろうか。この災厄の下でものごころついた子は、長じてどんな人間になるのか。忌まわしい蛇の子を見たように、胸に動悸が打った。

まちがえれば自分も、あすこに薪ざっぽうのように積み上げられていた一人だ。おおくの罪なき避難民を殴り殺した人々は、騒ぎがおさまれば何くわぬ顔で、穏やかな市民にもどる。それが最もおそろしい。

ああ、おっ母さんが死んでいてよかった。三矢先生がこの夏に亡くなられたのは、まさに僥倖だった。とっさにそう思った。

少女のようにいつまでも芝居をみたがったおっ母さん。継子いじめの可哀そうな中将姫の劇を愛していた。師走二十日の雪の空、と囃子の調子をつけてそらんじていて、雪舞う季節になると、中将姫が縛られて雪のなかでほそい首をかしげて凍える場面を話してくれた。

日本人のこころは恋する至福と悲しみに磨かれ、魂の光を増したのだとし、恋の王たる光源氏の男らしさをこそ〈やまとだましひ〉の本源と仰いだ、三矢先生。

それらの繊細も哀切も美も、ことごとくが今この瞬間、消え去った。雪に悩むかよわい姫君も、神に魅入られるほど輝かしい光源氏の舞い姿もすべて、吹っ飛んだ。列島に立ちこめる優美の霧はどこかへ逃げた。

もののあはれを愛するとされた日本人は、その仮面をみずからはぎ取った。残虐な殺戮をこのむ本性を現わした……！

信夫のなかで大きな何かが音を立てて折れた。列島は一面の焦土と化した。愛し、それによって生をささえてきた古き世の恋のなげき歌、梢にひらく花を待ちかねて魂も花と化す歌びとたちのため息――花が峯の吉野の山の奥の奥にわが身散りなば埋めとぞ思ふ、みをつくししのぶ涙のみごもりに此よをかくて朽やはてなん、も全て壊れた。ちぎれた。

優しく風にゆれる野の草の風情、さらりと鳴らす琴のひびき、清らな玉と玉の触れあう音、手のひらで握りしめれば儚く溶ける淡雪のたおやかさは、歌ならではの夢の音だ。

その愛する歌のことばが消えた。痣だらけの殺された死体、潰れた家屋、竹槍や刀を手に市民を追う若者。こんな世界を前にして、何たる優美なことばの役立たずだ。歌うべきことばがない。

美しいよきものを追いかけて生きてきた、信夫の世界は崩壊した。その世界をたおやかにささえることばも消えた。残虐な国民、日本人への怒りが湧いた。

いっそ火とともに亡びっちまえ、極東のちっぽけな島国と、そこに張りついて住む頰の貧しい険しい目つきの国民も、ことごとく海に沈んでしまえ！　こころなき残酷な日本人の顔、忘れまい、これから死ぬまでわすれまい――。

まったく思いがけず、腹の底から荒くれたことばが響きわたった。街をよたつく教養などない無頼漢のごとき濁った、しかしつよいことばだ。

赤んぼのしがい。

意味のない焼けがら─。
つまらなかつた一生を
思ひもすまい　脳味噌

憎い　きらびやかさも、
繊細の　もつたいなさも、
あゝ愉快と　言つてのけようか。
一挙になくなつちまつた。

（「砂けぶり」大正十三・一九二四年）

歌はいずれ滅びる。焼野原の帝都に立って、信夫は確信した。もの心ついたときから自然に胸と口でとなえてきた歌ことばが、焼尽した東京とともに焼け焦げた。信夫はことばを失った。

清水町の家にたどりついたのは、夜の八時すぎだった。あたりは火をまぬがれていた。建築会社につとめる金太郎は遅くまで社につめていて、やはり帰ったばかりだった。

ほとほと、と玄関をたたく音に、裸身にいそいでシャツを引っかけ出てみると、とうぜん大阪に帰っているだろうと思って安堵していた先生がげっそりして立っている。

先生──。

金太郎、よう留守居してくれたな、怪我なんどないか。

なんで東京に帰ってきましたねん、こっちじゃまだ湯も沸かせませんぜ。

風呂に入って汗ぼ治したい、としきりに愚痴を書いてきた先生が、汗と煤と埃まみれになっている。責めるように口をとがらした金太郎だが、いつもとちがう信夫の表情にはっとした。

疲労ばかりではない。目に独特の光がない。でく人形のようにぼうっと突っ立っている。先生、はよう入って。水ありますから体拭いて、ああ、隣のおばはんがくれた蒸しパンがある——。

おさない子をいたわるように信夫の腕をつかんで家に入れた。電気は不通だ。あたりは真っ暗である。ろうそくの火がたよりだ。

遠くで野犬が吠えた。騒ぐ男の声がする。「しばらく夜は家にいないと、襲われるかしれません」。金太郎が眉をひそめた。信夫の頬が引きつる。家の壁が鳴り、余震がつづく。

このとき各地で殺された「朝鮮人」の数は、政府の発表では二百数十名であったが、同年十月に吉野作造が綿密におこなった調査では、ゼロがひとけた多い二千六百余名であった。未曽有の大虐殺である。

第二十章　たぶの森から来た若者

揺れる、実にこまかく揺れる。

金沢から軽便鉄道に乗りかえて、羽咋《はくい》へ向かう。能登半島に足を踏み入れるのは初めてである。列島の日本海側の不便をあらためて痛感する。交通網の点からいうと、あきらかに冷遇されている。

ときおり揺れるどころではなく、ぐいっと小柄な汽車がかたむいて鉄路を曲がる。車窓に海の風景が多くなってきた。古都の金沢とは見ちがえる荒々しい海の表情がきわだつ。六月の陽光にきらめく青さえ、どこか独特の暗さを湛える。

それでも膝の上のぶあつい豚革のかばんをいわば机にし、信夫はことのほか器用に原稿を書きつづけている。

先生という人はやはり凄いなあ――中村浩は車窓に目をやるふりをしながら時々、車内を書斎に変えてしまう信夫のようすを見ずにいられない。金沢駅を出発してから一時間以上、大きな揺れに負けず、神経質なくしゃくしゃくしゃのインクの細い字を愛用の銀座伊東屋の原稿紙に走らせている。

「間に合わへんね、帰ったらすぐ武田に原稿はたられることになってんね」

こない締め切り迫ってんに、旅に来たこと知られたら、どない苛められるかわからん、と先生はこの旅の始まりの上野のプラットホームでお茶目に笑っていた。

いったん書き出したら、集中力が尋常ではない。金沢までは先生は二等車、学生の自分たち四人は三等車と別れていたから、先生も一人で書きやすかっただろう。

「あんたたち、汽車に乗っているあいだも勉強や、ぼうっと窓見てたらあかん。土地の地形や暮らしぶり、考えながら景色ながめや」

そう注意して師弟は別の車両に別れた。このおもちゃのような軽便鉄道には一等も二等もない。始めはやりにくそうにしていた先生だが、すぐに書く自分の世界に没頭された。

もう来月は、三矢重松先生が亡くなって四度めの夏、昭和二年七月である。三矢先生の愛しておられた、後鳥羽院の手になる『隠岐本新古今和歌集』を記念に刊行しようという話が、親友の武田祐吉から発案された。信夫はそのための巻頭文を書いているのである。

テーマは、「女房文学から隠者文学へ」と決めている。

まず、アララギ派を中心とする歌壇で万葉集絶対主義が吹き荒れるために、世間からはともすれば見落とされがちの、新古今和歌集の文学としての高い価値を大きな声で唱えなければならぬ。

万葉集を愛する信夫ではあるが、ものごとの本質は一つではないと日頃から考える。まして歌のながい生命は、ゆたかな幾つもの芽をはらむ。

何が何でも万葉集の力づよさが、絶対唯一の歌のよさだと唱える風潮にはがまんならない。歌のいのちは多様に水分《みくま》りして人の世をうるおす大河である。

第二には、歴代天皇のなかで図ぬけた歌の力をお持ちになった後鳥羽院の天才を評価しなければならない。隠岐に流された不運の王としてのみ歴史で語られては、批評家の名がすたる。

さきの明治天皇も、歌をこのまれることでは知られる。しかし後鳥羽院はその比ではない。後鳥羽院は文学者である。「文学意識」をもって歌を詠まれた。はっきりした指導力で鎌倉期の「歌壇」をひきいた。格がちがう。

戦さの王のみならず、文壇のいただきに立つ王としての天皇・院。あるいは恋歌を発展させた恋の王。この存在を一つ書きたい。

四年前。三矢先生が亡くなった夏をすぎての大震災の光景が、いまも忘れがたい。

あのとき若者たちは口に天皇の名を叫び、その玉意の下であると称し、「純日本人」を襲う凶悪な民として、朝鮮人を殺戮した。

愚かしい、天皇を虐殺と関わらせるとは。歴史上、天皇は列島をさきわう「神語」の第一の扱い手であるのだし、ひいてはそこから生まれた歌を管理する方である。すなわち、最高の神主にして、文学と芸術をつかさどる王なのだ。

その王がどうして、あわれな罪なき避難民を殺すことなど命ずるか。いろいろ暗い根がある。しかし明らかに天皇という歴史的存在への無知が、あの大虐殺の原因の一つとなった。

これからも、そうしたことがあるだろう。軍国主義に絡みつかれた天皇制が、血潮に染まることがあるだろう。おぞましい予感が信夫の胸に巣くう。

みずから歌い、優れた鑑賞力をもたれ、情熱的に新古今和歌集を編まれた後鳥羽院のすがたこそは、ことばの王としての古代天皇の正統のすがたをしめす。慕わしい。かつ、歌を文学にしようとさまざまな試みをされる進取に富むお姿には、末世の数ならぬ文学者として打たれる。

歌——。そもそも小さい詩だ。命数にはじめから限りがある。小さいうつわだからこそ、神の聖なることばを大切にしまうのにふさわしいと敬された。劫初からこの詩形は、矛盾する祝福と呪いをかかえる。

決して失われてはならない呪文のエッセンスは、みじかいものだ。聖なることばこそ、小さなものだ。小さいゆえに歌を聖なる核とし、物語や叙事詩が派生した。歴史も歌から生まれた。

皮肉なものだ。さまざまな文学を生む母胎の歌は、いのちを他にあたえて枯渇し、滅びる宿命をもつ。歌の儚いいのちは何度も死にかけた。

王朝末、中世にさしかかる時期もそうだった。新古今和歌集とは、歌に新しいいのちを与えようとする試みとして最も評価される。

第三には語部の後継の問題。神につかえて神語を人間に取りもつ語部は、おんなが多い。日本文学の初期を、ゆたかにおんな語部がささえた。

このしごとを、次の王朝期に受け継いだのが、やはり巫女のおもかげをどこかに残す宮廷の女房である。こんどは彼女たちが文学をささえた。紫式部も、清少納言も、その意味では古代語部の末裔だ。

そして時代はしだいに男の時代に移る。女の血の汚れをいとう仏教の影響もふかく、神につかえる聖職も男の手にゆだねられるようになった。

女房の書くしごとも、男の隠者に受け継がれる。兼好法師や鴨長明がその代表だ。第三には日本文学をささえる、この階級の交代を書きたい。女と男の文学的な性交錯も書きたい。
従来の、個人としての作家とその作品を主体とする文学史を塗り変える、聖職を継ぐ階級文学に注目する新しい文学史を書きたい。

とともにこの「女房文学から隠者文学へ」の構想は、日本文学史をつらぬく語部の存在の、各時代における変容を説くものである。つまり時代のこのみに合わせて変身して生きのびる古代的要素の生命力を、王朝から中世期に追う。まさに自分の〈古代研究〉の本分である。

上野駅から書きづめで、論は中盤に入っている。ぐらっと汽車がまた揺れた。信夫は唇を引き結び、つよい筆圧で一気にこう書いた。

院ほど、本質的にしらべを口語脈にし、発想法をばある程度まで変化せしめた歌人は、明治大正の新歌人の間にもなかったのである。

後鳥羽院は王の歌にふさわしい、自由でおおらかな太い声の「至尊風」を身につけておられながら、中世に大流行した白拍子や今様の舞いのリズム、浮わついた芸能の民の口ことばをも大いに歌に取り入れられた。

歌の格あることばをひっくり返す大胆な発想は、今の口語脈を取り入れる石原純や北原白秋などの歌人たちを、はるかに超える。この天才王の歌への愛と執着が、新古今和歌集を果敢な実験の炎として底上げした。

天才が必要だ。いつの時代も、儚いいのちを宿命的にもって生まれた歌のためには、それを蘇生させるための天才が必要だ――。

「先生、鮓あがられませんか、暑いので早めに、と藤井が心配してです」

おずおずと遠慮がちに中村青年が、金沢駅で買った鮓の箱をひらいて信夫のところに持ってきた。なるほど、いささか饐えた匂いがする。

「ありがとう、もうそんな時間だね。いただこうかしらん」

中年以降、信夫は一日二食を習慣とし、昼はとらない。旅先ではことさらだ。しかし若者の好意を無にせず、原稿用紙をかばんにしまい、携帯したアルコール綿で手をふいてから箱を押しいただき、汽車のゆれでいささか崩れる鮓を一つつまんだ。

「鮓の原点だね、万葉びとのつまんでいたような素朴な鮓だね」

学生たちを笑わせた。じつは口をすぼめたくなるほど酸い。お腹が弱いので、東京だったら用心して食べないだろう夏の鮓である。あらい米麴で、名もわからぬ貧弱な地魚を漬けてある。発酵臭がきつい。

しかし旅で出されたものは全て食す。土地と人への礼だとこころえる。民俗学者としての意地である。海辺の神祭りで供された牡蠣を危ないかなと思いつつ食べ、凄まじい下痢をして苦しんだこともある。

通路をへだてた座席に一かたまりに座っているのは、中村浩、藤井貞文、高橋博。みんな国学院大学の予科二年生だ。この子たちを首領とする予科生十数人が昨年、『海やまのあひだ』の釋迢空にあこがれ、信夫に歌を学びたがった。

そうなれば否やはない。もともと歌と学問は一体と思っている。両方あわせて教えみちびくことは、教師冥利につきる。

少年の日から、羽ばたく鳥が好きだ。卵のからを破り、空を無限にとぶ鳥こそは、固定せず未来へむかう文学のたくましい力の象徴だ。

国学院大学の教授になったとき、やはり若い学生たちにせがまれ、小説や戯曲に古代をよみがえらせよう、そして新しい時代の風を呼ぼうとの意気をこめた、「白鳥」という文芸誌をつくった。

編集の重責と経費の捻出にながくは耐えず、「白鳥」は四号で終わったが、こんどのは歌の勉強会だ。派手ではないが、根気づよく若い歌びとを育てたい。名はやはり鳥の名――、海のかなたから、まれびと神を乗せて鳥のように速く美しく波の上をすべる「鳥船」にしよう。

歌の結社「鳥船」は信夫に、若いころに熱情をこめて教え子と共同生活をした理想の学塾の再来を想わせた。ひいきとは違う、という自負がある。師弟本来の純なきずなを求めて、私のもとへ来た子たちである。教室だけで知識を授ける生徒とは、おのずと指導法が異なる。

全てを引き受けた、全てをゆだねた、そんな思いが双方になければ信夫は本気になれない。愛がなければ、人が人の指導なんかできるもんか。

いっしょに遊ぶこと、これが教育の本幹だ。さっそく、「鳥船」をつくった張本人の三人を旅に連れ出した。おなじ経験をして、歌をつくることから始めたい。

国学院大学には、地方の古い家から来る生徒が多い。もともと信夫は、生徒の生い立った土地にあつい関心をもつ質である。どんな家が、どんな風景がいかなる人間を育てるのか、という思いがある。愛する教え子を育てた土地への感謝もある。

教授になってからの旅も、生徒のふるさとに寄ることがしばしばだ。この初夏の旅も、鳥船の子たちの故郷を訪ねたいという願いが混じる。

まず信州の松本へ行き、そこから北上して金沢、そして気多大社《けたたいしゃ》のしずまる羽咋へ行く。兵役検査のある子が多いので、一年生は今回は誘わなかったが、羽咋は予科一年の藤井春洋の故郷だ。

「鳥船」は、学生どうしで律する上下関係がきびしい。もともと国学院大学にそうした雰囲気がある。一年ぼうずは上級生をはばかり、なかなか折口先生に直接近づけない。ここは、今宮中学校の生徒たちと信夫の関係とは、かなり異なる。きびしい部活の空気がある。

春洋はとくに年長者に礼儀あつい控えめな若者なので、信夫はあまり彼のことを知らなかった。ただ、羽咋の出身だとは知っていた。しずかな歌をつくる子だと思っていた。

たそがれて　稲田あかるき　原の中。墓石しろく　かたまりて見ゆ

春洋が去年、東京からはじめて帰省した初秋を詠んだ歌だ。信夫の教えをよく呑みこみ、歌の調子にそぐう空白の間を入れてある。ほかの子はまだ、迢空流の形のまねをするだけだ。能登の村住まいとは、淋しいものなのだなと思った。

気多大社は、信夫の大学時代の親しい友、氷室昭長がかつて宮司をつとめており、海のとどろきの鳴る能登の一の宮のひろびろとした美しさをかねて聞いていた。

春洋は一の宮の社家の第四子である。これは縁だと、このたび羽咋への旅をかなえた。ただし一年は加えないということなので、彼にも声はかけなかった。それに確か、春洋はいまごろ金沢で兵役検査を受けているはずだ。

若い頃から半島に身をおくと、肌が粟立つ。海に突き出たながめは、舟の舳先を想わせる。羽咋という地名といい、鳥船の初めての旅にふさわしい。

信夫は久しぶりに、明るい心おどりを感じた。これも、自分を慕って集まってきた若者のおかげだ。彼らのういういしい頬のかがやき、清く切れたまなじりが、心の奥に燃える美へのあこがれを鮮やかに思い出させてくれる。

美を思い、美にひれ伏さなければ生きていけない。信夫はそういう質である。大震災のあと、しばらく美へのあこがれが乾いた。唇から泡を吹き、被災民をどなりつけ、アジアの同朋を殺す若者を見たからだ。

頭のかたい老いた警官、極右の軍人上がりなどならいざ知らず、春秋に富む若者の愚かしい暴力を目の当たりにして、信夫は信念がゆらいだ。「顔よき子ら」を見ても、前なら魅せられるばかりであったのに、うたがう思いが湧いた。

つらかった。しばらく我が手の詩語を見失った。歌の優美も、もはや時代にそぐわない無用のものと感じられた。歌という存在自体、うつくしいが誰も使わない骨董品に堕したと思った。

しかし、やはり歌を愛する若者に救われた。この子たちのためにも、むざむざ歌を死なせてなるものか、との執念が湧いた。

昭和初期の信夫は、沖縄採訪旅行の成果を反映する古代研究の論考を書くこと、歌のいのちを伸ばす実作と歌論をこころみること、この二つの命題に力を尽くしている。

昨大正十五年七月には、「歌の円寂する時」と題する論を書いた。議論するまでもない、「歌はもう滅びかけている」と冒頭で大胆に述べた。

発表誌は「改造」である。じつは二十年前、二十世紀の入口でも短歌ははたして近代に耐えるか、という〈短歌滅亡論〉がさかんになった。

その折は尾上柴舟《おのうえさいしゅう》が先陣きって、歌は滅びると宣言した。それに対し、とうじ明星派を立ち上げて青い竜の勢いだった与謝野鉄幹が、柴舟よ、滅びるのは汝のいたらぬ歌だけだ、と気炎を吐いた。

大震災をへて新しい昭和という時代に入った今も、短歌は滅亡するや否やの論議がふたたび沸騰する。短歌は時代をつらぬき古典のことばをつかい続ける、特異な詩だからだ。それでいて、ある意味で国を象徴する詩だからだ。

時代が激変するとき、必ずやその存亡が問われる。古典が、どう現在に対応するのか鋭く突っ込まれる。逆にいえば、それだけの権威と力が明治・大正・昭和の歌にあったからだ。

日本人の歌への愛と尊敬は、昭和の敗戦でほぼ滅んだ。それがあかしに、信夫の立つ昭和の入口からほぼ九十年後、わたくしたちの生きる二十一世紀では短歌滅亡論さえ出ない。

ところで「改造」は「短歌は滅亡せざるか」という特集を組んだ。六人の識者に問うた。寄稿者は、斎藤茂吉、佐藤春夫、釋迢空、芥川龍之介、古泉千樫《こいずみちかし》、北原白秋。

茂吉は、滅亡論じたいを相手にしない。論議するより秀作をつくるのみ、これに尽きるとし、短歌は滅びるどころか現在、「建国以来の盛大を示」すと豪語する。昭和の歌壇をつかさどるアララギの長として胸を張る。

文中、最近万葉より新古今和歌集をもち上げる者もいるが、写生の真髄はどうしたって万葉にあり、などと茂吉が声を高くして言うのは、ちょうどアララギを離れかけ、新古今和歌集にかんする論に打ちこむ信夫への牽制ともとれる。

古泉千樫は純で、議論など苦手なのだろう、自身のういういしい短歌への愛情を述べるにとどまる。佐藤春夫も、歌の古いことばの美しさ、変幻するオパールのごとき微妙な輝きへのなつかしさを言い、詩人らしい。論は穏健である。白秋も彼らにひとしい。

ところが信夫である。きわだって熱がこもる。みな、雑誌のページ数にして二枚の寄稿で、茂吉が多くて六ページ。そのなかで信夫はひとりだけ十四ページの長大な論をひろげた。

信夫の論に特徴的なのは、歌には仲間内に通ずる狭い玄人ごのみの鑑賞ばかりあって、真の批評がないことが、その生命をせばめていると力説する点だ。ここはやはり、歌の歴史家である。

信夫が批評家にもとめる力はひじょうに高い。歌の上手下手をとやかく言うなど、どうでもいい。重箱の隅をつつく評言など不要だと言いはなつ。

つくり手さえ無意識のうちに歌の深みに託した「生命」を発見し、解説すること。「作家の個性」を伸ばし、かつ「人間及び世界の次の動き」を暗示することが、批評の真髄であるとする。その意味で批評家とは、新しい生を我々にうながす哲学者でなければならぬとする。

それができるのは、同時代を見渡してもまず、自分だ。自分ひとりだ。おごりでも高慢でもなく、

「歌の円寂する時」を書きながら、信夫はそう覚悟していたにちがいない。生きものとして千年余を生きる歌のいのちの流れを知る私。業のように幼時から歌の魔に憑かれてきた私。

自分一個の作品の完成を追う、狭い世界をめざしてはいない。歌のいのちをささえたい。未来に歌をひらきたい、私にはそれを受け取る教え子たちがいるのだから。

「先生、つぎ羽咋です。降りるご用意なさらんと」

原稿に没頭する信夫に遠慮しながらも、藤井貞文がうながした。この子も歌がなかなかうまい。そのうまさを、まず壊してやらんと小さな完成に満足させてしまう、と信夫は思っている。鳥船に小才子はいらない。

原稿紙をしまう間にも、小さな車両は羽咋の駅に着いた。降りる客は、四人だけだ。囲いも壁もないホームに立つと、潮の濃い匂いがする。生きかえる。

あー……。

誰ともなしに、ため息をつく。羽咋の浜は思いがけないほど女性的だ。美しいなだらかな砂浜がおおらかな弧をえがく。午後三時すぎの日の光が砂をかがやかせる。光線の具合で、ときおり水平線が目にしみるほど、ちかっちかっと光る。

信夫と若者は、子どものようにほうっと波の無限のひろがりに見とれ、胸いっぱいに海の香りを吸いこんだ。

たまらない、というようにまず中村がかばんを渚の小岩の上に置き、靴も靴下もぬいで波打ちぎわに駆けだした。信夫は笑った。ほれ、あんたらも行きよし、と優しくあとの二人にうなずく。わあ、とばかり藤井も高橋もめちゃめちゃに海にむかって走った。波を追い、波から逃げた。シャツとズボンはずぶ濡れだ。海に興奮して、笑いがとまらない。

その若々しい風景を信夫は立って見ている。「先生、さくら貝です」と、藤井が駆けてきて手のひらを開く。可憐なうすべに色の濡れた貝が三枚、青年の繊細な指に守られて恥じらうように並ぶ。

「ありがとう、これは綺麗だね、そういえば、ここをもっと上にいった増穂浦《ますほがうら》は貝拾いで知られるから。綺麗だ、とくべつ色がいい」

柳田先生は貝がお好きだからね、これは羽咋のものですと申し上げ、こんど成城へ行くとき差しあげよう、と信夫は若者から貝を受けとり、たいせつにハンカチにつつむ。

柳田國男は、大震災は体験しなかった。国際連盟のしごとでヨーロッパにおり、日本滅亡かという地震の報をロンドンで聞いた。すぐに帰国の手配をしたが、列島に着いたのは十一月だった。家族は湘南の別荘にいて、義母と妻がけがをしたが、いちおう皆ぶじだった。

衝撃でしばらく失語におちいった信夫とは対照的に、柳田は震災復興にむけて積極的に発言した。朝日新聞にしきりに、新しい都民の生活の理想について提言した。民俗学を社会に接岸した。この機会に、分断された都市と村落を新鮮につなごうとした。

都心の市谷加賀町の官僚である柳田の家を出て、郊外の世田谷区・成城に理想の家を建てて移住したのも、その信念の一つのあらわれである。

都心への密集が、あの大きな被害を引きおこした。都心を働く場とし、住居空間は緑ゆたかな近郊につくるべしとする英国の田園都市思想に共鳴し、柳田の息子の通う学園が成城に拠点をさだめ、美しい学園都市をつくろうと計画した。生徒の父兄および文化人に土地分譲を展開した。

それに共鳴した柳田はいちはやくその分譲地を買い、緑ゆたかな新しい〈村〉の創生に協力した。新しい村、新しい家、新しい祖先をつくるべく実践した。

〈村〉の中心は木。木のもとには泉が湧き、水と緑をもとめて人が住む。まず村のシンボルとなる木を植えよう。庭をつくり、低い垣根でかこみ、家と周囲の自然を優しくつなげよう。垣根ごしに近隣の人と話し、親しもう。温かくともに住まう村をつくろう。柳田は呼びかけた。

英国風の頑丈で簡素な洋館を建てた。一階は人が集まれるサロンと、大きな図書室をつくった。民俗学の拠点をめざした。私的住まいとして、別に和館も建てた。

庭づくりには非常な情熱をかけた。開放的な低い垣根にバラを咲かせ、愛する故郷の村暮らしを思い出させる木々を植えた。

兵庫県の村での貧しい子ども時代、國男は近くの庄屋のひろい庭の木々に育てられた、という思いがある。ひとりで木々をながめ、飛来する小鳥をながめた。木の下でおさななじみの少女と遊んだ。うつくしい得がたい孤独の時間だった。こころが澄み、磨かれた。

ここ、成城で私は祖先となる。古い村の暮らしの知恵に学ぶ、二十世紀の新しい村の草分けとなる——そんな気負いがこもる。

すでに洋館は建ち、家族を加賀町に置いてまず、柳田と弟子格の青年二人がこの九月から成城に住むことになっている。

「折口君、とうとう僕も若者みたいな暮らしを始めるよ。どんな風か、ぜひ冷やかしに来てくれたまえ」

ずっと居候のごとき生活に耐えて来た柳田は、さすがに嬉しそうだった。幼時は一時とはいえ近所の庄屋にあずけられ、少年時代に一家が兵庫を出てバラバラに暮らすようになってからは、もっぱら兄の家にあずけられていた。

頭脳明晰をみこまれた婿養子としての結婚が、居候的な暮らしのスタイルを決定的なものにした。柳田の家を継ぐことに責任をつよく感じたが、一方では一個の家の安泰をのみはかる柳田家のブルジョア的な人生観に反感をいだき続けた。

私は、家の財産を次に渡すだけを使命とする種馬ではない、そこは負けない、と家のなかでも気を張ってきた。成城に思うとおりの家をつくり、ほうっと息をついた。

婿殿として大きな家でそれなりに気をつかわれ、柳田が女中をつかって田山花袋や島崎藤村などの客に紅茶とカステラをもてなしていた頃、信夫は無職無位のフリーターである。

安下宿に借り暮らし、書斎もなく、そもそも本さえさして持てなかった。旅はもっぱら歩き。とちゅうで所持金が尽きて、道のお地蔵さんを拝んで賽銭をいただいたこともある。高利貸しに借金もした。

しかし気ままを通した。好きな人や志を同じくする人としか暮らしたことがない。ゆえに見栄や虚勢をはる必要もなかった。柳田のように、家のなかで歯を喰いしばって黙って耐える苦労はしたことがない。

だから柳田がなぜそんなに家を建てることにこだわるのか、よくわからなかった。家という建物をつくることには信夫は全く興味がない。大阪を出てから、借家暮らしがまことにピンと来た。重荷としての大きな古い家から身をはがして、前途がひらけた。

でも、学者が自由に洋館の柳田先生に会えるというのは、人見知りの信夫にとっては喜びだ。先生の奥様はできた方だと思う。いばっていい家つき娘なのに、聡明な柳田夫人はこまやかに先生をささえておられる。しかし土台、芸術にかかわりのない家庭婦人とは、何をしゃべっていいか皆目わからない信夫なのだ。

さっそく秋には成城にお祝いにうかがわねば、そのとき何をもって参じようと今から楽しみにしている。沖縄へ行って以来、柳田がかがやく宝貝に夢中になったことはこころえている。能登のこのさくら貝もお祝いに添えよう、その時はあんたたちも連れてゆこう、と三人の若者に告げた。

折口先生といると、そんな思いがけない素晴らしいことがおきる。教室だけの固苦しい勉強とちがう、夢のような時間に恵まれる。三人は歓声をあげた。

後ろから思いがけず、「折口先生でらっしゃいますか」と声がかかった。砂浜に一台の古いがよく手入れされた小型車が止まっている。砂をきしるタイヤの音がせず、気づかなかった。運転席のドアをあけて、温和な顔をした中年の白衣の紳士が立ってこちらを見ている。

「春洋が御指導にあずかっております、兄の藤井巽です」

これはこれは、と口で小さくつぶやきながら信夫は旅するときの鳥打ち帽を脱ぎ、深く礼をした。学生の父兄にまことに礼儀あついのが、信夫の特徴である。藤井巽はかえって恐縮し、あわてた。

「あれはいま金沢ですが、電話がありまして、今日の午後に折口先生がお越しになるということで、ぜひ我が家にお泊まりいただければ光栄なんでございます」

御厚意ありがたいです、しかし我々、この子たちもいっしょで四人おりまして、と信夫が言いかけると、それを巽氏の朴訥なことばが押し返した。

「いなか家ですが、広いだけは広うございまして。自慢は潮鳴りです。夜は小ざむいので囲炉裏に火を焚きましょう。火と遠い潮の音が唯一のごちそうではございますが」

これで決まった。みんな車に乗りこんだ。

「しばらく浜を走ります、お珍しいでしょう。ここらの砂はきめが細かくて、水を吸うと地面と変わらないくらい固く締まります。タイヤが足を取られないんです」

そういえば、なぎさを歩いたみなの靴には砂がつかなかった。巽氏は眼科医で、ときどきはこの車で往診するのだという。年よりが多いもんで、医院に来られないんですな、と説明する。

気多大社に車でゆく失礼はできない。明日の朝、参詣することになった。車が古いおおきな屋敷の前に横付けになる。背の高い門のわきに立派な常緑の巨木が梢をひろげる。降り立った三人のすがたはすっぽりと樹の下におさまった。

信夫は目をほそめて、うっとうしいほど繁る若葉をあおいだ。

「たぶの木です。このあたりの海沿いには、この木ばかり生えています。神の木といわれますから、なかなか伐れない。このたぶも、かなりの翁です。気多大社のうしろは、たぶと楠だらけの森です」

巽氏は信夫のかばんを奪うようにもち、母屋へとみちびいた。周り廊下をめぐらせた、気もちのいい素朴な造りの二間つづきの座敷に案内される。虫よけに、古風な蔀がゆったり垂れる。

潮の匂いはここにもただよう。海風にかすかに蔀がうごく。木が多いので、もう蚊が出ます、と巽氏が手ずから蚊取り線香をつける。

まるい顔の手伝いの少女が、冷えた麦茶やおやつ代わりのそうめんを運んでくる。その間にも、巽氏を女中が何度も呼びにくる。裏が医院らしい。

申し訳ございません、ちょっと失礼、午後は休診にしたのですが、とそのたび医師のあるじは詫びを言って席を立つ。

古い住まいがあって、医院がある暮らしは大阪の実家とよく似ている。このためか、信夫はここに初めて来る気がしなかった。珍しく、すぐくつろいだ。風がよく通る。潮と緑のいい匂いがする。どこかで海鳴りともちがう、水の湧くかすかな音がする。

「庭に泉が湧きます。木が多い土地で、うちはとくに真水にはこと欠きません。泉の水で湯を沸かすもんで、近所のものも入りに来ます。うちは夜は湯屋のようなもんですわ」

あ、でも今日は先生専用の湯屋です。ゆっくりお疲れをおとりになって、と席にもどってきた巽氏が言う。冗談の好きな磊落な人柄らしい。

やはりここは聖なる水の信仰のある土地なのだ。なかでもこの旧家は、湯つまり聖なる水の湧く家なのだ。なおさら慕わしい。

日が沈むと、海の音が荒くなった。初夏だが、にわかに冷える。夕食がすむと、約束どおり囲炉裏に火が焚かれた。松の木の爆ぜる音がひびく。

炎は話を誘う。巽氏は次男で、じつは長男がいること。少年のころから病弱だったが、もう八年も全身が麻痺して離れで寝ていること。ために巽氏が家のあるじをつとめることなどを聞いた。姉も一人いたが、婚家にひとり息子を残し、数年前に死んだという。

代々、能登一の宮につかえ、秘伝の目薬をつくってきたという。その縁で眼科をひらく。古い淋しい家なのだ。まだ若い春洋の歌が死者への思いにあついのも、ここに来てよく呑みこめた。

語部を想わせる痩せた母人が出てきて、あいさつ代わりに囲炉裏の火を継ぎ、ほどなく去る。兄の世話がありまして、と主がことばを添える。

話のあいだも潮鳴りがとどろく。家のすぐそばに海がひろがる錯覚におそわれる。炎が弱まると、あるじが木の枝をたくみに火に呑ませる。瞬間、炎の色が変わる。

旅の疲れで信夫は妙にこころが冴えてきた。火をかこむ若者たちはうっとりと眠そうだ。火を上手に飼いならす、あるじの節くれだった指だけが動く。

囲炉裏も家も泉もかき消えた。夜目にまざまざと、今日の午後にあるいた砂浜が視える。砂浜もとっぷり暮れている。夜の海は恐ろしい。巨大な怪物のように人間に迫る。恐怖から逃れようと、小さな火をかこむ人々の背中や顔が視える。

旅のこころが高まり、海からこの半島にたどりついた祖先の暮らしが視える。信夫はひとり秘かにうたった。

砂山の　背面《をち》のなぎさも、
　昏れにけむ。

夕とゞろきは、
音つのりつゝ

わたつみの響きの　よさや。
松焚きて、
棲初《ゐそ》めし夜らに、
言ひにけらしも

祖々《おやく》も
さびしかりけむ。
蠣貝と　たぶの葉うづむ
吹きあげの沙

翌日は朝早く、気多大社に詣でた。まさに、わたつみの宮である。清麗なたたずまいに打たれた。春洋が明日は金沢からもどって来ますからどうぞ、との巽氏の懇請もあり、もう一日この海辺にいることにした。

夕方、信夫はふたたび気多大社に行った。ひとりで逍遥したかった。素木造り、檜皮葺《ひわだぶき》の社殿は簡素で小さい。それが古風で感じがいい。

社殿はむしろ背後の森の入口といった格好である。千年、斧を入れないと尊崇される森こそが神なのであろう。

椎、楠、椿、たぶなど熱帯の常緑樹のしげる森に、ひっそりと足を踏み入れた。独特の木の香気がただよう。匂いに敏感な信夫は、潮と南の木の香りにひどく高揚した。何かを想いださせる香りだ。妖しく胸に迫る。それでいてなつかしい、泣きたいほどなつかしい。

ひときわ高らかにそびえ、屋根のような梢をひろげる一木に近づいた。艶やかに油づく幹の肌を手で撫で、頬をよせた。

この木。たぶの木。母の国の木だ。南の母国から祖先たちは、この木を聖なる木として大切にたずさえた。舟を降りてまず列島の土にたぶを植え、神をまつった。その舟も、水につよい丈夫なたぶの木で作ったものだったのではないか。

能登半島を役目で一周した大伴家持も、気多大社に詣で、海ゆく舟をつくる森の木のおびただしさと、神さびた威容を讃える歌を詠んでいるではないか。

　とぶさ立て舟木切ると云ふ。能登の嶋山。
　今日見れば、木立ち茂しも。幾代神びぞ　（『口訳万葉集』）

能登半島は、海のかなたの異郷から舟がしきりにやって来る地。つまりここも、〈海やまのあひだ〉に他ならない。

聖なる森にながく留まるのは気が引けた。森を出て、社殿を背中に鳥居を抜けた。目の前に砂浜と海が大らかにひろがる。可憐な入り江だ。この立地が、気多大社の性格をよく示す。

すでに日は紅く落ちつつある。幾重にもたたまれた虹いろの衣のような波が、砂にひろがっては儚く消える。

少年の日からの癖で、波の湧く水平線の彼方をつい目で追ってしまう。何を待っているのだろう、いつも熱く彼方からのしるべを待っている——それが私だ。

その私はまた、過去の歴史の無数の私だ。海にかこまれた列島のなぎさに立ち、波の彼方のもとの故郷を、あるいは未知の楽園を、または魂の行く死の国をせつなく想像する、生きることに疲れた淋しい私たちだ。

足もとに波がひろがる。目の先にも無数の波がひろがる。砂も水も、日のなごりの光に淡くかがやく。若者の手のうえで濡れていたさくら貝を思い出した。

贈られた宝の貝を自身のぎごちない手が受け取りかね、うすべにの貝がはらはら波に散るまぼろしを視た。夕暮れのなぎさをひとり行くのは、おぼつかない夢路をあるくようだった。

一生にいちど、人は狂おしく焦がれる理想のおもかげに、現実の風景のなかで出逢うことが許されるのだろうか。それならば信夫にとって、この時がそれだった。

気多大社をいま一度ふり返った。神の森に夕日が降りそそぎ、無数の梢がこがね色にかがやく。先ほど入った静かな、うすぐらい森の中を想った。こころの中のもうひとりの自分が、頭上に鳥の声のひろがる森のさらに奥をあるいていた。

靴が波に濡れ、われに帰った。潮がみちて来ている。思いがけぬほど海に近くあるいていたのだ。ゆるやかな波の動きに足をすくわれそうだった。海がもっとも蠱惑的な時間だ。

藤井家に着くころは、たそがれた。門の前のたぶの大樹がなつかしい。勝手知ったる自分の家に帰る気がした。前の世で、ここに住んでいたのではないか。赤子のときから潮の音を聴いていたのではないか。

あ、と思った。たぶの太い幹が割れて、なかから若い木の精が出てきたのかと思った。幹に手を置いて、青年が立っている。

白いシャツが、たぶの若葉のみどりに染まる。うなじも腕も、腿もくるぶしも——神の木に似る。細くのびやかで、美しい。樹影の中にいるから、顔がよく見えない。影を抜け、信夫に笑いかける歯ならびが品がいい。

この家の子、藤井春洋だ。こんなにいい子だったか、と思った。大学の教室では気づかなかった。手足のきゃしゃなのに比べ、胸が存外あつい。背が高い。たのもしい。

自分と深く縁がつながるのではないか。海辺の古い家も、この子も慕わしい。泉の子、若葉の子だ。久しぶりに胸がときめく。世界の色が変わった。つよく甘く引きつけられた。

立ちすくみ、若者を凝視した。そうせずにいられなかった。一瞬でも目をはなせば、夢は逃げる。信夫の烈しいまなざしに、春洋は思わず魅入られ、瞳の色を凝らして自分も彼方に立つ人を見つめた。身体さえ引っ張られ、信夫の方にかたむく不思議な磁気を感じた。

信夫の懇願で、藤井春洋は次の年昭和三年の十月、品川区大井町出石の折口家に引っ越した。ここも借家である。二十一歳から三十七歳まで、男ざかりの年月を信夫とともに暮らした。三十八歳のとき陸軍中尉として、硫黄島で戦死した。

春洋との暮らしがはじまった翌年から翌々年、信夫の渾身の大著『古代研究』三部作の刊行が成る。三巻とも凝ったつくりで、信夫や弟子、知人の撮った写真図版がゆたかに掲げられる。もっとも目立つのは、まれびと神と深くかかわる海辺のたぶの木の八葉の写真である。

第一部『民俗学篇　第一』は昭和四（一九二九）年四月に出た。肉厚の葉を若やかにひろげ、実をつける「あかたび」の写真が印象的だ。熱帯植物とくゆうの生命力が官能的でさえある。「能登一の宮」のものと、ことわり書きがある。「藤井春洋さん」が撮ってくれた、とも記される。

じつは初めての能登旅行ののち続けて昭和三年に二度、信夫は春洋とともに能登半島へ旅している。一度目は、八月。春洋を連れて、『古代研究』を飾るたぶの木の写真を撮るため、半島に行った。そのときに同居をくどいたものか。

真夏の半島への信夫と初めての旅を、二十一歳の春洋はこう歌う。

能登の崎　須々の社に来たりけり。岸せまりたる黒きたぶの森
わくらはの客人《まらうど》なりと、師のために　須々の猿女は　まつりをおこなふ
（信夫が編んだ春洋の歌集『鵠《たづ》が音《ね》』昭和二十八年）

半島の最北端、禄剛崎《ろっこう》の険しい海崖にしずまる須々神社に信夫を案内した。藤井家のつてで、この地

に住まう猿女一族の芸能を信夫に見せたらしい。

須々神社は能登一の宮。ここも、たぶの森で著名な神域である。『古代研究』のあかたびは、おそらくここのものであろう。

同年冬、十二月にも信夫は春洋をともない能登半島を旅しているが、初夏に若葉し秋にたくましい紅い芽を出し、実のなるたぶの木は、冬は深い緑のまま眠っているはずである。

十二月、須々神社のある岬の森にまだ実をつけるたぶの梢を見つけ、背の高い春洋がとりわけ美しい枝を折り、信夫に渡した。信夫は春洋にその写真をも撮らせた。

須々神社のそびえる崖からは、恐ろしいほど深い色の日本海が見渡せる。澄んだ宝珠を想わせる海原には、無数の岩が水平線のかなたに向けて放射状に散らばる。

そこに春洋と立った。海に沈む夕日を見た。崖は舳先だ。これから海と空に旅立つ船の舳先だ。崖にはたぶの梢が、やはり海と空を慕って葉をひろげる。

『古代研究』三部作にさしたる説明もなく掲げられるたぶの木や枝の写真には、これから家族としてともに暮らす愛しい若者の原郷への、詩人学者の思慕と歓喜がひそかに籠められているはずだ。

第二十一章　多情多恨

折口信夫という人は多情だ、と後につづく古代学者の西郷信綱は言ったという。たしかに多情である。多情多恨の人である。

悪いことではない。恋する能力が並みの人間よりゆたかだった。その力こそが、彼の学問と創作の芯をなす。

同性を愛するゆえ、既存の結婚制に縛られない自由もあり、自身の恋ごころにきわめて誠実でいられた。同時に複数のおもかげに惹かれることもある。

これが、多情といわれるゆえんか。しかし浮気性とは遠い。しん気くさいほど重く深く思いこむ質だ。何しろ彼の人生の願いとは、男の花道をゆく手ごたえある恋をし、永遠不朽の恋の文学を書きたいということ一つに集まる。おのが学説にて日本人の理想の魂の正体・やまとだましいを、あでやかに真剣に心ながく恋する精神〈いろごのみ〉に見いだしたのも、その切なる心願の表われに他ならない。

国学院大学学生の藤井春洋を家族として迎えたい、と信夫が言いだしたときも、長年同居する鈴木金太郎は驚かなかった。

これまでも数度、そうしたことはあった。金太郎はいつも黙ってうべなったが、信夫の思いは諸事情でなかなか叶わなかった。

金太郎にも今度は何となく、うまく行きそうな予感がした。すでに春洋は「鳥船」の会で、よく家に来ている。

この子は気働きがきくな、と金太郎は目をつけていた。集団のなかで人に配慮して動くのが、自然の習いらしい。気がきく子は一方、小賢しいずるさもあるものだが、春洋はおっとり大らかである。誠実である。

そして体格のよさでも目立つ。文学青年の集まる「鳥船」では、文弱型が主流を占める。その中で、帆足孝文という学生と春洋は、筋肉質の体育会系だ。じっさい、徴兵検査で最高の甲種合格を果たしたのは、「鳥船」ではこの二人だけである。

先生はこの子の気立てもさりながら、輝くような若い肉体に魅了されたんだな、ともはや信夫の実の家族以上の家族の金太郎は、気づいている。

信夫はむかしから肉体の美を崇拝する。そう貧弱な体型でもない。人によっては、折口信夫はさすが旅で鍛えた山伏のごとき体だ、と感嘆する者もいる。

しかし自分ではそう思っていない。劣等感がある。だから肉体がおのずから美しい造型をもつ人間の、天授の華にあこがれる。二十七歳のときに伊勢清志に筆記させた「零時日記」にも、若者の肉体美はそれ自体が芸術だと述べていたではないか。

春洋の背のたかい堂々とした明朗な体軀に、まず惚れた。そして美しい若者にありがちの高慢を、彼は知らない。ふるさとの海に磨かれた清らかな子だ。生まれつき、歌を愛する。

春洋が悶々とためらいながらも、夏の半島をゆく旅の高貴な青の輝きの中で同居を受け入れてくれたのは、自分が彼の敬愛する歌の師だからである。そうでなければ無理だった。

信夫はよくわかっていた。教師だから、愛が受け入れられた。学問と歌がなければ、自分は愛の敗者だ。幸せだが、こすからく愛を手に入れたような複雑な思いもある。

それにしても愛する子に、思うさま歌のいのちを注ぐのは初めての経験である。清志も金太郎も、信夫につきあって歌を学んだが、とくに歌を愛したわけではない。金太郎なんぞ今では清水建設の技師としての毎日の勤めに精力をつかい果たし、歌のうの字さえ忘れている。まあ、そこがおたがい気楽でもあるのだが。

春洋はちがう。歌と古典を愛する。歌の道をまっすぐ進みたいと願っている。素直な若いことばの泉が、この子の胸にはこんこんと湧く。

おさない子が母の唇を慕うように、信夫の歌の句読点や分かち書き、かそけさ・ひそけさといった歌ことばの癖をひたすらトレースする。信夫にぴったり付きしたがい、歌の世界にけんめいに分け入る。あざとさや自己顕示欲がない。必死でついてくる。可愛い、可愛くてたまらない。生理的に父になったことはないが、これが父が感ずる甘い想いか。それなら自分は父になったのだ、と信夫は遅まきの至福に愕然とした。おのれの歌のいのちの行方も、今しばらくはとりあえず、実る未来をみつけた思いだ。

歌集『海やまのあひだ』で鮮烈にデビューしたものの、けっきょく歌の学者であって、創作はまずいと斎藤茂吉以下アララギの幹部には、みそっかす扱いされてきた。

限りある歌のいのちを延命せんとこころみる実験は、じっさいの歌の出来不出来で勝負する歌人集団のなかでは理解されなかった。とくに茂吉は鉄火肌で、批判に容赦なかった。

古代にそうだったように、歌を小さな詩にもしようとする信夫の分かち書きは一蹴され、思想を明確に発信するため歌にほどこした句読点については、歌の息が細切れになって女々しい、万葉学者らしい大らかな調べのかけらもない、と紙面で難じられた。

歌のこととなると、純粋でけんかっ早い茂吉に好意はもっている。しかし、もはや信夫も四十代の壮年期に入る。いいかげん合わせるのに疲れた。

大震災の衝撃もあり、悲壮な気もちで自身の歌の道をひとり行くことにした。そこへ渡りに舟、アララギで親しい古泉千樫に誘われ、北原白秋や前田夕暮、土岐善麿《ときぜんまろ》らが創刊した詩歌の結社「日光」に参加した。それが大正十三（一九二四）年のことだ。

ここは自由で楽しかった。酔うと、夢中になって人の体を揉みながら話す白秋の奇癖も、初めて知った。「釋さんの最近の分かち書きの歌は、ぼく好きだなあ。あれはでも、短歌ではないでしょう、詩ですよ」と言われた。

歌というも詩というも、歌の優美でなめらかな体をあえて壊す、分かち書きを評価してくれたのは「日光」同人だけだ。土岐善麿は古典和歌をよく読んでいて、玉葉集と風雅集を高く買う点で気があった。古泉千樫はなつかしい人柄で、アララギの頃からのいわば仲よしである。

しかし「日光」は自由なぶん、必然的なまとまりに欠け、昭和二年十二月には廃刊になった。これでかえって、以降は歌壇に棲まない腹が決まった。信夫には理想の歌の結社「鳥船」がある。世俗の価値の外に立つ、純な歌の教えと学びの場がある。

とうじ、今とは比べものにならぬほど歌が若い世代に人気があったとはいえ、折口信夫ほど多くの若者に仰がれた歌の指導者はいないだろう。

昭和三（一九二八）年春、信夫は請われて国学院大学教授の身分のまま、慶應義塾大学教授に就任した。異例なことであるが、二つの大学の教授になったのである。校風の大きく異なる学校で、多彩な若者に接することとなる。

歌の会「鳥船」の主流は国学院大学学生で、十人にみたぬ慶應義塾大学学生が後にとくべつに加えられた。戦争前の盛時は、およそ五十人の若い人——現役学生と卒業生とが「鳥船」に結集した。

この集団を統制する役割をになってゆくのが春洋であった。逆にいえば、これほどの人数の集まりは、春洋がいなければ世話できなかったであろう。

春洋はおとなしい従順な若者であるが、志操の堅固な統率力のある男である。実務をさばく能力も高い。その点では苦労知らずの信夫など、忍耐づよい春洋の前には吹っ飛んでしまう。

春洋は全的に信夫の学問と歌に敬服した。それだけにしだいに、この稀有な詩人学者のだらしない規律ない生活が見ていられなくなった。まず、コカイン中毒になりかかっているのは我慢できなかった。これについては金太郎も同じ意見だった。

二人で探偵のように信夫が薬を手に入れる店を探し出し、売らないよう厳重に差し止めた。それでも机の下などにサイダーの空き瓶といっしょにコカインの紙包みを見つけたときは、春洋はそれをつかおうとする信夫と取っ組みあい、力づくでねじ伏せた。

信夫はたよってくる教え子は拒まない。今宮中学校の縁でも、つねに二、三人いっしょに大森の家に住んでいる。入用の金はとうぜんのことと信夫がもつ。それはいいのだが、大学教員の薄給である。人のわるい学生もいる。たかられたり、だまされたりもある。

信夫は信じる。一々うたがわない。それが信夫の道である。だますより、だまされる方が幸福だ、そう割り切っている。

若い頃に信夫が大きな借金を負ったことを、春洋は先輩の金太郎から聞いて知っている。いつ再びそんなことがあっても不思議ではないと、地方の古い家で育ったまじめな春洋は冷や冷やする。しぜん家計を管理し、学生とつねに飲み食いしようとする信夫を諭す側にまわった。

信夫と春洋。師と弟子で、ある種の父と子。しかし単純な上下関係ではない。年齢も二十歳ちがいという微妙な間がらである。あるときは信夫が弱く、春洋が強くなったりする。

そもそも靴のひもやネクタイもうまく結べず、締め切りはじめ決まり事にしたがったことのない信夫など、料理も掃除も力仕事も巧みにこなす春洋の忍耐づよさにかなうわけなどないのである。

雑草を生えっぱなしにした庭のような信夫の規律ない転居生活は、四十代で春洋というたのもしい家族を得て、落ちついた。その代わり、若々しい自由と奔放を失った。

大学教授としての重みも加わり、第一には信夫が独特につらぬいてきた師弟の関係が大きく変わる。前衛的なほどむちゃで楽しく純だった師弟のかたまりが、くるりと回転し、意外なほど封建的で閉鎖的な結びつきに変質した面がある。

とくに「鳥船」はそうなった。信夫のかたわらには常に春洋がいて、若者は春洋を介して信夫と接した。春洋は信夫の意志やことばを皆に取りつぐ〈みこともち〉になった。信夫がそう望まなくとも、頂点の師として権威がそなわる。

これは信夫の一つの老いの始まりでもある。みんなの面倒をみる体力がなくなった。門をたたく学生の数も多くなった。学校業務も忙しくなった。つい春洋をたよった。幸か不幸か、彼は実にたよりがいのある人物でもあった。

歌と学問はじぶん一代限り、と思いさだめていたが素晴らしい後継者に恵まれた。そのとき、信夫の青春は終わった。未完成の人間としての意識もかなり薄れた。この意識は信夫の情熱でもあった。

そのまま進み、藤井春洋が折口信夫をあつくささえつづけたら、その文学と学問はどのような形をとっていたのだろう。

しかし時代はそれを許さなかった。多くの親からその息子を奪った。継ぐ若者のいない家と家職が、列島中にあふれた。

春洋は昭和五（一九三〇）年、二十三歳で国学院大学国文科を卒業した。翌一月、志願兵として金沢歩兵連隊に入り、十二月に退営する。

昭和九年に二十七歳で国学院大学講師となった。この年、北陸地方で挙行された大規模の陸軍演習に参加し、三日三夜をとおしての大雨のなかの行軍のために深刻な肋膜炎にかかり、治癒に四か月を要した。

ちょうど同じころ、信夫と二十一年間暮らした金太郎は社命により、清水建設大阪支店に転勤して折口家を去った。やがて金太郎は大阪で結婚する。天才をささえる役目をおえ、通常の人生に帰還した思いがあっただろう。

ところで雨中行軍による春洋の胸の病いは、信夫を動転させた。肺炎や結核で若くして亡くなった教え子もいる。金太郎がいなくなったので、家には春洋のつてで能登から来た手伝いの老女中しかいない。いちばんいい日の当たる部屋に春洋を寝かせた。老いた手伝いのみか女は、看病のあれこれにとんと気がまわらない。指示されたことしかしない。ともかく栄養を取らせねば、と信夫は学校帰りに自分で大井町駅前の商店街に寄り、どじょうや鰻のかば焼きなど精のつく惣菜を買った。

牛肉をたっぷり奢ったすき焼きも信夫がつくった。天ぷらも揚げた。食欲のない春洋はへきえきしつつ、無理して口にした。

どうもはかばかしくない、と見た信夫は次はしきりに、とうじハイカラな洋食店の「富士アイス」で病人にみやげにするのだからと説明し、名物の伊勢海老のクリーム煮やアメリカ風パンケーキを包ませたりした。魔法瓶をたずさえ精養軒へ行き、アイスクリームを詰めさせた。

今日はどんな風や、と厳重に手洗いとうがいを済ませると、信夫はまっさきに春洋の部屋をうかがう。深く眠っているときもある。そんなときは安堵し、そっと去る。

眠る力さえないのか、夕焼けの色がひろがる天井の木目を見つめ、押し黙っているときもある。「はる」とささやくと顔を信夫の方に向け、かすかに微笑する。

「食べられるやろか」とみやげの食物を見せると、むっと怒る表情になる。「こんなん、何でもないです。雨に濡れたくらいで自分が情けないのに、毎日ぜいたくなもん先生に無駄づかいさせたら、身の置きどころがない」とつぶやく。

ぜいたくて違う、美味いうたら病い治すためのものや、弱ったとき思いきり滋養とらんでどうすんのや。僕はこれでも医者の家の出やで、と信夫は信夫で怒る。

春洋が食べて、よく眠る日は安心した。薄い皮膜のなかで育つひよわな蚕の子を見守る気もちだった。とともに日本の軍隊の非合理に大きな不満を感じた。春洋はひときわ体も意志もつよい青年である。その子がたった数日の演習で胸をやられるなど、指導者はどうかしている。過去に、八甲田山の雪の行軍で若者を多数死なせた悲劇もあったではないか。反省がなさすぎる。戦場で死ぬのはまだ、あきらめもつく。しかし戦争の練習で有為の若者を犬死にさせて、どうなるか。

春洋はむしろ自身を惰弱と恥じている。そして金太郎もそうであったように、世間知らずの師を守って、軍の生活については何も言わない。しかし春洋の歌をふと目にして、信夫は暗澹とした。

ふた夜さを徹す雨かも。軍服の腹の底まで　しみとほりたり
（『鵠が音』）

自分も旅では、かなり無茶をする。道に迷い、二日絶食したこともある。こうもり傘をひろげて夜露をしのぎ、道が見える朝まで夜明かししたこともある。しかしそれは自分の意志だ。まして雨の三夜を歩き通したことなどない。

春洋の軍服は、肩がこるほど重く厚い。それに雨が染みこむ。よほどのことだ。まるで水の鎧だ。男のいのちの下腹まで冷え切る。死ね、というにひとしい行軍だ。

そんな苛酷な肉体の痛苦を他人に強いられたことは、今まで一切ない。これでは何かの懲罰か私刑のようではないか。信夫は震えあがった。もとから規律が大嫌いである。

何が何でも、元のすこやかな春洋に蘇生させねばならぬ。医業とくすりやの子としての本能も燃えた。その年の夏休みは、早くにつてを頼り、北軽井沢大学村に小さな別荘をかりて春洋と過ごした。かねて軽井沢の冷気が胸の病いにいいことは知っていた。

昭和元年に法政大学が、職員と縁故者のためにひらいた分譲別荘地である。三十七万坪の広大な敷地を、学想と休養のための別天地とした。法政大学につとめる作家の野上豊一郎と夫人の彌生子が、草分けとして活躍した。

浅間山のふもとである。日々、巨大な山容をあおぐことが習いとなる。滞在した七、八月は落葉松も青々と萌え、広い空も澄みわたる好天気がつづいた。

春洋は海の子なので逆に、火の山に近い生活をたいへん珍しがった。たまさか噴火があると、おさない子のように声を上げた。低い周囲の山々には、咲き残った山つつじの朱色が鮮やかだった。この華やかな色もこのんだ。冷えた胸に火がつくような気もちがしたのだろうか。

春洋はようやく歩けるようになった。彼の調子がよく、天気もいい午前中をみはからい、ほんとうに久しぶりに二人で肩をならべて散歩した。

美しい高原の夏の花を見つけると、信夫はしゃがんで草のなかから花を摘み、かたわらの春洋に手渡した。それらの花々はたいせつに持って帰り、二人で読む源氏物語の湖月抄の本やリルケの詩集のなかに挿んで押し花にした。

信夫は少年の頃から、散歩で摘んだ花を愛読書に挿む可憐なくせがある。ちなみに今こうつづるわたくしは学生の頃、国学院大学古代研究所の許しを得て、折口信夫の残した蔵書をおさめる書庫に入れていただいたことがある。

幾冊かを手に取りひらいたが、染みのついたページのあいだから古い枯れた花が、はらはらと沢山舞い落ちるのには驚愕した。何の花なのだか、もう判別はつかない。

折口の愛する野のすみれ、茨の花、合歓、高原の松虫草のたぐいだったのだろうか。一冊の本から多量に花が落ちるので、なにか神聖なものをおかす気がして、恐ろしくてもう他の本はひらけなかった。すでに死んで三十年以上もたつ人の書物だけれど、そこには亡き人の意志がまだただよっている、そんな気がした。こちらも若く感じやすかったから、死者の領域に傲慢に入ってしまったと恥じた。今ではそうは思わない。モノには折口信夫の意志はとどまらないと感ずる。

横道にそれた。春洋のことである。

気分のいい日もあれば、後もどりする日もある。信夫はそのたび気をもんだ。この新しい学者の村をえらんだのは、澄んだ山気と人の少ない静けさのためである。

しかしいっそ、夏の避暑客を見込んで瀟洒なパン屋や洋菓子店、肉屋の林立する旧軽井沢の家を借りればよかったと唇を噛んだ。山奥だけあって、買い物の便が非常に悪い。新鮮な肉や野菜をたっぷり摂らせたい。それなのに東京から送らせる缶詰や菓子にたよる始末だ。

春洋が具合のよくないときに限って、浅間山はさかんに火を噴く。南国の火の山、桜島を思い出した。まぶたを青く伏せて眠る春洋のおもざしと、遠い人となった清志のおもざしが微妙にかさなる。

「先生、そんなに心配せんといて下さい。僕よりもっと若い子が故郷にも帰れんと、あの演習で具合わるくしたまま働いてるんです」

恵まれた時代に育った信夫たち上の世代に、戦いに入った時代を背負う自分たちの険しい現実はなかなか解ってもらえない。ときに春洋は、のん気で贅沢な信夫にいら立つ。

そない言うたかて、と押されて弱気につぶやきながらも、信夫はふだんない身の軽さで炊事し、食物探しに精を出し、春洋の部屋を明るく楽しくする工夫をした。

日暮れはよく熱が出る。それは譲らず、面倒がる春洋のそばに正座し、かならず体温計で熱をはかった。単純なもので、平熱だと信夫はにわかに饒舌になり、例の笑えない冗談も連発した。熱があると、春洋を気づかい無理してしゃべる口がこわばる。

風邪をひいた小さな子のそばにいる母親の気もちである。男どうし大切に想いあう情操の世界は豊かだ、と信夫はあらためて痛感した。あるときは家族を外敵から守る、凜々しい父になる。あるときは、子どもの少しの熱にも胸をいためる母になる。

春洋も、こうした男と女の情操の交錯にとまどっている節がある。自分は今どういう道に来ているのか。その心まどいもあって、一夏をみずから繭ごもり、静かに冥想している気配がある。

北軽井沢に秋の深まる九月初旬まで、二人は身を寄せあい暮らした。学者たちの多くはすでに別荘を引き払い、鎧戸を閉めた家々の風景が淋しかった。空気はますます澄みきった。

そろそろ高原の花たちも眠りに入る。咲き残った花は色が濃い。春洋の好きな碧い松虫草や野菊も最後だろうと、ある日信夫はひとりで散策し、摘みとった小さな花束を春洋の枕元にそっと置いた。うとうとと眠る春洋の、雛人形のような玲瓏としろい額と頰に胸を突かれ、こころ細る思いで見入った。

春洋はまわりの人からは、いかなる困難にも耐えうる頑健な意志と肉体をもつ青年と見なされていたが、信夫にとっては儚くおぼつかない、そのために時として胸が不安に染まる愛しいいたいけな存在でもあった。

藤井春洋は昭和十一（一九三六）年に国学院大学教授となる。一方で多くの若い社会人がそうであったように、軍籍に身を置いた。民間人としての日常と、軍人としての二重生活に耐えた。

その間、演習にも何度か呼び出され、職業柄おさない兵の教育に当たった。昭和十六年二月、正式な召集により東部第四十九部隊に歩兵として入った。十七年五月に召集解除。

昭和十八年九月、二度目の召集を受け、金沢連隊に入る。翌年六月、千葉県柏に集められて七月九日、横浜から船で八丈島へ向かう。途中で先発船が沈没したため、行く先が変更され硫黄島へおもむいた。

硫黄島で歩兵少尉から中尉に任命され、東京の信夫に軍服と外套につける規則の星の階級章を、九段あたりの軍人会館で買って送ってもらえれば幸いであると遠慮がちにたのんでいる。

藤井春洋陸軍中尉は、硫黄島で戦死した。信夫はその知られざる命日を、米軍が初めて硫黄島を攻撃した昭和二十（一九四五）年二月十七日とさだめた。享年三十八歳。

大学を卒業してから男ざかりの多感な日々をほぼ十五年間、師との生活と軍隊生活についやした。この若い兵士の安否を心につねに気づかうことが、五十代後半の折口信夫の戦争体験の深い悲しみの核となった。

この機みな　全《また》くかへれよ。蛍火の遠ぞく闇を　うちまもり居り

（春洋の歌集『鵠が音』より、硫黄島から信夫に発した春洋の手紙に書かれた歌）

第二十二章　魂の小説

日本の古代人の信仰は、要するに、たましひが問題だ、と思われる
（論考「古代日本人の信仰生活」昭和八年）

昭和十三（一九三八）年四月、国家総動員法公布。

その年末、信夫は箱根の姥子《うばこ》温泉に来ていた。冬枯れのすすき野原が白銀にゆれる。遠山なみも寒々しい青い肌を光らせる。ときどき吹く風に、近くの地獄谷の硫黄が匂う。

小説を書くために来た。時節がら、何か日本人の原点ともいうべき古代をテーマとしてほしいという意向が、最近の出版界にある。また、そうしたものでないと、用紙の統制の厳しくなった昨今、なかなか出版が許されぬらしい。

そうならば、いっそこの機会をいかし、こちらも思うさま、自分の古代を書くまでだ。そう腹を決めた。

「言論また時局の影響」に流されるときこそ「出版文化に課せられた任務」の困難に立ち向かうべしとする、骨のある文芸雑誌「日本評論」から古代ものを、と依頼された信夫は即、今までにない果断で、魂の小説を書きたいと応えた。

若いはたちの頃から信夫の最大の夢は、比類なく美しく火焔のように烈しい恋愛小説を書くことにあった。これまで少なからぬ作品を書いた。公的に発表されたものもあれば、草稿のまま手元に置くものもある。

たとえば、自身の中学時代の恋を映す「口ぶえ」。中世を舞台に、師弟の愛と芸の苛烈な道を描く「身毒丸」。みずから疫病神のいけにえとなり、都を救おうとする藤原家の聖なる姫の物語「神の嫁」。大阪の実家の父の若き日の放蕩を探り、もって自身の出生の謎に分け入る郷土小説の一群、「家へ来る女」「生き口を問ふ女」「寅吉」。伊勢清志への愛執を映す「夜風」など

これらに共通するのは、全て未完であるということ。書きたい気もちだけがはやるが、書く必然性が足りていなかった。むざんな書きつぶしの原稿はもっとある。まだ書けない。あるいは一生書けないのかと、索漠と才のなさを思い染む月日もあった。

しかし今、ふしぎにはっきりと書く前から、書くべきことが視えている。山近い寒気に冴える原稿用紙の白さも、好もしい。魂を書く。海の底にそっと眠り、波にゆられて育つ玲瓏たる真珠にも似た美しいつよい魂が、おのれと同じほど美しい魂を求めて呼びあう恋を書くのだ。

そのために、書く私は女になる——それもおのずと決まっている。女になり、無念の思いで倒れ死んだ若者の魂を胸にいだき、彼の魂を再びつよく明るく輝かせる。

題名も胸にあざやかに刻まれている。筆はそれを追うだけだ。小説や戯曲を書くにおいて、こんな経験は初めてだ。筆の方が、信夫の脳裏の先をゆく。何かに背を押されて書く風圧を感ずる。

死者の書、と書いた。すると自然に、世間知らずの若い姫君の旅すがたが浮かんだ。時はこの冬山とかけ離れた、若緑したたる五月。場所は、少年の日から親しむ大阪と奈良の境、えい叔母の縁でしばしば巡った当麻寺の境内である。

五月といえば、魂の浮かれ遊びやすい季節。まして古代の女たちは陽光あふれるこの月、太陽を追いかけて終日、野山を駆けまわる信仰をもっていた。その記憶が、ふだんは家の奥の女部屋にこもる女性たちに、太陽を浴びる野遊びをゆるした。

当麻寺のすぐ背後の二上山には、古い落日信仰がまつわる。屋敷の奥ふかく侍女と乳母に守られる貴い姫が、初夏の力づよい太陽の光に魅せられて、ひとり屋敷を抜け出して夕日かがやく山へ駆けても不思議はない——。

少年の自身があこがれた二上山のはるかな夕日。自殺も考えた、あの屈辱の中学最終学年の春に舞っていた当麻寺の桜。そのかみ藤原家の中将姫が出家し、西方浄土を幻視して蓮糸で織ったと伝えられる寺宝の巨大な曼陀羅。はたまた、夕日に誘われて遠い山の峯の、そのまた奥の峯をうかがう為兼の歌の印象。

それらがイメージの磁石に吸われて結集し、筆はなめらかに紙面をすべった。聖なる山に見入る、ひとりの麗しい女人をすらりと彫った。

二十歳ほどのうら若い彼女は、自身も知らぬうちに松の生い茂る当麻寺の門をくぐり、白い砂地に立った。その薄茶色の瞳は、壮麗な堂や伽藍をこえ、背後にそびえる二上山に見入る。

二上山。この山を仰ぐ時の言ひ知らぬ胸騒ぎ。藤原飛鳥の里々山々を眺めて覚えた、今の先の心とは、すつかり違つた懐しさ。旅の郎女は、脇目も触らず、山を仰いでゐる。さうして静かな思ひが、満悦に充ちて来るのを覚えた。

（「日本評論」昭和十四年一月号）

信夫の感受性はすうっと、大きな模様を染めた麻の衣をまとい、笠から垂れる薄い絹にうなじを隠して透きとおる瞳を見はる、「旅の若い女性」のなかに入りこんだ。

夕日の火焰のなかに現われたおもかげ人に呼ばれ、梅雨の烈しい夜の雨に濡れて無我夢中で当麻寺まで歩いてきたのだ。恋しい人は、あの山にいる——そう信じて山へのひとすじの道をたどる姫君のういういしい恋慕のさまよいは、若き日の小説「口ぶえ」の主人公、安良の西山行きの情熱そのものだ。一夜のさまよいに、しとど濡れる姫。朝日はまぶしく雨上がりの初夏のもろもろを輝かせる。水気みちる青と緑の野山に、まずヒロインを白鳥のように降り立たせたかった。万緑燃えるいのちの色のただ中に、深窓の上﨟を書きたかった。

釋迢空「死者の書」全十五章は、「日本評論」昭和十四年一、二、三月の三回に分けて発表された。それを読むと、おや、と思うことも何点かある。この詩人学者は書くときに、あまり整合性を計算しないタイプなのだな、と思わせられる。

たとえば大きな「おや?」は、時の設定。冒頭、詩人学者は姫が当麻寺に立つ今を、明るく高らかに

「日は五月、空は梅雨あがりの爽やかな朝である」と宣する。

しかし「日本評論」二回目発表のくだりを読むと、これがおかしい。姫が都の藤原南家の自身の部屋から遠く、二上山の男嶽と女嶽のはざまに夕日が沈むのを拝み、その輝きの真中に浮かび出た神秘のおもかげに恋して家を出奔するのは、春分の日なのだ。そして桜を散らす雨をおかし、当麻寺へたどりつく。

さすがにこれは、と詩人学者は昭和十八年に改稿をくわえ、青磁社から刊行した『死者の書』では、冒頭の時の方を変えている。五月ではなく、「日は仲春、空は雨あがりの、爽やかな朝である」と整えた。

その他にも不審はある。春の暴風雨を山へと急ぐ姫は、きものの裾をたくし上げ、濡れ髪を襟の中にいれて烈しい風にさからった。とうぜん、絹の垂れる大きな笠などは吹き飛ばされたであろう。それなのに寺に着いた姫は、しとやかに笠をかむって現われる。

論考でも、そうだ。信夫は前後左右を見て、整えることをしない。自身の記憶やイメージを変えることを嫌う。形式より実感。その意志は小説にもつらぬかれる。

「日本評論」に発表した古代小説は、案のじょう文壇には無視された。それは予想内だ。自分だって、雑誌発表作品は相手にしない。あらためて本として出版された時が、評価のしどころだ。

しかし読者というのは細かいものだ。春洋や金までが、前章との時間が合わない、とか奈良の藤原南家の位置からは、二上山の男峯と女峯のあいだに夕日がまっすぐ沈むのは見えないのではないか、などと文句をつける。

いいのだ、そんなことは。奈良朝末にはまだ貴重な経巻写経の発願をたて、身をけずって筆を動かす藤原の姫が視えた。過労で末が痩せたその千すじの黒髪が、あでやかな衣に滝なして広がるのさえ、ありありと視えた。

すると自然に、姫が窓を見て立ち上がる、あるき出す。衣ずれとともに、美しい蛇か虫の這うのを想わせる髪のさやぐ音が聞こえる。そのとき私は、姫だ。

私は姫の瞳と同化する。なつかしい二上山の乳房のような双つの峯のはざまに、春彼岸のはなやかな夕日の沈むのが視える。たいせつなこの〈事実〉を曲げる気はしない。

堀辰雄君がここに感じ入ってくれたな。それだけで今は満足だ。古代の宗教的な高貴な女性が、まさに生きて動いている、と興奮して大学の教室で言ってくれたっけ。光栄だ。

信夫の弟子に、小説家志望の小谷恒という、ちょっと生意気な青年がいる。まじめな崇拝者にばかり囲まれていると窮屈だ。こんなやんちゃ小僧とか、授業にさっぱり出ずに銀座なんかで遊んでいる不良学生が、あんがい信夫は気になる。

その小谷恒。近年親しくする室生犀星に弟子入りさせた。小説を書きたいというんで、貴方にご紹介させてください、と信夫は頭を下げた。

律儀な信夫が紋付き袴で小谷に付き添ってきたので、犀星はひどく驚いたようだった。折口さんは弟子を愛すること深い、と感動して機会あるごとに人に言った。信夫に敬意を表し、小谷をたいせつに扱った。その縁で、人なつこい小谷はすぐに、犀星を慕ってその家に出入りする堀辰雄とも仲よくなった。

しだいに強まる戦争の空気に、胸を病む堀はむなしくなり、とともに居てもたってもいられず、好戦的ではない本来の清らかな日本の古典精神を知りたいという志をもつ。

小谷と伊勢物語の勉強会をするうちに、去年はじめて信夫に会いに慶應義塾大学の教室に来た。源氏物語の講義を聴講させていただけませんか、と頬を染めてたのんだ。

僕はまるで外人なのです、生まれ育った下町の古いしきたりの世界がいやで、ドイツやフランスの文学に逃げこんで、日本のことをまるで知らない。だからあこがれが深いのでしょう、古い日本の幸うすい可憐な少女を描いてみたい、と『風立ちぬ』の作者は信夫に吐露した。

「貴方にお教えするなんてできませんが、小谷といっしょに遊ぶおつもりでなら、どうぞいらっしゃい」。多くのファンがいる若い流行作家が何を、と信夫は内心とまどったが、堀は真剣な少年の風情で去年から、信夫の『宇津保物語』『落窪物語』『源氏物語』の講義に通い、熱心にノートをとっている。

その努力が一つみのり、初の王朝ものの短篇小説「かげろふの日記」を発表した。微熱も少しあるのか、上気した初々しい面ざしで、「先生の古代研究をいつも手元において書き上げました」と、堀はこの哀切な小さな女物語をうれしそうに信夫に献本した。

じつは深い影響を受けているのは、こちらだ。古い城館にひとりで冬籠もりし、かつて城で暮らした死者と対話して「ドゥイノの悲歌」を書いたリルケの逸話は忘れがたい。城館を提供し、リルケを姉のように守った貴婦人・タクシス侯爵夫人のことも、堀君が教えてくれた。

リルケが鎮魂詩を書くうえでその声に耳をかたむけた死者とは、烈しい恋に身を焦がし、想いかなわず城館でひとり、おのが恋ごころを孤独に高めて死んでいった、宗教的な女性たちだ。

リルケは俗な男に「捨てられ」(タクシス侯爵夫人著『リルケの思出』富士川英郎訳)、その嘆きで魂を清めた女性の秘恋を書きたいと願っていたという。

堀君は病弱で行動が思うようにならないのを負とせず、そのぶん本から猛烈に学ぶ。読書の感性は、天才といってよい。彼のエッセイは、私たちに未知の西洋の本を語り、まるで恋のようにリルケやジッドやノアイユ伯爵夫人を慕わせる。

彼は古典の「蜻蛉日記」に、リルケが魅了された「不幸な愛する女性たち」の孤独な魂を感じたという。日本の古典と西洋の鎮魂詩が溶けあったとき、自身の「かげろふの日記」が書けたという。

刺激され、私もリルケの詩を読んだ。死者への鮮やかな思いに感動した。「鎮魂的なものが、一切のよい文学の底にある」(『かげろふの日記』解説、昭和二十六年発表の信夫のことばより)真実に思いいたった。

リルケにつづき、堀君がむかし芥川龍之介に教えられたという、哀切な尼僧の恋の告白の書簡体小説『ぽるとがるぶみ』も読んだ。

幼女の頃からつつしみ深く育てられた深窓の尼僧が、偶然にただ一目見た若く美しい武人に恋をする。いたずらに相手になった彼は、すぐ彼女を捨てる。捨てられてむしろ、彼女の情熱は孤独に気品高く燃える。

尼僧が修道院の奥で彼にあてて書いた五通の手紙をもととする。聖域に囲われる女の息づかいが生々しい。神につかえる若い女の、官能的な叫びに目を射られた。

わたくしがもしもこの不幸な僧院から出ることが出来さへ致しますものなら、（中略）あなたさまを求め、あなたさまを追ひ、あなたさまをお慕ひして、全世界中怖いものなしに歩きまはりもいたしませうに。

（佐藤春夫訳）

私の南家郎女《なんけいらつめ》が、大勢の女たちに守られ閉じこめられる女部屋から脱出し、恋しいおもかげ人のいます二上山へと烈しくあるき出したのは、堀君から聞いた異国の尼僧のこの情熱のせいなのかもしれないな。

古代研究の折口が聖なる奈良時代のヒロインを描いた、といえばさぞ伊勢斎宮とか万葉集の女流歌人、古事記や日本書記の女神、あるいは沖縄の巫女をモデルにしたんだろうと思われようが、もちろんそれら日本の聖女たちの印象に加えてあんがい、西洋文学の刺激も濃いのだ。

私がもっとも書けた、と思うのは私のヒロインが夢で水の女としての本性を発揮し、海の底にまで輝く白玉を取りにゆく場面だ。

白玉は魂の象徴だ。胸にいだいた白玉は南家郎女の皮膜を透かし、彼女自身が魂となって輝く。

姫は――やつと白玉を取り持つた。大きな輝く玉。さう思うた刹那、郎女の身は大浪にうち仆される。浪に漂ふ身……衣もなく裳《も》もない。抱き持つた白玉と一つに、照り充ちた現《うつ》し身。ずん〳〵とさがつて行く。水底《みなそこ》に水漬《みづ》く白玉となつた郎女の身は、やがて又一幹《ひともと》の白い珊瑚の樹《き》である。脚を根とし、手を枝とした水底の木。

「日本評論」に発表された、「死者の書」初稿第八章の水夢だ。

魂は白玉。白玉は姫。玉も姫も、ある意味では魂の入りこむ入れ物だ。

力ある魂は、海のかなたの他界から浪に運ばれて我々の世界に流れ寄る、と古代では信じられたらしい。

姫はおもかげ人のために、夢の深みのなかで常世浪に運ばれた魂を必死でひろう。魂は、姫のからだに入る。と思えば魂は、水底の珊瑚樹にも依りつく。他界から来た魂は、人間だけに依るのではない。貝、草、花、木、魚をも入れ物として入る。

我々の祖先は、そう信じていた。わが魂は、あの花の魂でもあり、あの鳥の魂でもあったやもしれぬ。古代日本人は、魂を自然の万物と分かちあっていた。あの水夢の場面では、それを描きたかった。

折口信夫は外部から問われたとき、自分は古代日本の「霊魂信仰研究」をしている学者だ、と回答していた。

柳田先生の学問の核は、日本の神の研究。私のは霊魂信仰の研究、とわきまえていたらしい。〈まれびと〉神の発想も、とおい他界から来る魂ほど大きな霊威があると敬する、日本人の霊魂信仰への視野から生まれた。

——魂。

自分ほど魂の存在を日々の暮らしのなかで実感する者は、現在そういないだろうという自負も、信夫にはある。

自分は血より、魂を信じる。独身のぶん、全身全霊をこめて教育に打ちこんだ。どれだけ多くの若い魂と出逢ってきたことか。それらの魂が育ち、芽吹くのを目にしてきたことか。

魂などあるものか、と人は笑うか。そんな人の人生は空虚だ。魂はある。

教育の本質は、魂を育てることだ。それに、教育の主人公たる師弟とは、時にたがいに魂を分かち合う。

師がその魂の一部を弟子に授ける。しかしそれだけではない。弟子の若葉のみずみずしい魂も、交流の最良の瞬間には師の魂に飛びうつり、老いた魂を更新する。

よい師とは、弟子の若い魂の影響をもおおいに受けるものなのだ。芭蕉を見よ、芭蕉は曽良や杜国など若い弟子をこころより愛し、ともに旅し、同じ経験をして魂を分かちあい、彼らの若い魂に触発されて大きな天才となった。

信夫は師として二十代の頃から、魂の教育という命題を意識してきた。青少年のすがしい肌身を通して輝く、魂を一心に見てきた。

それに歌とは、日本の古い歌とはとどのつまり、魂歌である。万葉集の礎をなすのも魂歌だ。

挽歌——死者の魂をからだに呼びもどそうとする呪歌である。ある期間のあいだ挽歌をうたい、それでも死者がよみがえらない時に初めて〈死〉が認められる。

恋歌——慕う人の魂を、自分のもとに呼び、招き、我がものとするための呪歌である。魂を乞う。そのコウがコイ、すなわち恋の語源だ。挽歌と恋歌はよく似る。ともに大切な人の魂を呼ぶ乞い歌だからだ。

羇旅歌《きりょか》――旅の歌の全てがそうだというわけではないが、羇旅歌にも魂歌が多い。古代人にとって、おのが信ずる神とは異なる神のいます土地を行くのは、命がけ。魂はおびえ弱り、ともすれば体を離れてゆこうとする。その魂をおのれの体に結びとどめるべく、魂に呼びかける歌を詠む。浮遊する我が魂を見つめる。ここに、日本の内省的な哲学的な詩が生まれる。

歌の学者であり歌びとであるということは、魂にとくに深くかかわる人間であるということだ。そして五十一歳の信夫にとって、魂の問題はますます身近に迫る命題となっている。

母は死んだ。長兄も死んだ。古泉千樫、氷室昭長など親しい友も死んだ。若くして病気や事故で死んだ弟子も少なくない。こころに懐かしい死者が多く立つ。そんな歳になったのだ。

とりわけ衝撃を受けたのは、こころの恋の殿堂に永遠に秘めやかに棲む美しいおもかげの人、辰馬桂二が昭和四年の三月に四十二歳で死んだことだ。それをうかつにも、翌年秋まで知らなかったことだ。

十月に久しぶりに木津の実家に帰ったときに、えい叔母がふと眉根をよせ、のぶさん、あんたも体に気いつけんと、辰馬さん、気の毒だったわな、と何気なく言ったことで初めて桂二の急死を知った。

何の病いか、あたしも詳しくは知らんねん、と叔母はかえって信夫の驚愕の表情を見て、よけいなこと言わなんだらよかったか、とおろおろした。

言ってもらってよかった。なぜだか分からないけれど、自分は桂二より先に死ぬと昔から思いこんでいた。とんだ阿呆だ。やはりあの人は佳人薄命を地でゆく、特別な存在だった。

桜を待つ早春に死んだ、と聞いた。すぐに辰馬家の菩提寺、難波寺をおとずれた。

近くに名代の粟おこしの店など並ぶさわがしい町中の寺であるが、神秘的な池がある。池寺とも呼ばれる。放生された亀がたくさん棲息する。子どもの頃は、亀に餌をやるのが楽しみだった。
うらうらと日が照る。ぼうっと池をながめた。亀たちが潜っては、さざ波を立てて頭をふたたび水の上に浮かべる。寺をかこむ石塀越しに、子らの遊ぶ声や、物を売り買いする人々のざわめきが伝わってくる。

沖縄および南西諸島の海にも亀が泳ぐ。大阪の町中の寺の池と、遠く南の無限の青の海がつながる不思議な気がした。それも無理はない。この寺の池は、極楽浄土の池水に通ずると信仰をあつめる。ゆえに別名、阿弥陀が池という。

池に木の葉がしきりに散る。落葉の合間から、ことに大きい亀が頭をのぞかせた。亀は蛇に似る。不気味だった。とともに亀が自分である、そんな妖しい遠近感の錯誤に襲われた。

鳥―蝶―蛇―鰐―亀。水にも地にも棲む、美しくグロテスクな生きものたち。その流動性ゆえに、この世とあの世をゆききし、魂を運ぶとおそれられる。

辰馬桂二。まだ若いころ、東京の能舞台で舞うと知らせをくれた。むろん行った。舞いは、その人柄ほどではなかった。かえってそれが素人らしく清々しかった。

あとで一緒に小さな料亭で浅く酌《く》んだ。木材問屋の主人らしく、飲める口になっていた。ぼうっと火照る頬がゆたかで品がいい。

さもなく別れたが、一人になって、道に立つ花売りから春早いすみれの花束を買ったのは、我ながら少女のようであった。はかない逢瀬をこころに銘ずる、せめてもの心ゆかしである。

思えば、中学生のときに忙しい家の女の目がゆきとどかず、制服のシャツの襟が汚れているのを、そっとささやいて知らせてくれたのもこの優しい人だった。君のそんな孤独なさみしそうなところが、かえって僕の心を惹くのだと歌に詠んでくれた。

わが衣の垢づく襟のあはれさを　歌によみしも、この人なりけり

（連作「死者の書」五首、昭和十二年四月発表）

どうにも無性に好きな人、慕わしい人というものがいるものだ。会えば、胸がときめく。たった一度、おとなになって二人きりで酌んだ夜に淡雪がしきりに降っていたのも、さらに想いを深めた。まさに淡雪のひと。遠くはるかに仄かにかがやき、この手につかもうとすれば、消えてしまう想いびと。

どちらかが死ぬときは、きっと夢路をあるいて会いにゆく、と思いさだめていた。桂二が死ぬなら、夢で知らせてくれるはずだった。つれない人。夢にも会えなかった——。

空を仰げば、あの雪の日のような白い花が降る。下を向けば、黄泉へと通ずる青黒い池の水。いつしか水底に潜っていた。手、と思うが手はない。醜い短い足でもがく亀になっていた。濁った水中で精いっぱい目を見ひらく。ああ、濃い瑠璃色の珠が光る。必死で近づくと、珠はまるで虹。くるくると色を変え、こちらを幻惑する。

負けないで見つめつづける。珠の変色は静まり、こっくりとした藍色にさだまる。内部から、ぽうっ

と——大きな見覚えのある瞳が浮き出て、亀の私をなつかしく見つめ返す。

あの人の魂だ。ちゅうちょなく私は水底の魂をひろう。手がないものになったことなど、もう意識にはない。青く澄む魂を胸にかかえ、白いはなびら舞う水面へと頭を上にむけて足を掻く。

このとき私は、私の比類ない魂の物語の主人公、おもかげの人を追って鳥にも花にも珊瑚にもすがたを変えるけなげな姫になった。

信夫はあざやかに魂を見る人である。信夫の見るもっとも美しい理想の魂のすがたを、その色と形を、彼の晩年の詩論から引いておく。


瑠璃の珠の色深さ。口に含んで見たら、こうもあろうかと思う——こっくりとした味い——、手に乗せれば、底からぽうと浮び出て来る大きな瞳の感覚——

（詩論「ねくらそふの現実」昭和二十四年、西脇順三郎の近年の詩作の真髄を絶賛するくだり）


辰馬桂二の死は、ひとつの暗示だった。

彼の死はおだやかで自然であったが、それは信夫の晩年を襲う未曽有の巨大な死の季節への扉でもあった。

辰馬を供養し、短歌連作「池寺」「死者の書」を詠んだ。時代には戦争の気配が濃く匂う。このあたりから、信夫は連続して「剣と玉」「石に出で入るもの」（ともに昭和七年）などの霊魂論を書く。死と生と魂。この関係を考えずにはいられなくなった。

私たちがいま考える精神と、古代人が見つめた魂とは、同じようでいて大きくちがう。精神は私たちの内面で、もちろん常に私たちの中にある。その代わり、肉体の死とともに精神あるいは心も消える。しかし古代信仰における魂とは、人間の肉体にかりそめに入りこむもので、死ねば魂は器としての肉体を離れる。生きているあいだも魂はともすれば、その器を離れさまよう。魂は人間に所有されない。信夫が古い歌や物語、神話から読みとる魂は、自由で奔放で流動的だ。魂は一人の人間の内部になど固定しない。分裂する。弱り衰える。と思えばパワーアップし、増殖する。

この特性をいかし、古代人は魂をやりとりし、集団そして社会のきずなを固めてきた。たとえば歳暮や中元のもとの意味もそこにある。餅や魚に目下の者が自分の魂の一部を籠め入れ、目上にたてまつる、どうかこれで魂をつよく太らせてくださいませと祈念して。

逆もしかり。衣配り、というしきたりが源氏物語などに伝えられる。力ある主、たとえば光源氏や紫の上などが魂を割って分け、自身のきものに付けて配下にあたえる。

魂はモノにも、ことばにも付く。そして自在にもろもろの入れ物を出入りする。ゆえに自然の草花も、鳥獣も魚も、木も石も光さえも、——魂の入れ物である。

それら野の花や石に入っていた魂が、自分のなかに入りこんだのかもしれないと、時として人は想像する。人間は、自然の万物と魂を分かちあう。そうした古代の霊魂信仰に、信夫は大きく目を見ひらいた。

こうした考究は、『死者の書』にゆたかに活かされる。この歴史小説の一面は、創作の形をとった古代霊魂信仰研究である。

ヒロインの郎女は、さまざまな自然の要素に化身する。まず鳥。姫は、春の空の高みをめざす鶯にあこがれる。鳥の羽のようにころもの袖を空にかざす。

あの小鳥となって、ほほきい、と仏の御名を鳴きわたりつつ自由に飛びまわり、あの山のいただきの向こうにすがたを見せる美しいおもかげ人のもとへ行きたい、と切なく願う。

と思えば、あるときの郎女は春野にさく可憐なすみれの花のなかに吸いこまれる。二上山のふもとの風にゆれる野の花と化し、彼《か》の人を恋う。

あるとき彼女は、海の底に生える珊瑚の木である。あまつさえ、彼女の恋うおもかげ人も、その存在は若い男の身にとどまらない。

この物語において、彼はいったい誰なのか。種々に化身し、郎女の魂を呼ぶ。彼は必ずしも、墓穴にねむる皇子、滋賀津彦とは限らない。

おもかげの人は、光にも音にも宿り、魂合うおとめを誘惑する。彼はもちろん、華やかな夕日である。おとめを射しつらぬく無数の光の矢である。

または彼は、おとめの閨に忍び寄るおぞましい白骨であり、彼女の胸にやわらかく抱かれる白玉である。彼は男峯と女峯のあいだからほとばしる烈しい水流であり、おとめの耳をそばだたせる。彼は黄金の太陽神として微笑し、仏の蓮の花と化しておとめの夢に咲きひらく。

『死者の書』のおおきな特徴である。恋し、たがいに乞う魂と魂はむしろ、男と女の形をとる時の方がまれだ。

相合う魂は、山の夕日とその紅い輝きをめざす小鳥、海の底の珊瑚とそれを照らす月光、蓮の花とそれに魅せられる者として描かれる。

天のものに、地のものに、海のものに身を変えつつ互いに痛切に呼びあう双つの魂を追う『死者の書』は、世界の恋愛文学のなかに置いても、きわだって異色であろう。


信夫は、恋する人を追うおとめになりたかった。

『死者の書』の最初の筆はなめらかにまず、おとめの哀切なひとすじの恋の道を走った。『死者の書』を初めて雑誌に発表したのと近い時期に、信夫はおさない日からあこがれた白鳥処女をヒロインにする恋の詩「足柄うた」を発表した。このおとめは明らかに、南家郎女にひとしい。

万葉集の防人歌《さきもりのうた》に取材し、故郷をはなれて国の守りへ向かう恋人への、おとめの思慕をうたう。もちろん、戦いにおもむく昭和の若者のための詩である。

おとめは、「魂合へる男」を想うあまり、村の囲いをこえて「足柄の山行く道」をあるく。手足は茨に傷つき、恋しい防人を追うおとめはついに山中に倒れる。

見上げれば、大空を渡る白鳥の群れ。ああ、あの翼ある鳥と化し、愛しい人をどこまでも追いたい。旅ぞらの冬の寒さに凍りついたおとめは願う。

瀕死のおとめの幻想のなかで、空から純白の羽が舞う。それはいつしか雪となり、おとめの上に降りしきる。白鳥と雪とおとめが渾然一体となり、しずかに詩は閉じられる。

雪よ雪　身をふり埋む——。

雪のなかに　我は覚めつゝ
かくながら　永久《とは》に覚めじと
思ふかそけさ

（「足柄うた」昭和十五年二月）

評論家の安藤礼二氏も指摘するように、『死者の書』のさいしょの形は、恋しい人を追うおとめの物語だった。

書き手の信夫は、無惨な運命をたどる恋人の魂をひろい、輝かしく若がえらせるおとめに依りついた。テーマの酷似するほぼ同時期の詩、「足柄うた」がそのことをよく示していよう。

しかし、昭和十八年九月に単行本として刊行されたとき、信夫の手で『死者の書』は大きく姿を変えた。もっとも大きな変化は、冒頭のさすらいの姫が当麻寺に立つ場面をずっと後方、第六章に押しやり、代わりに洞窟に横たわる「彼の人」のうめきを巻頭にしたことである。

「した　した　した」という不気味な水音とともに、殺されて二上山の岩窟に埋められた滋賀津彦が意識を覚ます。

彼《か》の人の眠りは、徐《しづ》かに覚めて行つた。まつ黒い夜の中に、更に冷え圧するもの〻澱んでゐるなかに、目のあいて来るのを、覚えたのである。

この改訂で、『死者の書』は無念をいだいて死んだ若い男の物語になった。あらすじとしては、藤原家の姫をあざやかに置く初稿の形の方がわかりやすい。

青磁社版は初夏のさわやかな朝ではなく、洞穴の闇から始まる。うめくのは誰なのか、恨むのはなぜなのか。昭和十八年刊行の『死者の書』は、物語の時間を混乱させ、謎を深める。姫のさすらいを、死者の長い眠りのなかに入れ子として吸い取ってしまう。

なぜ、こう変えたか。文学者としてのプロ意識によるものではあるまい。

このうめきを、まず書かねばならなかった。「おれ自分すら、おれが何だか、ちつとも訣らぬ世界のものになつてしまつた」男の墓穴でのうろたえを、まず何としても信夫は書かずにはいられなかった。

初めて「死者の書」を雑誌に分載発表した昭和十四（一九三九）年は、思えばまだのどかな時代だった。学生は日本の未来のため、ずんぶんに学ぶことが許された。

それから四年。この間に学問は、いや全ての文化は戦争に侵された。昭和十七（一九四二）年四月十八日、米軍機が東京・名古屋・神戸などの主要都市を初めて空襲した。これで列島の危機感は一気につよまった。

社会人のみならず、学生も戦いに狩りだされる。昭和十八（一九四三）年十月十二日、理工科・教員養成系以外の学生の徴兵猶予停止が閣議決定され、ただちに学徒出陣が実行された。

同年十一月十四日、信夫は国学院大学の大講堂で行われた学徒出陣壮行会に、教授として長詩「学問の道」をささげ、「手の本をすてゝたゝかふ身にしみて 恋《こほ》しかるらし。学問の道」とうたった。君たちの「ひとりだに 生きて」帰り、学問を継げと呼びかけた。

この歌はきわめて惰弱であると、硬派の学生たちがあとで折口教授を批判したことを、その場にいた当時の学生、岡野弘彦が証言している。

つづく十一月二十三日にも信夫は、慶應義塾大学の学徒壮行会にやはり教授として長詩をささげている。その全容は、昭和十九年十二月刊行「鳥船　新集第三」に掲載された。

冒頭は「教へ子をいくさに立てゝ、明日よりや、我は思はむ。／今日すでにかく　空しきを―。／教場の窓を開きて、研究室の扉をさして、静かなる我となりしを―」と、学生のすがたの消える学び舎の虚ろをうたいながらも、こちらは国学院大学のそれよりおとなしい。

「二万の学徒をこぞる　軍びと。／哮びをあげよ―」などと一般的な好戦の域を守る。いわばよそから客分として迎えられた慶應義塾大学に筆禍の迷惑をかけては、との思いもあったのだろうか。

青磁社から『死者の書』が出たのは、まさにそんな渦中なのである。同じ年昭和十八年の九月に、すでに春洋は二度目の応招により金沢連隊におもむいている。結社「鳥船」の若者たちも、ぞくぞくと出征した。

その様子は、信夫を核と仰ぐ歌の結社の歌集『鳥船　新集第二・第三』によくうかがわれる。とくに十八年の会員の詠作をおさめる第三集には、信夫のまわりの卒業生や学生が次々に出征し転戦し、病いやけがで一時帰還し、ふたたび戦地におもむく動向が歌われる。ときに遺骨で帰る者もいた。一部を記す。歌の背景の事情は稿者がほどこした。

藤井春洋。金沢連隊にてうたう。

身にかけて　国の危うさをきほひ言ふこの若者も、親を思へり（若い教官として、出陣する学

徒兵に寄せる歌）

南に　相次ぎて国独立す。我が兵の死の　空しくあらめや

内木成美。中国大陸の戦場にて、すぐそばで死んだ兵をうたう

うつむきて臥す我が脇に、兵ひとりむくろとなりて、静かなりしか

死ぬること　あまりたやすきに堪へがたし。死者を思ふに　涙すら出でず

矢島清文。中国大陸にて南京・杭州などで旗手として戦う。

移駐して、陣地構築をへにけり。敵寄する頃と　心澄みつゝ

手榴弾の炸裂　わが後につゞくなり。嶺に向き突入す。たゞ突入す

高崎英雄。国内防衛に配置される。要塞にて少年兵を賞し、友の戦死をうたう。

声ごゑは、ひたに稚くひゞくなり。いそしむはすべて　少年砲兵

——池尻槐三の遺骨還る。海軍予備中尉なり。

南の島しづかなる海の色を　讃へて来しが、今し　むなしも

荒井憲太郎。友の戦死をうたう。

——海軍中尉飯塚豊、第二次そろもん海戦に死す。同級生なり。

いさぎよく死にゆく人の　つゞきつゝ　雲より出でゝ、声ある如し

池田弥三郎。中国大陸で戦う。

野営の夜半にめざめて、たのみあふ我が戦友の　寝顔をまもる

あけ近く　北斗のをざし変りたり。馬の鼻づらの　つらゝを折るも

原勝文。中国大陸の奥地で戦う。

今一度しみぐ〵見たり。戦友《とも》の面、蛆の動きも　気にならずけり

安西公他。再度の出征をする。

飛行兵　第一補充兵の通知あり。我また　兵の一人となるべし

加藤守雄。学徒壮行会にて、若い教師として出征する商工学校の教え子たちにうたう。

出陣の式場出でゝ、常の如　友とゐる生徒《こ》を見れば幼し

友とゐて　語れる声の幼さの　身に沁むものを　征《た》たしめむとす

こうして若者たちは大学を去った。南方へ、大陸へとそれぞれ散らばった。すでに海で死んだ者もいる。山で死んだ者もいる。ジャングルの野戦病院で高熱にうなされる者もいる。

故郷の見慣れた空や土、木や花の色も見うしない、ぞっとするほど暗い未知の洞窟で傷ついた身を横たえる「彼の人」は、彼らだ。

未来の妻も子どももぎ取られ、生きた証しをうばわれて無名で倒れ死んでゆくかもしれないのは、彼らだ。そしてじきに死ぬという晩年になって思いもかけず、薫育をゆたかに注ぎこんだ愛しい「子」らをうばわれ、学問の道を根絶やしにされる信夫だ。

昭和十八年の『死者の書』はまず、暗闇で傷つく彼らの声を大きく響かせた。

おれは、此世に、影も形も残さない草の葉になるのは、いやだ。どうあつても、不承知だ。

第二十三章　恋の灯を継ぐ

国電、大森駅。二つ出口がある。海浜に出る口と、住宅街に出る山王口。

海浜口の側は、戦前は景気のいい漁師の町で、遊ぶところが色々あった。茶屋へと急ぐ人力車などがさかんに走った。今はもちろん、そんな色気ただよう風情はみじんもない。

山王口は、しずかな住宅街へとつながる。早春二月なかばとはいえ、灯火管制で五時をまわれば、こころ細くなるほど暗く寒い。

すうっと一人の背広すがたの紳士が定期も見せず、帽子をあいさつ代わりにあたまから取って、改札をとおった。慣れている駅員はとがめもしない。かすかに会釈を返す。

駅前に小さな書店がある。いい本屋だった。主人が推理小説好きで、シャーロック・ホームズなど揃えがよかった。表のガラス戸には、ささくれた板が張られる。閉めてずいぶんになる。一家あげて、空襲がしきりになった東京から疎開したのだ。

その先に薬屋がある。ここはまだ営業するが、午後四時には店を閉めてしまう。それでも呼べば、中から出てきて売ってくれる。

紳士は薬屋の軒先で立ちどまった。そういえば、消毒用のリゾール液があるか聞きたかったのだが、まあ無いだろうな、とあきらめた。

そこからはしばらく、石畳のゆるい坂がつづく。紳士はぎごちなく重そうに足を上げ、時間をかけて坂を行く。栄養失調ぎみで足がだるいのである。くわえて腰がいたい。あるく、というより這う、という感じで進む。

すでに雨戸をかたく閉める家が多い。畑にまじって家が点在する淋しい風景を歩く。とちゅうの畑のはずれに、大森の海から漁師が網で引き揚げたという、お地蔵さんをまつる古いほこらがある。紳士はその前をとおる時も帽子を取り、あいさつすることを忘れない。

十分ほどあるくと、路地に入る。奥に個性的な二階建ての家がある。ふしぎな風格がただよう。石の門柱は立派である。しかし柱はなかばから折れそうに石が風化していて、それを左右からたよりない棒きれがささえる。

門柱の右側にめぐらされた建仁寺垣も、以前はしゃれた趣きがあったのだろう。ところどころ破れたのを、そのままにしてある。この家に住まうあるじは、見栄をかまわない人なのだなと推察される。その徹底した放置のしかたに威厳さえ漂う。

紳士は門から入らず、脇のこれも朽ちかけ外れかけた木戸を押し、この家の庭へ入ってゆく。飛び石づたいに、古い擦りガラス戸をはめた八畳ほどの居間がある。鍵もかけていない。靴をぬいで、そこへ上がる。庭にはほの白く梅が咲き匂う。

目にしてつぶやいた。

「えらいもんだな……」

ちょうど玄関の戸をあけて外の様子をうかがっていた向かいの家の主人が、そんな紳士のうしろ姿を目にしてつぶやいた。

このところ、空襲がしきりである。警報とサイレン、爆音が日常的になった。淡い藍色にもやう穏やかな春の日暮れであるが、いつまた敵機が空をやって来ることか。何の予防にもならないが、戸締まりの前に空をあおぐことが日課になっている。

小柄な妻女らしい人も出てきて、あるじに寄りそい、暮れゆく空を不安そうに見やった。また今夜も起こされるのかしらん、とささやく。もう薄く三日月が浮かぶ。

「お月さんはのん気ねえ、地上では人間が戦っているのに。羽があったら、どんなにいいでしょう。空に飛んでいって、お月さんや星の仲間になりたいわ」

三十三歳にもなって、子どものようなことを言う妻である。しかし本当だな、と六つ年上のあるじも思う。人間の争いとは無関係に、月も星も梅の花もうつくしい。つまり人間が一番ばかなんだな、とあるじは今さら妙に納得した。

あるじの仕事は、詩人である。岩佐東一郎という。詩など、戦争の世の中では無用である。しかもフランスにあこがれて詩を始めた。堀口大学に師事し、モダン詩を書く。

国家と戦争を称揚することばなんて書けない。身体のなかのどこを探しても、そんなことばは湧いてこない。

もともと詩一本では食えないから、花と小鳥と平和を愛する童謡の歌詞をつくって暮らしを立てていた。そんな注文もめっきり絶えた。どうにか歯を食いしばり、とうぶん乗りきるしかない。影をひそめて肩身せまく暮らしている。

「えらいもんだな、折口さんは……」

夫のつぶやきを聞いて、妻もこっくりうなずいた。

「もうすぐお弟子さんがいらっしゃるわね、来る方もえらいわ、バスも電車もいつどこで止まるかしれないのに。野宿かくごですよ」

仲のいい詩人夫婦はそろって、向かいの二階建てに孤独に住まう老学者を尊敬している。詩人より、学者さんは度胸がいいわ、と妻はときおり夫をからかう。岩佐は苦笑いするしかない。

「わたしもいつか、お向かいの先生に源氏物語を教えていただきたいわ。おばあさまがお好きだったので、形見のご本をいただいてあるの。難しいわ、ひとりじゃ読めないわ」

「お向かいは男ばかり、女人禁制だぜ。折口先生は有名な女ぎらいだってさ。お前さんなんか、門前払いだ」

いつまでも女学生の感じを残す妻を、夫がからかう。

「あら、源氏物語はむかしから女が書いて、女が読むものよ。それにこの戦争が終わってごらんなさい、若い女がどんどん大学に入るから。女はお断り、なんて言っていられないことよ」

ぷうと小鼻をふくらませて主張する妻のようすを、またからかおうかと思ったが、やめた。こういう若々しさがなければ、とうてい俺のような貧乏詩人についてはこれなかったろう。その純情愛すべし、だ。

それに妻の予言は的中するかもしれない。もし、もし日本が負けても国が残れば——若い男の多くが死んだ。国の未来は、おおいに若い女がささえざるをえまい。大学にも女が多く進むだろう。そう、今このときも多くの若者が戦い、異郷で死んでいる。なのに俺は妻とこうしている、申し訳ない……。岩佐は空を見上げた。星はまだ見えない。あたたかく柔らかな妻の背中にぶこつな手をまわし、家の中へ入った。

向かいの家では例の木戸を押し、一人また一人と客が居間のガラス戸をあけ、ひっそりと入ってゆく。居間を出たとっつきに狭い階段がある。皆が踏むので木の板の真中がへこみ、きしむ。そこを上がり、二階へ行く。

裸電球を黒い紙がおおう。光がぶきみに洩れる。その光の下に、折口先生はもう『湖月抄』の本をひらいて座っておられる。七時。今夜は五人あつまった。

「そろそろよろしいか」

先生が五人の顔をながめる。一同、深く礼をする。

「順やぶりやけど、今日は梅が咲きはじめたから、胡蝶の巻を読みましょか」

めずらしい。関屋の巻からはじめて来たのだけれど、今宵は待ちきれないように、玉鬘の物語をお開きになる。

そもそも源氏は長すぎるんやね、先を急ぎたくなるんやね、とくにぼくのような年いった者は、とちょっと言い訳めいたことをおっしゃりながら、まず原文を低く朗読される。

「いとさばかりにはみたてまつらぬ御心ばへを、いとこよなくもにくみ給ふべかめるかなと、なげき給ひて、ゆめ気色なくをとていで給ひぬ」

春も花ざかり。光源氏の六条院は華やかに頂点をきわめる。むかし愛した夕顔のかたみの子、うつくしい玉鬘の姫君をおのが養女格として引きとった源氏は、娘のような恋人のような微妙な存在の玉鬘に魅せられる。

今宵、折口先生のえらばれたのは最も妖しいくだり。玉鬘の部屋にごきげん伺いに来た光源氏が、ぁっと思う間もなくかさばる上衣を脱ぎすて、身軽になってするりと玉鬘の身近くに迫る。

といって若い娘の驚きを押し伏せ、姫を犯すまでの決意はない。他の男とくらべれば、まるでバカのように貴方を尊重して深い心を尽くすのに、これで私をお嫌いになるなどは情けないこと、とつぶやいて一旦はしりぞく。

玉鬘のかすかな批難を察して光源氏はふたたび父親めいた顔にもどり、こんなことくらいで「そんな様子をあらわさないでいらっしゃい」、それが女のたしなみですよ、と玉鬘に言い聞かせ、何くわぬ顔で部屋を出てゆく。

折口先生はこの場面を口で訳されたあと、光源氏のずるさと、そんなずるさを彼にあたえた作者を批判してこうおっしゃった。

「こういう恋は許せても、口固めをうるさくいうのは許せない。作者の精神が低いことがわかる。作者の精神がも少し高ければ、こういうところも美しく書かれるはずだ」（全集ノート編第十四巻・源氏物語口訳「胡蝶」より）

先生は、源氏物語の作者を紫式部ひとりとは考えておられない。この長大な物語の核をなす女物語、すなわち紫の上の物語は紫式部がおもに書いたのだろうが、それにしてもその周辺の女房もかかわる。そして紫の上の物語に引っかかり絡みつく男物語——光源氏の物語にはもちろん、隠者や僧がかかわる。偉大なひとりの作家が、すばらしい恋の長篇小説を一気に書いた、などと思うのは我々現代人の幻想だとしばしば言われる。

だから時々、物語の足を引っぱる程度の低い作者を批判されるのだ。それに先生は、ご自分もある意味で源氏物語の作者の一端をになうと自負しておられる節がある。

むかしから源氏物語を必死で書き写して読んだ読者は、作者でもある。書き写すうちに、自身も物語に深くかかわり、新たな物語をつくり始める。かくて源氏物語は長く大きくなった。

そこは源氏物語の不幸だった、と先生はため息をつかれる。長すぎて、全て読みとおす読者をしだいに失った。名ばかり知られて、じっさいに読まれない古典になってしまった。これはもったいない。これでは化石だ。

ぼくの先生の三矢重松博士は、これを嘆いておられた。日本人は源氏物語というかがやく宝をもちながら、その価値を実感しないと悔しがっておられた。ぼくはね、三矢先生の遺志を継いで源氏物語を若い人と読むことを始めたのだから、それだからね……。

「源氏物語のいいところを選び、これを縮小して昭和の今もこれからも、日本だけでなく世界で読まれる恋の物語にしたいと思う」

「だいたい巻が多すぎるんやね、持ち運びができない。一冊かせいぜい二冊の文庫にしてね、勤め人や学生が便所でも電車のなかでも読めるようにしたい」

これがかねてからの先生の持説である。便所でも、とおっしゃるのには学生はびっくりする。しかし先生に親しい者は、先生は痔で便所にこもる時間が長く、あいだに本を読まれるのを習慣にするのを知っているので妙にうなずく。

この言でもわかる。源氏物語のいのちは恋。しかし先生は決して源氏を、優美な貴族的な恋の物語に祭り上げようとはしておられない。電車でも便所でもみんながモリモリたくましく源氏を読む風景――いいなあ。

そして恋にきびしく純を求められるのも、先生の一貫した読みだ。源氏物語は、古代の神の恋する魂の烈しさを受け継ぐ最高の物語。

運命にさからい儒教仏教の道徳に押し伏せられず、燃える魂もあかあかと人を恋うて死ぬなら死ぬるこそ、日本人の本懐、「やまとだましひ」の極致であろう。光源氏とは、われわれの恋の夢を高らかに清らかに歌う華なのだ。

ゆえに噂の立つのを恐れ、玉鬘に説教くさい顔で口止めするなどありえない。恋の王者の光源氏は巨人である。天皇の妃との道ならぬ恋にさえ突き進む。

それが玉鬘、いわば九州から出て来た小むすめとの仲を女房たちにささやかれるくらいが何ぞ。毛ほども応えまい。こせこせした作者が光源氏を小さくした、と先生は批評される。

ときに読者として、源氏物語の作者をさえ圧する。だから思うのだ、たとえば折口先生が春爛漫のなかに不穏のただよう父と娘の妖しい恋――胡蝶の巻を書くのだったらどう書くか。

何しろ先生は冷泉帝についても、「実は源氏の隠し子で、源氏が藤壺に生ませた方だ」（全集ノート編第十五巻・源氏物語口訳「行幸」より）なんてサラリとおっしゃる。ここは学者も作家も口をつぐみ、みな避ける箇所。源氏物語はこの皇統の乱倫を主題としてはらむから、大学なんかで公に読むことは嫌われてきた。

不倫、乱倫。世間が罪や汚れと指さすそれを、先生は平気だ。道ならぬ恋こそ恋の花道、と明らかに思っておられる。

先生が嫌われるのは、だらしなく恋すること。恋に楽しみのみ求めること。破滅を恐れ、小ずるくふるまうこと。恋をもて遊ぶそんな者に、先生はぴしりと鞭を当てる。

恋はいのちがけ。恋は魂の力の具現。生まれたからには魂合う人を、根かぎり探して抱きあうこそが人生。先生の考えはゆるがない。戦う世にもゆるがない。だから空襲が東京を焼き払う今も、われわれは先生にしたがい源氏物語を読みつづける。

時計の針が七時半をすぎたとき、警報のサイレンが鳴った。若い千勝重次がすぐ立ち上がり、電灯をさらによく黒紙でおおう。この家にも形ばかり、防空壕はある。町内会がうるさいので、弟子たちが庭につくった。

しかし先生は入られない。サイレンや大砲の豪音が嫌いだから、すわって口を結んで耐えておられる。この源氏物語の講読会がはじまったころは、サイレンが鳴ると困ったように、わたしは入らないけど、あんたたちはお入りと言われた。

むろん先生を置いては入らない。ときに砲音が止まず、ガラス窓が赤く染まり、有楽町や築地などの繁華の地が焼けるのが察せられることもあった。からだの芯がふるえた。

とともに先生の家でみなと一緒に源氏物語を手に死ぬのなら、それはそれで幸せな死に方だと納得した。多くの先輩が、とおく故郷をはなれて孤島やジャングルで倒れているのだ。くらべれば、申し訳ない。

サイレンだけだった。警報は止んだ。いちいちこんなことで驚かない日本人になっている。

「またのあした御文とくあり、なやましがりてふし給へれど、人々御すゞりなど参りて、御かへりとくと聞ゆれば、しぶ〳〵にみ給ふ」

しずかに先生はふたたび先の原文を読みなさる。先生の声はふしぎだ。おごそかな男の声にもなれば、年ふりた女房の声にもなる。と思えば、ちゃらちゃらと軽薄で品のない浮わついた声も出しなさる。やっと原文にもどったところで、またサイレンだ。立ち上がり、電灯を暗くする。でもあれだ、こんな暗さの中でむかしの人は源氏物語を書き写し、あるいは集まって誰かが声を出し、読んできたのにちがいない。

いつもの例で、七時からはじまる講読会は九時には終わる。先生手ずからのお茶と、お菓子のあるときはお菓子をいただいたあと、ぞろぞろと階段を降りる弟子たちを先生は、庭の木戸まで送ってくださる。

「あんたたち、途中でどうもならなくなったら、ここへ戻って来や。ぼくは夜おそうまで起きとるし、鍵はかけんとおくよって勝手に上がりよし」

毎回かならず、そう声をかけてくださる。

「ノムさん、きっと遠慮しなや」

小児麻痺で足をかすかに引きずる学生、野村修一をとくに気づかわれる。恥ずかしいが自分も一度、帰り道に電車が止まり、往生して先生のお宅に引き返して泊めていただいたことがある。

宵っ張りの先生ももう二階で寝ていられるようすだったので、いたしかたなく一階の畳で泥棒のようにごろ寝した。朝になっても眠りこけていて、先生の笑い声で起きた。

そのときはまだ、先生がかわいがっていた加藤守雄がここで先生の世話を見ていて、加藤さんが炊いてくれた温かい白いご飯を腹いっぱいいただいた。そのうえに、よく帰ってきたごほうびや、と先生が能登から送られてきた魚の干物をみやげに下さった。

こんなことも、食糧事情のわるい今は、じつの肉親さえなかなかできないことだ。いつも変わらない先生の愛情を感ずる。干からびた世の中に、まだ情けのうるおいのあるのを感謝する。先生がほんものの学者であるのは、第一にこういう点だ。

振り返ると、まだ先生は庭の木戸口に立って、五人を見送ってくださっている。いま一度あたまを下げた。

先生のうしろには梅の木がこずえを広げ、夢のように白い花を薫らせている。春洋さんは硫黄島で戦う。春洋さんがあとを託した加藤さんは、去年の夏にとつぜん出奔した。事情は知らない。何でも故郷の名古屋に帰ったそうだ。

人のいい先輩の米津千之さんなどがときおり、先生の用を足すため泊まりこむが、いつも弟子たちの若々しさに囲まれていた先生は今、ひとりだ。硫黄島もそろそろ危ない、米軍の上陸が懸念されると聞く。

色にはお出しにならないが、深く耐えておられる。肩も胸のあたりもずいぶん細られた。五人が見えなくなったあとも、しばらく庭に立っておられるのだろう姿を思うと、悲しい。サイレンが鳴ろうと、焼夷弾や爆弾が降ろうと、来週もきっと来ようと思う。これが戦場に呼ばれない、ふがいない自分なりの戦いだ。

昭和二十(一九四五)年二月。戦況は庶民の目にさえ、ただならぬ段階となった。何といっても空襲がしきりで、列島中が戦場と化したことが大きい。

永井荷風に、戦下も欠かさずつけた貴重な日録『断腸亭日乗』がある。それによると、前年十九年秋より敗色がはなはだしくなった。

十九年十月八日の日録には、自宅近くの麻布の崖のあたりで「破れしズロース」しか着ない裸どうぜんの子どもたちが、他家の庭にしのびこみ、椎の実を拾って食べるのを目撃して愕然としたことが記される。

同年年末には、空襲が一日数回ある日々が書かれる。おおみそかも正月もあったものではない。荷風は軍部の愚に憤然とし、人々の影が消え、電気も交通網もしだいに機能しなくなってゆく首都の暗く荒れた表情を冷徹にこう記す。

日早く晡《ほ》なれども街上行人少く電車甚しく雑とうせず、満都荒廃の状あはれむべし。

(昭和十九年十二月二十九日の記述)

信夫とおなじく疎開を拒んで荷風が住んでいた麻布のちいさな洋館は、三月九日夜半の東京大空襲で焼けた。荷風はしばらく町の燃えるのを見とどけてから、退避した。

東京はすでに百回をこえる空襲を受けてきた。目の前に焼夷弾がころがり落ちるのにも、人々はしだいに慣れた。元気のいい子どもなどは、家の屋根に登って空の飛行機の戦いを見物し、日本軍が勝てば、やんやと叫んだ。

みずから疎開する人もいれば、やむなく建物撤去の法令により、東京を去る人もいる。人が去ってゆく東京で、焼け野原のひろがる光景のなかで、信夫は自宅で源氏物語と芭蕉の俳諧の講義をおこなった。すでに大学での授業は不可能になっていた。大学へはもっぱら、消火活動のために通う。さまざまなことに遠慮して、信夫は講読会を「源氏木隠会」と名づけ、月に三回の木曜日の夜、いかに疲れていても休まなかった。

会に出席していた弟子の千勝重次は、「つぎつぎに焼かれてゆく東京の一隅で、最後まで万葉集の講義をつづけた人のあることは、聞くこともあったが」(「源氏木隠会のことなど」)、源氏物語を戦中に講じたのは折口先生だけだろう、と回想している。

信夫は、万葉集は守らなくても大丈夫と感じていた。万葉の防人の歌が戦いの時代におおいに称揚されている。出征する若者たちはまさに現代の防人だ、と思われている。

しかし恋の源氏物語は、守らねばならぬ。この戦いの世をこらえさせ、次の世代に渡さねばならぬ、もちろん第一にまず春洋に。伊勢と源氏の恋の文学を、国文学者にして歌びとの春洋に手渡さねばならぬ。

千年のいのちを生きてきた源氏物語。看板は大きいが、読まれない化石に堕落しやすいもろさがある。恋、が剣呑だ。戦いと餓えの時代には、まっさきに捨てられる。肉欲を卑しむ儒教と仏教にも憎まれてきた。それに女がおもに書いたものだ。これも危うい要素だ。

男は万葉集、女は源氏物語。――そんな差別的な棲み分けが、軍国主義を柱とする近代にできた。源氏物語の講読は、女を師として歌の塾でおこなわれるのが普通だった。樋口一葉は、良家の女性のつどう萩の舎塾で歌と源氏物語を学び、自身も源氏を女性たちに教えた。新詩社では、与謝野鉄幹が万葉集を教え、晶子が源氏物語を教えた。

やはり男は、ますらをぶりの万葉集。女は、たわやめぶりの源氏物語。その区分におおいに不服をとなえ、先駆的に大学で男子学生に源氏物語を講じたのが、三矢重松教授である。かねて女の源氏と見下される風潮を批判していた教授に、「江戸の学者のした和学講義」のスタイルで源氏物語の講読をしてはいかがかと勧めたのが、信夫である。

信夫のアイデアをいれ、三矢教授はただちに〈源氏物語全講会〉をひらいた。翌々年大正十二年夏に教授は急逝し、信夫が恩師のかたみとしてこれを受け継いだ。

場所は国学院大学からとちゅうで慶應義塾大学へと移ったが、太平洋戦争を挟んでついに死の直前までほぼ三十年間、信夫は弟子や一般につのった人たちと源氏物語を読みつづけた。戦後はその輪に、女性もさかんに加わった。

万葉集と源氏物語。わたしは妙ちきりんな両刀づかいで来ました、と人には語る信夫であったが、信夫の古代研究において源氏物語は、万葉集や古事記と密につながっている。

あきらかに光源氏は古代の神の末裔で、ゆえに須磨の海辺をさまよう。恋の罪で流されて苦しむ。スサノヲやヤマトタケルの流浪の旅にひとしい。主人公のさすらいは、むかしから神の物語に不可欠の約束だ。——貴種流離譚である。

とはいえ大きな論文がないために、世間的には今や忘れられた、折口信夫の源氏物語にかかわる学的功績をあらためて述べておくなら、こういうことになろうか。

まず、源氏を骨太の男の物語として、大学で男の輪の中で源氏物語を読んだ。三矢教授のこころみとともに、これは近代日本において画期的なことである。

源氏は女のもの、と軽く見て囲いこむ風潮に異をとなえた。旧派とのつばぜり合いもあった。たとえば昭和のはじめに紫式部学会が創立された。その重鎮の栗山津禰女史は、創立のきっかけとなったのが、信夫の源氏全講会への対抗意識であったことを回想している（『拓きゆく道　紫式部学会と私』大空社）。

昭和五年、文検試験に源氏物語が出題されることが決定し、女子の受験生対象に東洋大学に源氏の講義が導入された。

しかし受験生はみな、慶應義塾大学の土曜の午後に催される信夫の全講会へ聴講に行ってしまった。これに憤慨し、島津久基を招いてわざと同じ日にぶつけ、東洋大学で一般にもひらかれた源氏物語講座を設けたのが、紫式部学会の一つのはじまりの芽だったという。

そのさい島津久基は、「源氏物語であるから、聴講生は女子であること」を厳密な約束とした。栗山女史にしても、学問の正道としてのおのが漢文の教養を誇りとし、なぜ「世の中の女子」はそろって源氏物語に心酔するのか、とやや軽蔑する節を見せる。

昭和に入っても、源氏物語を女の読みものとして軽くみる風潮は変わらなかった。三矢教授と信夫の師弟は一貫し、この偏見と戦ったわけである。

源氏は優美でなよやかなばかりの愛の物語ではない。古代の神と王の愛の叙事詩の記憶をやどす。大きな魂を秘めるますらをが烈しく愛し、ときに愛悶きわまり人を滅ぼす情念をさえ燃やす、最高にして最強の愛執の物語なのだと説いた。

信夫はとりわけ、読まれない源氏を読まれる古典にしようと心をくだいた。それには適度の長さに刈り込まなくては、面白くなくては、イキがよくなくては、愛されない。

すでに万葉集をすべて口訳した手ごたえもある。信夫がまず声で朗読して訳す講読会は、とにかく解りやすく、ことばに勢いがあり、ただならぬ臨場感があったという。

信夫はかねて、平安時代末の説教の名手の僧侶、澄憲《ちょうけん》に注目していた。澄憲は源氏物語を仏道の説教にさかんに用い、その艶やかな声と光源氏を連想させる美貌で、「人を感服させて女房たちを悩殺」していたと感心する（大正十五年の講演筆記「後期王朝文学史」より）。

わくわくして華やかで、聞き手を悩殺しなければ、だめだ。じぶんの源氏全講会もおおいに澄憲の源氏説法の魅力に見習わなければ、くらいに信夫は意気込んでいたのにちがいない。

いきなり歌舞伎のセリフも飛び出した。折口源氏では、光源氏や天皇・院がじぶんを「おれ」と言う。光源氏が朱雀院を「兄さん」などと平らに呼ぶ。

「おっかさん」「おかみさん」「ハイカラハイカラした」「好色好色した」「お姫さん」などと、信夫の口訳は造語や時代にとらわれない多彩なことばで洒脱にかろやかに進む。

どうも訳していると江戸の芝居ことばをはじめ、室町や古代のことばが自然に出てくる、と信夫も自身でかえりみている。明治・大正・昭和のことばが貧弱なので、どうしても江戸などのゆたかな語彙を拝借してしまうのだろう、と分析する。

信夫の口訳自体がまさに、時代区分にとらわれず生きたエネルギーとしてのことばを闊達につかう、〈古代研究〉そのものなのだ。


「折口先生、その御すがたでは……」

朝早く大学へ行く信夫と道でいっしょになった詩人の岩佐は、言うか言うまいか少し悩み、やはり口に出した。

「途中、やっかいな人にとっつかまりませんかしら」

そう言われて信夫は一瞬なんのことかと隣の岩佐を見返したが、彼がまとう国民服に気がつき、ああ、と微笑した。

「お若い貴方とちがって、背広だからってこんな老人をとがめやしません」

爆弾が降り、焼夷弾がそこらを転がる戦争末期になっても、信夫は背広をきて中折れ帽子をかむり、豚革のかばんを持つ市井の紳士のスタイルで、大学へかよう。

殺気だった人の目にどう映ろうか。非国民と怒鳴られるだけならまだいい、頬を張られたりしないだろうかと、この老学者が大好きな岩佐は冷や冷やしてしまう。

「大丈夫かなあ、大丈夫かなあ」とつぶやきながら、せめて一緒にあるく道のあいだは折口先生を守ろうと、背の高い身を信夫にぴったり近づける。

その心を知ってか知らずか、信夫は淡々とかまえている。岩佐にさもない世間話をする。

「駅前の錦書店さんがなくなってから、とんと帰り道の楽しみが無くなりました。ホームズだの銭形平次だの買えませんもの。なに、貴方もホームズがお好き。そりゃ頼もしい。うちにいた加藤守雄も目がなくて。ただ彼の悪い癖は、先に読んで結末をつい言っちまうんだなあ。ありゃあ、けしからん」

駅前に来ると、さすがに人が少なくなく、やはり中には信夫の背広スタイルに険しい目をあてる者もいる。信夫は落ち着き払っている。何か言われたら、ぞんぶんに言い返すことばのイメージは胸いっぱいに用意してある。もっとも、そんなバカにわざわざ言い返すことなど実際にはしないが。

大嫌いだ。自警団も、町内会も、ふだんは腰の低い人間が有事のときに急にいばり出し、まるで国家の代表のごとく、他人を道徳的に指導しようとする冥加知らずの者どもが。

知性がない。真の教養がない。庶民のいいところは、平たくて軽くて楽しい人生を知ることだ。人様のあれこれに口出ししないわきまえを持つことだ。それをじぶんで台なしにして、どうする。

去年の花見でも、いやな目を見た。ここ数年、春になると吉野の桜が恋しくて家にいてもそわそわする。まさに、しず心なし。その年は実家が焼けてしょんぼりする双子の弟たちを連れ出して、吉野の山桜の下を逍遥したのだ。

すると呆れたことに、そこらの宿屋や茶屋の主人が道に出張ってえらそうに、花見の人々の脚絆《きやはん》の巻きがだらしないとか、きものが派手だとか注意する。あほう、と怒鳴りたいのを何とかこらえた。

皆、この国のゆくえに悲壮な予感をいだき、やりくりして見納めに吉野へ来ている。この世の美しいものを目にし、死のうとしている。あるいは桜を愛した亡き親しい人をしのんでいる。

それを――花の客を花の下でとがめるとは、しかも吉野びとが。花のこころを知らないで、国を思うことができようか。花を恋うこころも人を恋うこころも忘れちまった日本なら、いっそさっぱり亡《ほろ》んじまえ……！

同じことである。東京に紳士がいなくなったら、それはもう国の亡ぶときだ、じたばたするな。そう叫ぶ気概が信夫のからだに満ちている。めったに声をかけられない雰囲気がある。

これは大丈夫だな、と岩佐はかえって自身の心配が恥ずかしくなった。ある編集者との打ち合わせがあり、信夫とは品川で別れた。その編集者はもう、負けたあとの出版を見すえている。子どものための栄養ある楽しい児童雑誌を出そうともくろんでいる。

信夫は、渋谷の丘の国学院大学に着いた。谷にかこまれ、樹木も多い。そのおかげで下の街を焼く炎から守られてきた。今日もつつがなくあるように――学生の大半が消えて、がらんと建つ校舎を仰ぐ。

「今日の宿直は、折口先生だ」

順番で母校の校舎の消火にあたる数人の学生たちは、たがいにささやいた。信夫は国学院大学で、そう絶大な人気がある教授ではない。好く学生もいれば、ぶきみな妖魔のごとしと嫌う学生もいる。とくに硬派の学生からは、戦意に問題ある教員の一人として睨まれてきた。

ところが、ここ最近になってある種の学生に妙にもてる、信頼される。からだが弱かったり、どこかに障害があって、学徒出陣に声をかけられず学校に残る学生たちだ。

妻子ある大人であればこそ、赤紙の届くのを秘かに恐れる。徴兵検査の前に醬油を一びん呑んでわざと、病気になる男もいる。みずから足指の骨を折る男もいる。

しかし大学生はちがう。友がどんどん出陣してゆく。遅れをとりたくないと気がはやる。皆が死ぬのに、おのれだけ生きては申し訳ないと思いつめる。

恋人がいる学生など稀少だ。みんな、まだ親のふところ子で守られこそすれ、守る者はいない。そうした若い恵まれた人間とくゆうの純粋にみちる。早く、早く戦いにゆきたいと切望する。

だから置き去りにされた学生はつらい。みじめにうつむく。出征せずにすんだと安堵する者はいない。友は戦って死ぬ。自分はのうのうと残る。いかにしてこの罪をあがなうか、と別の苦界を生きている。

こころなしか、教授たちの目も冷ややかな気がする。君たちはやまとごころを知るか、と非難される気がする。せめて消火活動に精を出すが、生ぬるいとささやく声が聞こえる。ひがみ心か。

はじめ折口教授はひどく頼りなげだった。バケツリレーの方法など、逆に生徒に尋ねてくる。かっこうも珍妙だ。背広をぬいだ白シャツに配布された防火服をおっかぶり、ズボンをたくし上げてゲートルを無理に巻く。そのかぶり方、巻き方がいともだらしない。

一見やる気が見えない。他の勇ましい教授がするハチマキなぞもしていない。先祖伝来の鉄かぶとまでかぶってくる教員にくらべると、この非常時に学者ぶって甘えていると、いじの悪い蔭口をきく職員もいた。

しだいに明らかになった。折口教授は消火活動をおろそかに考えてなどいない。変な身支度は、世話する奥さんがいないためだ。そのうえ教授は絶望的にぶきようだ。

ひもを結ぶ、バケツを運ぶ、布を巻く、水を汲む。こうしたことが天性へたくそだ。生まれて初めて靴ひもを結ぶのか、というほど手とか指の動きが幼い。よくいえば、幼稚園児のそれのように初々しい。しかしある夜、教授が恐ろしいほど勇猛な人間であることが発覚した。その日は焼夷弾の落下が多かった。死に物狂いで鎮火した。ある一弾が見過ごされた。足のわるい野村修一が駆け寄ったが、遅かった。

すさまじい火が噴いた。四方に炎が飛び散った。野村の服に火がついた。彼は叫びもしなかった。ぼうぜんと胸のあたりの焼けるのを見ていた。近くにいた折口教授が両手をあげて野村にからだごと、ぶつかった。彼もろとも抱き合って、ごろごろと校庭の芝草のうえを転がった。

ようやく我に返ったそばの数人の学生が、バケツを運んできて思いきり、水を二人のからだにぶちまけた。まず信夫が下敷きになった野村から、身を引きはがして立った。頰を煤だらけにした野村もよろよろ立ち上がり、茫然自失のまま周りのみんなに「すみませんでした」とあたまを下げた。

折口教授からも野村からも焦げた匂いがした。教授はすぐ、野村の形ばかりの粗末な防火服のボタンをはずし、胸をひろげた。けっこう広範囲に肌が赤く焼けふくらんでいる。

「ここ、水で冷やしたって。じゃぶじゃぶ、かけよし。十分。十分水かけつづけたって」

するどい声で指示する。ようく水かけるが、まずいっちゃ。油なと、あるとええんやけど、とつぶやく。「ああ、近沢さん、たたき起こそ。それがええ」。

結局その場でじゅうぶん冷やしたあと、教授は先輩の学生一人に付き添わせて、丘をおりた金王八幡宮のそばに開業する近沢医院に野村を連れてゆかせた。

この近沢ドクターは国学院の学生が大好きでたまらない鉄火肌の老人で、国学院が焼けないうちは自分も渋谷にとどまると宣言している。

学生どうしのケンカでけが人が出たときも、近山医院へかつぎ込むのが、学内のひそかな伝統だ。よく運ばれるケンカ好きの学生には、わざと博徒のように日本酒をぶっかけて消毒し、若者の度肝をぬく。深夜にもかかわらず、近沢医師は瞬時に白衣をきて診察室に現われた。非常時ゆえ、つねに白衣をまとい、薬箱を枕元において寝るらしい。こうした状況にしおれて暗くなる人間もいれば、血が騒ぎ、かえって元気になる人間もいる。あきらかに近沢医師は後者らしい。

機敏な折口教授の判断で、幸い野村の火傷はことなきをえた。このときから、教授へのみんなの目が変わった。僕もはっきり覚えている。あれは死がいやおうなく目の前に、避けられない巨大な壁のように立ちはだかった瞬間だった。

その壁に、折口教授は自分から飛びかかっていった。一瞬、あざやかに教授の顔が見えた。なにか不思議なまだら色をしていた。無心な人間はああいう表情をするのだ、と思った。迫る絶望の壁に屈しない人間を、初めて見た。

多くの首都の大学が空襲で焼けたが、渋谷の丘の国学院大学は焼けなかった。庭の木々は焦げ、コンクリートの壁に無数の亀裂がはしり、ガラス窓のほとんどは爆風で破れ、吹っ飛んだ。

しかしともかく校舎はむかしながらに建っていた。昭和二十（一九四五）年八月十五日に戦争に敗けた。その秋からしだいに、戦地に行った学生がまばらに還ってきた。

ある者は宮古島から、ある者はニューギニアから、ある者は中国大陸から。もちろん還らない学生も多い。還りついた学生は、一面の焼野のただ中に国学院大学がぽつんと建つのを見て、驚きでぼうっと見つづけた。感激で泣いた。

大学の建物がある。それは若者が還るのを待つ家だ。信夫はそう考えていた。それに国学院大学は神道を柱とする学校だから、国が敗ければ存立があやうい。建物がなければ、再起はむずかしかろう、と思っていた。

あんたたちがようやってくれた、と信夫は大学に残って消火に奮闘した学生の肩を何度もたたき、撫でた。「母校が生きて、還ってきた子たち迎えられるのも、あんたたちの頑張りのおかげや」。

僕たちは泣いた。涙なんて贅沢なもん、ずっと忘れていた。折口教授はえらい、えらい、と僕たちに言いつづけた。褒められて泣くなんか、男子かと思ったが泣けてたまらなかった。「これで生き残ったもん、学問つづけられる」と教授はげっそり痩せた口元をきゅっと引き結んでおっしゃった。

その年の十二月、早くも国学院大学では折口教授による五日間の源氏物語講座がひらかれた。本校はずっと平和と文化の拠点だったのだと世間に示す、学校側のアピールもあったと思う。

何でもいい、僕らは廃墟のような学校が息を吹き返したのがうれしかった。ふたたび学べるのが信じられなかった。僕は法科だが、折口先生にねがって聴講させていただいた。

愛の物語だ、と先生はしきりに説かれた。光源氏は古代の王の系譜を継ぎ、やまとだましひとしての〈いろごのみ〉の道を生きる。しかし時代はすでに仏教の世である。

愛欲は極楽往生のさまたげとされる。光源氏もときに自ら反省する。とくに晩年は、そのかみ父帝の愛する妻をぬすんだ罪の因果で、こんどは自身が正妻を若者に寝とられる。かつての王者は傷つき、のたうち悩む。しかし決して自滅しない。傷からよみがえり、さらに純白の雄々しい翼をえて天空を飛ぶ。——源氏物語は、日本人のこころを長らく照らし、導いてきた愛と反省の書だ、とおっしゃる。

折口先生は敗戦を、キリストの愛の宗教に敗けた、と感じておられる。光源氏のなかに、イエス・キリストに対抗する古い日本の愛の神のおもかげを手探りしておられるのかな、と思った。まあ僕は文学音痴の男だから、素人の感想だけれど。

この講義にはじまり、折口教授は母校に帰還した学生のための、さまざまな文化企画の催しの先陣に立った。神聖な大講堂を遊びにつかうのか、という古風なうるさ型の教員の声もあがったが、無視した。人の死を見てきた若者。となりで死ぬ友の顔を見た若者。よぎなく人を殺した若者。還ってきた学生の目はいちように暗かった。険しく口を閉じ、何も語らなかった。

栄養失調で足を引きずり、肌もぼろぼろだ。大人たちが起こした戦争に行かされ、大人たちの知らない地獄を見てしまったのだ。世の中の全てがちゃんちゃらおかしく、嘘でうすっぺらに見えているのだ。お説教なんぞ聞きたくもあるまい。君たちは、青春をわれわれ年寄りにもぎ取られたも同然だ。ふがいない大人を見るもいやだろう。喜びを、生きる楽しみを——一生を遊び暮らしてきた私にできるのは、遊ぶ楽しさを君たちに思い出させることだけだ。

それができたら、死に甲斐があるというものだ。信夫は、やるだけやって死ぬまでだ、と思いを決めていた。ぼろけた講堂を、この教員ほど活用した人はあるまい。

みずから新作戯曲をつくって、有志の学生に演じさせた。一流の舞踊家を呼び、学生に踊りを習わせた。学生のアイデアを入れ、文楽人形芝居を挙行した。

女子部の学生に晴れ着を持ちよってもらい、「若き日は　いとも貴し」「若き日に復や還らむ」「恋をせば　倭の恋」「美しき　日の本の恋」という、あでやかな詩語をちりばめた自作の詩を高らかに歌わせた。

さして難しいことではない。恋する魂の伝統さえ残り、ふたたび若者の胸に恋の情熱が泉のように噴き出せば、だいじょうぶ国は亡びない、という確信が信夫にはあった。

恋は世界をよみがえらせる奇跡の泉。水が流れれば、荒れ地にみどりが萌え、花が咲く。そのためには乙女たちよ、どうか敗けてやつれず、荒れずひがまず、精いっぱい美しく装っておくれ。乙女の澄んだ茶水晶の瞳に吸いこまれたとき、若者の前歯がしろく輝くだろう。生きる歓喜を思い出すだろう。

詩「日本の恋」「やまと恋」で信夫はそう歌った。美しいものに魅せられてこそ湧く生命力をうったえた。日本人が食べるのに目の色を変えていた戦争直後に、まず恋する青春美を声高く讃え、求めたのは折口信夫だけだろう。

信夫は昭和二十一年におこなわれた国学院大学の大学祭りのために、「国大音頭」も作詞した。若者には、お祭りがぜひ必要だ。可哀想に彼らが戦争に行った年代に、自分は何をしていたか。お祭りをしていた。青春という二度とないお祭りに酔っていたのだ。遅まきながら、彼らにもお祭りの歌が要る。

どこもかしこも灰だらけ

廃墟の中にくつきりと
立つた姿に泣けてくる
ああ国学は亡びず
　サノエ〳〵サノエツササ
（中略）
鬼ととりくむ土佐坊も
金王丸でひと盛り
あだに過すな若い日を
遊ぶ遊びは底ぬけに
　サノエ〳〵サノエツササ

（「国大音頭」全集二十七巻所収）

これでお神輿があればなあ、と学生に残念そうにつぶやいた。今から張りぼてでもよろしから、つくったらどうやろか、と真剣に考えこんでいた。

すこし後にこの歌をつくったことについて国学院新聞の取材にこたえ、信夫はこう述べている。

戦争以来若い者、殊に学生がすべての喜びを失い、それが一番私には悲しいことでありました。若い人たちは安心して、（中略）喜ぶ時には腹を打って笑い、勉強する時には刻苦して勉強して貰いたいと思います。

（「国大音頭のこと」談話筆記、昭和二十三年）

信夫の奮闘がじっさい、どれほどの効力をなしたかは解らない。ある意味、戦場へ行った学生は、信夫よりずっと老成していただろう。お祭りをよろこぶ子どもではなくなっていたはずだ。しかし戦後すぐに第一に、楽しみと喜びを自分たちにもたらそうとした、信夫の思いはとどいていただろう。

それに、恋。恋こそみずみずしい魂の復活だとするこの古代学者の声は、どの大人の説教くさい声より、真実にまっすぐ響いたはずだ。

「あだに過すな若い日を」——恋の詩人の腹の底からの声である。

終章　秘恋の道

折口信夫の最後のしごとは何だったか。

夢みていた、あるいは執意を燃やしていた、この世に残したしごとである。

一口では言えない。いくつかあったであろう。万葉集にかかわる皇統の流れについてやっと解けた、と死のまぎわの幻覚のなかでしきりに叫んだ、とのエピソードもある。

岡野弘彦氏は、藤井春洋の戦死した硫黄島の洞窟にみずから入ってゆく場面を扉とする、『続　死者の書』をいかにしても書きたかっただろうと推察する。

ともあれ、本人が明らかに願っていた驚くべきしごとが一つある。至上の師と仰ぐ柳田國男論を書くことである。しかも柳田がかたくなに秘めつづけた若き日の恋愛物語のかたちを取って、書くことである。

これは師への恐ろしい反逆である。とともに複雑な想いをこめて曲折する、師への限りない思慕と尊敬の表われである。

折口信夫は昭和二十八（一九五三）年九月三日に亡くなった。六十六歳だった。多くの日本人がそうであったように、戦争がなかったら今すこし元気に生きたであろう。天寿とは言えない。

その年の七月初めから死を濃く予感し、春洋と金太郎がつくってくれた箱根の山荘にこもった。雨つづきの夏だった。せっかくの温泉もぬるく、山荘には湿気が立ちこめた。同居する若い弟子の岡野弘彦と、ほぼ二人きりで最後の夏をすごした。岡野はいつも憂わし気な瞳を大きくひらき、師の様子をこまやかにはかり、世話した。

信夫はもはや自分のからだをささえられなかった。岡野が気づくといつも師は、一面に萱原《かやはら》のひろがる景色の見える縁側近くの柱にふとんを折って寄せ、そこに痩せたうすい背中をつけて、ゆれる草の葉の先につらなる遠い山なみに目を凝らしていた。

高原に秋のおとずれるのは早い。日に日に苦しい雨つづきの夏が消えてゆき、ときおり涼やかな風が感じられるのは何よりだった。草原には、信夫の愛する青い松虫草が無数に花ひらいた。

松虫草。春洋の肋膜炎を癒すために行った軽井沢の初秋にもあざやかに咲いていた。青い少女の瞳を想わせる花を摘み、ちいさな花束にして春洋に見せたっけ。自分も若かった。春洋も若かった。

青は、大王が崎のかがやく海の色。沖縄にひろがる干瀬の色。春洋の生まれた能登の海の色。松虫草が風に吹かれて波のようにゆれると、さまざまの思い出が乱れてさやぐ。自分の胸のなかも一面の萱原だ。萱原にさみしい道が一すじ通る。

年とるとは、こういう索漠たることとか。白く輝く道を誇らかにあるくと思っていた。誰よりも烈しく純に生きたと信じきっていた。これ以外に己があゆむ道はないと考えていた。

しかし今、ながい道の果てに来て振り返ると、それは何と寒々しい不毛の道に見えることか。ほんとうに、この道しか自分にはなかったのだろうか。この道しかありえない、とがむしゃらに進んだのは、とんでもない傲慢と愚かしさだったのではないか。

もっと賑やかな、花さき実のたわわに垂れる道が見える。しかし全てはもう遅い。この白い淋しい道をあるき尽くすしかない。あの子がいてくれれば、この道にも美しい花がひらいた。口にするさえ詮ないことだ。

老耄《ろうもう》だ。かげろう炎える道の彼方にあの子が立っている切ない夢に哭き、あじきなく何度も覚めた。腕がなくてもいい、足を曳きずってもいい、目が見えなくてもいい。背嚢を負ってその重みでゆらゆらと、南の海に浮かぶ灼熱の平たい島から帰還する姿。わたしは駆け寄る。老耄の夢だ。

せめて、あの子がしてくれたことを、わたし自身がやり遂げねばならぬ。学問も歌も、春洋に渡すつもりだった。春洋は教育者として第一級だ。わたしは子どものように純に遊んでいればよかった。

しかしもはや、そんな無垢は許されない。さいごに我が学問の道のゆくえに執着しなければならなくなった。なぜなら、あの人がいるからだ。あの大きな人がわたしの死後に生きのび、民俗学を体系化する盤石となるのが必至だからだ。

草分けの学者としてのあの人は、冷徹このうえない。いたずらな資料の羅列より、読書と旅と愛より生まれる実感を基とするわたしの学問を否定し、つぶすことさえ辞さないだろう。

民俗学が道楽めいた野蛮学などではなく、社会科学の学問として認められるのが、あの人の念願だ。そのためには、折口信夫を異色の天才として祭り上げ、孤立させて後を継ぐ者を断つ、それくらい平気でやる。

義侠心からも、あの人は国学院大学のわたしの弟子たちを引き受け、民俗学の次の世代をみちびくリーダーになるはずだ。わたしのあの人への崇拝ぶりを見ているから、じっさい国学院の学生にはあの人の崇拝者は多い。

それでもいいと思っていた。春洋がいるから、春洋がわたしの学統を継いでくれると甘えてもいた。今わたしはひとり。気力をふるい、戦わねばならぬ。あの人の学問の内側から、あの人こそ資料重視どころか、熱い情感を学の核に燃やしてきた学者なのであることを明かさなければならぬ。柳田学こそは、詩と愛を母胎とする実感の学であると説かねばならぬ。

――なんて、肩ひじ張るのも老いぼれた特徴だ。やらねばならぬ、と思ってやったことなど、生きてきて一度もなかった。全て楽しいから、やってきた。柳田先生の恋の物語だって、書くことを思っただけで今も、胸がふくらむ。わたしは少年時代から、松岡國男の詩や随筆は一篇だって読み逃したことはない。いわば熱烈なファンだったのだ。

どの情景から書き始めるか――もう決まっている。わたしの最初にして最後の柳田國男論の第一頁は、ありありと脳裏に視えている。

伊良湖岬だ。日の光あふれる岬の突端にぽつりと立つ小さな離れ。そこに抒情詩人の松岡國男は胸の病をいやす。潮の音と香りがあざやかだ。二十三歳の青年は、思いきり海風を吸う。

黒潮の運ぶ貝がらや海藻を、青年は砂浜にしゃがみ、じっとながめる。それらの元いた場所を想像する。子どもの頃から、そんなことが好きだった。庭の木に来る野鳥はどこから来て、どこへ行くのか。

生きるものはみな移動する。いのちの本質は移動だと感じてきた。われわれ日本人だって必ずや、貝や鳥にひとしく海を渡り波や風に乗り、この列島に移動してきたに相違あるまい。

学校に入ってからは、とくに東京の帝国大学に学ぶ最近は、ぼんやり考え思う無為の時間がゆるされなくなった。病むこの夏は自然児にもどるつもりだ。あの少女のことも自由に想うつもりだ。

利根川のほとりに住む愛しい少女への想いはかなうまい。しかし潮の音を聴けば、生物の本能としての恋はつのる。恋しい、恋しい、恋しい。あの哀しい見ひらいた瞳に口づけしたい。瞳は海を映し、青くまたたくだろう。手をつなぎ、波のかなたの他界をめざしてふたり、海を分けて進みたい。

砂浜にすわる青年に向かって、岬の一軒家から誰かが手を振り、あるいてくる。おーい、はるかな声がひびく。頑丈な体つき、草鞋ばきの明るい足取り、あたまには書生がかむる麦わら帽子。親友の花袋だ、旅の達人の若々しい花袋だ。

人なつこい男で、友情にあつい。恋愛を神聖視するあまり、醜男の自分には恋の女神はほほ笑まないと信じきっている。親友の國男こそ恋の王者だと崇拝する。國男を追って伊良湖岬へ来た。おーい、國男が気づかないと思ったか、今度は麦わら帽子をぬいで大きく振る。

花袋が来たのはうれしいような、邪魔なような……。小さなため息をつき、松岡國男はひざの砂を払い、立ち上がった。日灼けした陽気な顔がにこにこ笑って近づく。やはりなつかしい。おーい、珍しく大きな声で、病む青年も手を振った。

この光まぶしい岬こそ、柳田國男の学問の船出の地だ。柳田先生は去年、昭和二十七年、九学界連合の年会で「海上生活の話」という連続講演をされた。異常に情熱的な話だった。

若い日に伊良湖岬にて、海流が運んで来たとおい南の椰子の実を拾って以来――日本人の祖先が稲作に適す土地をもとめ、舟をあやつり太陽のかがやく東の方角へと進んできた、海の上の道の神秘が片時もあたまを離れなかった、と明かされた。

この列島に日本人が住む以前の、空白のながい航海時代。年来その歴史をたどりたかった。実証する資料にとぼしい。しかしもはや言うだけは言っておきたい。「私は年をとり気力がすでに衰えて」、資料がそろうまで命ながらえないから、後は若い学者に検証を託す、との断りのもとに柳田先生はご自身の学問の本源にうずまく巨大な幻夢を示された。

ずっと海、船、島、風を考えてきた、と言われた。その発想の核には詩心が燃える。伊良湖岬の若々しい一夏。海に生きる庶民と初めて身近に接した夏。先生は恋する少女のおもかげを胸に秘めていた。

多感な年少の読者であったわたしにはよく解っている。岬の乙女たちが髪にかざる海辺の花への感嘆も、岩間をのぞくと色あざやかに水に咲きひらく海藻の花園への凝視も、夜の海岸から望み見る対岸の安乗灯台のちいさな光への哀感も、すべて底に少女への恋しさを秘める。

先生は花袋とともに夜の砂浜を散歩し、海をこわがらずに孫と涼しい浜にござを敷き、とどろく潮鳴りのなかで眠る老漁師にも出会った。深い感銘をうけた。

海はさほどに我々と親しかった。ながい時をさまよう船の上では、誰と愛しあうも自由だったろう。生まれた子どもは船を駆けまわり、みんなに可愛がられて育っただろう。生まれながらに自由な海の子だ。

きゅうくつな社会である陸を遠ざかり、白い帆を海風にはためかせ、愛する人と東の太陽の光輝に顔を向けて船に乗っていたい、いつまでも。

その夢の至福が、柳田國男の独創的な海と日本人のつきあいを辿る歴史学に秘められるのを、わたしは少年の日からよく知っている。

花袋も知っていた。彼は先生が結婚して柳田家のむこ養子となるとき、青ざめた顔をした松岡國男から恋愛日記を託された。捨てようと思った、しかし若くして死んだ少女のことを思うと、いかにしても破り捨てられない。生涯秘密に、とかたく約束させられた。

これは先生が考えぬいた、花袋へのある種の絶対的な口止めであったのではないか。親友は小説家である。すでに何度も松岡國男の恋の断片を、作品に映してきた。いつ我が悲恋のすべてを書くか。先生は花袋に対し、戦々恐々の思いを抱いていたにちがいない。

ゆえに親友に恋愛日記をあずけた。若き花袋はそれほど國男に信頼されるかと、感激したであろう。愚直なほどまじめな花袋は親友の信にこたえるべく、死ぬまで松岡國男の恋の真実と日記にみずから厳重な鍵をかけたはずだ。

書店をひらいた弟子の角川源義がいつだったか商売柄、その恋愛日記のゆくえをいたく気にしていたことがある。どうも花袋の死後、その孫の手に渡っているらしい。これをぜひ買いたいと角川は意気込んでいた。出版すれば相当売れるだろう、との山っ気だ。

なあに、そんな物などなくてもわたしには書ける。むしろ、柳田先生の秘した日記はつかいたくない。先生に憎まれたくない。

花袋は書けなかった。わたしなら書ける。若い日の愛からはじまる壮大な柳田國男論だ。ああ、書きたい。先生をとことん描く小説が書きたい。

人跡まれな深い山にあこがれ、海の彼方に惹かれ、この世をはかなみ恋しい少女のいる他界へ身を消したいと歌った嘆きから、先生の日本人移住説が芽生えたことを、書けるのはわたしだけだ。そしてそれは、人を恋う思いのたけと身体の熱いおののきを母胎とするわたしの学問と創作の本質を説く――、折口信夫論でもある。

「先生」

ためらいがちな若い優しい岡野の声が耳元でひびく。どうやら柱にもたれたまま、うつら眠りしていたらしい。

「夕風が冷えます、もそっと中へお入りください」

いい子だ。わたしの心にけんめいに寄りそってくれる。寄りそいすぎて、この子まで若年寄りみたくなったら困る。優等生すぎる。ようし、おどかしたろ。

「……!」

からだが痺れた真似をした。立ち上がれんと、右手を変な風に振った。顔をゆがませた。この間じっさい急に襲った神経麻痺の発作をよそおった。岡野があわてて、わたしの心臓に手を当てる。

「うそや、真似や。びっくりしたか。芝居で見たやろう、毒の呪いうけた餓鬼阿弥の演技や」

「先生――」

暮色の深まる縁側近くで岡野と顔を見合わせるうち、どちらともなく泣き笑いの表情になった。こんなへまな冗談しか、もうできん。岡野、堪忍してや。柳田國男論はずいぶん以前から、書きたかった。

何でも思ったとき、やることや。こんな老いぼれになって、書けるのはもう哀れな力ない歌の散らし書きだけや——。

手からはらりと、岡野がまめに張った障子紙の余りをつかって書いた歌と絵が落ちる。昼間、そこらの墨でてきとうに書いた。

「松数拾本。しづかなる日頃となりにけり。山の家に来て　寝る日の多き　かくひとり老いかがまりて、ひとのみな憎む日はやく　到りけるかも」

岡野が哀しそうに、湿気でよれた障子紙をひろい、余白の絵をながめている。わたしが描いたわたしの後姿だ。背骨が曲がり、しきりに咳きこむ旅の貧乏僧のようなわびしい姿だ。

折口信夫が亡くなってすぐ門下が集結し、その全集刊行が発足した。前例ないほどの凄まじいスピードで進んだ。泣いているどころではない。異端の学として師の古代研究を終わらせない、との情熱が門弟を駆り立て、不眠不休の作業に当たらせた。

七十八歳の柳田國男も、刀を抜くがごとき鋭い気勢でこれを応援した。師の死を嘆くひまなど君たちには許されぬ、瞬時もむだにせず勉学し、民俗学をささえよと叱咤した。

もちろん折口信夫の各追悼誌や講演には第一人者として柳田國男が招かれ、年下の大きな存在である信夫に深い理解と敬意をささげた。

その中に一つ、複雑な陰影をはらむ追悼講演がある。信夫が死んだ年の秋十一月に、国学院大学内で再興された「郷土研究会」でおこなわれた柳田の講演である。

かろやかに「郷土研究会の想い出」と題するが、その内容はむしろ重く烈しい。講演内容は、昭和二十九年五月発行「国学院雑誌　折口信夫博士追悼号」に発表された。それを次に要約しておく。

「郷土研究会」は、信夫が大正五（一九一六）年に国学院大学内につくった。柳田が創立した初の民俗学の専門誌「郷土研究」の休刊になるらしいことを憂い、それを継ぐ意気込みでつくった。これが拠点となり、大学本科に民俗学の枠を取ることができた。

その功績を讃えつつも、信夫を追悼する講演で柳田は不可思議にも、その源は自身が尽力した「郷土研究」にあることをことさら力説する。独特の含羞をもつ柳田には稀有なつよい口調で、民俗学の礎をなす地方の研究は、自身が先駆としてひらいたことを説く。

そのうえで折口信夫の学問と柳田國男の学問の決定的なちがいを唱える。折口のひらいた学問はいわば、「実感」の学。自身のは事実としての資料をならべ背後を読みとる、「帰納」的な「文科科学」。両者は相いれない。折口君在世時は、彼が苦労してつくった「郷土研究会」に口を入れないようにしてきた。これからもそのつもりはない。

しかし折口君という天才にしかできない「実感」の学が、民俗学の本質だと思われるのは、それはさすがに折口君より先に民俗学樹立に苦労してきた私としては困る。資料をていねいに並べ整理すれば、おのずと凡人にも明瞭になる事実――これが民俗学の基だ。天才が直感する一回性の論理とはちがう。

折口君亡きあと、門下のみなさん国学院の学徒が、日本民俗学を底からささえる大きな力だ。だからこそ言っておく。折口君は天才だ。みなさんはちがう。どうか一人のリーダーにたよるカリスマ制ではなく、数人の委員を置く「共和体」制にてこの大切な郷土研究会を維持してほしい。柳田はこう説いた。

草分けの柳田國男と折口信夫の民俗学の方法がいかに静かに取っ組みあい、火花を散らしてきたか、一方の死の前で明かされる。それは「事実」の学と「実感」の学との相克であったことが、生き残った一方によって開陳される。

大学に所属せず、したがって学統を継ぐ弟子のいない柳田國男は以前より、民俗学の領野を折口の実感の学が占拠する可能性を憂慮していたに相違ない。それでは『遠野物語』以来、事実をおもんずる民俗学の道びらきをつとめてきた自身の立つ瀬がない。

折口の死後、大学における学科としての民俗学をひきいる郷土研究会を、何としても事実の学の本道に引きもどさねば、とおのれの死も近づく柳田國男は願っていた。とうぜん色に出る。晩年の折口信夫もそれを察していたことだろう。

だから書きたかった、美しい反論を。資料をあつめ並べる過程にすでに、柳田國男の詩心と感性がかがやいて推察に機能していることを、それをあえて冷静と客観の衣につつんでいることを、信夫は書きたかった。

話が後先になったが、晩年の信夫の胸に美しい恋愛小説を書く希望が灯っていたことについては、二人の弟子の証言がある。

一人は角川源義。死の二週間ほど前に、信夫を箱根の山荘に見舞った。師は衰弱しながらも意識は明瞭で、角川につよい語気でくり返し、「柳田先生の学問というのは、恋愛を抜きにしては語れない。それが書けるのはわたしだけだ。わたしはそれを書いておかなきゃならん」と言ったという。

もう一人は大森義憲。藤井春洋が二度目の応招で金沢連隊に発ってまもない昭和十九年一月、信夫は同居していた加藤守雄を連れて能登の藤井家をおとずれ、その流れで河口湖畔に遊び、山梨に住まう大森も呼んで昼飯をしたためた。

大森によれば、そのときの信夫の話題は終始、柳田國男の恋についてであった。柳田の恋愛を「中心としての物語を書いてみたい」と烈しい情熱で語り、大森と加藤をおどろかせたという。

恋の物語の形式をとる柳田國男論とは、折口信夫の集大成に最もふさわしい。

全くのまぼろしであった可能性もつよい。それでもいい。柳田國男に関するこうした総論のイメージが、折口信夫の胸に秘かに長らくあった。それが解っただけでいい。

折口が自身にしかできない最高の考究の形として若い頃からこころみていたのは、小説や戯曲である。小説戯曲の表現形式をとおして古代を論ずることである。

「身毒丸」も「神の嫁」も『死者の書』も、あるいは戯曲「花山寺縁起」「芹川行幸」も叙事詩「月しろの旗」、詩劇「おほやまもり」もなべて、最高の古代研究をめざして書かれた。

さいごの挑戦がもう一つあったわけだ。まだ誰も書かない民俗学の巨峰、柳田國男論。それを書く。それまでの歴史学では空白の、古代日本人の大航海時代。波しぶき立てて彼らの進む海上の道を想像する師を、恋の苦悩に育てられた恐るべき詩人学者とみなす。悲しい恋の嘆きなくば、見いだせなかった海上の道であろうと説く。

この柳田國男論はまた、折口信夫論の鏡像でもある。恋愛を抜きにしては柳田先生の学問はわからない、この悲痛なまでの晩年の叫びは、折口信夫による折口信夫論でもあったとわたくしは思う。

恋愛を抜きにしてはわたしの学問は解明できない。それがわたしの古代学だ。死を身近にして折口信夫は弟子たちに、そう言い残しておきたかったのではないか。

折口信夫はつねに烈しく恋した。恋にかんしてはまことに堂々としていた。開けっ広げだった。無垢だった。世間の常識に盲従するのを忌むこの人の性情が、最も強烈に恋愛に出た。恋ごころを隠したことなど一切ない。

それでも詩人学者としてのこの人のしごと全体に、秘める恋の雰囲気が立ちこめる。すべての論に文章に、人への綾なす想いがまつわるからか。すべてのことばの奥底に、人間を深く愛する情念がゆらめくのが透かし見えるからか。

それを学者として恥じてなどいなかった。人を想う情念を思考に溶けこませるのを、むしろ高らかな誇りとしていた。人に魅せられやすい心のもろさを大切にしていた。

本書の冒頭にも掲げたが今いちど、老いて自身の道をふりかえる、この人のつぶやきを胸に浮かべてみたい。文学を愛でて愛で痴れて生きた詩人学者の、呆然として自嘲するさみしい、しかし浄福にみちたつぶやきである。

古き代《よ》の恋ひ人どものなげき歌　訓《よ》み釈《と》きながら　老いに到れり

あとがき

折口信夫はその晩年、ひそかな夢をいだいていた。まだ誰も書かない柳田國男論を書きたい。それは恋愛小説の形でしか書けない。この志を数人の身近な弟子に伝えた。伝えただけで、書かずに逝った。

この思いは自身の学問思想にもはね返る、折口信夫論であるにちがいない。折口信夫が求める折口信夫論の一つの理想形とは、恋愛小説であるのではないか。

さもありなん。彼は恋の至福を人生のしるべとして生きた人である。その生きかたを、創作にも学問にも濃く反映した詩人学者である。

ことばの母胎の歌の本道は恋歌、と考えた。恋の源は、人が人の魂を恋い求める「魂乞い」にある。日本人の霊魂信仰には、魂を呼び求める呪術が深く染みこむ。死も恋愛もしかり。日本人にとって理想の最高の「やまとだましひ」とは、ゆたかな恋に鍛えられた優美で純なこころ。そう説いた。

彼の主題には恋が大きくそびえ立つ。そのことばの隅々にも恋情がたゆたう。思考にふくよかな実感と肉感がかよう。人生の大半を埋め尽くす、烈しく純な恋慕の経験の影だ。

ならばぜひとも書かなければなるまい、折口信夫のひそかに望んだ折口信夫論を。恋愛小説の形をとり、折口信夫の学問と創作の鍵をあきらかにする論を。

不遜かもしれないが、こう心に願いを立て、鉛筆を握りしめたのが四年前である。書きはじめた頃はまだパソコンもできなかった。第七章まで三田文学に「折口信夫　恋の生涯」という題で連載させていただいた。後はひとりで書いた。

当初はそらおそろしい気もしたが、びくつく思いはすぐ吹っ飛んだ。わたくしが高校生のときに書物として出会い、衝撃をうけて以来ひそかに私淑する折口信夫とは、まさにこういう人だ。

資料を多量に羅列するのではなく、資料を自分で呑みこみ、おのが肉とするのが大切と説いた。形をととのえようとするな、世界をわかりやすく区分し区別する単純な考えかたの癖をいったん捨てよ、が信条だった。

せつなく想い慕う実感の情熱は、学問にも欠かせないと信じた。世間の出来上がった常識に従属しなかった。社会と人間が固苦しくよろう様々の形式を軽蔑した。恋すれば体面など捨てた。ぼろぼろに傷つくのを恐れなかった。

そうした折口信夫を書くにはこの形しかない。お腹が決まった。すると何処からか風が吹いた。今までにない経験だ。つよい風圧に背を押され、目の前に次々とあざやかな風景が視えた。

痣ある男の子の顔、妙にたよりないが芯のつよい足どり。川と橋の多い町、たおやかな大和の山なみ、青い波のかがやく岬。折口はアホやなあ、と感嘆する親友の武田祐吉の声。三矢先生のまっすぐ立てた背中。瀟洒な背広で足を組む伊庭孝のすっきりした男ぶり。錦江湾に浮かぶ火の山、萱原さやぐ山荘。

——つまりそれらを書いた。

博士課程をおえてからほぼ二十七年間、大学で学生と折口信夫を読む授業を行ってもいる。まれびと論やいろごのみ論、貴種流離譚、時代区分を勇猛に突破するきわめて合理的な文学史、ことばを味わうこまやかな文学観と歌のなかに古代を見いだす壮大なまなざしが稀有に両立する和歌の論。

つたないながら私のなかに溶けこむ折口学の本質の全容をも、わかりやすく注ぎ入れたかった。しぜんに或る箇所は評論評伝風になった。

ひとりの作業の中で今回、さいしょの読者が近くにいてくださったのも有難かった。慶應義塾大学出版会の編集者の村上文さんは働きざかり。グレープフルーツのしぶきが飛び散るような爽やかな生気にみちた女性である。

一章書くごとに村上さんに送った。「折口信夫の恋のでこぼこな不器用がいい」「人が慕わしいって、日常にまぎれて忘れていた気もちです」「大王が崎の海の青を見にゆきたい」と、そのつど若々しい感想をいただいた。エネルギーになりました。感謝申し上げます。

折口信夫の学びについておおきな御教示を賜ります岡野弘彦先生・長谷川政春先生・小川直之先生の学恩に深くお礼を申し上げます。

手がいたいとか、足首が変になった、どうしよう、とか弱音だらけのわたくしを日頃助けてくれる家族にも感謝いたします。

ありがとうございました。

二〇一八年六月三日

持田叙子

主要参考文献

折口信夫の著作の引用は一九九五年より刊行が開始された新編集『折口信夫全集』（中央公論社）を底本としました。詩歌は初出誌よりの引用もあります。引用文の中には今日では差別的な表現とみられる語もありますが、当時の時代性と内容の理解に鑑みてそのままといたしました。

引用文については多少の例外はのぞき、論考・随筆・日記のたぐいは新仮名づかいに直しました。創作については旧仮名づかいのままとしました。ルビは平仮名に直しました。

また、引用中の短歌などに折口信夫の記憶ちがいと思われる箇所もありますが、折口は多くの詩歌をそらんじ、自身の感激と溶けあったことばを真の記憶として重んじておりますので、それらをとくに改めることはしませんでした。ここにおことわりいたします。

折口信夫関連

「アララギ」アララギ発行所、一九一六年十一月―一九二一年四月
安藤礼二『折口信夫』講談社、二〇一四年
――『光の曼陀羅――日本文学論』講談社、二〇〇八年／講談社文芸文庫、二〇一六年
池田弥三郎『池田彌三郎著作集』第一巻、角川書店、一九七九年／第七巻、同年
池田弥三郎・谷川健一『柳田国男と折口信夫』岩波書店、一九九四年
池田弥三郎・加藤守雄・岡野弘彦編『折口信夫回想』中央公論社、一九六八年
池田弥三郎・加藤守雄『迢空・折口信夫研究』角川書店、一九七三年
伊藤好英『折口学が読み解く韓国芸能』慶應義塾大学出版会、二〇〇六年
――『折口信夫――民俗学の場所』勉誠出版、二〇一六年

伊藤好英・藤原茂樹・池田光編『池田彌三郎ノート　折口信夫芸能史講義』上下、慶應義塾大学出版会、二〇一五―二〇一六年
岡野弘彦『折口信夫伝――その思想と学問』中央公論新社、二〇〇〇年
――『折口信夫の記』中央公論社、一九九六年
――『折口信夫の晩年』中公文庫、一九七七年／慶應義塾大学出版会、二〇一七年
――『歌を恋うる歌』中央公論社、一九九〇年／中公文庫、一九九四年
『日本近代文学大系46　折口信夫集』角川書店、一九七一年
折口博士記念古代研究所編『折口信夫手帖』折口博士記念古代研究所、一九八七年
――「折口博士記念古代研究所紀要　第八輯」二〇〇五年三月号
折口春洋『鵠が音』角川書店、一九五三年
「改造」改造社、一九二六年七月
加藤守雄『折口信夫伝――釈迢空の形成』角川書店、一九七九年
――『わが師　折口信夫』文芸春秋、一九六七年
「芸能　折口信夫生誕一三〇年記念号」芸能学会、二〇一八年三月
芸能学会編『折口信夫の世界――空想と写真紀行』岩崎美術社、一九九二年
『現代短歌全集第十三巻　古泉千樫・釋迢空・石原純集』改造社、一九三〇年
「国学院雑誌　折口信夫博士追悼号」国学院大学、一九五四年五月
国学院大学日本文化研究所編『折口信夫歌舞伎絵葉書コレクション』二〇〇七年
『国学院大学百年小史』国学院大学、一九八二年
「国語教室」文学社、一九三六年一月号
「国語教室　特集　三矢先生記念号」文学社、一九三六年九月号
小谷恒『迢空・犀星・辰雄』花曜社、一九八六年

釋迢空・折口春洋『歌集　山の端』八雲書店、一九四六年
神道宗教学会編「神道宗教第六号　折口信夫博士追悼号」一九五四年一月
鈴木太良『釋迢空　大阪詠物集　注記』近畿迢空会事務所、一九九二年
高橋直治『折口信夫の学問形成』有精堂出版、一九九一年
「短歌」（釋迢空追悼号）角川書店、一九五四年一月
「短歌研究」改造社、一九三三年一月
『短歌文学全集　釋迢空篇』第一書房、一九三七年
『迢空歌選』養徳社、一九四九年
富岡多惠子『釋迢空ノート』岩波書店、二〇〇〇年／岩波現代文庫、二〇〇六年
「鳥船　新集第一」青磁社、一九四三年六月
「鳥船　新集第二」青磁社、一九四三年七月
「鳥船　新集第三」青磁社、一九四四年十二月
中沢新一『古代から来た未来人　折口信夫』ちくまプリマー新書、二〇〇八年
中村生雄『折口信夫の戦後天皇論』法藏館、一九九五年
中村浩『若き折口信夫』中央公論社、一九七二年
西村亨『折口信夫とその古代学』中央公論新社、一九九九年
西村亨編『折口信夫事典』大修館書店、一九八八年
日刊「不二」新聞、不二新聞社、一九一三年二月―一九一四年二月
「日本評論」一九三九年一月、二月、三月号
芳賀日出男『折口信夫と古代を旅ゆく』慶應義塾大学出版会、二〇〇九年
長谷川政春「解説　折口信夫研究」、折口信夫『古代研究Ⅴ　国文学篇1・2』角川ソフィア文庫、二〇一七年所収
長谷川政春・和泉久子『海やまのあひだ／鹿鳴集』明治書院、二〇〇五年

藤井貞和『釋迢空　詩の発生と〈折口学〉——私領域からの接近』講談社学術文庫、一九九四年
——『人類の詩』思潮社、二〇一二年
保坂達雄『神と巫女の古代伝承論』岩田書院、二〇〇三年
前川幸雄編『ここにも一人門弟子が——折口信夫と牛島軍平』フェニックス出版、一九七八年
R・マクガワン、辻清蔵、三矢重松訳述『台湾会話編』明法堂、一八九六年
松浦寿輝『折口信夫論』太田出版、一九九五年
松本博明『折口信夫の生成』おうふう、二〇一五年
丸谷才一『後鳥羽院　第二版』筑摩書房、二〇〇四年
「三田文学　折口信夫追悼号」三田文学会、一九五三年十一月
三矢重松『菊園書簡集』国学院大学、一九二七年
——『高等日本文法』明治書院、一九〇八年
『三矢重松先生伝』三矢重松記念会、一九三六年
室生犀星『我が愛する詩人の伝記』中公文庫、一九七四年
持田叙子『歌の子詩の子、折口信夫』幻戯書房、二〇一六年
——『折口信夫　独身漂流』人文書院、一九九九年
——「解説　恋の宿命」、折口信夫『死者の書』角川ソフィア文庫、二〇一七年所収
——「解説　最高に純粋だった」、折口信夫『口訳万葉集』上、岩波現代文庫、二〇一七年所収
吉増剛造『生涯は夢の中径——折口信夫と歩行』思潮社、一九九九年

その他関連文献

赤坂憲雄『山の精神史——柳田国男の発生』小学館、一九九六年
秋庭太郎『日本新劇史』上下、理想社、一九五五年

マリアンヌ・アルコファラード著、佐藤春夫訳『ぽるとがるぶみ』人文書院、一九四九年
伊井春樹監修、千葉俊二編『近代文学における源氏物語』おうふう、二〇〇七年
石川啄木『啄木全集』第五巻、筑摩書房、一九六七年
石川遼子『金沢庄三郎――地と民と語とは相分つべからず』ミネルヴァ書房、二〇一四年
岩野泡鳴『岩野泡鳴全集』第九巻、臨川書店、一九九五年／第十一巻、一九九六年
宇野浩二『宇野浩二全集』第三巻、中央公論社、一九六八年／第九巻、一九六九年
大谷渡『大阪の近代――大都市の息づかい』東方出版、二〇一三年
大和岩雄『神と人の古代学――太陽信仰論』大和書房、二〇一二年
大笹吉雄『日本現代演劇史　明治・大正篇』白水社、一九八五年
岡谷公二『殺された詩人――柳田国男の恋と学問』新潮社、一九九六年
――『柳田國男の恋』平凡社、二〇一二年
――『柳田国男の青春』筑摩書房、一九七七年
加藤三明・山内慶太・大沢輝嘉編著『慶應義塾歴史散歩　キャンパス編』慶應義塾大学出版会、二〇一七年
兼清正徳『松浦辰男の生涯――桂園派最後の歌人』作品社、一九九四年
金子啓明『仏像のかたちと心――白鳳から天平へ』岩波書店、二〇一二年
木村勲『鉄幹と文壇照魔鏡事件――山川登美子及び「明星」異史』国書刊行会、二〇一六年
金田一京助『北の人』梓書房、一九三四年
栗山津禰『拓きゆく道――紫式部学会と私』大空社、一九八九年
『現代日本文学全集36　紀行随筆集』改造社、一九二九年
小林一郎『自然主義作家――田山花袋』新典社、一九八二年
里見弴『安城家の兄弟』上下、岩波文庫、一九五三年
篠弘『自然主義と近代短歌』明治書院、一九八五年

島崎藤村『藤村全集』第四巻、第七巻、筑摩書房、一九六七年
『新学社近代浪漫派文庫13　与謝野鉄幹／与謝野晶子』新学社、二〇〇六年
杉山千鶴・中野正昭編『浅草オペラ――舞台芸術と娯楽の近代』森話社　二〇一七年
薄田泣菫『薄田泣菫全集』第一巻、創元社、一九三八年
タクシス侯爵夫人著、富士川英郎訳『リルケの思出』養徳社、一九五〇年
館林市教育委員会文化振興課編『田山花袋宛柳田国男往復書簡集』館林市、一九九一年
谷川健一『四天王寺の鷹――謎の秦氏と物部氏を追って』河出書房新社、二〇〇六年
田山花袋『古人の遊跡』博文館、一九二七年
――『定本　花袋全集』第一巻、臨川書店、一九九三年／第十六巻、一九九四年
――『時は過ぎゆく』（名著複刻全集　精選13）日本近代文学館、一九七二年
――『南船北馬』博文館、一八九九年
――『耶馬渓紀行』実業之日本社、一九二七年
鶴見和子『漂泊と定住と――柳田国男の社会変動論』ちくま学芸文庫、一九九三年
中沢新一『大阪アースダイバー』講談社、二〇一二年
中村彰『ある幕臣の戊辰戦争――剣士伊庭八郎の生涯』中公新書、二〇一四年
中村光夫『明治文学史』筑摩叢書、一九六三年
永井荷風『荷風全集』第二十五巻、岩波書店、一九九四年
西村亨『新考　源氏物語の成立』武蔵野書院、二〇一六年
日本女医会編『日本女医史』日本女医会、一九九一年
『日本人の心の原点・聖徳太子』磯長山叡福寺、一九九四年
『日本の詩歌2　土井晩翠・薄田泣菫・蒲原有明・三木露風』中公文庫、一九七六年
ニコライ・ネフスキー『月と不死』（東洋文庫）平凡社、一九七一年

野田宇太郎『定本文学散歩全集 8 関西文学散歩 京都・近江』雪華社、一九六一年
舟橋聖一『岩野泡鳴伝』上下、青木書店、一九三八年
堀辰雄『堀辰雄集』角川書店、一九五三年
三田村雅子『記憶の中の源氏物語』新潮社、二〇〇八年
宮武外骨『宮武外骨著作集』第一—八巻、河出書房新社、一九八六年—一九九二年
森鷗外『鷗外全集』第一巻、岩波書店、一九七一年/第二巻、一九七二年/第六巻、一九七二年/第十九巻、一九七三年
森茉莉『森茉莉全集』第七巻、筑摩書房、一九九三年
柳田泉『田山花袋の文学』第一、第二、春秋社、一九五七—五八年
柳田國男『定本 柳田國男集』第一—三〇巻、別巻五巻、筑摩書房、一九六二—七一年
山形健介『タブノキ』法政大学出版局、二〇一四年
吉井美弥子編『〈みやび〉異説——「源氏物語」という文化』森話社、一九九七年
吉野孝雄『宮武外骨伝』河出文庫、二〇一二年
吉村昭『関東大震災』文春文庫、一九七七年

初出一覧

序章〜第七章
連載「折口信夫　恋の生涯」第一回—第八回（『三田文学』No. 119［二〇一四年秋季号］—No. 126［二〇一六年夏季号］一部改変）

第十五章　最高に純粋だった頃
「解説——最高に純粋だった」（折口信夫『口訳万葉集』上、岩波現代文庫、二〇一七年所収、一部改変）

他の章すべて書き下ろし。

著者
持田叙子（もちだ・のぶこ）

1959年東京生まれ。近代文学研究者。国学院大学兼任講師、毎日新聞書評担当者、三田文学理事。

慶應義塾大学大学院修士課程修了、国学院大学大学院博士課程単位取得修了。

1995〜2000年『折口信夫全集』（中央公論社）の編集・校訂・解題執筆をおこなう。『荷風へ、ようこそ』（慶應義塾大学出版会、2009年）で第31回サントリー学芸賞（社会・風俗部門）受賞。他の著作に、『折口信夫　独身漂流』（人文書院、1999年）、『永井荷風の生活革命』（岩波書店、2009年）、『泉鏡花　百合と宝珠の文学史』（慶應義塾大学出版会、2012年）、『歌の子詩の子、折口信夫』（幻戯書房、2016年）など。

折口信夫　秘恋の道

2018年9月15日　初版第1刷発行

著　者――――持田叙子
発行者――――古屋正博
発行所――――慶應義塾大学出版会株式会社
〒108-8346　東京都港区三田2-19-30
TEL　〔編集部〕03-3451-0931
〔営業部〕03-3451-3584〈ご注文〉
〔　〃　〕03-3451-6926
FAX　〔営業部〕03-3451-3122
振替　00190-8-155497
http://www.keio-up.co.jp/
装　幀――――真田幸治
印刷・製本――株式会社理想社
カバー印刷――株式会社太平印刷社

Printed in Japan　ISBN978-4-7664-2532-1